2011—2012
中国新诗年鉴

艺术上我们秉承 真正的永恒的民间立场

杨 克 ◎ 主编

江苏文艺出版社
JIANGSU LITERATURE AND ART
PUBLISHING HOUSE

图书在版编目（CIP）数据

中国新诗年鉴.2011～2012/杨克主编.—南京：江苏文艺出版社，2013.8
　ISBN 978-7-5399-6448-5

　Ⅰ.①中… Ⅱ.①杨… Ⅲ.①新诗－中国－2011～2012－年鉴　Ⅳ.①I207.25-54

中国版本图书馆CIP数据核字（2013）第180228号

书　　　名	中国新诗年鉴（2011～2012）
主　　　编	杨　克
出 品 人	黄小初
责 任 编 辑	于奎潮　王娱瑶
出 版 发 行	凤凰出版传媒股份有限公司 江苏文艺出版社
出版社地址	南京市中央路165号，邮编：210009
出版社网址	http://www.jswenyi.com
经　　　销	凤凰出版传媒股份有限公司
印　　　刷	广东恒发彩印有限公司
开　　　本	787×1092毫米　1/16
印　　　张	38.75
字　　　数	320　千字
版　　　次	2013年9月第1版　2013年9月第1次印刷
标 准 书 号	ISBN 978-7-5399-6448-5
定　　　价	38.00元

（江苏文艺版图书凡印刷、装订错误可随时向承印厂调换）

CONTENTS 目 录

年度推荐（一）少数民族诗人诗歌 / 001

（彝族）鲁 娟 / 003　　（彝族）吉克布 / 005　　（彝族）阿索拉毅 / 008
（彝族）嘎足斯马 / 010　（白族）冯 娜 / 012　　（彝族）马布杰伊 / 014
（彝族）发 星 / 015　　（纳西族）和慧平 / 017　（水族）湄 子 / 019
（回族）单永珍 / 022　　（回族）马占祥 / 023　　（藏族）桑 丹 / 025
（藏族）王小忠 / 026　　（藏族）王志国 / 027　　（藏族）王更登加 / 028
（彝族）吉狄马加 / 030

年度推荐（二）微诗体精选 / 033

沙 白 / 035　　杨 林 / 036　　李向钊 / 037　　中 岛 / 038
阿 毛 / 039　　马 科 / 040　　宫白云 / 041　　安 琪 / 042
西 沈 / 043　　周瑟瑟 / 044　　刘春潮 / 045　　毓 梓 / 046
张会勤 / 047　　水 印 / 048　　顾 北 / 049　　高 崎 / 050
杨 立 / 051

年度推荐（三）新诗典诗选 / 053

唐 突 / 055　　刘 斌 / 056　　纪彦峰 / 057　　梅花驿 / 059
西 娃 / 060　　韩 彬 / 061　　蒋 涛 / 062　　江湖海 / 063
李淑敏 / 065　　西毒何殇 / 066　还 非 / 068　　天 狼 / 069
郭秀荣 / 070　　云经立 / 071　　鬼 石 / 072　　摆 丢 / 073
丁 燕 / 074　　李勋阳 / 076　　吴投文 / 077　　小 麦 / 078
阿 齐 / 079　　庄 生 / 080　　韩敬源 / 081

年度诗选（纸面） / 083

朱 尔 / 085　　骆 英 / 086　　郑 玲 / 089　　李 琦 / 091
叶玉琳 / 092　　桑 克 / 093　　欧阳露 / 094　　池沫树 / 099

艾傈木诺 / 100	黄礼孩 / 102	东荡子 / 103	章治萍 / 104
泥马度 / 105	麦 豆 / 107	李 南 / 108	袁雪蕾 / 110
大 解 / 111	杨小林 / 112	晴朗李寒 / 114	东 篱 / 116
简 明 / 117	杨 子 / 119	横行胭脂 / 121	殷龙龙 / 123
三 子 / 125	王芗远 / 127	陆修远 / 128	娜 夜 / 129
王黎明 / 131	路 也 / 133	臧 棣 / 134	寒 烟 / 135
蓝 蓝 / 137	唐 果 / 139	江 非 / 140	潘洗尘 / 141
冷 眼 / 143	阿 华 / 145	卢卫平 / 146	张凡修 / 148
子梵梅 / 149	荣 荣 / 150	格 式 / 151	朵 渔 / 152
郁 颜 / 154	韩宗宝 / 155	赵思运 / 156	余笑忠 / 157
吴佳琼 / 158	多 多 / 159	凌 越 / 162	育 邦 / 164
孙 磊 / 166	王单单 / 167	赵卫峰 / 168	唐不遇 / 169
纳兰容若 / 170	钱 磊 / 171	王彦明 / 172	田 禾 / 173
郑小琼 / 175	宇 向 / 177	谷 禾 / 180	马 叙 / 182
张作梗 / 183	柏 桦 / 184	北 岛 / 185	陈 超 / 187
陈东东 / 188	春 树 / 190	杜 涯 / 191	叶延滨 / 193
耿占春 / 195	海 男 / 196	韩 东 / 197	何小竹 / 198
黑大春 / 199	侯 马 / 201	胡 冬 / 202	黄灿然 / 203
徐燕华 / 204	莫雅平 / 205	蓝 蓝 / 207	雷平阳 / 208
李亚伟 / 210	潞 潞 / 212	吕德安 / 213	孟 浪 / 214
默 默 / 215	欧阳江河 / 216	潘 维 / 218	桑 克 / 219
树 才 / 221	宋 琳 / 224	唐亚平 / 225	王小妮 / 227
王 寅 / 229	马永波 / 230	巫 昂 / 232	西 川 / 233
小 海 / 236	徐 江 / 237	徐敬亚 / 238	严 力 / 240
杨 键 / 242	熊国华 / 244	杨 炼 / 246	伊 蕾 / 248
伊 沙 / 249	于 坚 / 252	余 怒 / 253	翟永明 / 254
张曙光 / 256	周伦佑 / 258	隐 匿 / 260	余光中 / 261
林德俊 / 262	林婉瑜 / 263	徐小泓 / 265	詹 澈 / 266
杨佳娴 / 268	颜艾琳 / 269	罗任玲 / 271	鸿 鸿 / 272
鲸向海 / 273	向 明 / 274	方 明 / 275	阿 米 / 277
焦 桐 / 278	孙维民 / 280	白 灵 / 281	余笑忠 / 283
魔头贝贝 / 284	宋 雨 / 286	徐俊国 / 287	毛 子 / 288
轩辕轼轲 / 290	魏理科 / 291	王征珂 / 292	

网络诗选 / 293

黎明鹏 / 295	周伦佑 / 298	杨 克 / 300	孟 原 / 304
蒋 蓝 / 305	陈小蘩 / 306	从 容 / 307	邱正伦 / 310

梁雪波 / 311	陈亚平 / 313	道 辉 / 314	张执浩 / 316
阳 子 / 317	方文竹 / 319	高世现 / 320	金 轲 / 322
乌鸟鸟 / 324	嘘 堂 / 325	汤养宗 / 326	刘二曼 / 327
李晓旭 / 328	高鹏程 / 329	商 震 / 330	庞 白 / 332
盘妙彬 / 333	罗 雨 / 334	谢小青 / 335	野 鬼 / 336
大 卫 / 339	举人家的书童 / 340	阎 志 / 341	邓志强 / 343
徐 萧 / 344	马 力 / 345	林馥娜 / 346	谷 雨 / 347
胡 桑 / 348	樊 子 / 349	刘 川 / 350	李以亮 / 351
孟冲之 / 352	阿 信 / 353	张阿客 / 354	梁雪波 / 355
余幼幼 / 357	林 莉 / 358	星 灭 / 359	李海洲 / 360
田一坡 / 362	黎 衡 / 364	杨 康 / 365	江 非 / 366
车 攻 / 367	林忠成 / 369	白 鸦 / 371	哨 兵 / 372
赵思运 / 373	方文竹 / 375	张作梗 / 376	江一苇 / 377
谢荣胜 / 378	杨小滨 / 379	颜艾琳 / 380	魔头贝贝 / 381
空格键 / 382	张子选 / 383	唐不遇 / 384	池凌云 / 386
莱 耳 / 387	郑小琼 / 388	西 川 / 390	北 塔 / 391
徐俊国 / 393	张红霞 / 394	袁绍珊 / 395	陈大为 / 396
老 刀 / 398	若 非 / 399	杨红旗 / 400	舒丹丹 / 402
施施然 / 403	子 衿 / 405	安 琪 / 406	张 维 / 407
唐 果 / 409	车延高 / 410	潇 潇 / 411	郭思思 / 413
谭克修 / 415	罗 至 / 416	蒋志武 / 417	谷 禾 / 418
阿 翔 / 419	灯 灯 / 420	李飞骏 / 421	樊 子 / 422
西 棣 / 423	荆无涯 / 424	胡 弦 / 425	西 娃 / 426
唐 朝 / 427	青蓝格格 / 428	北小荒 / 429	泥 夫 / 430
卢 辉 / 431	林小耳 / 432	王竞成 / 433	闻小泾 / 434
李轻松 / 435	彭争武 / 436	周亚平 / 438	

散文诗 / 441

耿林莽 / 443	周庆荣 / 445	灵 焚 / 448	骆心慧 / 451
亚 楠 / 453	爱斐儿 / 455	黄恩鹏 / 457	李仕淦 / 459
语 伞 / 461	弥 唱 / 463	夜 鱼 / 464	章闻哲 / 465
水晶花 / 466	白 月 / 467	欧逸舟 / 468	潘云贵 / 470

2011-2012年度诗学之纸面观点 / 473

一、关于新世纪诗歌 / 475
二、关于网络诗歌 / 478

三、当下诗歌精神问题 / 481
四、诗歌传播研究 / 484
五、诗歌批评研究 / 487
六、关于女性诗歌 / 490
七、港澳台诗歌研究 / 493
八、诗歌的出路与方向 / 496

2011–2012年度诗学之网络观点 / 499

一、让诗歌有效介入公共生活 / 501
二、"微诗体"现象 / 503
三、诗人如何实现在社会发展中的价值 / 504
四、社会力量与诗的繁荣 / 506
五、旧体诗词与新诗的关系问题 / 508

2011–2012年度诗学理论与批评文章 / 511

第一辑 新诗现象考察 / 513
羞耻的诗学——关于"新世纪十年诗歌"的个人印象记（朵渔）/ 515
"乱象"中的突破及其限度：21世纪诗歌观察（罗振亚）/ 525
新世纪诗歌的现象考察（霍俊明）/ 534
新世纪诗歌中的底层写作及其诗学意义（张德明）/ 545

第二辑 新诗精神反思 / 551
语言、心境、价值坐标及其他——新世纪以来中国诗歌现状散议（沈奇）/ 553
新世纪诗坛印象：诗歌精神与当代言说（陈超）/ 559
如何变化，怎样提升——论新世纪十年先锋诗坛的精神流变（刘波）/ 566

第三辑 新诗年鉴研究 / 575
《中国新诗年鉴》（1998–2010）的诗学立场（陈振波）/ 577
《中国新诗年鉴》的运作及其影响（罗执廷）/ 589
从民间出版到独立出版——以近年民间诗歌传播为例（赵思运）/ 598

《2011–2012中国新诗年鉴》工作手记（杨克） / 606

年度推荐（一）
少数民族诗人诗歌

003-032

(彝族)鲁 娟

解咒十四行(一)

"如何启开一张中咒而失语的嘴"
智者不语,敲响十面古旧的羊皮鼓
第一面鼓唤回迷失于三岔路口的魂灵
第二面鼓唤回被一只只鹰叼走的灵感
第三面鼓唤回混于杂草荒芜中所有美的元素
第四面鼓唤回久久遗失埋葬于山岗的辞藻
第五面鼓唤回经苦难和泪水洗涤的悲悯
第六面鼓唤回石头和阳光暴跳如雷的力
第七面鼓唤回漫漫古道部落马帮绵长的耐心
第八面鼓唤回秘同情人快马私奔的激情
第九面鼓唤回怀胎十月的母马旺盛的生殖力
第十面鼓唤回冥冥中神指引一切的方向
当十面古旧的羊皮鼓被依次敲响
火光中一张模糊的脸逐渐清晰起来

解咒十四行(二)

月光啊请亮些,再往南方倾斜些
支罗瓦萨已急急赶往夜郎国的路上
断刀呀请快些,再比闪电更快些
夜里游荡的魂魄纷纷左右避让
诵经声啊请轻些,再比微风更轻些
深深怜惜这双因失眠而痛楚的眼
今夜瓦萨抵达,安坐南山

解开束缚你的银手链银戒指
指引驱送大鬼小鬼的方向
插起破除咒语的神松枝
古老的谣曲把童年
——唤回跟前
"亲爱的,我的瓦萨将是你的瓦萨
请从我的眼里摄走足够的睡眠"

（彝族）吉克布

外婆

1.
我的外婆生得丽质
面色如索玛　眼神如神鹰
黑发如绸缎一样闪亮
瀑布一样悬垂

在那些精神比肉体还要贫困的年代
外婆出落得动人
头帕鲜如花，发辫上摇曳
枣红色的珊瑚珠流苏
耳垂上挂着古老部族的银饰
她优美地行走于天地之间
步步流光溢彩

她晨露般水灵的眼睛向谁投去一瞥
谁就忘记了，她的裸足
所踩过的荆棘和石块

2.
我的外婆，勤劳的双手
割过荞麦也摘过苞谷
她还要用这双手收割阿哥的月亮

她的左手遥望，右手纺线
秘藏在心头的爱

就泄漏了，将它暴露的
除了白天黑夜
守望的姿势；越发绽放的身体
还有她一针一线
扎在三角包上的火焰

当那沉睡的火焰苏醒
势不可挡地燎于原野
不知灼伤了多少鬼神的眼睛
使他们的内心无比羞怒

3.
像雨后高枝上的果子
闪亮、耀眼
经过黑暗、雾霭、雷鸣闪电
在某个季节收获饱满的内心
我的外婆凝视谁、走向谁
高贵得，傲慢得让谁发怵

这不是什么秘密
如果你能看出她背后隐蔽的山峦
但你最好是一座山头的王
你才能更清晰地看见
一个以黑色为起点以黑色为终点的
女人，她并不总是桀骜的马匹
有时她是牧羊人怀里温顺的小绵羊

4.
换过童裙，我的外婆十七岁
还来不及收割心中的秘密
就已陷入一场不合宜的婚约

成为人妻，劳作
续写家谱，建设家园

成为一个女人
无数个女人的时代宿命

我的外婆不信宿命,关于这一点
她像一个通灵者
有超越时间和空间的认知
我的母亲说,当年
我的外婆双脚赤裸,逃奔远方

我猜想——
她的健步如飞,她的彩裙舞动
她的发辫散在风中飘成旗帜
她像遥远黑夜划过的璀璨流星
射出光来,穿透一个时代的心脏

（彝族）阿索拉毅

佳支依达前夜，高举头颅组成的火把群魔乱舞

泥土的芬芳洒落在广阔无垠的大地，誓攀岩石的山羊
滴答露出马脚的珍珠，森林里濒临死亡的动物集体暴动
佳支依达前夜，高举头颅组成的火把群魔乱舞
比眼珠子转得还快的刀剑割除着佳支依达凡体里上乘的
　毒瘤

比鲍鱼还香的毒瘤，是佳支依达几世炼修悟出的正果
驾驶风驰电掣的摩托，驶往佳支依达前夜
一颗点燃的头颅在我身边爆炸，被冲击力掀翻的
还有我的一颗头颅，脸上全是鲜血。鲜血。鲜血

睁开双眼全世界都是鲜血，浸入泥土的鲜血
刷在羊毛的鲜血，落入珍珠芯透红的鲜血，我的鲜血
喂养乱舞的群魔，喂养春天的一棵梧桐树
喂养佳支依达堆积如山的头颅，生长，获得新的生命

新生的生命都是我的肉体的一部分，鲜血的一部分
新生的群魔都附有我的灵魂，我，随魔乱舞，饮血而歌

时光迷失的夜晚，提灯人提取一片闪闪发光的石墨

泛黄斑驳的岁月，时光迷失的夜晚，怪异的铜鼓声
远方响彻云霄，马蹄声声，夜急的人身后掀起朦胧漂浮
　的尘埃

而夜长梦多的灯笼奄奄一息，风吹不散聚少离多的流
　　浪客
时光迷失的夜晚，佳支依达前夜，谁预谋重构一部崭
　　新历史

翻开黑色之经浓墨一页，时光迷失的夜晚，提灯人
敲碎铜墙构筑的长城，佳支依达鱼鳞般的肌肤上
提取一片闪闪发光的石墨，一片聚集能量的石墨，一片
重构历史的石墨，轻放在生死情仇生死掂量的天平
　　之上

风吹乱提灯人的思绪，风吹乱提灯人的记忆，天平之上
鸟缩回鸟蛋，舟退至树林，犬跑入狼群，人褪化古猿
时光迷失的夜晚，毕摩朗朗的诵经声让一切事物回家
让一切事物回到历史本来的面目，恐怖的面目，狰
　　狞的面目

时光迷失的夜晚，提灯人提取一片闪闪发光的石墨，
　　佳支依达
前夜，预谋重构一部崭新历史，立在天堂口的鹰对此
　　沉默不语

(彝族)嘎足斯马

一个彝名的重要

早就想拥有一个彝名。这个想法
虫子一样不停地咬我。曾经让我
流泪。让我悲喜交加。曾经像火把
照亮着年轻的我。迷茫的我
我认为,这是我同远祖唯一的沟通
我没有大爱。更没有崇高。我爱得
这样偏执而顽固。甚至狭碍了
在越来越模糊的意识中,常常模糊得
只剩下钱、剔除骨头的肌肉和势利
越来越强调自我,又越来越失去自我
的年代啊,让我拼命寻找:我的根
拼命维护我的血脉。以及硬硬的骨头

面对祖国灿烂文化的一部分,我敬仰
远古部落时代的祖先,铁骨铮铮的
部落,永远鲜活的神秘符号,她浩瀚
一枝独秀。我读不懂。我身后更多人
读不懂。在寻找金子的年代,在丢失
母语的年代,他衍生我的好梦
像生养我的阿妈,她最亲最重
她作为一个符号。仅仅作为一个符号
太普通。但又太弥足珍贵

早就想拥有一个彝名。生养我的父母
他们不能给我。他们自己都没有彝名

还好他们还知道自己的彝文姓氏
那也就是脸上还常洋溢着的那种自豪
她不是文字。她胜似文字。在没有
文字，又被文字噬咬的年代。像火把
她的足迹散落梦中。她的焰火照亮
梦境。灼伤我。提醒我。鞭策我
又像不断线的泪雨，湿润的疼痛
钻心的疼痛。早就想拥有一个彝名

我不伦不类自以为是给自己取名
嘎足特·李果。后来又莫名其妙改名
叫嘎果。在渐渐成长的岁月中，终于
有了同外面的沟通。是大凉山的发星
帮我更正了彝名。现在我叫嘎足斯马
为这个平凡的彝名，我高兴得快疯了
如果有一天我也能沿着《指路经》
回到祖界。我的灵魂也能够闪亮
纵然我无语。但那不是我的过错
我甘愿做一个充满爱心的哑巴了
我也能把我的爱神游灵界。告诉选祖
我是从他们骨头中站起的。我是从
他们血液中乘风破浪而来的。是他们
鹰翅下的剪影。是他们虎背上的雄风
是他们弯弓上的一支箭。是图腾
告诉他们：那个叫嘎足斯马的彝人是我

（白族）冯　娜

云南的声响

在云南　人人都会三种以上的语言
一种能将天上的云呼喊成你想要的模样
一种在迷路时引出松林中的菌子
一种能让大象停在芭蕉叶下　让它顺从于井水
井水有孔雀绿的脸
早先在某个土司家放出另一种声音
背对着星宿打跳①赤着脚
那些云杉木　龙胆草越走越远
冰川被它们的七嘴八舌惊醒
淌下失传的土话——金沙江
无人听懂　但沿途都有人尾随着它

① 云南民间多人舞蹈的一种形式

龙山公路旁小憩

近处有松树　苦楝树　我不知道名字的阔叶树
它们高高低低　交错生长又微妙地相让
大地上　腐叶正顺从着积雪
我知道　之后的岁月
是孤单难以自持的融化
是寂静无声的繁华
是风偶尔打乱高处的秩序

也依然　是枯荣如年轮滚动
一世重叠着一世　碾进沉默的土壤
那种感觉　也许就像——
我坐在公路旁　听人说起天葬

(彝族) 马布杰伊

叶勒峰什

叶勒峰什,其实是个好地方
那儿的女人风骚
如同发情的母马
向每个黄昏
张开温柔的胸膛

流浪汉们都喜欢
到那儿去散旋
都喜欢在陌生的怀抱里
寻找快乐的源泉
到黎明的那一刻
再把一夜柔情忘掉

叶勒峰什真的是个好地方
可是,亲爱的我却绝不会
去那儿的因为我知道
肉欲横行的地方没有真爱
如同大海的深处没有阳光

（彝族）发 星

在大凉山灿烂天空下（四行诗选）

在大凉山灿烂的天空下
打开一切心灵
包括蚂蚁和尘土的
心脏

那些文字在阳光中烘烤
它们奔出火焰的黑血
空气中尽是碰撞的铜弦
它们掏空黑暗的骨头

把你从屋宇下移到天空之底
让琴丝抚透你的内心
风撕出黑暗之裙
月光之须长满大地的空洞

用山灵之水潮湿你
用红血之光刺痛你
你伏倒在她巨大的彩裙
一块锋利的黑石砸出山谷的狼声

和母亲们披着黄金去收获另一种黄金
甸沉的血击打着甸沉的血
把一年的目光从树上摘下来
铺成黑夜中黑色的河流

奔流而下的山林涌进我的骨脉
骨脉中那只黑鸟
站在山巅之上
看见大地的植物结满酒液的诗歌

鲜嫩的经书放在黑裙之中
把它取出需要一万年
它触摸我的黑须只是闭眼
一道闪电击开我内心的黑暗

我们在月色下喝酒谈诗
把天空卷成烟圈放在嘴边
顶着月光灿烂的星空
读着世间的善良

雨水过后　穿过潮湿之地的巨蝉之声
塞满你的山谷
你的忧愁会飞起来
变成一件晾在天空中的火焰之裙

神者去后的山林
我站在那里成为神者
神者不过是旁人和自己一样透明的人
风穿过高山密林是一种清澄的空净

孤独的黑经蹲在神秘的山洞
银白的雪落下山洞是黑经的诵声
这是每一个黄昏
山林村寨的一个简单生活方式

密林写作之道　我遇见三个人
一个是神
一个是自然
一个在自然中跑来跑去的情人

（纳西族）和慧平

我的滇西我的村庄

这些年，我无数次蹚过月光的河流
像一个被流放的国王
在自己的领地上为一棵小草折射不到自己的光辉而哭泣
步履维艰　鞋子被月光打湿
两只鞋子在苍白的月色里说着想家的话
可是我不能停下
我的行囊里装着我的臣民需要的节气、雨水和庄稼
那些古铜色脸庞上似曾相似的祈雨表情
成为我最大的心病

我也曾抱住一块石头取暖
而月光越来越冷
那夜疲惫不堪的我终于睡着了
梦见抱着的石头开了花
我回到村庄了　村庄里雨水充沛　牛羊的乳房被奶水涨满
我看见自己的背影在秋风里日渐消瘦
我佝偻着腰　在我的滇西群山里渐行渐远

在怒江缘

傈僳族敬酒的小妹用又糯又脆的声音拉住我说：
"大哥，要记住这里哦，这里叫怒江缘
当你夜路走累了，把这当做家吧；我们三姐妹
就是你可以依靠的亲人……"

听着听着，我的眼泪差点流了下来
长久漂泊。是该歇歇脚了
找个有女人的地方。种植青稞　播撒小麦
无欲无求，日出而作，日落而息
庄稼愿长多高就让它长多高
怒江爱流多远就让它流多远

(水族)湄 子

浅草情歌(节选)

一

"昏昏迷迷,迷迷昏昏
有钱不会花
说话不会听"
巫师手里的尖刀一直喊不出声
扫家,要把记忆当作
一件外衣反穿,方能除鬼

蓑衣,穿在新娘的身上
多么残酷,斗笠成了婆婆
可以遮天的手,巫师让谁
撑一叶扁舟,在江中守候
那些小村中死错的人
幸福在这个秋天悄悄结实

搬家鬼眼红谁的新娘
把红烛点在草垛上
在那里堆砌故事 成串的故事
秋风打了两个冷颤,谁便在
梦中喊错了人,新娘
拒绝成为梅子,谁却并不希望

二

我的脸在替别人长着青春痘
梅子暗暗发笑别人家的果子都
可以结在自家的树上
这又有什么不好！把巫师支开
偷偷地去和谁幽会
而梅子在去年冬天被腐烂

给我一堆垃圾吧！
谁和它一道心安！
并不懒惰可日子常常倾斜
雨伞开在岁月深处期待
许多年前的那一次感动
巫师喜欢把谁的一生
握成一枚短短的钓竿

麦子的长势很好
覆盖了那次同夜一道
来临的苦难，忘了
谁的那枝桃花喜欢在
没有阳光的秋天开放
很不实在地怀疑别人

三

咒符已经挂在门上
看小鬼还敢不敢来
和谁的新娘调情
把那只逃跑的耳朵
捉拿归案这是哪一种逻辑
巫师端坐桌子中央，道貌岸然

小鬼跑到山上去唱歌，听到歌声

牛的尾巴莫名奇妙地短了
放牛的谁脖子越伸越长
掉进了梅子策划的阴谋
巫师给谁卜了一卦
灾难又在冬天降临

撒落一地的箫声
把梅子从梦中惊醒
过阴让梅子把短短的一生
做成一个长长的梦
醒来时，秋天已经浅浅地
挂在窗外，也懒得去看

（回族）单永珍

卡瓦博格峰：雪山之神

"孤独是一堆腐烂的银子，照耀着恩情，信仰
而妖娆的修持在雪山之巅大音希声"

这是遗失的一捆道歌，饱含生活的热度
还有悲伤（一捧向下的火焰旁，堆满圣洁的骨头）
那些信徒、游客、盗墓贼、二道贩子……
放弃了尊贵，羞涩，约会，在星宿上
挂满经幡，图画，无法言说的罪孽
他们学会了抒情，悔恨，在玛尼堆旁
无知地朗诵
"香格里拉啊，雪山之神"

卡瓦博格，梅里雪山磨牙的女儿
玩耍银饰，抚摸雪豹的胡须
她把烈日还给天空，黑发还给青春
让落日下的寺院穿上黄金
在睫毛上放任肆无忌惮的辽阔
使澜沧江调皮成一挂长长的忧伤
并在睡梦中拆解了羊皮经书

"在路上，我和你相遇，钻进别人的帐房
佛法无边啊，但你是我的念想"

(回族)马占祥

我贪图这小城的幸福

纬度上的雨水,经度上的冰雪
都是必然的。这名叫同心的小县城
秘密更小,幸福更小,忧郁更小
真相更小。我贪图她微小的幸福和忧郁
她的河流的脉管细且浑浊
山川的身体低且孱弱
我贪图。河边的红柳夏天是白的胎记
山畔刺槐冬天是红的美人痣

我甚至贪图她小小的虚荣和繁华
几条艳俗的街道。车不水,马不龙
那些戴着白帽子的人群
总在清晨的宣礼词中起身
熙熙为生,攘攘为计
清真寺就在城南面对了河水矗立
泛泛的河水波不澜,水不惊
泥沙俱下,绕城而去

她"天倾西北,地不满东南"
多麻雀,多槐树,多四季信风
我可以确证:东边坟茔里
有我的来历,西边流云只在傍晚
怀抱热情,烧红天空,擦亮星辰

我只记挂十字路口的槐花

初秋就在小小的荚里
藏好幸福。我还鄙夷过
在屋舍楼群间偷生的猫狗
它们小而脏，不觉寒暑
也不觉迷误

我在庸常的生活中热爱诗书
在节日里念诵经文
热衷于小。在这名为同心的小县城
贪图世间微小的幸福
领略小块地域上的各种欢愉

(藏族)桑 丹

返回

黯然的银
提炼出轻微的光亮
仿佛一阵低沉的吹拂
谁在失色的面容里,顿感
莫名而彻骨的寒意

边缘的积雪
为涣散的风沙所环绕
重新返回的银
为何这般幽静而苍凉
就像预言的流水难以逾越
即使在遗忘的时候
它也会灼灼生辉

凛冽的雪水,浇铸银的寒气
镶嵌在暗处的清辉
痛失如此销魂的记忆
这来不及遥想的银啊
怀着温热的余光
这一时刻,是从火到水
从水到火
交相辉映的时刻
那致命的诱惑,足以使我
耗尽一生的心血

(藏族)王小忠

十二行

想一个人，想她在含羞灯影下的容貌，说话，转身一笑的姿势
想一个人的时候，月光就从高空跌入五楼
想起这个人我就病了。病得不浅，卧床不起
一颗心飞出胸腔，和遥远的思念紧握，和思念中暗含着的温暖紧握

热水器。电视机。钢丝床。沙发。还有台灯，早年用过的杯子
它们似乎都有怨言，坚持守候，一言不发
纵使相忘于江湖，空荡里盛满持久的感怀依然津津有味
一轮圆月照在胸口，除了闪闪发亮的乳房，还有透红的心灵

想一个人，我是幸福的。我惊觉幸福来得过快，也惊觉它的无限绵长
这个人在彼岸。雪落在不大的小镇上，慢慢覆盖瘦弱的花草
我觉得被覆盖的花草也是幸福的
想一个人，灰色的年轮这么容易就被镶上耀眼的光环

(藏族)王志国

感怀

一盏黑夜里的灯
一匹褴褛的经幡
风用吹拂
安抚
不安的心跳

一朵花上的天堂
半根香上的灰烬:这明灭的光阴
在神的颂唱里
留下生活的偈语

一缕拂面的风
突然停下来
把这孤绝的瞬间
一下子揣进一个人的心上

许多往事开始从心头闪现
我突然觉得
自己其实就是一根被生活点燃的香火
在追逐信仰的路上
半生已成灰烬
余生还在疼痛地灼烧

(藏族)王更登加

亲人

亲人,我们活着时是一家人
死了,埋进同一片墓地
在阴暗墓穴用根根白骨的闪电
相互照亮着取暖
我们还是一家人
我们的身体最终会化为腐殖质
渗进黝黑泥土
或许在一片野花的枝头重现昔日风采
那时,在同一块草地上同一片天空下
风吹着,雨下着,阳光照来照去。我们
一朵挨着一朵,还是亲人

影子在身后喊我

塔尔寺。当我从扑打的经幡下
穿过,突然感到安静
这情景多少有些神秘
从经幡下穿过,我惊奇地发现
我落在地面的影子,和那白布上的经文
笔画竟有点儿神似
这奇妙的联想是否与那神秘的安静有关?
从扑打的经幡下穿过,我只是
来无影去无踪的一缕风
或许仅仅扬起了一阵细小的尘土

那总被忽略的影子，跟来跟去
每逢这种需要提及灵魂和命运的庄严场所和时刻
它就在身后，猛地
喊我一声

(彝族)吉狄马加

我在这里等你

我曾经不知道你是谁?
但我却莫名地把你等待
等你在高原
在一个虚空的地带
宗喀巴①也无法预测你到来的时间
就是求助占卜者
同样不能从火烧的羊骨上
发现你神秘的踪迹和影子
当你还没有到来的时候
你甚至远在遥遥的天边
可我却能分辨出你幽暗的气息
虽然我看不见你的脸
那黄金的面具,黑暗的鱼类
远方大海隐隐的雷声
以及黎明时草原吹来的风
其实我在这里等你
在这个星球的十字路口上
已经有好长的时间了
我等你,没有别的目的
仅仅是一个灵魂
对另一个灵魂的渴望!

① 宗喀巴,藏传佛教格鲁派(黄教)的一代宗师,其佛学著作是藏传佛教中的经典,他的宗教思想对后世影响极为广泛。

诗歌的起源

诗歌本身没有起源,像一阵雾。
它没有颜色,因为它比颜色更深。
它是语言的失重,那儿影子的楼梯,
并不通向笔直的拱顶。
它是静悄悄的时钟,并不记录
生与死的区别,它永远站在
对立或统一的另一边,它不喜欢
在逻辑的家园里散步,因为
那里拒绝蜜蜂的嗡鸣,牧人的号角。
诗歌是无意识的窗纸上,一缕羽毛般的烟。
它不是鸟的身体的本身,
而是灰暗的飞翔的记忆。
它有起航的目标,但没有固定的港口。
它是词语的另一种历险和坠落。
最为美妙的是,就是到了行程的中途,
它也无法描述,海湾到达处的那边。
诗歌是星星和露珠,微风和曙光,
在某个灵魂里反射的颤动与光辉,
是永恒的消亡,持续的瞬间的可能性。
是并非存在的存在。
是虚无中闪现的涟漪。
诗歌是灰烬里微暗的火,透光的穹顶。
诗歌一直在寻找属于它的人,伴随生与死的轮回。
诗歌是静默的开始,是对 1 加 1 等于 2 的否定。
诗歌不承诺面具,它呈现的只是面具背后的叹息。
诗歌是献给宇宙的 3 或者更多。
是蟋蟀撕碎的秋天,是斑鸠的羽毛上撒落的
黄金的雨滴。是花朵和恋人的呓语。
是我们所丧失、所遗忘的一切人类语言的空白。
诗歌,睁大着眼睛,站在
广场的中心,注视着一个个行人。
它永远在等待和选择,谁更合适?

据说，被它不幸或者万幸选中的那个家伙：
——就是诗人！

2011年9月7日
选自《诗歌月刊》2012年11期

年度推荐(二)
微诗体精选

035-052

(二) 中国古代的城市规划

沙 白

春风

春风欲言又止,像狂奔到码头边的书童
面目低垂,黯然如江畔烟柳

那是摧肝断肠的民国三十八年
月色如此悲悯,余生却那么荒凉

"前世私奔未遂,今生必来寻找"
话音刚落,她就听见了他这句久违的问候——
"嗨,密司李!"

是的,没有人能抗得住轮回
就让这枝头绽放的桃花落泪证明——
被春风掩埋的必将被春风唤醒

杨 林

刻度

我在每一个刻度里活着
有很多苦衷
没有人可以倾诉
那些经过的人,面无表情

被俗世量了很多遍
身世,文凭,背景,才华
以及与命运相关的个性
似乎都有一个尺度,早已为我
定制了悼词的标准

李向钊

长在屋顶上的草

每次回故乡
最先望见的
是长在屋顶上的那束草
它微微地晃动
摇出我眼底的泪水

离别故乡
这束草就长进我的心里
因此我的身上
有一束草的味道

中 岛

俗人的幸福生活

看着自己每一天的辛劳
换来的是
你和儿子的幸福生活
我就没有了
要死的念头

阿 毛

这里是人间的哪里

子宫一定是一个可爱的迷宫
所以,我们一出生
就爱上捉迷藏,就在寻找隐身术
可又怕不被找到
所以动一下厚窗帘,发一点小嘘声
被找得太久了
就干脆蹦出来
吓人一跳——
"我在这里!"
我在这里!这里是哪里?

马 科

遗址的哀歌

这些国家级的灵魂太重了
卷曲在智慧之外自溺的角落
咬着历史遗留的几亩干草
那硬硬斜挺的脖子上挂着苍老的泪痕

宫白云

历史

白纸铺成的暗道,通向一道门
谁拿着那把万能钥匙?
那里住着祭祀女神。变换的修辞
落下蹄印——
一些被废除的词,正通过
验证。

安 琪

天命

路边台阶坐着的两个人
一男一女的两个人,被天命挂在东
西,两个枝头,已有六年
他们一个心脏病
一个抑郁症。一个绝育
一个绝望
他们被天命挂在东西两个枝头
已有六年。现在他们坐在一起
带着跳下枝头的累累伤痕
他们把这伤痕叫作爱情。

西 沈

伊拉克：兰德

终于，可以在一块
和平的土地上
射箭了，在这里
战争是一只被人人诅咒
的野兽
她要射住它
让它从此在地球消失

周瑟瑟

故乡拷

洞庭湖是我的故乡
水草绞死了我中年的乡愁

扮演一个浪子多年
四面受敌时曾想投湖自尽

当有一天在国家图书馆
拍摄到王国维遗书真迹
我错把昆明湖认作洞庭湖

错了,一切都错了
我的北京,我的中年
梦中水草绞死了屈原

扮演一具行尸走肉
是我辈悲壮的职业

哪一天我回到故乡
我就投湖自尽
只有洞庭湖才能洗掉我半生的耻辱

刘春潮

除夕夜话

面对一盆灰烬
父亲和我的夜话
像空中渐渐暗淡的烟花
已经到了尾声
他安详地躺在摇椅上
手中的酒瓶滑落一旁
嘴角露出难得一见的微笑
我把外衣轻轻盖在他身上
希望父亲就这样睡去
永远都不要醒来

选自《新诗经》106 期

毓 梓

梦境

母亲穿着少女时代的百褶裙
解开头发上的蓝手绢
挥舞着,沿着河岸奔跑
我跟在父亲身后
他刚刚结束演出
还没来得及卸妆
穿着他的涤纶衬衣
在母亲对岸,奔跑
呼喊着母亲的名字
我紧紧地跟在后面
焦急,却逐渐变成了透明人
两岸树叶黄了,眨眼间
又变绿,一条河
可怎么也找不到桥
河水泛着金色
粼粼地晃动

选自《新诗经》16 期

张会勤

那女人

那女人是一只玻璃杯
她路过的河流比雨水还多
在某一个夏夜,她奉献自己
对着虚无发出吼叫
于是,雨水落下来
将她注满
一阵风,又将她掏空
她失神的大眼睛,仿佛受到惊扰
此刻她蜷缩在角落里
细细舔舐手指上的伤
她曾经在梦里邂逅风一样的男子
大山一样的母亲
和白桦林一样的姐妹
他们是多么可亲
他们在她的梦里细细舔舐
她手指上的伤

选自《新诗经》15 期

水 印

包含

总能够
伸开双手
也能蜷缩起来
连续的
我的梦 注满了人
每个人都在寻找自己的碗和盘子
最终是精神
精神无罪 一个答案
指向你和我
一个信息
径直向上
穿透我们的头颅
停留瞬息
然后是
绝对意义上的包含
有如含着母亲的
孩子的一生
宇宙里
一个信息于最后到达
脸颊和脸颊的亲吻

选自《新诗经》20 期

顾 北

假设比想象来得真实

想象
一头驴走在大街上
戴着顾北的帽子
穿他的皮鞋
向每一个沐浴在温暖阳光下的
朋友打着呲牙咧嘴的
招呼
啊，顾北！

这是二十一世纪最无与伦比的
想象，却比假设
迟来了一步

假设是
顾北就是一头驴
此刻他走在大街上
他没有向朋友们打招呼
因为，他觉得
他们都不真实
虚伪得就像
有人说的
顾北就是那头驴！

选自《新诗经》47 期

高 崎

我还是接触那些火

我还是接触那些火
那些挨近冬天的光斑
扳动石头 腾开一块大地
这是程序 给花

很多时候 我沉浸在南方
骨节响亮 几把桨
敲打薄明的秋天
在花的后面 收拾一个结局

我已经没有憎恨
也谈不上灾难和流年
解剖喷泉水：向上的意味
向下的渊源

我无法再给予明确
一把斧头 与盲人的关系
在一个树的道路上
手握武器 胜过手握春天

选自《新诗经》79 期

杨 立

去县火葬场抄死亡人员名单

火葬场。远离人间
的一座山
风吹松涛阵阵
像极了灵魂们的窃窃私语
细雨淅淅沥沥,恍若亲人们的低声啜泣
偶尔的锣鼓、鞭炮
敲响生命中最沉重的回声

沉默的山坡。一座座惨白的墓碑。
他们生前无缘相识,死后紧挨在一起
分享各自人生的得与失,爱与恨
梦想与悲欢

办公大厅内,窗明几净,沙发柔软
窗外的一株迎春花迎风吐香
披麻戴孝的丧户们
为了骨灰盒与墓地
和工作人员讨价还价

对面楼房的焚尸炉内
一具不知名的肉身
正被电脑精准控制的炉火缓慢熔化
短短的 30 分钟
将长长的一生凝练成
珍珠粉一般的细灰

看着一排排灰暗的名字
躺在无边的冰凉和寂静里
在我硬邦邦的笔下
成为一个个毫无意义的符号
人间的荣华富贵
曾经的苦难折磨
终于，在天然的终极之坎
戛然而止

选自《新诗经》83 期

年度推荐（三）
新诗典诗选

055-081

唐 突

弥撒

这条很像狮子的狗
它又走过来了
在林荫道斑驳的暮色
不紧不慢
迈着淡定 从容的步子
又像一支庄严的进行曲

我在黄昏的草地上拉琴
每当我看到它
我的琴声
就沉缓下来
琴弓带上了一些
贵族的味道

甚至有点像
弥撒

2012.7.21.

刘 斌

方石

楼下有一块石头
四四方方
巴掌大小
好几个月了
它躺在那
侧面与墙呈三十度角
一动不动
清洁工也不清理它
大概它太像谁掉落的

2012.8.30

纪彦峰

我们村是怎么没的

大哥出门去干建筑,嫂子给工地做饭
孩子在市里上学
二哥考大学去了北京,二嫂是山东的
妹妹嫁给了粉刷工,住在了县城

后来,爷爷死了。埋了爷爷。
52只羊,卖了!1头牛,卖了!
葬礼上把1头猪杀了。吃了!
牛圈羊圈都塌了。地没人种,荒了!
再后来,奶奶也死了,埋了奶奶。
葬礼上把鸡都杀了,鸡蛋,吃了!鸡窝塌了。
大黄狗,送人!大狸猫,去流浪了。

大哥在市里,给孩子攒大学学费
妹妹和妹夫筹措买房首付
二哥的小孩需要人照看,父亲退休后
父母一起去北京带小孩,父亲在小区门口摆地摊。
土豆卖了!黄豆卖了!玉米卖了!
谷子碾成米,卖了!向日葵榨成油,卖了!
被褥衣服,运到北京!锅碗瓢盆家具,送人!
破衣服旧鞋,扔了!旧课本、旧作业本,烧了!

一场雨后,院子里长出荒草。
菜地的篱笆,倒了。窗户纸让大风刮干净了。
有一场雨后,山洪水冲进烟囱,冲垮了灶台。

爷爷奶奶的坟头，荒草一茬接一茬疯长。

偌大的山，山下偌大的村庄，
只剩下两孔窑洞，像两只深陷的眼睛
黑洞洞地盯着村口。
只剩下村口弯曲坎坷的路，蜿蜒向远方

梅花驿

拟日记：7月4日

下雨天
雨点在窗外不紧不慢

蚂蚁在云潮寺出家
他当面赞美了女香客

白云和白馒头的相似点
都是白的

他下功夫啃经书
阳光覆盖全身

抬头望见山上的树
比往日更绿了

撞钟的时候到了
他提前5分钟下楼

"请问先生喝什么咖啡"
"有春雨初霁这个牌子的么"

西 娃

在一条买不起裙子的道路上

每当我的女儿
用软软的声音问我:
西娃娃,我们什么时候住大房子
西娃娃,我能不能开上包思捷
西娃娃,我什么时候能当富二代
……
我就拼命喝水
有时呛出鼻涕,有时呛出眼泪
有时,呛得什么都出不来

我不忍心告诉她
在我还是文学少女的时候
就看过作家赵玫的一篇文章
大意是:她领了一笔稿费
去商场买一条渴望已久的裙子
她站在橱窗前,把手中的钱
拧出水来
也没能买起那条裙子

而如今的我,正在这一条
买不起裙子的道路上

韩 彬

这孩子他妈妈跑了

这孩子他妈妈跑了
他说我不要妈妈
我问他 你爸爸呢
我爸爸在麻将馆
你还有什么亲人
这孩子摇摇头说
还有麻将馆的阿姨
这几天我又经过麻将馆
又看见了这孩子
孩子站在冷风里
眼睛一直盯着我
手里拎着的御品轩面包
我给他一个后
孩子一边吃一边说
伯伯 我爸爸死了
我现在就住在麻将馆里

蒋 涛

浮游

我对学开车一直怀有恐惧心理
感觉一个身体在城市的道路上躺着并且
浮游
而且那些没有思想的人变成了浮尸
漂往各地
面无表情
而且一上了车就不能停
一直在道路上漂啊漂直到目的地
而且对面开来大货车的大灯啊
仿佛为我打开了地狱的门
而当你迎过去时
却到了另一方向的天地
只有在一次次相撞后
才会有一个个人插上翅膀

江湖海

前妻

回国就打我电话
我到她落榻的旅店
十几年不见
不寒暄也不握手
她正逛完步行街回房
站在床头镜前
从容脱掉外衣，内衣
又逐件穿上新的
我正想她怎么这样
她转过脸问我
你觉得这套如何
好像我还是她老公

湘莲子

基辅大雪中的女儿说……

妈呀——

你给我买的皮靴不是雪地靴
你给我买的羽绒大衣不是风雪大衣

你住过的地方都没有雪
你见过的冬天都不是冬天

你以为是衡阳雪落盖不住屋顶
而地面只有冻雨打滑的寒冷加欢乐

你以为雪落大地纯净如初
混沌不染俗尘而又玉洁冰清

你以为纷纷大雪只是瞬息
而室内暖气可以温暖一个冬季

你居然从来没教过我在雪地上走路
你居然从来不知道在雪地上怎么走路

我每天被两个内蒙同学架着去上课
我们发明了只有我们才听得懂的雪地口令

啊进、得哇、特哩
啊进、得哇、特哩

我们把中国的一二一
直译成俄语的啊进、得哇、特哩

我们高喊着中国句式的俄语口令
我们跌跌撞撞步调一致向前走

啊进、得哇、特哩
啊进、得哇、特哩

那些"毛子"哈哈大笑
他们也会跑过来教我学走路

在零下三十三℃的积雪上行走
我一边听音乐一边跟你手机 QQ 视频

你想不想来雪地里学走路
你要不要我教你在雪地上昂首阔步

李淑敏

妈妈

妈妈
有时我很多天都不给你电话
昨晚在梦里
你第一次打了我
是两个响亮的巴掌
因为我爱上了你喜欢的男人
之后我收拾行李准备离开家
你懊悔
在夜里为我洗了脏内裤
而你再说什么我都听不进去

这是一个陡峭的梦
现实中我们都不是那样的女人
你决不会有父亲之外的恋情
我也只倾心于年轻的男孩儿

我还是走了
带着一些书和素描本
你不知道我什么时候开始画画
你对我一无所知
梦里梦外这一点是相同的
所以我只能用沉默的眼睛爱你
分道扬镳般爱你

西毒何殇

冷场

在出租车
上午的收音机里
有人打电话
问交通节目的主持人:
"我身体有点残疾,
能不能考驾照?"

"是什么样的残疾呢?"

"嗯……缺点手指……吧。"
很年轻的犹豫

"那应该还好,不过……
你要是方便的话,可以更详细地描述一下,
我可以帮你去问问……"

"我的左手没有大拇指,
右手没有小指,大拇指和食指和中指
都少一节。"他告诉她,
也顺便告诉了我和出租车司机

此时
出租车驶入地下通道
收音机死机不出声
司机说:"操!"

他空出一只手使劲拍了几下收音机
一阵噪音传出来
在玻璃上
凝结成冰花

还 非

老家洲头

从前，洲头村有几个第一
我爷爷是村里的"第一骂"
洋油盐米价飞涨骂
庄稼被牛踩骂
果园发现脚印骂
谁干的谁听见了虚怕，饭难咽，夜寝不安
村里头第一酒鬼，第一饭肚，第一赖皮，第一吹牛，
　第一胡说
个个心怀鬼胎，往人堆里扎，都会逼让一边
我想我也该是村里"第一写诗"
我还想遗传我爷爷的第一骂人
刮风骂，下雨骂，踩到狗屎骂
他骂天骂地，我也几样别来惹，特告示：（略）
但仅一件必须说白：
别妨碍我诗歌写作自由
（如果还有，最好别碰我的女人）
此二件，一为公，一为私
谁要是惹我火了
何止洲头第一骂？
我敢满天下骂，来试试！
爷爷凭族亲威望，我借哪的胆：母语弟兄
晗远山，秋声阵阵
骂痛快了便老木屋死，奈我何

天 狼

拍摄矿难

一具尸体从矿坑里抬出来
又一具尸体从矿坑里抬出来
尸体接连不断从矿坑里抬出来

它们并排躺在空地上
脸上沾着血污和煤粉
当听到一声"停"
它们没有表情的脸竟然
残忍地笑了
身子挣扎着坐起来

这些尸体点上烟吸着
说如果再来一遍
会演得更像

郭秀荣

我是我的邮件

……去下一个陌生地
再也没有路标
没有里程碑
只有废弃的轮胎
替我遗忘

仿佛包裹,查无此人
风也找不到通道
岁月的悖反是史学家的本事
我想起钥匙还在抽屉上时
门已经锁死

收件人不在里面
就在外面,天晓得
一根风滚草会梦见你
撞断地平线冲入黄昏的印泥
一个长夜,以及另一日的裂口

云经立

也许,远方

这个世界,有些东西,还值得我留念,或者怀念
同时,这个世界,还有些东西,值得我去憧憬
可是,这个世界,仍有一些东西,它会让我突然落泪
重要的是,这个世界,还可以让我热烈,心跳
嘭,嘭,嘭……
仔细倾听,它来自我的魂灵深处
也许,远方,另一颗灵魂,虽不能听见
却能感受到它的剧烈跳动

鬼 石

一只只孤独的啤酒瓶

每天熬夜看欧洲杯
一定要提前冰镇几瓶啤酒
让它们冷静一会儿
然后在一个合适的时间
再将它们拿出来
并且启开瓶盖
它们照例先叹会儿气
再看一看比赛
接着便被我一饮而下
如果遇到中场休息
我会去趟卫生间
这个时候,就只有
那几只空啤酒瓶
孤独地站在那里,透过玻璃
看着电视上插播的广告

摆 丢

浑蛋

上周六
在世纪大道地铁站入口
一中年妇女在大喊——
"浑蛋、浑蛋、浑蛋"
不知她在喊谁
但见她往前冲出几步
用手中卷着的一本杂志
指着前方像把手枪
"浑蛋、浑蛋、浑蛋"
那个真正的浑蛋
走远了
当她喊出一声"浑蛋"
就又多几人回头看她
仿佛纷纷回头的人们就是她
叫的那个浑蛋
她喊得更有劲了
她愈加愤怒地喊
她捶足顿胸地喊
她歇斯底里地喊
"浑蛋、浑蛋、浑蛋"

我脑子里突然闯进
很多"浑蛋"的回声
进得地铁，我觉得满车厢的人
都是浑蛋

丁 燕

二十四个月飞驰而过

清晨我醒来,起床烧水
灶上的壶像心脏,嗡嗡作响
昨天我在门缝边撒了些灭蚁药
现在它们拐了个弯,依旧成群结队
我所不了解的,还有蚊子、台风、雨季
——整个,燃烧的南方

有人指着青菜说:你们那里没有吧
我曾沾过蜜的舌头,即刻变成陨石
遗弃自己的过去多么难:出了村子
便是永别;我母亲一直在哭
像知道暂别就是永别;我的孩子
听不懂白话;我们,填各种表格
头婚?二婚?三婚?如何……避孕!
片警的目光,像冬夜的鞭炮

在中亚,三十六个月前的那个秋日
鬼魂在街头找亲人。我看得见!听得见!
一伸手,甚至能……摸得见!
那些无辜的,无声的,软下去的人们!
那个时刻,我无法分辨,火焰和愤怒
人和畜生,石头和武器,地狱和天堂

从此我过敏庆典、集会、红指甲
刀尖、欢呼声、左右摇摆如森林的手臂

我垂下眼皮,在最欢爱时的呻吟中
依旧能渗透出血、恐惧和被死亡折磨后
上气不接下气的惊悸……
一夜间我已苍老;而不是男人的错
他们……多么好。无论,爱不爱我

无论我怎样咯咯笑,做饭,折叠衣物
骑着自行车,从镇里任何一条小巷拐出
在清晨醒来的一瞬,都会被惶惑击中
花费许久,摸到心跳,辨认蚊帐、窗帘
玻璃门外的那座山……都还存在
我在废墟上建立起我的帝国——
我的日月和星辰,我臣服于它们

而非口哨、指令、棍棒和皮鞭!
二十四个月飞驰而过。南方
你不是我的第二个爱人
而是,另一个爱人。你从不计较
我对出生地的思念,我的痴情
我每分每秒的背叛,我即刻要出逃的心!

2012-8-1 为纪念迁居南方两周年而作
于东莞樟木头倚莲居

李勋阳

我的征途是星辰大海

深夜
一条路
爬向一条路
再爬向下一条路
成千上万条路
都爬向另一条路
最后这一条路
站了起来
打量打量脚下的
村庄 城市和国家
开始舞起太空步
向三万颗太阳的额头之上
翩跹
而去！

吴投文

空白

我对空白有一种洁净的癖好
我喜欢一本书中
突然出现的一页空白
这一定是为我预留的信仰

我在前世的日记中
留下一页空白
里面埋着我的一生
这一定是为我预留的贞操

我对空白有一种洁净的癖好
我喜欢一首诗中
天使为孤独者的爱折断翅膀
这一定是为我预留的陷阱

这一生的空白太奢侈
我喜欢在午夜的祈祷中
面对辽阔的虚无
这一定是为我预留的死亡

2012年6月23日端午节

小 麦

羊肉泡

太阳刚刚爬上山头
我牵着家里剩下的唯一的牲畜
去野草茂密的山头放牧
小羊享用着上天的赐予
不时抬头看看我
纯净的眼神似乎在说
呀,美味

太阳刚刚落下山头
村长要招待乡里的干部
要牵走家里这唯一的牲畜
只因为乡长喜欢羊肉泡
猜拳的乡长不时吧唧着嘴
还对村长在说
呀,美味

阿 齐

偷

我背着书包
回我家
你们要是见到我
一定会觉得
我背书包的样子鬼鬼祟祟
你猜我书包里背的是什么

答案：我的小侄女，刚满一岁

庄 生

脏手

这样的夜
这样的黑
你见过吗
你没有见过
你只见过在黑夜中泛光的身体
很白
白到你往往想到
那样的白
你就联想到天上的月亮

其实黑的
不是夜，而是你摸过
月亮的手

韩敬源

一个雪花啤酒爱好者醉酒啦

美人如花,在一个性生活爱好者漫长的人生里
美人如花,在潦倒失意寂寞无聊干渴无比的境况里
美人如花,在黑夜来临白天遥远,离灯光也比较远的地方
美人如花,在花开的季节
在你年老如夕阳的瞳孔里
在雪花啤酒的酒瓶子里
一个雪花啤酒爱好者醉酒啦
朋友们都说如果我以后生了女儿
他们就叫她韩雪花

年度诗选
（纸面）

085-292

朱 尔

挑妈妈

你问我出生前在做什么
我答 我在天上挑妈妈
看见你了
觉得你特别好
想做你的儿子
又觉得自己可能没那个运气
没想到
第二天一早
我已经在你肚子里

《南方日报》2012.12

骆 英

黑鸟(三首)

一

在我远视冰山的时候
我看见一只黑鸟飞出飞进
它衔着一个个挣扎的灵魂
把他们关进冰山的底部
阳光照射时避开那里
风雪吹起时从上空绕过
我用刺痛的眼致以默哀
坐一万年冰牢足以让一个灵魂发疯
因而 在黑鸟向我飞来的时刻
我因痛苦而在山路上飞奔
黑鸟越过了我飞向了远方
它斜视了我 收缩了巨爪
可是我的灵魂却突然死去了
它像一堆牛粪散放着臭味
在我检视它的腐烂程度时
黑鸟在远方发出了一声怪叫

二

天晴了 余雪尚未落在地上
黑鸟已开始翻晒它的灵魂们
有时它啄食一个作为点心
有时它把粪便拉在一个灵魂上

它用巨爪撕开冰川以便灵魂进出
它扇扇利翅灵魂们便都嘶声嚎哭
在怪兽以巨爪袭击灵魂时
黑鸟便飞起来撕碎怪兽喂食灵魂
在灵魂们打瞌睡之时
黑鸟向远方睁大了双眼
远方有一团黑雪在翻滚
无数支长矛在黑雪中晃动
黑鸟卧下来在坚冰上磨利巨喙
把红红的尖舌吐出了三百里远
在灵魂们醒来回到冰川下后
它尖利地向天地打了一声口哨

三

黑鸟迷路了
一支巨箭射在它的脖子上
它愤怒地把一座座冰山踢碎
却再也找不见它的灵魂们
它向着太阳仰望时吐唾沫
它拔下羽毛刺向地心深处
它让自己的血淌入冰河
转眼它又把冰河喝干
它飞起来以阴影遮蔽天地
从此它再也无法降落
在白天它跟踪一头牦牛的去向
在长夜它从一片星光飞向另一片星光
乌鸦们千万只飞翔在它的背后
它们将吃尽它的毛羽与血肉
在它们啄瞎了它的眼睛时
黑鸟坠落在山谷发出了痛苦的长鸣

选自《绿度母》

红蜘蛛

红蜘蛛在叶子上爬　像正在穿越一个世界
它在阳光下闪　血红刺眼　让心紧缩
它用细细的爪子揪住一切如同宇宙的捕获者
慢慢地吐出丝来　慢慢地设置它的世纪陷阱
满天的风吹起满天的丝时　一切都抬头仰望
万物都像上帝的猎物又像是它的敌人
红蜘蛛时而飞翔　时而疾驰　时而犹疑
红蜘蛛时而美丽　时而邪恶　时而忧伤
田野时而荒凉　山川时而黑暗　河流时而干涸
红蜘蛛在叶子上爬　无所谓岁月也无所谓迷途
光线沿着蛛丝照亮远方以及照进密林
千万种身影渐渐隐现在枝条中晃动
于低贱走向高雅　由卑微走向尊贵
红蜘蛛在叶子上爬　像不动声色的主人
它消失在叶子背面后天地枯黄起来
倾盆的雨荡漾着天空　大地　以及密林

郑 玲

幸存者

幸存者是被留下来作证的
证实任何灾难
都不能把人
斩尽杀绝

戴着死亡的镣铐
走出灰烬
在宿鸟都不敢栖息的废墟
重建家园

不管昨夜的狼烟
如何使你一无所有
当黎明到来的时候
仍然充满感激
因为每个黎明
都给希望准备一个天堂

朝着黎明
走在已埋葬的岁月之上
幸存者不诉说回忆
心中的要塞
沉默如雷：
生活永远始于今天
在应该结束的时候
重新开始！

《诗选刊》2011.02

总听见一群人唱歌

重病初愈
每夜临睡时分
朦朦胧胧
总听见一群人唱歌
——他们在过节

不知他们是谁
他们好像是所有人
他们的声音不可描叙
声音的姿势不可描叙
声音的色彩不可描述

许多事物是无法描叙的
就像我
分不清朝雨后的
明霞与莲花
　分不清夕照中的
飞霞与璎珞
我分不清楚
明月的光华与神的微笑

歌声使我想起
那微笑托起的月轮
宁静的深处
永恒的东西就在那里
给你迷醉心怀的智慧
　——人与万物的默契
　　　我与神的默契！
我与人的默契！

李 琦

西安男人

我认识的几个西安男人
都脸庞端方,面目平静
站在兵马俑的坑道之上
身边的友人甚至无需化妆
只要跳下去,穿上前朝衣裳
就找到了失散千年的弟兄

他们的祖先,是首都居民
天子脚下,见过大世面
从小听说的人物是
唐明皇杨贵妃武则天
他们知道李白斗酒公主和亲玄奘取经
他们懂得进退有度祸从口出小不忍则乱大谋
他们诵读蜀道难卖炭翁茅屋为秋风所破
天长地久,西安人尤其男子
腹有诗书,行止规矩
表情深奥莫测,言谈意犹未尽

没有办法让一个久远的时代复活
可某个西安人凝神的瞬间
或者,那种得当安然的神情
却让我相信:一些精神的密码
会在后人的脸庞以及举止之上
微妙地,遗传下来

《诗潮》2011年1月

叶玉琳

在青海听花儿

必须小心翼翼地绕过
这些会唱歌的命

她嘴里吐露的爱情是危险的
她夜里点燃的排灯是谁的天梯
她手上的胡弦
像一把木梳
把缤纷的马蹄挽成丝绸
而她自己 则成了摇曳数里的经幡

忧伤的更忧伤 幸福的更幸福
我们似乎忘记自己是来自异域的过客
小小的贪心已积攒多时
"我已苍老，我正年轻"
经年的气泡浑浊而带有毒性
现在需要一只青草的胃
慢慢反刍并且收藏一生

客官 我们都来自前尘俗世
既不能在黑暗中完全坠落
也不能在明亮中独自飞升
她替我收起狂野的翅膀和头颅
在上面种下星辰和天籁
我替她带走大漠的心
留下羊群 擦去波痕

此刻 昆仑山站满了沉默的神

桑 克

密山街

找到虎林街了,
密山街又在哪里?
曾经见过,一条几十米长的
小街。现在没了
围进直属队的栅栏
一直讨厌密山的名字,
肮脏的记忆使然吧。
儿不嫌母丑,怎么
可能呢?幸亏我的母亲
是美的。十九岁的照片,
让我着迷。1947年,
在战争的空隙之中拍摄
外祖母坐着,母亲
站在她的身边,
抚摸着粗壮的独辫。
密山街没了,
没谁关心这个,我也
不关心。圣母安息教堂,
裹着巨大的葡萄藤,
我关心这个?
可能吧。只是不敢想
里面的东西。

《滇池》2011年第2期

欧阳露

马桶与人民同在

人民自由进出
只要购买门票
所有皇宫都变成ＡＡＡＡ景点
这是商业时代的胜利
"末代皇帝长着痔疮
每天要在马桶上坐很长时间
顺便批奏折"
导游在厕所里解说"马桶皇帝"的由来
隐疾比正史有趣
人民统一戴着旅行社的帽子
对皇帝的肠胃七嘴八舌
前朝老少已排泄干净
龙椅不在了　马桶还在
马桶与人民同在

选自诗集《把水，泼回水中》

倒刺

张开十指
巡视身体版图的边疆
无名指和食指的指甲边上
长出两根倒刺

本来是我的肉
却分裂出来

把矛头插入我的身体
难怪最近有点惴惴不安
原来有刺客在捣乱

关于倒刺的成因
医学解释是缺维生素C
而老人说是消化不良
丰盛的物质社会
除了维生素，还有很多匮乏
消化不良的何止是肠胃
还有大脑和内心

对于亚健康
不需要两个刺客提醒
刺刀长在肉里
无法招安
我不杀无名者
在处决前
先给他们命名
一个叫陈胜　一个叫吴广

先除掉陈胜
再除掉吴广
两股血迫不及待冲出来
流成两条迷你的河
平定一场小型叛乱
轻微的疼痛带来
短暂的快感

选自诗集《把水，泼回水中》

时代额上的刺字

一

判官醉心书法到处挥毫
写来写去一个字
拆

箩筐大的字笔画蹩脚
钝锐无度肥瘦不分
尖圆一团曲直难辨
拆字遍布大街小巷
像阴暗潮湿的霉斑
像青春期爆长的暗疮

判官升堂
扔下一把拆字令签
又一段岁月
杀无赦
斩立决
拆字外面一个圆圈
像阿Q砍头前的画押

二

拆字
金戈铁马摧枯拉朽
土地被撕破脸皮
拖着烂尾多年未愈
有人放风筝
有人遛狗遛猫
临建的商铺
冬天卖棉被
夏天买西瓜

当年迁走的小学生
如今小孩已上小学
20 年过去
还未等来烂尾巴的光明

更多的土地被重新洗牌
钢筋水泥的造山运动
变形　断裂
挤压　扩张
隆起一副副巨大的麻将
有人截和　有人抢杠
有人海底捞月　有人妙手回春
由来只见新贵笑
有谁听到旧人哭
金剪一挥　天花乱坠
脐带切断

三

拆字
雄性激素过高
嗓门巨大
盖过所有碎裂的呼喊
拆字
新陈代谢紊乱
胃口饕餮
消化所有金属与瓦砾
拆解旧事
拆解旧人
拆解旧时光
拆拆拆
拆解阻挡前进的绊脚石
最终将自己拆掉

四

拆字
把拆字拆开
左扌 右斥
拆字先生说
扌者动手　斥者抵抗
这个命盘上的记号　不祥

在刺配进程上一路狂奔
拆字　时代病服的驰名商标
拆字　时代额上的黥墨刺字

选自诗集《把水，泼回水中》

池沫树

青鸟

看不见你的羽毛
我却看见你飞翔的身姿
青鸟,你在内心的湖泊里滑行
澄清的歌喉在山峰和绿水间婉转
放羊的女孩停下了脚步,一同哼起了歌谣
她看见了凤凰,一只蓝,一只青

风的气息,在稻草垛上
转了一个圈,调皮的男孩追逐着
山楂、榉树、桦树、松树,还有像将军一样的
白杨树。在草地上滚一下吧
有一天,也要和云彩捉个迷藏
有一天,也要和青鸟一样自由自在
如果不是战斗机,那一定是夜晚的梦在春天发了芽

在梦里,我的飞行是隐秘的,我的爷爷不知道
我的羽毛是蓝色的,一片一片在风中划动着
我的内心充满着欢乐,在星空下散发着荧光
照耀着生我养我的村庄,我看见小黄从葡萄架下狂奔而来

青鸟,有一天我们会走出村庄,飞向远方
青鸟,我有一个梦告诉了你,我有一个未来要你捎信给这
　个世界

《儿童文学》上 2012 年第 4 期

艾傈木诺

江水向南

江水向南，船向上，我在船上
江水向南，苇生两岸，我在水中央
江水向南，浮萍顺水向南，我在重重叠叠的山岗

江水向南，葵花、玉米、豆荚、莫名的蓝
江水向南，苍老的麻栗树，向着太阳
江水向南，我向着余生的国度，你在何方

江水向南，穿过余生的思想，穿过峡谷高山
江水向南，一路转弯转弯转弯，你在北方
江水向南，鱼向南，虾向南，云向南

江水向南，蝴蝶的翅膀向南，蝙蝠的小裙带在北方
江水向南，青树果果青树根，一双筷子一个碗
江水向南，三片茶叶两只竹篾手镯，手在北方

江水向南，悬崖上悬棺，寂寥成串
江水向南，马帮赶马汉，处处留下冷火塘
江水向南，我的风湿止痛膏在南，骨头疼向北方

江水向南，忧伤的是煎熬的药罐，治疗的马蹄瘦成黄花状
江水向南，患病的北在北方，处方挂在蒲公英肩膀上
江水向南，丹参三钱、红花二两、川芎半斤用于心律失常

江水向南，我在南，镜子在南，刀在南

江水向南，割开棉花初开的香
江水向南，我怀揣秘密，跳嘎光，舞锅庄

江水向南，你向北，我汪在水中央
江水向南，你向北，我行船向上
江水向南，你向北，我在两岸重重叠叠的山岗

《诗选刊》2011年第3期

黄礼孩

睡眠

它是一百年的荒凉
海棠花像熄灭了的群星
群星落在海棠花的阴影里
母亲的行走是花朵上熄灭了的火焰

一朵熄灭的火焰奔向星星
我不知道它能到哪里去
它跟我一样呼吸、颤栗着
它的暗
像闪电一样跪下来
我不知道那一年
母亲是否带走了我的乳名

《草原》2011年第2期

东荡子

宣读你内心的那最后一页

该降临的会如期到来
花朵充分开放,种子落泥生根
多少颜色,都陶醉其中,你不必退缩
你追逐过,和我阿斯加同样的青春
写在纸上的,必从心里流出
放在心上的,请在睡眠时取下
一个人的一生将在他人那里重现
你呀,和我阿斯加走进了同一片树林

趁河边的树叶还没有闪亮
洪水还没有袭击我阿斯加的村庄
宣读你内心那最后一页
失败者举起酒杯,和胜利的喜悦一样

《草原》2011年第2期

章治萍

青海的油菜花

所有的烦恼离我远去

我的周围一片金黄
一片阳光,很近地亲昵着我的脸腮。那婷婷的
少女撷着笑容,我烧灼着整个夏天的温度
藏刀放好了,我太需要平和的安慰
就让衰飒的史诗残破不全吧,虽然我们有时间
重糊遗落的风筝。在平常中酝酿不平常的高潮
或者滂沱大雨,打湿我所有的表白……

《诗刊》2011年08月号上半月刊

泥马度

收购

用小小秤砣收购大地
写上谁的名字　就翻遍三尺地根
一种水草药连根晒干五毛一斤
河沟就在脚丫手丫里
垒石断流　干涸龟裂

没有翅膀能飞来飞去了
候鸟再一次灭绝把村庄遗忘
扒掉的羽毛腐烂为泥
这羽泥无血也无肉怎么会梦见飞翔的前身

收购蛇　多少孩子细长的手臂
伸遍所有蛇窟
蛇也是善良的
大都献了身
总有一些蛇口里的小手　伸不回去了
终止了童眸里含毒的希冀
一家人将不再为学费发愁
但会为再生一个孩子而求索

把秋天丰收的歌声卖给你
把害虫的天敌捕捉给你
村庄熬夜不睡
青蛙被一夜夜地拖出田野
谁还能在春天看到蝌蚪呢

出卖蛙友的钱买回农药
毒在大地里日重一日
多少人死在田里多少人带药耕耘
谁能说收购青蛙不是害虫的戏法呢

如果风和光八毛一斤　就有无数的人
张着空袋子捕风捉影

不仅要你的粮食还要你的一切
要你腹中刚发育的小婴
赶赴不散的欲望的宴席
赴汤蹈火　大受欢迎
还要你长大后的容颜
做醉醺醺的春天
混沌麻木　秀色可餐

一把把老骨头没有人要
如有个三长两短
就卖给死神　留下口粮
救救孩子

《诗刊》2011 年 08 月号上半月刊

麦 豆

父亲

车子向北，啊，车子一直向北
别人不相信，父亲，别人不相信
那林子里放羊的人就是你

秋天的林子里哪有什么青草
白杨的叶子变黄，大地也无能为力
想到过冬的羊群和你，父亲
我还是从南方乘车向北来了

我就知道，这个秋天比以往更加空旷
叶子从很高的枝头掉落，声音一定很响
一定比夏天的洪水更让大地感到荒凉
你们都在想些什么呢？大学四年
你和羊群替我守着漫无边际的白昼
在城市，有些时候，我吃饭吃着吃着就开始发呆
那么空旷的林子里，你和一群羊都在想些什么呢

生活，啊，我多么不好意思谈起我的生活
我执意辞掉了工作，没有事先和你商量
我丢掉了赚钱的手艺，两手空空坐上了回家的汽车
车子向北，它心地荒凉地一路向北

爸，啊，我的喊声砸在了你的心上
你就像一个受惊吓的孩子从空旷中转过身来

李 南

总会有一个人

总会有一个人的气息
在空气里传播,在晦暗的日子里闪闪发亮
我惊讶这颗心还有力量——
能激动……还能呼吸……
和那越冬的麦子一起跨过严寒
飞奔到远方
总会有一个人
手提马灯,穿过遗忘的街道
把不被允许的爱重新找回
总会有一个人吧!
在我失明前变成一束强光
照彻伤口和泪痕、我经过的山山水水
冷杉投下庄严的影子
灰掠鸟忧伤地在林中鸣叫
仿佛考验我们的耐心,一遍又一遍

《诗刊》2011年08月号下半月刊

羞愧

我羞愧是因为分辨不出
二月和三月,泪水掉进酒杯的味道

是因为我每天吃神赐的米和蔬菜

却不如一棵香蜂草更有用

苍鹭斜斜地插进水面
天空长满银刺,幻觉将我和生活分开

羞愧啊! 面对古老的国土
我本该像杜鹃一样啼血……

再有一年,我就活过了曼德尔施塔姆
却没有获得那蓬勃的力量!

《诗刊》2011年08月号下半月刊

袁雪蕾

我原本是没有重量的

地球上我是四十九公斤
在太空里,我是失重的
在你心里,我有时轻如鸿毛
有时重如泰山
我终于知道自己原本是没有重量的
那些重量都是你们给我的
我像一枚挂在尘世的果子
压弯的只是亲人的枝条

《诗刊》2011 年 08 月号下半月刊

大 解

夜访太行山

星星已经离开山顶 这预示着
苍穹正在弯曲
那看不见的手 已经支起了帐篷
我认识了这个夜幕 但对于地上的群峰
却略感生疏 它们暗自集合
展示着越来越大的阴影

就是在这样的夜里
我曾潜入深山 拜访过一位兄长
他的灯在发烧 而他心里的光
被星空所吸引

现在我不能说出他的名字
他的姓氏和血缘 像地下的潜流
隐藏着秘密

我记得那一夜 泛着荧光的夜幕下
岩石在下沉 那种隐秘的力量
诱使我一步步走向深处
接触到沉默的事物 却因不能说出
而咬住了嘴唇

《大家》2012 年第三期·总第一五七期

杨小林

我是见证者

那些田地里劳作的我的亲人,是心甘情愿还是仅为
　生活所累
那些蜻蜓是随机迫降,还是只在蒿草上小憩
那灯笼草是飞翔状,还是在春风中瑟瑟发抖

没有人告诉我,我不怪他们
我离开这片养育我的土地太久了

在田间,父亲拼命地割禾割草。他挥舞着镰刀
他恨不能割断与土地的一切联系
我女儿的眼睛里
爷爷确实老了,他仿佛生活在动画世界里
一帧一帧地走着,他走得那么认真和刻意
他尽力了。他们尽力了。我的亲人们

请不必在意,我只是来这里坐坐
随便坐一坐。我无法告诉色盲的老父亲外面色彩斑
　斓的世界
我无法告诉聋哑的大表姐,城市的喧嚣和诱惑
我慢慢坐下来,在家的方向上

我之所以如此怀念我的亲人,我暗示自己的女儿
以后她的父母亲也能如此被重视
我就这样标榜自己
春天成为秋天。小麦成为面包。桑叶成为丝线

青春变成暮年。无花果变成果脯
我为夏天准备好了

我看见大鹅交出了厚重的羽衣，还有鸭子
亲人们
我不知道还有哪些人为夏天的到来做足了准备
请给前一个季节大把大把的时间
让它的挣扎成为表演
我看了看手表。我果然走在了时间的前面，我来得
　　太早了
我知道了此之前的秘密和这之后的阴谋
我果然赶在了时间的前面，我是见证者
当别人把握了见风使舵，我意外地
学会了宠辱不惊。还是客车候车室

一位行乞者对我说，帮帮我。我一眼认出了
这个行乞在 20 年前就已经富甲一方的长者
他居然还需要钱的帮助

《岁月》2012 年第 7 期

晴朗李寒

最后

当我们睡下，亲爱的，
不知道，这是不是属于我们的
最后一个夜晚
退出了网络，关闭了电脑，
这是不是
我与世界的最后一次联系？
看一眼熟睡的女儿，掖一下被角，
轻轻道一声：
"宝贝儿，晚安！"这是否
我说出的最后一句话语？
这春夜的缠绵，我们都极尽了柔情，是不是
我们最后一次欢爱？
"不要把我的灵魂和罪人一块除掉，
不要把我的性命和流人血的一同除掉……"
这圣经中大卫的诗句，是否
我最后读到的文字？
在书页的空白处，
我写下的这几行粗糙的句子，是不是
我留给尘世的遗嘱？
而熄灭的床头的小小灯盏，是否
我最后看到的光明？
北极的冰川在慢慢融化，
太平洋在咆哮。如果
这是我们最后一个夜晚，啊，上帝
也没有什么遗憾了：

最爱的人,都在一起,
最喜欢的书籍,堆在枕边,
诗歌,爱情,温暖,光明,我们都曾享有过了。
此刻,就让我们松开双手吧,
向世界告别,
疲惫而安然地入梦。

《诗刊》2011 年 08 月号下半月刊

东 篱

地震罹难者纪念墙

比我们所居住的城市拥挤多了
三百九十六米长、九米高,这弹丸之地
居然安置了二十四万多人

没名字,姑且叫张三之子,李四之女
王五之外孙……也许早想不起来了
也许还没来得及起

但比我们有秩序
仿佛二十四万多根被砍了头颅的火柴
密麻、整齐、安静地排列在一起

他们依旧年轻、鲜活
而我日渐老去、衰亡

这冰冷、神秘的玄色世界多纯净
除了三十四年挥之不去的尘埃

很多人来此寻找他们的亲人
但时空迢遥,人海茫茫
而我多年来一次次故地重历
仿佛是为了寻找我自己

《诗刊》2011年08月号下半月刊

简　明

纯金的布达拉宫

布达拉宫的门票，是一张明信片
她启示朝圣者：好的箴言
可以分成两次说，半句生在天籁
半句活在人间。你们从遥远的地方
徒步而来，你们只要举目
就可以聆听

你们可以祈祷和祝福
说出心愿，也可以什么都不说
无声的箴言在心与心之间流传
布达拉宫的白墙，蕴含无限
它不是想象中的那种白
而是一种纯金的真实

你们可以带上牛群羊群
和全部家当，沿途放养
也可以单枪匹马，只身前往
没有谁会挑剔虔诚的朝圣者
你们去，就是回
全程草木青

你们可以把来路的苦，分成前世
今生，这样苦难就少了一半
你们可以一步一叩，一步一叩
头击大地! 布施是永远的

你们可以短暂停留，但不要久
因为路，还没有走完

你们可以把俗世的是非烦恼
彻底忘掉，你们很久以前
就这样做过，但是从未做到
你们所磕的长头，一次比一次重
手脚乃至身体，却越变越轻
超度终成两级

你们可以像雪山，把脚伸长
路是流淌的，河流用毕生精力
喂养两岸，这足够你们效仿
你们在路上不必颂扬
看看身后，河流会留下
粉身碎骨的浪花

你们可以像氧气，躬下身子
这样的普惠，地久天长
诵经者站在高处，余音缥缈
大师永远弥足珍贵。你们都是好人
懂得感恩，在路上不要思想
这是对你们的嘱托

你们可以把天堂里的脚印
寄回老家，让亲人得到消息
你们可以把亲历写在信纸上
让邮差也能看懂。故土就像归程
越望越远，难以割舍的情怀
发生在途中

《作家》2012年7月号

杨 子

我活在一个电闪雷鸣的省份

我活在一个电闪雷鸣的省份，
我活在一个头重脚轻的年代。
神秘的药丸，神奇的催情，
一切都闪光，
荷尔蒙的光，
白日梦的光，
一切都美丽，
像是刚刚拍出的广告，
在安乐椅中，在博览会上，在伪造的史册里
闪着光，
白日梦的光，
荷尔蒙的光，
但是总有一股淡淡的臭气，
像另一种光，
挥之不去。

除了满世界的塑料袋，
除了不朽这个病态的词，
我们没发明任何东西。
工业的洪水，消费的飓风，
卷走了我的爱，我对于罪恶的警惕，
卷走吃了一半的药，做了一半的梦，盖了一半的房子。

我活在一个凶狠的年代，
我活在一个危险的社区，

无法和那些
笑眯眯的肥脸
冷冰冰的心肠
痴呆呆的头脑
和平共处。
望着冰冷的，墨玉般的夜空，
望着货架上的法兰西香水、意大利皮衣
和狗皮膏药般的孔子，
望着那些把神奇药丸
不停地塞进嘴里的男男女女，
望着魔鬼扫荡过的空旷大地，
有关祖先的伟大记忆
都变成从未存在的
杜撰。

《红岩》2012 年第 3 期

横行胭脂

我老了也是一个心事最重的老太太

年轻时，我敏感猜疑，易动怒
跟踪你的履历。年轻时我活得很累
像一块海绵，吸入了太多的水
走进几千种策略，又退回
把镜子打开，又合上
反反复复，把生活过得像戏剧

在湖北向往异地。到了陕西
还是向往异地。去过新疆
在八月的火焰山，高昌故城
还是向往异地
我如此喜新厌旧，以致一只脚刚踏上
某片土地
那里的人和风景就旧了

今年我向往北京
北京在我的想象中
已被拆装组合了无数次——
北京的最好的电影院我减去了它二分之一的光线；
十号线地铁周一，周三，周五改运玫瑰花
蔷薇色的天空傲慢地存在
春天聚敛了万物的嚣张
可惜我不在行云流水里与你相遇

开元小区 文化路 临潼 西安 陕西

这些名词按从小到大的顺序
把我的日常体制困住了
但我的想象力纯属天才
像微风的鞭子无休无止

我老了也是一个心事最重的老太太
盘腿坐在秋日的阳光下
眯起眼，就想起一些壮丽的词语：
比如私奔，出走，生活在别处……
我与那一群老太太多么不同啊
她们迷糊，打盹，连叹息都没有了
上帝，我还在否定我的皱纹，
时间在我周围那么柔软……

我想起我路过的一些你——
第一个你使我愤怒和痛苦
第二个你使我平庸和服从
第三个你使我激烈和忧郁
第四个你使我痴迷和绝望

我八十岁的时候
你们都已远去
我在回忆里从第一个路口到第二个路口
经第三个路口，到第四个路口
路灯始终不熄
走到第四程
我清晰地叫出一个名字
满心里金黄的刺
倒出五十年漫长的毒

《山花》2012 年第 4 期

殷龙龙

后海

高山流水在这里
终究成为我们一部分天性
母亲的碗，大自然的面
食指的街道。黑帽子代替方向
我们抬头变成牛羊

我的语言过于华丽
废话连着西山。眼睛里的草原一直是圆的
在那里拥抱、打滚，而你和你的民族姗姗来迟
一头狮子甩下黄昏

今夜满眼星辰
拣选一个孤儿吧，妈妈：生活越来越大
像一场自由碎在案板上
太阳的骨头和黑色的血啪啪作响
你说：肉，动物，和长城

第一个离我而去
第二个被人迫害，死时只有某个器官
第三个
喔！我该替她去服刑
并把左手换成钢铁

为什么我不是虫子
为什么我心中没有两个祖国

为什么沙子和头发坐在一起
整个天堂就浮起来：大脚和鱼，和事物的根
身上是树皮
身下压着棕色的女人
大地啊！我没想过我的翅膀根本无用

《边疆文学》2012 年第 6 期

昨夜，全部的尘埃全部的黑暗

饺子一般包起我们
楼那么高
山那么高
废墟那么高

我将陪着你
走完你的美
我将掺和你见不得人的罪恶
支起帐篷可以显摆一下你的堂皇
混淆一下是非

三 子

鸟群

一群鸟在村庄的上空飞
它们形成的风,带来了又一个黄昏的黑

这样的情形,反复
在我的梦里出现。一群鸟扑向村庄后的树林,它们张
　着嘴巴
却没有发出声音

如果我将梦继续做下去
那么,它们的心肝就是我的心肝
它们的亲人,就是我的亲人

《诗刊》2012年5月号下半月刊

消失的事物

在乡间,有许多消失的事物
譬如剃头师傅老刘的推剪
篾匠满生的篾刀,以及不知名的弹棉花人
手里的那把弹弓

在乡间,还有一些事物没有消失
但已经无法看见,譬如
沟渠里潜伏的青蛙和春天的叫声

水田中，隐约游动的
那些鲫鱼、泥鳅和黄鳝

《诗刊》2012 年 5 月号下半月刊

王芗远

夏天到了,春天还没来

就这样,你出人意料地来了,就这样,星星还在发光山就
　　这样建起来了,水就这样干了,云就这样成了天的蒲扇
就这样,夏天的花开了,春天的花谢了
冷风就这样走俏了,就这样被空调电扇垄断了
就这样又十分怀念你轻摇的蒲扇,又十分怀念那些冰雪的
　　微笑
水渐渐热起来了,你渐渐来了,冬天是用来怀念你的,这
　　个季节是用来怨恨和折磨你的。
时间就这样把我抱起来了,就这样来了就走了
知了就这样闹起来了,风就这样冻起来了
附和你的风热了,反对你的风没了
你就这样,我就这样,你就这样出人意料地来了
春天就这样出人意料地走了,我就这样出人意料地长大了

《诗选刊》2012 第 8 期

陆修远

妈妈,我很孤单

妈妈
月亮都升上来了
你怎么还要上班去呀
妈妈
我很孤单
我想让家里所有的东西都会说话

《南方日报》2012.12

娜 夜

一首诗

它在那儿
它一直在那儿
在诗人没写出它之前 在人类黎明的
又一个早晨……

而此刻 它选择了我的笔

它选择了忧郁 为少数人写作 以少和慢抵达的我

一首诗能干什么
让一滴雨停下来 或者
成为谎言本身?

它放弃了谁
和谁 伟大的
或者即将伟大地 署上了我——孤零零的名字

《中国诗人》2012 年第 2 期

铜镜

我喜欢它
它就来到了我的书房
和卡尔·马克思的《资本论》挨在了一起

它是大唐的还是晚清的又有什么关系
它是从前的

当日光退去
夜幕降临
《资本论》像一朵夜来香慢慢打开了自己
它就把自己颤抖成一个音符
踩着我的黑白琴键
回到了从前
王和后中间
妃子和桃花的左右

用青铜的声音
对从前的月亮和江山说：他们用诗歌
说谎

王黎明

身后的日子

满天的芦花掩盖了春天的
飞絮。我不再是奔跑的孩子
而是拄着拐杖的老人

驻足风中,记忆的井水
越陷越深。秋天的白鹭
带走霜枝上的阳光

身后的日子,从我的眼睛里
劫去唯一的花瓣
从我身上掠走单薄的衣衫

我看到犁耙翻开的泥土
腐烂的根　风干的果核
裸露在石头里的金属发出刺耳的叫声

这疲倦的大地。让我的双手
愈显苍老　我的感官
像陈旧的事物渴望粉饰

时间的漩涡里
黑暗是一件收藏光的容器
陶塑的手　扼住衰老的喉管

在野兽盘踞的洞穴和种籽

霉烂的仓库里
我的踪迹和气息为人类所共有

死去的人什么也没有带去
连梦想也留在了原来的地方
一场大雪依附在万物身上

《扬子江》诗刊 2012 年第 2 期

路 也

母亲的心脏

她的胸部上方偏左,即当年佩戴领袖像章的那个位置
——那个最革命的位置
开始塌陷了

她的曾经被我吮吸过的左乳房的背面那片区域
——那片最慈爱的区域
开始疼痛

她无数次因为的胡闹而生气并且用力的那片面积
——那片最喜欢说教的面积
开始衰败

她的被我的远行而牢牢揪住的那个地方
——那个仿佛被别针穿插的地方
开始退化了

她那已跳动六十多年,其中已为我跳动了四十年的器官
——那个伟大的器官
此刻正因缺氧而悲伤

《星星》2012 年第 3 期

臧 棣

闪电学丛书

在他的外面,闪电整理着
黑暗的世界。如注的大雨比反讽准确,
比最黑的黑暗中的反讽更响亮。
他想,他能从闪电的咆哮中学到一些东西。
比如,有一种天赋叫霹雳。
有一种绝对的爱也叫霹雳。
从不被误解,这可能吗? 那还有什么意思呢?
他想很多人一定都想过
闪电看起来就像一道皮鞭。
响亮啊。就好像被误解的惩罚
刺激了被误解的快乐。
隔着玻璃,或者空气中的透明的墙,他看见
闪电的皮鞭愤怒地挥舞着,鞭打着
黑暗的世界。一次,再一次,
整个过程中,不乏漂亮的连击。
从不抽象,这可能吗?
从不连贯,动作这么大,还有必要吗?
从没有过自由的联想,这可信吗?
他想,比闪电更准确的,也许不是鞭子,
而是明亮的裂痕已经出现在最暗的地方。

《青春》2012 年第 3 期

寒 烟

七块骨碴

捧着你被火焰装订成灰烬的孤本
像捧着一块泰山花岗岩——
七十个春秋熔铸的沧桑粗粝的沉默
收藏在这只深褐色的木匣里
等待我用一生来释读
"父亲"——
这部无字的辛劳的大书

或许，每个来到世间的生命
最终，都要将这易朽的肉身仅剩的
死神也啃不动的骨头，送入地层深处
与所有的骸骨一起，共同加固、支撑
古老的不堪重负的大地
当这只紧紧偎着我心跳的木匣
——这只满载我锥心疼痛的小舟
不得不在暮霭沉沉合拢的催迫里
从我声声呼唤、挽留的臂弯解缆
从此漂向茫茫永夜的洪荒……
那一刻，那从血脉深处迸涌的
撕心裂肺的爆发
使我终于撕掉那牢牢粘贴住心扉的
"仪规"的封条
迎着亲人们众目睽睽的惊愕
像翻开一本我渴望已久的书籍的封面
我掀开骨灰盒薄薄的盖子

将痉挛得仿佛已失去知觉的手臂
伸进去——
伸进那堆穿过死亡的炼火
仍保留着你生命惊人温度的
炽白的骨碴和粉末：
索要烈焰焚心的纪念

一锹锹急雨般落向墓坑的泥土
落向深不见底——没有回音的夜
我转身，攥紧手中七块锋利的骨碴
摩擦的磷火
在喧嚣人世的寂寂里穿行
一支被此岸——彼岸
这拉满的弓弦射出的箭镞
将抵达何处

啊，别问——
别问深情守护在你坟头的蒲公英
将把她那在你喜悦泪光里爆裂的
渴望远行的种子
托付给哪一缕苍茫的秋风
别问，清寂旷远的月夜里
一只骨笛，为何总在吹奏
那髓质的忧伤和悲凉……

《山东文学》2012年第3期

蓝 蓝

没有自责，只有指责

麻木垒砌的炉膛一个日子在追赶。
她的脸摔破，着火

你们共同的树枝卷进她
弯曲的头发。焚灼
之中一声长长的叫喊
被告低声的哀求，在灰烬上。

伴随烧焦这个日子的光
亲吻她变黑的头。指责的手指
摘下她，在尚未熟透的果实的哆嗦中。

呵，那些可敬的人们的权力
权力掩盖了什么?

黑夜抬高你们的胳膊。
黑夜安慰你们的记忆。
黑夜只诞生火。
在恶的大口里，在铅字
变成威严印章的磨平中。

看，一首诗的线头散开了，绳索攀爬
沿着更多你们指甲的痉挛
我接近我。
我接近你们。

作为自由的道路我成为障碍。

暴君在隔壁，开了天窗。

艰难地越境，
在每个人界限的
可被允许原谅的缺口处
聪明人和白痴把守着
众人通过，夹带着多少私货！

踝骨的烧痕
储藏那些拖长的影子。
脚跟的辩护词
掷入检察官喉咙回音后的熔炼……

谁记下这场火刑的追赶？——

《山花》2012年第1期上半月

唐 果

真的太像人了

不知从什么时候起,我有了偷窥的毛病
有一天,我去偷窥蚂蚁
我选了个隐蔽的位置,拿着书装模作样
黄槐树下,它们出现了
一只接一只,排成队齐步走
我找了半天,也没找到那只喊口令的蚂蚁
仍然是这棵黄槐树,也许还是那窝蚂蚁
好像是自由活动的时间

它们有的抱在一起,啊!太像人了
有的两只垒在一起,啊!太像人了
一只举着前腿冲向另一只,啊!太像人了
有几只在搬死苍蝇,拉的拉,推的推
啊!太像人了!有一只蚂蚁离蚁群较远
一副不与凡俗为伍的样子,真是太像人了

《特区文学》2012 年第 1 期

江 非

夜海

我用全部的信心接纳这片黑色的海水
夜之大海有着黑色的鲸,黑色的背
犹如黑色的马群在草地上拱起
我用整颗心听见它黑色的音乐,在鲸的腹中奏鸣
黑色的波浪沿着鲸的皮肤到达陆地
它告诉我,要用整颗心,去思考那些无限的谜语
要去接近鲸,那种大海深处最大的生物
要仰望它,犹如仰望一座神的殿堂
它就是一位神,在用它的尾鳍
弹着吉他,它就是汹涌的河流
流入大海后的肖像
我们曾认为它不会太会冥想、言语
可是事物总会自己来表达自己
每到夜晚,它总会让我们感到
正是它在海底守着海的家室
我们让大海有了边际,让它到达岸边就要回去
而它,让大海有了根基,我们的沉思
有了内容,每当我们眺望海面
夜晚的海面,它就在海底回旋、迁移、生长
整座大海彻夜涌动的唯一原因,就是一头鲸

《青春》2012 年第 2 期

潘洗尘

在墓碑上刻完这行字我们就可以离开了

我们哪一个不是被迫地来，这世上
"日头照好人，也照歹人"

谁见过那个唯一主动降临并甘愿受死的人
他却说："时间来不及了，我不能再作比喻"

所以我羡慕那些歹人 总是有大把的时间
用来做歹事 和忏悔以后继续做歹事

"爱自己的敌人，祝福诅咒你的人"
在墓碑上刻完这行字 我们就可以离开了

《上海文学》2012年第1期

所谓的一生

这一刻 我死了
阳光依旧明媚 远处的育婴室
仍有新鲜的啼哭 时断时续

多么冰冷的死亡 我们一切称之为规律的东西
活着时 生命就缺少形象感
死了 更是被简化成
某个词 或某些词语

盘点是来不及了
加法或减法又有什么意义
一些时间的叙事 终成云烟
与生命有关的抒情 已丢在风中

越不过 也回不去
所谓的一生 就是被卡在这里

《读诗》2011 年 2 期

冷 眼

两个岛国

除了赞美
这两个岛国

因为人的需要
因为人类的需要
因为人类当中的少数人类需要
因为必要，必须要

这头灰熊躺在铁笼子里
和屈辱，森林
他再也看不到的一起
熬过了 20 年的
胆汁消毒。

他的皮毛会怎么样——新型阿胶？
他的肉吃起来会怎么样——熊肉胶囊？
他的脑海里的星辰，月亮——死亡！
他的屈从于人类的国际法——废纸！

我有三只眼睛
在两个岛屿上
一只看着太平洋
我有三只眼睛
在两个岛屿上
一只看着鲸鱼的两只眼睛。

那些鲸鱼杀完了么?
那些红色的漂浮的肉团? 同类们来了, 快坐。你瞧。
那些鱼翅怎么样? 再加两双筷子, 够吗?
那些碟子盘子杯子怎么样? 哦
这就是日本料理? 鱼子酱可以直接吃掉
捕鲸船, 上帝呀, 你建在海上的大娱乐所。

哦, 上帝, 上帝。
沉没的小岛上
灰熊和鲸鱼
四只眼睛
在为你唱歌。

《汉诗》2012.3（总第十九期）

阿 华

心脏并不是心形的

心脏并不是心形的
心脏也不是红颜色的
就连朱利安·巴恩斯也在书中说
死后的心脏呈现金字塔状

心脏不是心形的
那它为什么叫心脏
我的阅读一直都有局限性
这让我对每一件事情都疑惑重重

心脏不是心形的
它如何赐福给贫乏的身体
心脏不是心形的
那它是像绿茵草还是像紫苜蓿
它可有过绿草的芬芳
它可像我一样
有过汹涌的漫无边际的想念

红色的血液穿过了心脏
它却不是红色的，这让人沮丧
它在处心积虑地掩藏些什么

《延安文学》2011 年第 3 期

卢卫平

夜蛾

漫长的黑夜，无边的致幻剂
让夜蛾还没有长出翅膀
就有了致命的经验
只要见到光亮，就一定是黎明
它能做的就是不顾一切地
把黎明抱在冰冷的怀里
乡村的油灯，一盏比一盏善良
可就是因为夜蛾
让在灯下纳鞋底的母亲
一次次被针刺破指尖
我在灯下读书
母亲指尖的血和脸上的微笑
夜蛾烧焦的翅膀和火苗上的舞蹈
让我懂得了一生的疼痛和温暖

《上海文学》2011年第7期

看守所

在看守所，你能看见什么
你把所有的黑暗，都藏在睡眠中
你用所有的光亮来相信
总会有一朵云在厌倦漂泊时
渴望风能吹来一副锁链

除了看守，没有谁能来看望你
有没有看守看着你
像一个雕塑家看着一块大理石
你为这样的想法露出了
你在看守所里唯一的一次笑容
你保守的秘密，其实是一个古老的故事
每一个开口的人，都是一个新的讲述者
都会在喝彩声中找到安身之所
而你的口，比铁门闭得更紧
你的钥匙，在你的牙缝里
但你决定留着牙齿去咬更坚硬的日子
你用心跳敲打墙壁
你听到的回音沿下水道消失在泥土深处
你猜想有细心的榕树根会听见
榕树叶子沙沙的话语里
有你与世界含混的接头暗号
中秋节的夜晚，你顺着看守看望的方向
你看见月亮，你看见看守看见月亮后
看你的目光比月光温柔。从古到今
月来从来没有让一根野草生长
但月亮的美，让你在看守所
仍然有赞美的冲动

《上海文学》2011 年第 7 期

张凡修

汹涌

草和苗的目标是一致的。
苗稍稍迟疑,草就会闻风跑来
草不像苗,能被宠着
草不挑剔土地的肥瘦而苗太娇贵
一直没高出它身边的草

苗的内心也有光芒,一次次被草遮掩
苗的光芒,只有我
一个人,看得见
——草和苗一起汹涌

为草送行。我必须
把手里的大锄头换成小锄头
才可以一再剔除。一场雨后
草又愣愣实实地长
这让我,蹲在地里恍惚

小锄头是单刃的,不像我刮脸的刀片
锋利的、寒冷的、潮湿的
这一面钝了,还可以用另一面
"一如万物的位移,来自我们内心偶尔的呢喃。"
而荒芜,总是从一头汹涌。

《诗潮》2011年第5期

子梵梅

在崂山

有九株老杏树,在崂山上。
我在杏树下仰头看了很久,直到脖子酸了。
先是看看有没有白果,再看看叶子有没有黄橙橙,
最后看它为什么这么老了还活着,等我死了,它一定
　还在这里。
从杏树下走出来,去了一座寺院,
僧侣们拿着饭钵奔向食堂,
他们的饥饿不是宗教,胜似宗教。

《汉诗》2012.3(总第十九期)

荣 荣

家书

给飘荡已久的心写一封家书
写上永久的地址 邀她住下来

安稳 是一些事情开始或终结的理由
她是不愿行走的树
她是自己的阴影和破碎
她很想拦住一些白发老者
询问那些夜晚的跌宕起伏
那些弯曲的秋风所吹起的阴云刀片

但落叶在空中已争吵很久
别再碰触彼此的伤口
现在是一封被小心修辞的家书
那缓缓展开的柔情

谁的指尖冰凉 还要清点一个个过失
也是一种幸福吧——
如果死亡来临 她将在家里
准备行装 而不在大街上

她将在一封家书里暖和起来
"从今往后 我只一心一意爱你"
"那么这次 我是真的住在爱里"

《扬子江》诗刊 2011 年第 4 期

格 式

来信

下雪的事情,下雨了
才知道。我不惊讶
春风的多情

还是说说那棵柏树吧
它在老家
一直不肯穿衣服
坚持赤膊见你

我不惊讶。它上半身的赤字
变成了文身,在它的前面
与后面,是槐树和枣树
它们都不如它们挡住的那棵香椿树

仅凭叶子,就唤醒你的饥饿
让你于吞吐之间
怀想牙齿与嘴唇的抵触

这约等于乳房抵消了哺育
充盈的乳房不想
堵异乡人的嘴
乳汁的汹涌
只是沉默作祟
除了邮路,别无出路
除了别离,别无用途

朵 渔

唯有死亡不容错过

今天,太阳别出心裁地
从南边出来,哦,我总是
在最严峻的时刻睡过头。
据说死亡是一件
无需等待的事情
但再不去死,恐怕就来不及了。
今天是最后一天,这食人的繁华
就要接受烈火的审判
一切第二人称
也要受到黑夜的讯问
你从来不说你,只说我——
"我与地坛"
"我的遥远的清平湾"
你以第一人称死去
必将以第三人称复活
复活,是死者送给生者的
唯一礼物,作为时代的病人
我相信我也可以去死
我也有能力死,但就是
死不了。一代代人死去了
北风依然在给我们上课
闪电依然在与我们共勉
在死亡的最后一根稻草上
一直蝴蝶的翅膀
正掀起一场爱情的风暴

那就让死亡来得更猛烈些吧,死
是死不了人的。

《西湖》2011 年第 6 期

我羞耻故我在

下雨了。做爱做到一半,不做了,
咽下去的东西,再吐出来。

旗帜升到一半,被一场悲剧制止,
钟表懒得再动,因时光太过漫长。

出租面具的人,在诱惑一个学射少年,
一只被组织派来的苍蝇跟我讨价还价。

因为风的缘故,落叶在羞辱一只鸟,
天空太低了,乌云在追捕鹰的思想。

如此纯洁的白云,为何洒下如此肮脏的雨水,
必有人下了命令,必有人从中做了手脚!

雨大了,我们的悲哀收紧了,
闪电提示着黑暗的无边无际。

人生,其实活一半就够了,
另一半留给慈悲如破陶的母亲,

请她重新选择自己的父,自己的国,
请她在光明中将我们再生一遍。

《读诗》2011 年 2 期

郁 颜

山坡上的这个男人

这是很平常的一天
季节仍然在时刻更迭
山坡上的这个男人,习惯了一个人自言自语
仿佛一个陡峭的、没有声响的词语
秋风送来了些凉意,也在他的脸上
晃动起时光的影子……他记起了一些往事
一些过去的日子。他的身体在渐行渐远
他很想慢慢地把自己遗忘
这是生活给他的,最后的、隐秘的爱
这听上去,有点矫情,又有点儿让人心疼
"有一天,请把我种在这片山坡上
记得要在向阳的位置,旁边还要
站着一棵树"
"呵,或许也可以
成为散落在人间的一颗星星
或是,停留在土地下的一部分黑暗
躺下去,便拥有了广阔的山峦和水域"

《山东文学》2011 年第 7 期上半月

韩宗宝

铁匠张三

铁匠张三　我的小学同学
在潍河滩上打铁已经年深月久
打铁必须自身硬　这是张三一直
挂在嘴边上的一句话

在潍河滩　张三垄断了打铁
那些同泥土和石块发生磕碰后
磨短了损坏了的大镢　铁锨和锄头
会全部送到他的铁匠铺子里维修

张三出名主要是因为他精湛的技艺
他能让修过的农具就和没有修过一样
他打铁的时候浑身充满了力量
张三让我知道了什么叫结实

在维修家具之余
他也用白铁皮　制作水桶或者烟囱
前两天　我还从他那里拿了一截子烟囱
换掉家里　已经锈得实在不能再用的那截

在空旷而辽阔的生活中
铁匠张三　他打了那么多铁
而他自己也像一块铁一样
被乡村生活狠狠地打着

赵思运

小徐说

如果你看见一件衣服
你穿着很好看，
那就买下来。
因为不买，
你不但错过了这件衣服，
而且也可能错过了
穿这件衣服的年龄。

2012年3月18日
（选自《诗选刊》2012年11-12合刊）

余笑忠

计程车司机,你要慢点开

在车上听一首歌,吉卜赛女歌手,俄裔
多么好的嗓音,足以令我们忘记
勤勉的雨刮器,来回重复的
错误节拍
她唱的是什么?不得而知
只知其名:《计程车司机,你要慢点开》
在这里,我们的城市,每个司机
都恨不得赛过计程车司机,快上加快
又何止是司机

我们来回听这同一首歌
陶醉于她的时而低沉,时而激昂
她自如地转换、腾越
那么多近乎玩杂技的车手
那么多的车,带着满身泥污奔驰
雨中,夜行人总是低着头
有相拥的,有孤独的
应该慢下来,慢下来
因为你不能把污泥浊水
带给那些避让不及又不可能追上你的人

《人民文学》2011.10

吴佳琼

减速带

下坡的路口,新装了强制减速带
恰到好处的高度和比例
作为绕不开的好意

那天下雨,被绊住的有
几个碎鸡蛋,推三次才过去的烤红薯的三轮车
送水男子摩托上掉下来滚了近五十米的桶
骑自行车的妇女后座上的一塑料桶别人用剩的白色墙漆

听不到碎裂。他们不是作为瓷器
依然是肉体,行过命运的褶皱
已经是掉队者
依然参与减速
纵向累叠的伤口区别了他们
颠簸了一下。被一些冷抓住
作为生活语法晦涩的裸露部分,作为草
弯了弯腰。不向更低处陷落
还是要抬头
在另一侧起身。说到天空的时候
它像一个废弃的拮据喻体,哽在喉咙里

《诗选刊》2011年11-12月,年度大展专号

多 多

年龄中的又一程

交换我们的记忆
靠我们的问题呼吸
膝盖轰鸣着
传递线的痉挛
传至你,又从他者传回

交换我们的沉默
草接着草,深处没有核儿
本来是空白,在树浆内
由被检阅过的寒冷
建立它的冬天
无言,无声和无关

鼓点是不变的
独白也是旁白
在变为石头的接力中
种子些微的重量
担着全职的黑暗
自痛苦的全集
收藏你,收割我们
重新隔着你,隔离我们

大量的未来
再次奔向文盲的恐惧——

我梦着

梦到我父亲,一片左手写字的云
有药店玻璃的厚度
他穿着一件蓝色的雨衣
从一张老唱片的钢针转过的那条街上
经过洗染店,棺材行
距离我走向成长的那条不远
他蓝色的骨骼还在招呼一辆有轨电车

我梦到每一个街口,都有一个父亲
投入父亲堆中扭打的背影
每一条街都在抵抗,每一个拐角
都在作证,就在街心
某一个父亲的舌头被拽出来
像拽出一条自行车胎那样……

我父亲死后的全部时间正全速经过那里
我希望有谁终止这个梦
希望有谁唤醒我
但是没有,我继续梦着
就像在一场死人做过的梦里
梦着他们的人生

一锹一锹的土铲进男子汉敞开的胸膛
从他们身上,土地通过梦拥有新的疆界
一片不再吃人的蝇
从那边升起好一会儿了
一望到鱼铺子里闲荡的大钩
他们就会一齐号啕大哭……

我接受了这个梦
我梦到了我应当梦到的
我梦到了梦的命令

就像被梦劫持——

从两座监狱来

堆积我们的逗留,在斗以外
土地,我们行为的量具
偶尔认得自由:

石头被推上山顶
不幸,便处于最低水平

在这低下之内
通过我们被颠倒的劳作
向更低处漂流人

带者失迷的田野,过度地活着
并畏惧于所活过来的
距离,只是丈量的结果

在这报告之外
不多的生活,是生活

《读诗》2011年1期

凌 越

从晚风中勒索鞭子

从晚风中勒索鞭子,
瞬间滋生的豪情勒索记忆,
从冷酷的图书馆里扔出来故事的断简残篇。
行人漫不经心,藏匿着那尊发愣的神
一些妩媚在街树的空隙间逸出,
我翻阅天空的旧章,
我探寻星星的追问,
几个世纪的静默挥霍在这敌视的瞬间。

故事的主角隐而不现,
所见无非庸常的街景,戏剧惯常的桥段,
我投身其中,并不为灵魂的震惊而迟疑,
亦不为道德的缺席而自喜,
——是的,我不过是其中的一员。
高楼灯火通明,居住在兽栏里的人类,
在自省中学会忘却,
表情木然,依偎着那一点可怜的幸福。

没有比这更神奇的了——
四季交替,为爱循环。
我的心慢慢苏醒,不为所动,
日复一日地鞭打,
成就时间低调又无情的脚步。
我们互致问候,
我们互致祝福如同鞭打,

因为我们共处同一出长河戏剧中，
没有人意，也无人情。

人物聚拢在静止的舞台，
一味模仿人世的悲欢，
但愿我在其中沉陷，完全消失。
但我的笔悬垂着，
试图戳向永远有待证实的真理，
——平息万物隐蔽的暴动。

《诗林·双月号》2011 第 6 期

育 邦

甲申年冬,南昌,大雪
——过青云圃,谒八大山人墓

三月十九日
他一个人跑到奉新山中
装聋作哑,远离尘事
牧童牵着老牛
绕开他,从身边经过

酒瘾折磨着这个年轻人
一个月后
他蓬头垢面,上街沽酒
山外的天空依旧
他徜徉在里巷酒肆中
浊酒中,投映着他深深的命运
他睁大双眼,瞪着它
并把它一口饮下

当他回到青云圃的时候
那两棵苦槠树依旧伫立在那里
——枝繁叶茂
床榻已被厚厚的尘土所覆盖
而他的心中
唯余残山剩水
他的笔端
诞生的是孤介的顽石
以及枯索的独鸟

那一年的冬天
南昌府悄然飘落一场大雪
就在下雪的那一夜
他身着道袍
在青云圃的冷寂后庭中
在冰天雪地的黑夜里
像一棵孤竹
缓缓移动，独自徘徊
出现一些足迹
随后又被大雪轻轻抹去
天地间
除了苍茫
其他，什么也没有

注：甲申年，即1644年，明亡。

《扬子江诗刊》2012年5期

孙 磊

沙尘

学长途奔袭，学扑面，学涌
学路灯在氤氲中吐字，像谎言。
披羽衣，披突变的黄昏，
今天你来，把它变成
昏暗、繁乱的一天。

第一次，我愿意走进你的胸膛，
悲伤的强力沙沙有声，
遗弃来自北方，土松了，意志
有些失声。这时，誓言沉默
粉尘将别处推到眼前。

我累了，安魂曲有些羞怯，
夜晚只是部分的解释，路灯下
街道变得更黑，
风显得孤单，但
那是你生存的全部事实。

该有一种埋没给我天涯了，
该有一次死毫不动摇。
在那儿，我的地，
今天你来，把它变成
质地硬凉、细碎的远方。

《诗林·双月号》2011 第 6 期

王单单

雨打风吹去

我老爹,年近花甲,在地里
仍想着去远方,劫回落山的太阳
我叔父,孤家寡人,在家里
自言自语,等那些多年未归的子孙
我族兄,携妻带子,在广东
一家人内心的荒凉,被机器的轰鸣声震碎
我大哥,埋骨他乡,在天堂
投掷石子,此时,母亲是一面伤心的湖水
我内弟,单枪匹马,在浙江
犹大的门徒,用罂粟花擦亮帝国的枪声
还有我,身无长计,在故乡
找故乡,二十九年雨打风吹去
大浪淘沙,一个家族浮沉千年
就这样,被生活的礁石
撞击得
七
　零
　　八
　　　落

《人民文学》2012 年第 9 期

赵卫峰

当一切暗了下来

风景不再独好,坏蛋看不出坏
小河仍是弯得动人,隐态的美
兼听则明,蠢蠢的翅膀因蝙蝠而生动
而有了尽情舒展的机会

散漫的雾缠上老成持重的山
特色的肉身,贴着月光
一点点开拓、改善,昨日藩篱形若虚设
城乡差别似已不那么明显

追梦者不哭而泣,泣不成声
脱离群众的驼鸟撅起乖屁股,小道上的消息
原路返回世俗内部,对光敏感的灰尘停止辗转
水珠露骨,更有不像话的东西在草尖翩翩起舞

当一切暗了下来,青山依旧,狗尾低调
当一切暗了下来,车灯刺眼,路灯鲜明
当一切暗了下来,世界大寂
你从中看到人生发黑的原因

《西部》2011年第四期

唐不遇

时代

在吱嘎吱嘎的木床上
没有多少安全的快感。

在她的皮肤下没有车轮,
只有咕咕,咕咕的叫声。

最后我们起来把身子冲洗干净
发现自己置身于树的根须之网里。

泉水还很甜蜜,她十八岁的身子,
我二十三岁的身体,生长如此隐秘。

但我忘了带钱,
她跟着我出去取钱。

我们一下子露出地面,
在人群中走在一起很不习惯。

当我进入时,那是真实的快感,
但出来时,一只鸽子裹着斑驳的床单!

2005.10
《诗林·双月号》2011 第 6 期

纳兰容若

远方

体内有寺院的人,总在清晨敲响灵魂的
钟声。传至远方,然后
归于岑寂。
落叶遮盖了台阶和上升的道路。
我要在清扫之前
数算自己的不义、过犯
和罪愆
然后把落叶托付于火,把自己托付于水。

《诗歌月刊》2012 年第 7 期

钱 磊

邮差笔记·动物园

安静的事物已经脱离形体
遗失在园林的信件,必将长出自由之躯
如何跨越障碍?成为我们面对的问题
你向我供奉狮子和信鸽,一个词
谈到我们的世界,伤害和治愈
都比一本书的脸谱厚重。你不停跋涉
遇到人类的食物,比如松鼠、狐狸
潜伏在字句之间构成我的理想
和你目睹的乡村疾病。一个少年对你崇拜有加
这比群星更为真实的暗语,出自城堡
你说:"我与世界的谈话,正在途中
数年之后必将送达。"但谁是传递者
你立于山岗高处,想起早年送信阳关
被秃鹫尾随,官吏篡改献词
一切都与进化论保持同一立场……
陷入风雪的少年,为你保密
动物的队伍至此解散,你记下这场事故
"——皇冠无恙,未来静谧如手中之笔!"

《山花》2011年第6期

王彦明

关于他

"他习惯于走夜路,一个人
安安静静的,没有太多想法。"

"他总是沉默,很少言语。
即使说话,也是自言自语。"

"他一直是个好听众,从不打断
别人的发言。而且写一手漂亮的笔记。"

"他似乎喜欢别人的安排,连坟地
都是组织安排的。哦,他无儿无女。"

"他一生都是那么规规矩矩的一个人。
他在墓志铭里这么写着。"

《天津文学》2011 年第 6 期

田 禾

我的乳娘

五婶。在张山吴村，
四十年前，我的乳娘。

她给我喂奶，自己吃着生产队
分的红薯和河边挖的野菜。

她系着又破又脏的围裙，
在院子里劈柴、淘米、喂鸡。

她跪着，低头，伏在灶前拨火，
弯曲着腰，去大河里汲水。

她摸黑洗着我的脏裤子，
靠着土墙为她的女儿梳头。

她再没有亲人，玉米棒子，
像站在她家门口的穷姐妹。

有时缸里没有一粒米，
有时苦难从她的眼睛里流出来。

选自 2011 年《汉诗》第二期

流水

江南是水做的，水做的江南，到处是流水
一万年前的水，一万年后的水
都朝着一个方向流淌
水从深山流来，从峡谷流来
从云端和高山流水的源头流来
那年，我与黑八爷上山采药，无意中
我追着一条小溪一路跑到山下
水顺着小溪，哪里低就往哪里流
从山谷一直流到低处的民间
把村庄一口快要干涸的池塘填满后
继续向前流淌，流经陈艾草的半亩蚕豆地
经过一座榨油坊的旧址时突然
拐了一道弯，然后继续拐弯
拐过油菜田和几家穷人的后院
沿途无意中收养了几朵野花
和秋天的最后一场秋雨。当汇入村前
的一条小河时更显得深不可测
一些水被木桶或水罐取走
一些被农民抽去浇地，一些以平缓的姿势
慢慢流淌。它们去远行又像回家。

选自 2012 年《长江文艺》第九期

郑小琼

镜子

它打开自己　见到自己的命运　然后是
窗外的一棵树在花丛间摇曳
我面对的是神秘的祖居和消逝了二十三个春秋的
古老园子　玫瑰庄园门口　一面涂满灵符的

镜子　让我在这个花果飘零的下午充满
伤感　它仍旧光洁如初　如同自我节制的祖母
在幽闭的后花园度着内心孤独的年华
我看见高悬的镜子　它布满的灵影像火一样

烧烤着我　我不敢伸手握住它啊　那一片
如同玫瑰一样散落的时光　在后花园
这个下午　我和一面高悬的镜子
一同碎裂　存在八十六个春秋的玫瑰庄园

在镜中不断浮现　我眼含泪水
光洁的镜子让我想起那些死于非命的亲人
溺死水井的大伯父还有吊死屋梁的三祖母
一个终日吸烟　无所事事的祖父　繁华的宿命

我必须忍住泪水　风还是以不祥的预言剥开往事
成群的风走了过来　消失了
成群的影子走了过来　消失了
只有一面幻象的镜子在玫瑰庄园的门上高挂

目光所及的玫瑰庄园　倒悬镜子里的宿命
身不由己的祖母　只有灰灰的天空中
几行雁阵留下无限的叹息　我听到镜子的尖叫
流着泪水　我开始颤抖一下

《滇池》文学杂志 2011 年第 10 期

宇 向

阳光照在需要它的地方

阳光照在需要它的地方
照在向日葵和马路上
照在更多向日葵一样的植物上
照在更多马路一样的地方
在幸福与不幸的夫妻之间
在昨夜下过大雨的街上
阳光几乎垂直照过去
照着阳台上的内裤和胸衣
洗脚房装饰一新的门牌
照着寒冷也照着滚落的汗珠
照着八月的天空,几乎没有玻璃的玻璃
几乎没有哭泣的孩子
照到哭泣的孩子却照不到一个人的童年
照到我眼上照不到我的手
照不到门的后面照不到偷情的恋人
阳光不在不需要它的地方

阳光从来不照在不需要它的地方
阳光照在我身上
有时它不照在我身上

《诗林·双月号》2011 第 6 期

人行道上站着一个老妇

她站在人行道上，好像
在等我

没错
在片刻的意义上，以及
在一个凝固的
场景中。"等"
是如此的真实

一边是人。另一边
是其余的人

2011.9

康德在下

"在上是宇宙星空，在心底"
又该是什么
1784，《柏林月刊》启蒙辩论会
科尼斯堡是自由的论坛
异乡人纷至沓来
书信活络，怎能孤单
不必娶妻育子，不必红颜荒情
也不窘迫身子的畸小。那身子
已充满单纯的命运：
读书写书教书。溺书
信奉时间。活得比钟表还精准
像一种透明、直达的自然
几点起床几点睡几点做工几点吃饭。每天
午后三点半，总会准时
走来一个不足五英尺的矮子

在栽有菩提树的小路上
光明得不留下一丝影子

像一种透明而直达的事物那样
问心无愧
问心无愧,上帝就是一个多余
即便行走坟头,也一如穿过天堂
在坟头,登高临远
所有的高处无不多余
有单纯,不多也不少的命运的人
貌似古板人
生于科尼斯堡,死于科尼斯堡
期间一次也没离开。没有
流离失所。一个义人
在大地像树一样扎根,像树的枝叶一样
推心置腹:
只要淳朴、和平的此生
就不必脚踩两个世界
而上帝徒步人间
一如既往。一如一个多余

2011.9

谷 禾

父亲回到我们中间

春天来了,要请父亲回到
我们中间来

春天来了,要让父亲把头发染黑
把黑棉袄脱去
秀出胸前的肌肉,和腹中的力气
把门前的马车
在我们的惊呼声里,反复举起来

春天来了,我是说
河水解冻了,树枝发芽了
机器在灌溉了
绿蚂蚱梦见迷迭香花丛
当羞赧升起在母亲目光里,一定要请父亲
回到我们中间来

要允许一个父亲犯错
允许他复生
要允许他恶作剧
允许他以一只麻雀的形式,以一只跛脚鸭的形式
以一只屎壳郎的形式
或者以浪子回头的勇气,回到我们中间来

春天来了,要允许父亲
从婴儿开始

回到我们中间来
要让父亲在我们的掌心传递——
从我的掌心,到你的掌心,她或者他的掌心
到母亲颤巍巍的掌心

春天来了,要让他在掌心
传递的过程中
重新做回我们披头散发的老父亲

《中国诗歌》2012 年第 11 期

马 叙

船舱里，一个兄弟

一条船，停靠在江边。
这条船空了。
艄公已经回家。一个艄公的半生也空了
——船舱里，又空又安静。

船舱里，仍然有一个人
他不是艄公，是我的一个虚无的兄弟
他除了热爱江水与空气，更加十倍地热爱虚幻的事物

我看不见他。我只听见微风中的声音
"你是我的兄弟，你要缓慢享用艰难的情谊。"
在我身后，未来的时间里
一桌海味山珍等待着落座的人。
但是他不会来
他坐在空着的船舱里，吃着空气与时光。

另一条满载的船，一船欢声笑语，从江心远去
它带走了我的俗世欲望与前半生的浅薄生活。
我捏着自己的肋骨，重新寻找看不见的兄弟。
这个兄弟
—— 一半在船舱，一半在未来。
还有一个我。我是他的另外半个
保持虚假的俗世姿态
——抽烟，喝酒，吃肉。缓慢地走着。缓慢，缓慢地走着……

张作梗

答客问

为什么还活着?
因为人生已遍历,惟有死亡尚未得尝。
为什么还活着?
因为大海沉默,灯塔还未被落日拐走。
为什么众人前来,而你从世界的中心独自出走?
因为热闹是表象,孤独才是本质。
为什么忽然就死了?
因为人生已遍历,活已成为心灵的负担。
为什么忽然就死了?!
因为肉体的容器已满;死亡,乃是其自然溢出之物。

《扬子江》2012 年第 1 期

柏 桦

重庆,1983

每当我仰望天空,我的心
都会感到一种无言的际遇

一小串冰凉的钥匙
在我右边裤子的口袋里

纸渐渐变得暖和了?
我的手碰到了?

她是不死的,永恒地睡在床上
深夜,让我听一听:

那女中音的笑声
那谁正呼出一声重庆式的叹息

北 岛

晴空

夜马踏着路灯驰过
遍地都是悲声
我坐在世纪拐角
一杯热咖啡：体育场
足球比赛在进行
观众跃起变成乌鸦

失败的谣言啊
就像早上的太阳

老去如登高
带我更上一层楼
云中圣者擂鼓
渔船缝纫大海
请沿地平线折叠此刻
让玉米星星在一起

上帝绝望的双臂
在表盘转动

过渡时期

从大海深处归来的人
带来日出的密码

千万匹马被染蓝的寂静

钟是时代的聋耳朵
轰鸣——翻转生死之床
通了电的阴影站起来

来自天上细瘦的河
穿过小贩初恋的枣树林
晚霞正从他脸上消失

汉字印满了暗夜
电视上刚果河的鳄鱼
咬住做梦人的膀胱

筷子如箭搭在满弓上
厨师一刀斩下
公鸡脑袋里的黎明

陈 超

劫后

朋友，风大了
你可以把声音略高些
在这老县城偏西的旅店
我没想到今夜如此踏实
青砖炉膛红彤彤
老酒刚刚喝一半
剩下的时间，足够我把讲述完成
真相，应由亲历者说出
直捷，寒冽，荦荦大端
像深夜拨开门栓的手
用力均匀，又使谈话进入危险
两个男人亲近于审慎中不会太久
坦率的话语，会使一方难堪
它简单又不可丈量
比刀锋走得更慢更坚定些
一种巨大的势能，压向过分缩小
朋友，谢谢你承认了怯懦
在火炉旁饮酒，却被我的讲述冻得哆嗦
我依然天真偏执，热爱自由的生活
现在，我已将最后的讲述完成
北风骤止，凝神谛听春天的心脏

陈东东

谢灵运

永嘉山水里一册谢康乐
尽篇章难吐胸臆之艰涩

他的诗或由于郁闷便秘般晦黯抒情
贯彻了太守唯一的政策

他要用欲界仙都那微妙的词色
将菜市口挥刀削他头颅的刽子手抵斥

他比他假装的还要深刻
还要悠僻渺远地跋涉

好赢得还要隆重的
转折

夕阳为孤屿勾勒金边
凸显于暮色天地间浑噩

两种谬误

停电了。我在黑暗中摸索晚餐剩下的
半个橘子
我需要她的酸味，
唤醒埋在体内的另一口深井。

这笨拙的情形，类似
我曾亲手绘制的一幅画：
一个盲人在草丛扑蝶

盲人们坚信蝴蝶的存在，
而诗人宁可相信它是虚无的。
我无法在这样的分歧中
完成一幅画。
停电正如上帝的天赋已从我的身上撤走
枯干的橘子
在不知名的某处，正裂成两半

在黑暗的房间我们继续相爱，喘息，老去。
另一个我们在草丛扑蝶。
盲人一会儿抓到
枯叶
一会儿抓到姑娘涣散的裙子。
这并非蝶舞翩翩的问题
而是酸味尽失的答案。
难道这也是全部的答案么？
假设我们真的占有一口深井像
一幅画的谬误
在那里高高挂着。
我知道在此刻，即便电灯亮起，房间美如白昼
那失踪的半个橘子也永不再回来。

春　树

自由和平等，我该选哪个

拎着一大袋刚买来的衣服
在街上碰到一个推着手推车的老太太
她走向一个垃圾箱
弯下腰
小心翼翼
捡起一个塑料袋
我该怎么办
该扔下衣服抱头鼠窜
还是继续走我的路
街上几乎空无一人
有个面无表情手拎酒瓶的老外
还有几个正准备回家的情侣
霓虹灯兀自闪烁
整条街
只剩下老太太和我

2011. 5. 5

杜 涯

漫步之秋

又一个月份从身边滑过
褐柳林的村落,柿树的华年
我听见农夫在树下的交谈:
"田里的大豆已经收完。"
"十月一过,地里就要下霜了。"
扁嘴鸭从树篱处怅望远方
——逝去的月份永不回返

我每天如白鹤漫步在云端
踟躇流连。第二年即将逝去,白杨树
在风中瑟瑟,枯叶随风飘落
我销蚀大片岁光同时也被岁光销蚀
触摸下午光亮,我感觉年岁的虚度
而在无人光顾的田地边、沟沿上,落叶已经
铺满,要不了多久,那里就会被寒霜覆盖

昨夜我又看见浩瀚的星空
它无声,转动,有一万年的迟缓,仿佛
永恒的乡愁,而暗夜在远处微明
到了清晨,我听见霞光中的低语:
"天气晴朗,南园的树木又黄了一层。"
酱果草温润,柿树一片缤纷
房屋错落的秋风是平常,是人世的天堂

我徘徊于深秋,如徜徉于神的庭园

我追逐日光，把日落时分当作无限
下午仍如斑驳林一样零落、漫长
黄昏的余晖也横亘、延伸，昭示并壮美
时间在宇宙中滑行，星系缥缈辽远
我举步自然，向泠泠一阵秋风
步入十月离去十一月来临之地

叶延滨

真相

你要掐死你的对手
他也想同样的问题
而我在想
需不需要告诉你俩
死神两只手
正掐着你俩的喉咙

《扬子江》2012 年 6 期

在前一秒与后一秒之间

在前一秒与后一秒之间
是你,你正活在
都市的前一秒
与后一秒之间——

你是风,疾风吹过
不知道上一秒你从何方吹来
也不知道你下一秒
又吹向何方?

你是光,光影中的都市
你让这座都市多了一次闪耀
都市光海又让谁也不知道

你曾何等光彩地存在……

你是声,是一次呐喊
还是一曲高亢的歌唱
也许只是你的一次叹息
陷进了谁深夜的梦魇?

你是闪电,划破浓云的闪电
你是明星,流过天际的殒落
是李白是巴尔扎克是贝克耐尔是鸠山
还是选秀是吹出的最后那个泡泡?!

什么都不是
是你,在都市的前一秒与后一秒之间
快抓住你,你自己!
没抓住,你下一秒什么都不是!

《人民文学》2011年五月号

耿占春

当一个人老了

当一个人老了,才发现
他是自己的赝品。他模仿了
一个镜中人

而镜子正在模糊,镜中人慢慢
消失在白内障的雾里
当一个人老了,才看清雾

在走过的路上弥漫
那里常常走出一个孩子
挎着书包,眼睛明亮

他从翻开的书里只读自己
其他人都是他镜中的自我
在过他将来的生活

现在隔着雾,他已无法阅读
当一个人老了,才发现
他的自我还没诞生

这样他就不知道他将作为谁
愉快地感知:生命并不独特
死也是一个假象

《读诗》2011 年 4 期

海 男

四月的渊源沿怒江峡谷的经纬度往前走

我们竭尽一生,在冬天的时候就想念着四月
2010年的四月,我出现在怒江峡谷的两岸
突然逼近我身体的大怒江,如同溜索般震颤不已
那些江水的斑斓,如同让我寻找到了苏格拉底的额头

四月的渊源,我的渊源,女诗人海男的渊源
沿怒江大峡谷的经纬往前走
在所有无常的经验、死亡和游戏中
只有怒江水自始至终地拒绝着媚俗

像那苏格拉底临近死亡前夕的脸
历经了痉挛、苦役的脸,带着哲学的清澈
带着一个赴死者最喜悦的轮盘,带着新生的渴望
通过渊源,将生命跌宕以后的黎明看见

在四月,沿怒江峡谷的经纬度往前走
无数的荆棘、野花、山水带领我前去赴约

韩 东

蜘蛛人

每个人都困在自己的处境里
每个人都像蜘蛛
每个人都不是其他的人
每只蜘蛛都吐出一张特别的网
捕获同样的猎物
网住唯一的自己

野人摄影师

感觉就像一个野人
又黑又瘦又小
只穿一件衣服
像块布
赤脚亲近草地
爬梯子就像爬树
手中的机器属于现代文明
眼神却来自远古
因此才有了和你们不一样的作品

《读诗》2011 年 2 期

何小竹

身外之物

我看见自己
穿着皮靴在爬山过河
背上的背包里
钥匙与水壶
碰撞,发出叮当的声音
我看见那座雪山
因低矮的客栈
而更加挺拔
一匹白马
被女人牵着
挡在路口
当我脱得精光
走向浴缸
两腿之间晃荡的
依然是
身外之物

整个冬天

从昨天开始
我就已经离不开那只名叫
艾美特的火炉了
整个冬天我哪里都不去
守住我的艾美特

黑大春

蓝花花

初冬,阳光的披肩穗子毛苏苏的
铁暖气片散着温情,一年一度
你引领野菊的金嗓子童声合唱团巡演天涯
鞠躬谢幕。那条夏季藏匿于灌丛的
虎头峰小路,响尾蛇般直立山脊
咝咝地,吐露癌变的信息

重症监护室,我的手多想抓住你的手
也想抓住的最后一根救命稻草
你热度渐退的脚,苍白得像雪
越埋越高,我搂着,抱着
拿捏揉搓着如钻木取火
直到面孔涨成吸血鬼的赤红色

解脱后为什么又给你穿上新衣装
21克灵魂正好飞升却被墓碑的绊脚石拖累
梦游时而熙攘时而空廊的街巷
我意识的散沙,聚不成塔
轻昂昂迎向电车的骨架子像破风筝
挂在辫梢上,擦出蓝花花

原谅吧妹妹,我并未像预期的那样
一头扎进码满炸药箱般的二锅头小酒馆
边嚎丧边仰脖狂饮,只是点了盘
素炒饼,然后等着挨个轮

临窗的一位捂嘴剔牙的女客人
咝咝地，吹响哽噎的口琴

《读诗》2012 年 1 期

侯 马

伪证

我在农村念小学的时候
班里有一个很脏很丑的同学
有一天我情不自禁
用两手狠狠地掐住了她的脸蛋

她毫不示弱
用长长的黑指甲
也掐住了我的脸蛋
疼痛难忍
最后我俩同时放手
各自脸上布满血痕

老师向几个她信赖
就是几个长得好功课好的女生
调查此事
她们一致做证：我是后动的手
噢，我的童蒙女友：小玉、翠香和兰兰

胡 冬

达摩在黄河岸边踯躅

泥沙俱下,堆塑着鹤发的洪水横财
和天堂的童颜。当所有宿迁的不堪都拥挤在
一线壕堑通过——可能够通过?
它强大的业力便推来一叶芦苇或蓍草,
以及那腰缠万贯的恣肆:东方,

种种猥崽的俗套。急雨孵出玄黄的蝴蝶,
象日炅的瞳瞳明镜峥嵘普照,它让畿野的葵花
看见它忙着,忙着……诸多文武,
他们谒拜的洪流也勾勒出一个点面,
一个赴汤者,从他眼睑的浓云长出一棵

茂密的茶树:可愈加感激地煎尝着,
他们中的哪一个又不是愈加炎渴?
若似这曳缓而去的滚滚蛇伏,期待有朝一日,
从它那丝丝入扣的,脊骨的锁链挣脱,
合入星垣转圜的瀑布,然后扬颂——

转着,就是坐着;坐着,就是问着;
问着,就是写着;而写着,必将随方言的浊浪激荡,
兑淘出变幻的神通——
既在更新的守望中俯仰芸生大地,
又涕泗横溢,遍嚅着混沌汗涔的器官。

黄灿然

发现者

他每次见到你都向你致以最真诚的问候。
像小镇上一个老人脱帽向一群年轻人致敬。
像乡野里繁花盛放向一个孤独者致敬。

他问候的方式简单又朴素,有时候仅仅是
坐在驾驶室里在你未觉察时把汽车前灯照向你
或远远向你扬一扬手,或道一声"喂"或"嗨"。

但你知道那是最真诚的问候,像你每天向太阳,
向阴天或晴天,向茶餐厅对面那片枝叶翻飞的树林,
向整个世界的存在致以最真诚的问候。

因为你充溢着能量,善的,爱的,美的,
非凡的,孤独的,神奇的能量,像一个宝藏,
而他是个发现者,并以他的问候表达他的喜悦。

因为你也是以同样的方式表达你对世界的发现。

干完活,太阳升起

干完活,太阳升起,
感官多么愉快!刚才几个小时的辛苦
就这样烟消雾散。想跟空气说说话,
跟小狗说说话。也听懂了风扇的寂寞。
也看懂了窗框。也明白了鸟声。

徐燕华

幸福时光

周末　皮肤黝黑的父亲有第二个身份
这与他平时的工作格格不入
不知是因为溺爱　还是父亲脸皮太薄
每次出门他都会带上我
唯一的交通工具　是一辆"幸福牌"自行车
我坐在前面的三角架上
左手抓紧车龙头　右手用一根小铁棍
轻轻敲打着喑哑已久的铃铛
——收废铁呦……
我小得可怜的吆喝声
父亲为人师表的外形
常常让我们空手而归
偶尔也会碰到熟人　父亲总是笑而不语
淡定从容　只是一天下来
父亲本来就黝黑的皮肤就更黑了

《深圳特区报》

莫雅平

核桃与宇宙之歌

宇宙中有个地球
地球上有一个中国
中国有个叫桂林的城
桂林城有一栋旧旧的楼
旧楼房里有我家的一套房
我家的房里有一张圆圆的桌
圆圆的桌上有一个四方的篮子
四方的篮子里有一个圆圆的核桃——

核桃的壳啊何等坚硬
核桃的壳里一定非常黑暗

篮子里的核桃属于我十四岁的儿子
像看儿子一样盯着核桃出神时
我觉得宇宙就团结在我家的核桃周围
我的老父亲听了觉得很好笑
他是有四十年党龄的老党员
对核桃和宇宙谁是核心的问题
他有他自己的一整套逻辑——
他不会想象逻辑是另一种核桃

核桃的壳啊何等坚硬
壳里的黑暗中会不会有另一番风景——

圆圆的核桃里有一个四方的篮子

四方篮子里有一个圆圆的桌子
圆圆的桌子上有我家的房子
我家的房里有栋旧旧的楼
旧楼房里有一个桂林城
桂林城里有一个中国
中国裹着一个地球
地球则裹着宇宙

核桃的壳啊何等坚硬
我看不见核桃壳里的黑暗或风景

《深圳特区报》

蓝 蓝

诙谐曲

所有我听到的,都属于我——弹奏吧
这是大调音乐。

所有我看到的,都在眼睑的打麦场
集合——被风的判断吹去空壳。

所有我渴望的——天啊——
统统支着它们惊恐的长腿
警觉着
准备随时四下逃窜。

2011.5.31

雷平阳

穷人啃骨头舞

我的洞察力，已经衰微
想象力和表现力，也已经不能
与怒江边上的傈僳人相比
多年来，我极尽谦卑之能事
委身尘土，与草木称兄道弟
但谁都知道，我的内心装着千山万水
一个骄傲的人，并没有真正地
压弯自己的骨头，向下献出
所有的慈悲，更没有抽出自己的骨头
让穷人啃一啃。那天，路过匹河乡
是他们，几个喝得半醉的傈僳兄弟
拦住了我的去路。他们命令我
撕碎通往天堂的车票，坐在
暴怒的怒江边，看他们在一块
广场一样巨大的石头上，跳起了
《穷人啃骨头舞》。他们拼命争夺着
一根骨头，追逐、斗殴、结仇
谁都想张开口，啃一啃那根骨头
都想竖起骨头，抱着骨头往上爬
有人被赶出了石头广场，有人
从骨头上摔下来，落入了怒江
最后，又宽又高的石头广场之上
就剩下一根谁也没有啃到的骨头……
他们没有谢幕，我一个人
爬上石头广场，拿起那根骨头道具

发现上面布满了他们争夺时
留下的血丝。在我的眼里
他们洞察到了穷的无底洞的底
并住在了那里。他们想象到了一根
无肉之骨的髓,但却难以获取
当他们表现出了穷人啃骨头时的
贪婪、执着和狰狞,他们
又免不了生出一条江的无奈与阴沉
——那一夜,我们接着喝酒
说起舞蹈,其中一人脱口而出
"跳舞时,如果真让我尝一口骨髓
我愿意去死!"身边的怒江
大发慈悲,一直响着
骨头与骨头,彼此撞击的声音

李亚伟

第十三首

燕子飞过丝绸之路，
燕子看不见自己是谁，也看不见王家和谢家的屋檐。

如果燕子和春天曾被祖先的眼睛在甘州看见，那么
我在河西走廊踟蹰，在生者与死者之间不停刺探，
是否也会被一双更远的眼睛所发现？

有时我很想回头，去看清我身后的那双眸子：
它们是不是时间与空间一起玩耍的那个同心圆？
是不是来者与逝者在远方共用的那个黑点？

但谢家的寡妇在今儿晌午托来春梦，叫我打湿了内裤，
所以我想确认，如果那细眼睛的燕子飞越我的醉梦，
并在我酒醒的那一刻回头，它是否就能看见熟悉的风景
并认出写诗的我来？

第十八首

在中国，很早就有一个隐形政府在汉字里办公，
用一套伟大的系统处理着人间的有和无，
用典籍和书法、用诗词歌赋处理我们的风花雪月。

但是，还有一个更加伟大的政府，它高高在上
处理着我们的内心，处理着我们的前世和今生。

所以我一直说不清，我曾在哪一个朝代里从军，在哪一
　　座城池里恋爱，
后来，又在哪一朝政府中挥霍掉了青春？我始终想不起，
我究竟在哪一个民族打烊时，看见过一个熟悉的身影。

在河西走廊，在嘉峪关上，我只能看见
时间留下了巨大的十字路口前，在这里
朝代们找不到自己在人间的位置，
国家也都是路边店。

《读诗》2012 年 2 期

潞 潞

老车站

搭着铁皮长廊的站台
我该向它要童年
我赖在它夏天发烫的石头上
我该向黄色的油漆要童年
向黄色的房子
房子的尖顶,如果没记错
上面一只鸟点着头
正一秒一秒吃时间
该向那个拎着铜钥匙的人要
他把高大的木门开了又关上
风中一架老式留声机
灰尘围拢着转不完的旧唱片
我想当个流浪汉,追着
最后一节车厢玩命跑
我的书包里藏着一本书
一个俄国姑娘住在铁路旁
她在自家花园里学接吻
远处隐隐传来汽笛声
穿皮衣的保尔你不知道
那时候
一个中国男孩有多傻

吕德安

漆画家

啊，原来是一桶生漆
但是如果你打开它，看见它
起皱，黑洞洞的在空气中凸现
你就看到了它的起源

嗅出它的孤独；啊，原来是
房间里一面潮湿的镜子
美丽而无用，需要俯下身，
全心全意或用一根粗棍

将它从深处搅活，还原它
死一般的颜色，睡眠的颜色
但那是一种什么颜色
或许还是黑洞洞的空白

这是儿时的印象，今天
我备好了瓦灰，水，牛角
制成的刮刀，以及古代的毛笔，
毛刷和金箔银箔一张张，

如果可能还要有咒语——你知道
一切呼之欲出，只欠东风
这先人的说法今天也适宜，无论你
身在异乡或守在自己的山上

孟 浪

与敌人在一个餐厅里进食

这一小段自由比食品店的香肠短
比盲目就餐的时间长
我又要了一盘乡下浓汤
我要面包!——

我要面包中的空隙
这一小段自由比面包更紧张
规定的就餐时间短了
就像不小心浸到汤里的那节手指!

但我盲目用餐
推开了所有食物
我想着怎样给野蛮的对手安上一条尾巴
给它一小段真正的自由!

默 默

笛声里的面影

笛声里的面影闪烁着雪山婉约的姿容
时光与玫瑰在搏斗
战胜了生锈的岁月
婆娑的鸳鸯终于是白云的倒影
纤巧的小风搂住黑色的柳丝
把命运交给失语的春天

从这里结束
到那里开始
你注视美丽万物时的目光
更加美丽
那一瞬间
钥匙轻移莲步

欧阳江河

母亲,厨房

在万古与一瞬之间,出现了开合与渺茫。
在开合之间,出现了一道门缝。
门后面,被推开的是海阔天空。

没有手,只有推的动作。

被推开的是大地的一个厨房。
菜刀起落处,云卷云舒。
光速般合拢的生死
被切成星球的两半,慢的两半。

萝卜也切成了两半。
在厨房,母亲切了悠悠一生,
一盘凉拌三丝,切得千山万水,
一条鱼,切成逃离刀刃的样子,
端上餐桌还不肯离开池塘。

暑天的豆腐,被切出了雪意。
土豆听见了洋葱的刀法
和对位法,一种如花吐瓣的剥落,
一种时间内部的物我两空。
去留之间,刀起刀落。

但母亲手上并没有拿刀。

天使们递到母亲手上的
不是刀,是几片落叶。
医生拿着听诊器在听秋风。
深海里的秋刀鱼
越过刀锋,朝星空游去。
如今晚餐在天上,
整个菜市场被塞进冰箱,
而母亲,已无力打开冷时间。

潘 维

美丽家

被天空剪掉翅膀的人类
仍会飞累，需要一对筷子
在瓷盘上静候他们
下班回家。
整个地球，所有的心愿只是一个：美丽家。
女主人明白，她只擦过一块
透明玻璃。当春暖徐徐涂红指甲，
偶尔会抱怨生活的围裙似未来科技的烤箱。
当面包接受了牛奶，允许她用草莓
推开吻别。这时，木质楼梯
会咚咚跑下中学的几何课。

经常地，幸福欲言又止。
她记起消毒气味还在医院的走廊上焦急来回，
或者，汽车尾烟堵死了一场约会。
然而这些琐碎的锯齿，缩短不了长颈鹿的期盼：

每扇窗子背后都隐藏着一盏灯，
光亮挖开墙面，空间里越狱出一个美丽家。

2011-12-29 杭州
《读诗》2012 年 1 期

桑 克

替落叶说的

我落我的叶子，
是时候到了，就像你们死了，
是时候到了。你们之中的一个
拿着扫帚，拍打我的叶子。

我的叶子落了，不是时候到了，
不是我的友人帮忙，
你们为它命名：流动的空气或者风。
我的失去血液的叶子提前落了。

我不怪你的操切，
你只是接了清洁的任务；
我怪催你消逝的细菌，
因为你更想生存。

我的叶子可以停留
一两天么，就像微博的
一两个帖子？然后，
随你送到哪座焚尸炉吧。

我为伤心人准备的
不是手绢，只是眼泪的导火索。
伤心人是大美人，
脸美，心美。

我的叶子，在辛格的小说里，
值得纪念，就如命悬一线的
韧带。在辛格的小说里，
我是巩固你的小命的打气筒。

是我配合着绵绵的
秋雨，是我配合着阴沉的
天色，是我，使你暂时脱离
亚洲的暧昧。

这是秋天了。
是时候孤独了，像里尔克说的。
你分明地记得，
应该如何拂拭书脊的灰尘。

树 才

门

隐约中,卧室门
被妻子轻轻带上

随后,家门也被轻轻关上
在一阵再熟悉不过的脚步声后

身边的人,就这样
离开了身边:出门了

更隐约中,楼门
被一只左手或右手推开

小区的门,一直开着
保安的脸总让人不放心

行人,他们是不管的
车进,他们要阻拦一下

然后,举手,敬一个
与庄严毫不搭界的军礼

躺在床上,我,隐约
听见,一颗心重返宁静

呼,吸……像救护车

把我又载回到梦乡的医院

梦乡就是一家大医院
医嘱上只有一个字：睡

刚才睡醒了，但此刻
又睡着了：我进了梦乡

（我还没有真的睡着——
睡着的人不知道自己睡着）

梦，有那么多可疑之处
我总是尽可能多睡一会儿

有人生病，遭罪，不幸……
我总是劝：睡吧，好好睡……

把这段苦时光睡过去……
当然，睡着了还得醒来

还躺在床上，我已经
睡着了，鸟鸣声被

另一双耳朵听成了儿歌
窗帘细微摆动，被

另一双眼睛无意中瞧见
如果说心也有一扇门

我希望它是不上锁的
呼，吸……让它半开半合

所有人都可以自由出入
而不像小区门，楼门

更不像家门，卧室门……
它该有一条暗道，直通脑门

2010.9.13

宋 琳

一个拉萨女人

世界无非是这条街。正午,格萨尔王的马鬃
像云朵飘动。手在转经筒上感觉到
胎息的热量。雾升上来淹没她。

男人们需要逸事,趺坐诵经,喝酥油茶,
谈起从前宫中的秘闻。白头翁闪闪烁烁。
拉萨河,祖母的河,祷歌悠长。

我从未去过拉萨,但我看见她,
怀里揣着那包盐,走在回家的路上。
风撩起蒙昧的卷发吻她的脖颈。

每一个山峰都是神,谁能说它们不是
神?正如耳环、家庭的成员、
她信仰的基础,谁能说不是生来如此?

我的想象不会比她身上金色的汗毛更真实,
不敷玄笔,或添枝加叶。当盐在锅中噼啪作响,
秃鹫也已清理完死者的腑脏。

唐亚平

才女薛涛

胭脂的笑容扬起粉尘
飘逸的手腕顺势而来
一条腿上的老街关门闭户
箫笛声中人去楼空
旋转的河流绕屋而过
美人们善于长眠
在睡眠中回避眼前的麻烦
在眼眠中以逸待劳
梦中的笑声云雨丰沛
漫长的面孔由远而近
别致的狼毫娓娓而来
淡粉淡绿的纸笺芳龄不变
颠鸾倒凤的文字
流芳百世
给岁月写信
经由每一片叶子
到达子夜回到手中
从写作中来到写作中去
风荡来荡去像不朽的乐曲

四面楚歌十面埋伏
让混乱的情绪搅成旋律
使寂寞的日子可以充饥
祥云状的面貌导致甘霖
知足是一笔财富

随之而来的乐趣
像一面称心的镜子
知恩图报
留下一口老井
即便它无人问津

王小妮

一头牛

一头黑牛走近,想给我展示
它那一身锦缎
走得比哪朝皇帝都慢
穿过早雾的帘子
走出它的绿宫殿。

看我的时候,它只用一只眼
另一只眼搜寻着雾的边缘
那儿埋伏着它的卫队。
大约是东方的某位皇帝
穿着上好的香云纱。

我见过这种闲适的眼神
在 1000 年前。

大西洋高过地平线

那片水独自升起来
眼看着升起来了。
对面是英格兰平淡的丘陵
灰色丘陵遮挡的地方统称世界。

大西洋傲慢地浮在天的边际上
不顾结果持续上升

灰蓝的皮肤用劲鼓出弧线。

这样下去,英格兰和世界
都将被名叫大西洋的动物吞没。
我暂存在东方的一切啊。

王 寅

你为什么围绕着我旋转

亲爱的阳光,我的蝴蝶
你为什么围绕着我旋转
我的诗篇是马背上犹豫的盐粒
是旅途中羞怯无比的邮差

我认识的蓝色阴影
潜行在白色岩石的下方
海洋如同月光一样明亮
天堂总是不在上帝这一边

雨点带着雨的气息
不断折入过去,季节的
疾病在我的窗外忽热忽冷
紊乱的玻璃也是真理

我喜欢陈旧的照片
习惯在电影院里重温时间
如水的巴赫,如雪的肖邦
这忧愁,这米酒是同一种黑暗

琴键上的黑人看不见飞扬的尘土
失明的飞鸟历数芬芳
我卧倒在崩溃的火焰中,新月
依然无法越过黑夜缓缓苏醒

马永波

冬日与岳父散步

北方冬日的午后,阳光垂直而猛烈
街道上没有什么雪,散着些炮仗纸
春节的颜色还停留在空中
八十三岁的岳父,越来越不爱说话了

我们向下坡慢慢走去
那里的阳光,显得更加浓密
竟似一个明亮摇晃的出口
路口的加油站也凝聚着油腻的阳光

我们偶尔说话,岳父年轻时的上海
说起新鲜无花果鲜红的内部
岳父轻易就适应了北方的天气
这让如今寓居南京的我,好奇又惭愧

二十多年来,我和岳父说的话
少之又少,少得像这个冬天的雪
我时常望向别处,时常要独自面对
一个明亮得一无所见的出口

我的话也越来越少了,我知道
我和岳父看见的东西,越来越相似
风硬起来,我们从下坡又慢慢走回来
看坡上的阳光,同样强烈,仿佛另一个出口

1970 年的记忆片段

仿佛坐了一夜的火车，从伊春到克山
仿佛那火车被煤烟熏得漆黑
午夜，我们和几只木箱抵达了车站的泥泞
黑色的泥泞在闪光，那应该是早春
县城一片漆黑，仿佛一座空城
我伏在母亲背上，刚刚睡醒
努力地透过她的灰棉猴吸取着温暖
听她年轻的心跳透过棉絮的隔音层
仿佛透过遥远的岁月传来
站台上只有我们一家人，高大的父亲军装笔挺
还有一个十四岁的少女
和她的两个弟弟，垂手站在光的裂缝里
说不出话来，仿佛一下子沮丧地进入了成年

巫 昂

生活不会限速

生活不会限速
现在不会
你看海鸥旋转着飞到海里去
风吹过草地
你忽阴忽晴的脸,就在超市门口
凌晨开一辆破车
回田纳西州

西 川

在香港等待台风"鲇鱼"。2010 年 10 月

门卫在旅馆的玻璃门上将乳白色的胶带贴成米字。
送快递的黄色面包车匆匆驶来又匆匆离去。
我逗留的联福道上行人稀少，但本来联福道上行人就
　　稀少；
远处的高楼矗立着，但本来它们就矗立着。
风大了些，旗绳噔噔敲着灰色的金属旗杆。
施工现场的竹竿脚手架究竟能否确保安全我不得而知，
究竟能否在台风之后依然故我我看悬。
台风"鲇鱼"已横扫台湾东北，电视里报道了；
已抵达福建和广东，电视里也说了。
香港天文台已挂出三号风球，然后也许是八号。
这促使我决定在台风到来之前去繁华的街市走一遭，
去热爱一下噪声和人流，去见证一下惊慌的面色。
老房子、小商贩和妓女集中在油麻地和旺角。
时代广场玩概念，广场非广场而是购物中心，矗立在
　　铜锣湾。
燕窝、草虫依然在批发，可卖给谁呢? 大陆客也不永
　　远是土鳖。
书摊的永恒主题大陆内幕与本地色情，此时也不例外。
中国幸好有香港。广告上说得对：排毒才能养颜。
台风"鲇鱼"就要来了! 海上已掀起 12 米高的巨浪。
据说 200 年前有过这样可怕的台风，那时还是清朝。
我买了两盒方便面——显然是在起哄。
不过我确也略有担心，遂允许自己喝一瓶可口可乐。
此刻，中央图书馆原本该有一场演讲在进行，

但演讲取消了，那演讲人就成了无事可做的我。
台风，会死人吗? 花花世界需要被台风伤害一下吗?
地铁需要停运吗? 饭馆需要歇业吗?
政府官员需要在灾害之中冲锋陷阵他们表现的时刻
　　就要到了!
知识分子需要有机会登上道德的制高点他们的庄严
　　准备好了!
而我在逛街! 逛街的人碰到逛街的人。转头看，
一个少年与等待绿灯过马路的女孩搭讪。
人到中年我什么没见过! 什么都见过我只是还没见识
　　过台风。
一圈电话打出去，给家人，给朋友，
我有点兴奋，好像盼着台风来，好像它不是灾难
好像它到来只为我，好像它是戈多终于要露面，
好像我此来香港就是为了经历一场台风，
淋着大雨，看水漫轩尼诗道，看7米巨浪竖起在尖
　　沙咀岸边。
也许树干会被折断，也许房顶会被掀飞。
我感到这商业的都市它的每一个悲剧的毛孔全张着。
台风呢? 台风呢? 台风呢? 台风怎么还不来呢?
台风不会绕过香港而去吧?
新闻：台风的确绕过了香港。

2010-10-23

第一次写到童年

在大人们绕道而行的煤堆上小枝子退下她的花短裤。
我看到了：这就是小女孩的干干净净。
她飞不太高的小翅膀紧张，勇敢，不出声地扇动。
一堂生物课。偷偷摸摸的爱的教育。
我忽然记起，在飞往阿姆斯特丹的飞机上。

穿裙子做作业的甄小蔚翘腿蹬住椅子边,
正好展开了她头戴棕色珍珠的小妹妹。
她喜欢我。她把我拉向走廊尽头。我以为她会对我说
她喜欢我,听到的却是林彪摔死在温都尔汗的小道消息。
这小道消息我们在七一小学分享了一星期。

公共浴池里妈妈的女同事们笑话我的害羞。
我闭着眼却也看到了她们水中的身体。
乳房和毛发。公共浴池外一个一本正经的下午。
我一本正经地长成一个男人被称作"叔叔"或"老师"
那些并不公共的阿姨们使我的 1969 年如此具体。

小 海

秦长城

伙伴在城墙上大声呼喊
但城墙吸音,什么也听不到
随后被翻译成两个士兵的交谈
千年的冷兵器丁当相撞
一棵老树上的蝉蜕斜阳下
传出征衣般的呜呜之声
"让我好好吹吹风吧"
盛夏已过,蜕出自己的
塑像们开始合唱
注定成为肉体的空担架

徐 江

也是碎片

我在吃一块带血的叉烧排骨。
血很鲜艳。
排骨,有些不一样的甜。

某个声音告诉我:这是一块人排。
我继续吃,一面暗自惊讶。

恐惧发生在醒来之后。

徐敬亚

判人类一个点球
——十九届世界杯第2日

今夜，我忽然心如沉沉旷野，倍感清贫
非洲啊黑非洲，忽然以河马一样的
粗壮身躯，莫名地弥漫了我开幕式的心情

我想，我就是非洲——
全世界盯紧我，如一支支毛瑟枪的
长短镜头，你们想窥视什么？
一个祖代清贫饥馑的人，拿什么来炫耀？
拿什么告诉富得流油的邻居，拿什么夸示
黑沉沉的生息？黑沉沉的欢乐？

不要传授什么借鸡生蛋，不要泄露
你们发财的秘密，那一套虎口夺食般的奢侈
我早已拒绝，以整个国家财富的名义拒绝那一套
火药、光、电、声的小把戏

扭动起来吧，自由的大陆
我要用脚下寸草不生的遮布告诉你
用不费一文一厘钱的扭动屁股告诉你
用一只乌黑的大甲虫告诉你，我只有
一棵疯狂的猴面包树，只有黑得不能再黑的
苦难，只有黑得不能再黑的皮肤
还有深得不能再深的愉悦啊

原谅我，悄悄地用花床单，把自己
第一次围成了全世界的中心
既然东西方的委员们，给了我一次
支配全球的机会，包括制定规则的权力
那么，请停下你们的文明，停下
疯狂豪华的盘带射门脚步
我要以简明的开幕，判人类文明一个点球
为了倒退式的前进，为了让
古老的土地扳回那古老的比分

严 力

住在太阳后面

老师拿着图片一张张地解说
凸起的叫山
凹下的叫谷
积了水的叫海叫河叫江湖
移动的叫动物
有根的叫植物
张小雨举手说
有没有上帝的照片

老师翻找出太阳的图片说
上帝一直住在它的后面

2010.6

我在一张纸上

文革期间
我在一张纸上
先抄写了一段反动口号
正思量着如何批判它的时候
那张纸却已被
吓出了一身毛边

有了毛边的纸啊

哆哆嗦嗦地看上去
确实很有生命

2010.7

杨 键

荒草不会忘记

人不祭祀了,
荒草仍在那里祭祀。
大片大片的荒草,
在一簇簇野菊花脚下牺牲了。
你总不能阻止荒草祭祀吧,
你也无法中断它同苍天
同这些野菊花之间由来已久的默契,
为了说出这种默契,
荒草牺牲了,
人所不能做到的忠诚,
由这些荒草来做。
荒草的苍古之音从未消失……

长江水

我17岁,
陪你去死。
你是我的夫君,
我陪你去死。

如同我从前陪你去赏花,
死,乃是一种陪伴,
没有任何悲惨,
我只是养成了忠贞的习惯。

你说你的国家亡了,
我醉于你的摔琴而亡。
我 17 岁,
陪你死于长江水。

熊国华

小蛮腰

灵感与名片，镜子的两面
从白居易的一句唐诗
扭成现代的小蛮腰

亭亭玉立600米
在一个蓝色星球
头上是虚空，脚下仍是虚空

白昼素面朝天，夜晚霓裳羽衣
千变女郎，神秘的美
一千个观众一千个小蛮腰

曼妙绝伦的舞姿
舞动南粤山水，满天星光
舞动有形频道，无形天音

伴你上班，伴你入梦
在广州抬头可见
明星一般的大众情人

如从广州大桥经过
伸手便可盈盈一握
唯恐大桥，有不可承受之轻

至于异想天开

枕着小蛮腰睡觉
那是超人的事情

注：广州塔，俗称"小蛮腰"，源自白居易的诗句"樱桃樊素口，杨柳小蛮腰"。塔高600米，为世界最高的自立式电视塔。

台湾《创世纪》2012年6月夏季号。

杨　炼

我的历史场景之四
——鱼玄机，唐懿宗八年

（一首和诗）

断头的故事绵延成欧洲的雨
断裂声打在雨伞上　　不像哀泣
倒像会漫步的醉　满天纺着细丝
一条石子路铺进两场远走高飞
　　　一杯酒　浇向她的死和你的歌
　　　两绺冲淡　合唱的血色

为什么我猜她的枷衣准淋得精湿
一如你　随风吹洒的淙淙响的句子
为什么我猜一颗硕大的水滴
裹住上千年　你们的头巾兜紧药味？
　　　我的臂弯里一张最娇艳的脸
　　　猛地挣出大海幽闭的房间

写她的死　你是否分担那个死期？
一次处决　回旋成织锦的回文诗
青山如刃　雪亮地掠过脖子
刽子手们跨时空的亲昵
　　　扼住你们身上最细最纤弱之处
　　　才华和多情　自古犯了众怒

这就是罪　毁掉一具具绝美的躯体

剥啊　剥出无所谓男女的辞
和眼泪　新年早上一阵孤独突袭
蓝天　卸妆吧　泻下杀伤力
　　　她粘粘猩红的长发还绾在脑后
　　　打滚　像只掰开的石榴

咬着泥土　让桃花片片对你耳语
不必怨　也别怕爱　只要一次
会心地对视　香妃墓上沙尘亮丽
如镜　倒映千年间幻化的姐妹
　　　彼此的名字像散落风中的狂想
　　　爱得久一点　无论爱刺痛或一缕余香

小城瓦莱赛的雨生不逢时
我走　像只生不逢地的低飞的燕子
穿过你们　书写的鱼跳舞的鱼
好香　破网而出的玄机
　　　揪心的悲欢味儿　穷尽
　　　照片上继续灿烂下去的残忍

为什么我猜最解渴的仍是时间这池
浅浅的水？当死亡不是畏惧　是事实
活过　爱过　写过　断头仅标志
盛开　我的脚步既向东又向西
　　　追上双倍的不可能
　　　笑意　才钉进一双最忧郁的眼睛

她的或你的？唐朝是件缥缈的羽衣
所有凌波步都向一个熟识的身影折回
死一次　碎玉打翻青羊宫的荷叶
生无数次　我们不开灯的房间里
　　　掌心疼得夺目　血迹
　　　深陷成刀尖下艳丽的纯诗

伊 蕾

我的生日，在莱茵河

这个世纪，这一日
我的生日，被莱茵河欢唱
被矢车菊覆盖
被百鸟百兽无意间品尝
妹妹，今天我在莱茵河
思念我们热爱鱼的母亲
河流是母亲的天生爱意
可以无限分解，去南北东西
人啊，轻视了多少平凡的死亡
雄性和雌性的鱼的伤感
弱小或强大的物种末日的悲鸣
森林与江河的虚弱的呼吸
母亲啊，你的女儿一生无助
在四季的鸟鸣里长歌当哭
这一日，我破解了霍金的预言
我知道山脉和平原的秘密
莱茵河，鱼儿的天堂莱茵河
神秘的漩涡清澈无语
天主教堂的钟声回响在圣高镇
冰葡萄酒献出最后的芳香
今天我要从这里漂流天下
作为另一个物种重生
快乐就隐藏于众生万物
我由生命深入生命——

莱茵河是欧洲最大的河流之一，纵贯德国南北；矢车菊为德国国花；
圣高镇是莱茵河畔一座美丽的小镇。

伊 沙

梦(26)

在午觉的梦中
梦见一位
久违之故人
身患绝症
在梦中
我看见他
悲哀欲哭的面孔
令我心碎

起床后我劝慰自己说：
"梦是假的！梦是反的！"

我准备从卧室
直接去书房工作
发现客厅电视开着
父亲独自在看
我便走过去
陪他看了两眼
不无惊讶地发现
正好是一档说梦的节目
一个好做梦的美国人
提前并且反复梦见了
后来发生的一场大空难
连航班号都梦得准准的
有他给机场打的电话录音为证

我忽然脆弱得
看不下去了

来到书房
先不急于打开电脑
而是在母亲的遗像前
焚上一支香
心中默念道：
妈，近来我痴迷于梦
只是为了在高处突破
跨越自身的巅峰
写出不朽的杰作
求您保佑我
千万千万
别走火入魔
跑偏成梦想预言家

日本大地震

春天发情的死神
披头散发闯进邻家
开一场死亡的假面舞会
向我发来樱花请柬

我承认
我纠结于世仇
在魔鬼面具
和天使翅膀之间
徘徊良久

哦！戴上魔鬼面具
我心也不是魔鬼

安上天使翅膀
我就是天使飞翔

《读诗》2012 年 4 期

于 坚

老花眼镜

我不再年轻 半个荷马
戴一副老花眼镜阅世
日历显示这是秋天 看不出来
对面的大厦没有落叶
被整容到一半的脸
安装了太多的玻璃眼球
却忽略了舌头 也好
此生见过太多真相
现在可以站在虚构这边
凡事说个大概 要领 提纲
微言大义 一言九鼎 像个先知
过去我拘泥于事实本身 斤斤计较
阿伽门农渡爱琴海之细节 野心勃勃
用语词之勺测量大海 几乎坠入深渊
得救于老花眼镜 黑框 镶着两个黄铜螺丝
从此对一切视而不见 只看得见小字
大千世界想当然可也 这个秋天
灰尘在尖叫 我虚构着某种叫做
秋天的东西 河马的侧面 半山坡的棋盘
夜晚油田上正在流淌的乌鸦之书

余 怒

空虚也罢，糖果也罢

时时谈"空虚"，其实
不是。我是观众，知道
拿眼睛看。我没有失去
说话的功能，只是不想说。
嘴角中风，有点歪，舌头下含着
融化了一半的糖果。味觉告诉我，甜。
影片开始，情节里出现
三个人。围绕某个东西转圈。
三角关系，我不关心。
一个孩子哭，嚷着，尿尿。有人在
轻声指责他。引起更多的
孩子哭。尿尿，呜呜。有人吹起
哨子想制止，结果可想而知。
一晚上看了五部影片，脑子有点乱，但我知道
此时置身何处，什么缘故。
电影院里开放了冷气，不用你
告诉我，冷，还有，
另一半糖果什么时候融化。

2011.2.20

翟永明

上书房、下书房

上书房、下书房
在四川彭州白鹿乡

宛如圣母院　那著名的教堂
我们在门口照像
闪光灯　点亮殖民者的尖塔
那些坚韧而努力的传教士
令人不安　他们点亮
乡间的盲目和沉默
在上书房和下书房

拉长了的白烟
好比脱缰野马在天上
乱石点头
横布草丛中，青葱被刮削成半山
我将拍下这些工业云彩
还有大片的化学山水
以教堂为背景
肮脏的污水
正在冲洗那些贫困数据
在四川彭州白鹿乡
上书房、下书房

宛如圣母院　新人们成对捉双
拍下这些工业云彩

婚纱照包裹了衰弱的天使
高跟鞋踩踏传教士的天堂
宛如圣母院　新人们成对捉双
拍下这些化学山水
祝福、祷告、洗礼
这些都不被新人们需要

好比千只白鸽白生生地飞到天上
白生生的新娘站满了拱廊
上书房、下书房

在四川彭州白鹿乡
突然来了天崩地裂的一声响
塌了下来　那些工业云彩
那些化学山水　那些乡镇工厂
死亡震倒了　宛如圣母的大教堂
死亡吞下了正在亲吻的新郎和新娘
白生生的婚服化为满地泥浆
倒地的新人们将干枯为骨
倒地的手指上　钻戒在发亮
照片上　他们十指紧扣，
尘土中　新人执手不老

上书房、下书房
没有了水洗过的圣母大教堂

《读诗》2011年1期

张曙光

欧罗巴旅馆

因逃婚寄居在这里。用肉体谋生
用文字反抗命运的不公。或是
用文字谋生,用肉体反抗着
命运,反正都是一样。

我没有读过她的更多作品,除了
一两个短篇。她的才华和思想
还不足以吸引我。说到个性和经历
其实也有其他更好的典范。

但她就像一条河,她家乡的河。
开阔而沉稳,虽然并不清澈,但有着
汹涌的暗流。我熟悉那条河
它也同样流过我的童年——

岸上长着芦苇和野草,在夏日里
散发着泥土的香味。我曾去那里
游泳,和郊游。比起她,我的童年
还算是幸运。而我来到这城市

也只是求学,并最终滞留在这里。
但一样居无定所,面对这个
不属于自己的城市和冷漠的高楼。
我愤怒地从大街上走过。

这间俄国人开设的小旅馆，就在
尚志大街的街角，起初叫新城大街——
直到 1995 年，它仍是一家旅馆
仍叫着这个名字——或是恢复了

这个名字。在墙角的铜牌上
镌着"萧红和萧军曾居住于此"
诸如此类，只是为了招徕顾客
但效果显然并不很好。因为

不久，它就不见了。这里现在
是大型的购物中心，有着餐厅和宾馆，
但没有波斯菊，没有波希米亚式的
浪漫故事，也不复是当年的模样。

周伦佑

当死鱼游动的时候

这是我亲历的一个事件
翻过炭笔的山峰,一个环形的湖
出现在我的眼前。不是明亮
是阴郁的陈述,一湖死水的寂静
迫使莲花与飞鸟灭绝
湖上漂浮的死鱼
是作为战利品来炫耀的
那些翻着白肚、鼓着圆圆的眼睛
漠然地瞪视着天空的死鱼
有的肥大,有的瘦小,其中的一条
铁青着脸,死得很彻底
背上已开始腐烂了。就在我疑惑时
这条腐烂的鱼张开嘴,吐出一个气泡
向前游动了一点点。只是一点点
整个湖面突然摇晃起来
开始是轻微的摇晃,接着
是剧烈的动荡,赤裸的死鱼
一条跟着一条站立起来,围成圆圈
在湖面上跳起奇怪的舞蹈
那是很少见的一种舞姿
在尾巴击打出的节拍中
死鱼们扭动身子,发出
怪异的声音。湖面更剧烈地
动荡,湖水陡然上涨
那条腐烂的鱼率先游出水面

游上了岸边的树梢（是最高那棵树）
其他的鱼也跟着游上了岸边的树梢
这时，天空裂开一道口子
流出很浓的血，把湖染成了红色
炭笔的山峰轰然崩塌，湖水
翻转过来，把我压在了湖底
我在窒息中挣扎着，被恐惧
扼住的喉咙，发出了一声喊叫……

墙上的鱼形挂饰兀自摆动着尾巴
我身上胎生的鱼鳞正一片片脱落……

隐 匿

包袱与洋葱

肉身与石头等重
寿命和刑期的意义
没有什么不同

打开这个
与生俱来的包袱
每一次都大受刺激
每一次都惊讶于

它的里面
还有里面
虽然

时间并不存在
时间使得内在
更接近外在

时间使得一颗石头
变成一朵云

《联合报》联合副刊 5 月 13 日

余光中

水中鹭鸶

一鹭鸶独立在水中
让孤影粼粼
终止于静寂
哲人说，那是空
僧人说，那是禅
诗人说，那是境
摄影家说，不要动
鹭鸶说，那是鱼
只低头一啄
就破了，刹那的幻镜

《联合报》联合副刊 2012 年 11 月 20 日

林德俊

有厂

日子过得悬疑些好
浓茶不浓淡水不淡老不老小不小的
青苔爬楼梯，一片迷你的森林

呵一口气眼镜就涂上一层雾了
玻璃别擦太亮世界别看太清楚
给说来就来的雨点清洗就好

被时间洗白的头发
一刻夕照就把它染红
猫的瘦影把黄昏拉成一条好长好长的河……

《创世纪》173 期 2012 年 12 月

林婉瑜

雨的身世

雨
无预警地下了
落在奔驰车那滴并不因此成为
尊贵的雨
落在水沟那滴不因此成为
卑贱的雨
形状大小相仿的雨滴有
殊异的身世——
有一颗雨前世是晨雾
有一颗雨前世是海水

它们重击地面
摔碎自己
为了反映我和我的伞
惚恍的影子
在低洼处铺成一面晃动的镜子
避雨者快步跑过
凌乱踩碎
雨的镜面

隔日蒸发
回到天空的雨
有时想起　地表的经历——
屋瓦的阻力
叶片的撞击

顺着伞面滑下的弧度
以及风……
风明明只是
无事路经
却轻易倾斜了
雨的线条

《自由时报》自由副刊 2012 年 1 月 1 日

徐小泓

马语者

采撷出灵魂
马语者带来新鲜的消息
为爱写诗的痣，在彼岸安全引渡

抓住黎明
想倒给你一片盈盈的天空
有 H_2O 四处奔走
手指纷纷剥落，找不到果子的腰

只有小舌头与波浪合谋
爱被对折，是无可躲避的遗憾
连月光的黑，也被磨损
那么，给我一季节的水分吧
从此便可以安然无恙……

詹 澈

转角的邻居

犹如划着独木舟,以四肢为桨
又如住在海上旅馆,漂浮着乡愁
我一年四季搬了四次家,略显疲累了
这次租屋,来到了大都市小市场边的巷弄里

清晨不是被阳光和鸟叫声叫醒的
那仿佛是在梦中,家乡的清晨
我被父亲吆喝着去田里
我被市场的吆喝吵醒了

有一层薄薄的雾在空中,同样的清晨
泥泞的牛车路,浮泛着牛粪与草花的香味
而眼前也是泥泞的巷弄里,飘浮过来
混杂的鱼肉蔬果汗沫叉水泥尘

这巷弄转角,一个似曾相识的人影
那个肉贩挥舞利刃利落的切割
把猪的里肌肉与鼠蹊,从脊骨和腿骨中分离
铁钩钩住猪头伸出舌头(我常想起那个上吊的猪农)

一个少女提起裙摆匆匆走过这个转角,过了中午
仿佛从午睡中醒来,太阳下盛开出各种花色
肉摊已换成花铺,这不是做戏换布景
男人换成了女人,这确是两个主角

这巷弄转角走一次,仿佛走过人生转折的中站
例如一辆出租车,清晨由妻子开去谋生
晚餐后有一段做爱的时间(我在隔壁听见)
然后丈夫接着开那辆车去载客

犹如划着独木舟,我划动四肢继续游走
我在等一个人坐上来,抱着我向前划
就如那对互换时间一起谋生的夫妻
但愿我们将来还会是邻居

《乾坤》诗刊61期 2012年1月1日

杨佳娴

误认

一度你以为得到了金苹果
却发现它充满思想
重如铅球
它也可能黯然
它有月亮般
缺陷的灵魂

一度你以为得到
永远翻阅不完的古字典
却发现它也有它
当下的愿望

一度你以为铁轨乱草中
相逢了狐仙
忽然她从烟云坠落
也有破绽
也流血

一度你以为这深夜如同
鱼腹，剖开来，冰绡尺素
连绵的心肠与故事
可观而不需亵玩
可亲而无爱
然而鱼腹中也可能
是匕首，是珠钗，或者就仅仅是
我的脊骨

颜艾琳

秋天的女儿

秋天的女儿有了悟后的美丽。
她已萌发过爱,在春天时;
夏天的海浪教会她
知晓快乐和悲伤一来一往;
她不仅孕育种子,
也收获自己,
即将丰饶娇纵的沧桑。
一发不可收拾。
汗水、泪珠、经血
除了灌溉自己,还浇薄了谁?
这一刻,她在铜锣
面对十一月垂垂鞠躬的稻穗,
秋雨洗过的天空,
她再次感到天地父母的包容;
有些不为人知的故事
将随着稻谷被收割,
被收藏。
也许永不曝光。
秋天不允许春天播种的,
变成另一个秋天。
此时,秋天的女儿在铜锣
一切都美得恰如其分;
她们的结果,各自
在风中,被轻抚
但不急着落地,

等自行荼蘼后的腐坏
或辛勤栽种者来取摘。
女儿已经是母亲，
她了悟的悲欢仍像
天空一样澈蓝。
她收敛在眼眶的泪水，
是草尖上最晶莹的露珠。
她突然发现：
一片天和一亩地
就是她的童贞和母性，
在铜锣不分次第地圆寂了。

《自由时报》自由副刊 2012 年 2 月 19 日

罗任玲

明日的居所

总有一些光
会抵达明日的居所
比鸟雀比黎明
更高一些

总有一些光
会写信给昨天的暗影
在透明的窗前
留下枝桠扶疏的日记
什么都有 也都没有的
那一片白

什么都不需拆卸什么
都不必抵挡
总有一些残瓦
会被颤抖的光阴击中
落入雪中深埋
这是冬天也不是冬天

前进或者后退
想象或者真实

接着樱花木就这样盛开了
即使没有树叶也扬起了风帆

鸿 鸿

尼泊尔，多云时晴

一半的外国人在逛博物馆
一半的外国人在玩飞行伞
民宿主人在清晨的菜园里施肥
一条鱼在深夜的马桶中翻尾

满天褪色的风马旗传诵着永不止息的祈愿
满街盗版的 DVD 传述着活佛苦难的事迹
皮肤焦黑的圣人在屋檐下抽着半截烟
满脸通红的少年使尽力气吹不响一管笛

停电的夜晚
家家户户的发电马达轰轰作响
拖着整个国家朝黎明
吃力前进
鳄鱼和犀牛梦着太阳
大象和猴子梦着香蕉
待宰的羊梦着明天的婚礼
神明在梦中
和流亡的孩子捉迷藏

《联合报》联合副刊 2012 年 3 月 12 日

鲸向海

犯禁

我们是那个
望着潮水
被禁止
开口的人
我们是油漆未干
被禁止
触摸的人
（这失败却不是你的也不是我的）
我们是
醉仆街头
不准
裸露本色的人
我们是被禁止
用许愿
哀悼流星的人
是纵使相拥
也不被
当成人的人
（这失败却不是你的也不是我的）
我们是
短暂末日里
被永恒
禁止的恋人

《自由时报》自由副刊 2012 年 3 月 26 日

向 明

变坏

我的头脑非常简单
只是为了不愿被都更
变成他们的一粒算盘珠子
不愿被拨弄，被加减乘除
我要加入，变坏的行列
宁愿改行做一枚钉子
被警察当成坏人抬走的钉子户
让我这枚钉子成为一枚
钉子的典范
狠狠地钉进那些恶人恶法的
与我一样简单头脑中
即使仍不能改变什么
凡不愿作为一粒被拨弄的
算盘珠子的都该来响应
变坏，变成为一种狠狠的
钉死不公不义的典范

2012/3/29

《自由时报》自由副刊 2012 年 4 月 4 日

方　明

塞纳—马恩省桥岸

三十余座桥墩镶嵌着的
塞纳—马恩省河　宛如一片颠倒的精辟穹苍
水若流云般静静收藏
两岸明灭摇动的风采

情侣的跫音厮磨在碎石径道
经典的誓言总是绰约
在横飞的花絮里
美丽却容易幻灭

巴克洛建筑隐喻着
最浪漫璀璨的画风
莫内与雨果尝试在此诠释
文艺复兴流窜的密码
而百年风檐的莎士比亚书店[①]
仍热忱搂着前来寄卖诗集的
瑟索影子

梦之甬道从袅袅的咖啡香入口
企图从岁月里打捞剥落的情欲
簇拥的观光客总是骚痛
我在角落练习如何沉默

丰腴的情爱永远沸腾
有如众多肢体的萦念在此搁浅

咫尺的拉丁区浮沉着靡颓的繁华
在此，我们将景仰交给勒曼与羊皮纸街②

夜来的水纹
是恋人终生漂泊的发茨

2012年5月26日 21：50

① 该书店位于离塞纳—马恩省河不远的Brucherie街，是美国诗人惠特曼Walt Whitman的孙子经营，以文学书籍为主。

② 羊皮纸街（Parcheminerie），亦在拉丁区靠近Sorbonne大学，亦称作家街（Ecrivains），此街聚居众多作家，画师以及书商，艺文气息相当浓郁。勒曼街（Cardinal-Lemoine）七十四号则是海明威与太太Hadley的住所，今天已改为咖啡馆。

阿 米

日常

坐公交车一班直达画室
不画了
也没什么可写
随便地坐在吧台打屁

我已从无底的忧郁、痛苦、疯狂中挣脱
写不出诗，也不想回到过去
未来仍像一只迷途的赛鸽

初夏，为我斜披一层金色薄纱
活着，仍有一些话要说
有一些小事咬脚
唉，所有的心事你都知晓

等一群朋友来到
布丁狗汪汪叫
风铃响了
周末人来人往，你画一笔
我说一句

我要的不就是爱嘛

《卫生纸》17 期 2012 年 10 月

焦 桐

文旦颂

我想象是那直来直往的日光激情了整个夏天
轻抚到皮肤变了颜色，我想象
是专注的露水拥抱每一夜
丰满柔嫩的身体，
不惧怕风雨来谣言。

我总是严冬时就开始预约
秋天的身影。今天
街头巧遇，渴望
听见你的消息如
迟疑多情的花讯，长镌
心头的那句话，等待
你的体香支配我的呼吸——

等待如宿命，又酸又苦又漫长，
实在不堪再等下去了，
绿叶在风中眷恋着香花，不堪
夏日太炽烈的狂吻；
椿象和果蝇在夕阳中留下
一些记忆的啮痕。
难以保存的青春期，等到
风韵更成熟，比秋月
温柔，比深夜更深沉的
懊悔，皮肤也失去了光滑和弹性？

等待的故事是
时间的陷阱,
越老越甜蜜的叹息,
很快就过了走味的后中年
甜美中透露出微苦,
压抑的手势变成了告别的身姿。

《自由时报》自由副刊 2012 年 10 月 3 日

孙维民

洗衣机之歌

我喜欢看到你在白天持续地工作
当我躺在床上,像古代
气息微弱的老矣的兵
甚至无力解除沾血的链甲——
阴影纷纷聚集(终究
它们也察觉一颗疲惫的心)
前方如恶龙,后方是毒蛇

我喜欢听见你在黑夜勇敢地工作
(阳台荒烟蔓草,百里内
没有援军的踪迹)
莫非这就是那天使的神器——
此时如刀剑,彼时是战马
冷静、强悍、训练精良
而且绝对地顺服和虔诚

《联合报》联合副刊 2012 年 11 月 28 日

白 灵

向双手致敬
——当18公尺的海啸磨蚀了高耸的树梢

在岩手县的海边
当 18 公尺的海啸磨蚀了一长排高耸的树梢
几千双手就一直没有回家
几千双手迷失在大海的一双大手里
正奋力用手，摸索回家的路
几万双手跑进大海狂乱的头发里翻找
划着船跑进大海巨大的口袋里翻找
喊着每双手的名字

当 18 公尺的海啸磨蚀树梢之高之耸后
几万双手就在这海边
重新燃亮几万盏灯
没有一盏灯写了名字
就像没有一双手写了名字
但掉进大海的那几千双手
却照得到每盏灯
几百或几千度的热度
和几十或几百公尺高的心事
即使没有一双手写了名字
却没有一双手有相同的纹路

当 18 公尺的海啸磨蚀屋瓦、梁柱和树梢
几万双手仍顽强地在这海边挥手
几千双手也在海浪里顽强地挥手

此一双手要向彼一双手致敬
彼一双手也会向此一双手致敬
没有一双手写了名字
但没有一双手无不写了名字
"向老岩手县的你的双手致敬！"
海边的这双手说
"向新岩手县的你的双手致敬！"
海里的那双手说

（即使18公尺的海啸磨蚀了树梢
和时钟）

注：2011年日本八点九级的3·11大地震，造成两万人死亡及失踪，岩手县约六千人，造访的大槌町约占其半，多为老人，全镇几被海啸夷平。

自由时报副刊 2012-10-2

余笑忠

诱人的排比句

一棵树被锯倒
一棵树在倒下时
决然摆脱所有羁绊
扫荡了相邻的枝枝叶叶
一棵树罪人一样倒下,自嘲
为时已晚
被砍掉枝桠
被简化为木头
被削掉寸寸肌肤
直到它服服帖帖
转而承受一切:作为餐桌,作为衣橱
作为我们屁股底下的座椅
作为爱巢,作为淫乱之床
作为一条破枪
作为镂空的器具,作为木鱼
作为纵情歌唱的音箱……
在无限多样性的排比句面前
我就像一个盲人
被一个能说会道的家伙领着
不知道他要带我去往哪里
他总是说:跟随我,我就是你的手杖

魔头贝贝

苟且经

桌子上摆着几本
合上的头颅。误入世界
颤栗与不安。这木已成舟。

妈妈买的苹果把两颗心
拴在一根绳上。小雨小得
像小时候她高喊我小名回家吃饭。

吮吸着泥土和流产
的双胞胎,楼顶的藿香和马齿菜。
他们是男的。像子宫里的我。

死亡无处不在。在
隔壁打麻将的喧哗里。
病入膏肓:每天都有喜悦、悲伤。

楼下。笼中待宰的鸡鸭
仿佛我们被拘留在深夜。
一个孤零零星球。一群苍蝇嗡嗡。

水顺着屋檐流下来。依然
抵挡不住燃烧。
漩涡中,我紧紧抓着酒杯。

踯躅者

电话在等待拨打。
窗外。雪花。这白白的坠落。
这必然捆着我。让身体自由。

一屋子的空气。满脑袋的浅薄。
她在楼下洗衣服。我在楼上
一会儿抽抽烟，一会儿翻翻书。

傍晚我们回父母那吃饭。不可
更改的暮色中，温馨的一闪。
我盯着青菜。你偏偏夹来牛肉。

我和弟弟曾认为就算是肥肉
做成罐头也一定很美味。它在
头顶晃动。那时我没被装进去。

那时我们仰着脸——
好像看到，天空给予的允诺。

宋 雨

我研究过幸福

在群山以外是未知的世界
在我们不是很大，也不算很小的庭院
劈柴。草垛。田埂。几枝金黄色的
植物，像是沉睡
前夜落了雪
暴风雪温柔的舌头舔我们的屋顶呢
雪雾中，天地失去了边际
我们把炉板烧红，热气蒸腾
松木镶着玻璃，欢快地变幻风景
松胶在炉火中爆出
远山的味道
年轻的父亲在捻羊毛呢
线陀儿旋转，唱着歌
哦，我的父亲从未老去
我看着母亲把羊油抹在烤盘上
垫着抹布上下对换
父亲总是逗你微笑，母亲
你总是在言语上输给父亲
为把毛线染成红的? 绿的?
两个人争来争去
后来我戴绿色的手套
穿绿色的毛衣和袜子
我能告诉你的幸福只有这么多

徐俊国

鹅塘村禁忌

在我们鹅塘村　茅草多　曲曲菜多
牛羊眼里的星星也多
传说很多　俗语很多　禁忌也很多
见到刺猬需噤声　它是圣虫
听到乌鸦叫需吐一口痰　以破凶兆
人的乳牙要扔到屋顶
牲畜的睾丸要挂进粮仓
婴儿的胎毛要制成毛笔
少女的第一次经血要埋在玉兰树下
五年的公鸡能成精　不能杀
十年的紫藤通人性　不能伐

在我们鹅塘村
万物有灵　石头有心
有些话不能说　有些事不能做
鹅塘村太小　所处的地理位置不好描述
皇帝　贵妃　将军　钦差大臣从没来过
他们不知道
这里的禁忌和皇宫里的财宝一样多

我离开鹅塘村许多年了
这些禁忌
有时候是蜂针扎在嘴上
有时候是灼热的狗皮膏药烙在心里

毛 子

赌石人

在大理的旅馆,一个往返
云南与缅甸的采玉人
和我聊起他在缅北猛拱一带
赌石的经历
——一块石头押上去,或倾家荡产
或一夜暴富

当他聊起这些,云南的月亮
已升起在洱海
它微凉、淡黄,像古代的器物
我指着它说:你能赌一赌
天上的这块石头吗?

这个黝黑的楚雄人,并不搭理
在用过几道普洱之后,他起身告辞
他拍拍我的肩说:朋友
我们彝族人
从不和天上的事物打赌

我们如此逃避恐惧

醒半失眠,我索性翻起了书
一个波兰人,谈起了战争中的蹂躏和人性
也许这之中有某种我们共有的东西

当试图寻找，我从奥斯维辛
找到了古拉格群岛
从古拉格群岛，找到了夹边沟
最终，我找到了那么多无名的人
他们可能是妻子的丈夫、童年的玩伴、热恋中的情人
是士兵、糖果商、艺术家和家庭主妇……
那么多的不幸，分配给我
可我不想谈论苦难，更讨厌以它自居
还是这个写诗的波兰人，有更深的体验——
当空气笼罩死亡，他们尽其所能地做爱
他们觉得性比爱，肉欲比灵魂
更速效，更兼容
更能麻醉周遭的恐惧……

轩辕轼轲

手

初恋时她用手写过情书
粉红色的信纸，洒了香水
后来洒上了泪水，她不得不
拉着另一只工友的手走进婚姻
虽然婚纱还是粉红色的
但她的人生已经无色无味了
她接了父亲的班，住进了大杂院
用手熟练地朝网兜里放土豆
回家后用自来水洗掉泥巴
她利用产假生了一对双胞胎
一手抱着一个，她利用休假去庙里求签
恳请佛祖保佑别跌进赤贫
她利用病假给孩子们开小灶
烧出的鱼汤都带着胶囊味
两个女儿越来越水灵，可她的腰已变成水桶
这个她满不在乎，她不想去减肥
只想利用公司的内部规定
为家里再增加一个就业名额
为了小女儿的工作，她一次次地
推开了一把手的办公室
有时说急了，手就叉到了腰上
最后一次推开时，手里的申请表
已经换成汽油瓶，到处泼洒后
她用手点着了火红色的报纸

魏理科

和母亲一起吃苹果

母亲 80 岁了
身体还好、牙齿尚存
我们在一起吃苹果
有以下几种情形：
一是只有一个苹果我不吃
给她吃
二是一人一个，各吃各的
三是一个苹果切成两半
一人一半
四是我吃了几口的苹果
又递给她吃
五是她吃了几口的苹果
再递给我吃

出现最多的是三
母亲最高兴的
是五
和四
但这样的时候很稀少
特别是五
一年也不会超过两回

王征珂

春天多么随性

我们来到爱宁桥上,桥下是
匆匆的流水,哗啦哗啦的乐队
一小队水兵,穿着亮晶晶的鱼鳞
忽而上,忽而下,像一群
从来没有锁链的战士
山坡上,春天多么随性
树发许多树芽
草长许多草叶
油菜花鸣叫在露天的花房中

原载《诗潮》2012年第4期

网络诗选

295-440

黎明鹏

钥匙

第一道铁闸门的钥匙
与第二道铁闸门的钥匙
颜色和形状大小相似
第一道铁闸门的钥匙
比第二道铁闸门的钥匙
多一个牙,记住这个差别
第一道铁闸门的钥匙
要插尽之后往左上方转才开得了门
第二道铁闸门的钥匙
不能插尽,插尽之后往外拉出 2 毫米
往左上方转动,转大半周才能开门
大门的钥匙取出来后
最好沾点润滑油才好开门

我把这三条钥匙
用口香糖糊住
再用锡纸包好
放入大门左侧门框外
最上面的一个膨胀螺丝的旁边
大约左上方三至五厘米的墙洞里
随便用一枚铁钉或十字钥匙
在这个位置使劲耗开灰沙浆
不到两厘米深便可发现锡纸
抽出来剥开锡纸
看见口香糖

撕开香口胶
三条钥匙就在中间

一两年内这三条钥匙
估计不会锈蚀
十年八年可能不行
我想有找它的必要
也不会超过三五年
三五年内都不用找它
也就不需要它了
因此我在锡纸的外层
裹了几道透明胶
三五年内由于高度密封
钥匙还可以使用
我也只能考虑这么多

我多么希望这串钥匙
随墙体一起老化烂掉
记忆消失在岁月的尘埃里
但我不能不考虑
这串钥匙重见天日的那一天
对你还有用途
就像我希望它的主人还会回来
重复已逝时光中
永远成为记忆的岁月
万一还有这样的可能和需要
旧事已经比记忆还老
生活没有因埋葬钥匙的初衷而改变
也只能认命

我不相信这串钥匙能传宗接代
记住这串钥匙的位置吧
老去之时我们再回来一次
谁先将它销毁

都不要回填这个埋藏钥匙的洞穴
否则我们的记忆
就连一个手指儿宽的洞穴
都没有躲藏
与记忆相等的岁月
实在太不值得一提了
我相信友谊
也不会渺小到这等田地
你说你的祖父临终时
连你祖母叫什么名也不知道
我们还能坚守什么
记忆比尸体腐烂得快

周伦佑

羊的二元对立命题

狼是一个形声字
羊是一个象形字
在汉语的规约里
羊吃草
而狼吃羊肉

故事通常是这样的：
狼来了，羊伸直脖子
送上去，让狼咬
狼咬死一只
再咬死一只……

羊没有跑，也不能跑
在汉语的逻辑框架中
羊已习惯了这样的生活
羊吃草，而狼吃羊肉

直到有一天，一只羊
出于求生的本能
用角顶了狼一下
这只死里逃生的羊
由此被众羊所不容
因为他公然对狼使用了暴力

一只反语义的羊，一只

反逻辑的羊，一只
反和谐的羊，二元对立的羊
注定是孤独的
孤独至死

狼与羊的故事继续演绎
羊吃草，而狼
安定团结地
咬死羊
吃羊肉

杨 克

死亡短讯

车子疾驰在去往医院的路上
我看见天空瞬间敞开了
它澄明高旷，最深处影影幢幢
难道这么快就出界了？
灵魂漫游
好似有一双隐形翅膀在等我
带我去赴某个既定的约会

在地上移动了几十年
天空此刻与我重新联通
是的，我也会像那朵浮云虚无缥缈
澹澹的，淡淡的，没有边际
也许，那儿再无信号，我不在服务区
世间再无我的音讯

这一刻我斜躺在后座上
心境祥和，仿若干净的水面
只一眼就洞悉了宇宙内存的奥秘
生命只是一条微不足道的信息
携带它的密码
被复制到这个世界
随后被删除，转发至另一个时空

某只看不见的手，轻轻按动软键
睁眼表示拒绝 闭眼意味接受

我陷入平静 坦然接受命运的腾挪
我不知道神在哪里
死亡突然变得一点都不可怕
无非在东土关机，再去西天充电
就像转发一个短信这样稀松平常

2012

大

犹他，我来了，大盐湖，我来了
我遭遇了白茫茫一片真干净
我欠下了一滴水的债，湖，汉字从水
水草像胡须蔓生，波光粼粼
用一亿年，你完成了液体到固态的转换
一望无际的粗糙颗粒，聊胜于死亡谷的恶水
这笔巨债岂是风华达山和瓦萨启山可以还得清
大盐湖是万湖翘楚吗？人中豪杰
英语称之"社会的盐"
当盐坪大得让你再也无话可说，只能驾车
在腹地兜它一天
"回去吧，"尼亚加拉大瀑布也在劝说，
"你不是狄更斯。你也不是埃雷迪亚。"
只有他们的瀑布诗篇，才配享有这巨大落差的命运
我来了，你们的十九世纪错过了汉语
奥登来到我的2012，还有，什么入籍？
美国这颗卵子还未受精，李白已飞流直下三千尺
三百四十九天前我行走于天上的黄河
如同好莱坞大片，我还欠一个对手
盘旋在大时代，上升，上升。帝国大厦也不够我俯仰
我仍作为我而站立，一如广州塔
天空博大精深，"像高烧的前额在悸动"
欠缺历史和我要求的高度。

科罗拉多，我来了，落基山，我来了
深陷大沟大壑，我一跃而上山顶的平台
三百万平方公里的中央大平原
又岂是一个大字能说得清的？
你这个生产总值达全球百分之二十的超级大国
欠我一个自大的理由，我要的不是政治与经济
我来了，在纽约第五大道和百老汇的交接处
一个拉丁裔女人，丰乳肥臀像发酵的面包
我顿生在摩天大厦前再写一首《人民》的冲动
旧金山唐人街方块字牌匾
我依稀在一条街上看见母语的祖国
大卡车，像巨无霸一辆接一辆，生死时速
与浑身肌肉的福特轿车在高速公路上同游，庞德
站在你的土地上我想喊出：我辈岂是蓬蒿人
再来一场东西方盘峰论战
现在我的年龄已足够树敌，可以与你狭路相逢了

阿什贝利，我来了，纽约，我来了
去造一个大草原，狄金森，我来了
休斯，我来了，密苏里州，我来了
推一辆红色手推车，威廉斯，我来了
桑德堡，我来了，宽肩膀的芝加哥，我来了
西方，东方，现在是谁欠谁？
一百七十二年来我憎恨你。现在破例走向你，亲近你
我在惠特曼的诗行上认识大浪漫主义的长岛
我在金斯堡的嚎叫中见识嬉皮士无所谓的垮掉的一代
达达达我来了，美国一路大大大，还有什么
不同时空的里程碑
短促的生命，替史诗铺路，这一天我正壮年
这一路布鲁克林大桥、黄石公园、密西西比河依次都来
　　拜见我，
咦呵我左边的太平洋。这一路新罕布什尔、亚利桑那、
　　罗德岛
陆续赶来迎我入列，咦呵我右边的大西洋

天旋地转，纽约客、时代周刊、华尔街日报来不及记录
轮胎写下的历史，这一路山姆大叔节节败退

古人将铜雀台造在邺城，我今将答案放在凤凰城
大彼太阳兮，我踏苏子瞻的声律再唱大洋东去
大彼西风兮，我挟谪仙人的大鹏赋更抒时代广场
五个时区的夏时制散尽光阴还复来
我纪元前的夏商周秦，我的汉唐，宋元明清
我的1966，我的1978，2012我来了
大峡谷，大瀑布，大平原，大盐湖
大制作电影，开变形金刚的高大司机
一切超级大的美国，自由，民主，宪法大大大
统统都在后退，我开足马力踢踏万里，历史在上坡
翻越的异想终将天开，时间矮下去
我突然发现，政府太小了，亢奋中
我被大黄蜂尖叫的一根钢针，蛰醒

2012

孟 原

人民不是一个词语

我们生来就是人民
用自己的方式回答祖国
人民不是一个词语
是一个族群的集体神经
它敏感疼痛,知道伟大和卑微
但我看见了另一类人民
从象征中具体地走出来
站在一个时代的巷道口
咬着制度的骨头。他们低头
或抬头,仰望星辰的记忆
在苦难中伸出坚韧的双手
揽着历史的纤绳向前爬行
他们的关节不因贫穷而跪
他们从不推敲政治的词章
也不觊觎官僚的温床
他们只知道用自己的手
推动大地深处的车轮
捧起辛勤的汗水,歌唱祖国

蒋 蓝

黑灯

风裹挟碎雨
把一溜灯火拉弯
拉出翅膀和旗穗
子夜的路灯举起蹄铁
如十万过河的马群

有一盏灯灭了
它回到黑暗的深水
所有的光从这个缺口流走
词语回到事物
回到一瓶安静的墨中

黑灯是刻意地掉链和走神
黑到水光四溅
黑到兀自神伤
使得一朵迎向新娘的花
掰断了手指

黑灯伫立
披光的暗香渐次涌立
暗中的骑手
背离整个马群
像鞍一样，想着妹妹

陈小蘩

在大海虚无的怀抱中

独自海边,我找到最好的对语者
永恒的大海。无止息的潮水涌来,将我淹没
那隐匿在深蓝色海水里的面容,从未被我看清
语言在舌头上迟钝、凝结
被大海的气息震摄
思,不由自主地一次次随潮水退向虚空
足下,脚跟两侧的沙逐渐流失
大海卷走我的立足之地
刹那间,海和天空湛蓝、刺目的蓝
一滴眼泪澄清心灵
随大海永无止息的律动,气蕴淡定
从虚无中来,形消于虚无之中

一直在我耳畔絮语的大海
陪伴我,将我拉入无人之境
在大海蓝色深渊里,我找寻到
永无倦意的对语者。我们长久地
沉浸在各自的歌唱中
声音击打黑色礁石。飞溅的白浪
越过海岸线一直推向陆地
潮水退去后,我在礁石上找到
这一次的立足之地
惊诧中,大海推出一排巨浪
再次将我席卷,在它近前的耳语中
我闻到死亡的气息

从 容

倒车

妹妹，我与你的声音相遇在涠洲岛
二十年前你录了一条广告只挣了七块钱
广告商对你说，你的声音会传遍天涯海角
黑暗的香蕉树下，你在说"倒车，请注意"

我被分配进一间客房 412，怎么回事?
怎么会是你的生日号码?
你是提前来涠洲岛等我吗?
我从 412 房间望出去

比汉堡包要精致得多的层层火山岩
用硬朗裸露的姿式挑逗大海
而大海用一天亲近她，用另一天躲避她
他多像你爱过的男人
他们总是留给你一些细碎的贝壳、小石子
和比"黄金海岸"还要柔细的沙
硌疼你的眼睛

妹妹，更奇怪的是从涠洲岛回到北海
在老街那条窄得只能摩肩抱乳的摩乳巷
我与年轻时的姥姥相遇
她现在不姓陈了，她请我吃了一碗活着时最爱的银耳羹
还与我在菩提树下合影留念

我想到了你，故意让我听到的声音："倒车，请注意！"

你是在暗示我"过去,请注意!"
你们俩站在我到来之前的未来的树下等我吗?
小时候姥姥问,你们长大找个什么样的丈夫?

"像爸爸那样的!"

直到你死去,我们俩都没有找到
难道我们的爱人隐藏在过去的某个拐角?
"倒车,请注意!"

妹妹,你能再透露一点吗?
我将在未来的哪一天遇见前世的爱人?
如果他来了,你是让我替你爱他?

编者注:公交车等倒车发出的"倒车,请注意"声音是作者妹妹20年前应交通部门邀约录制的,妹妹已不幸去世。

陌生人进入我的身体

一个陌生人进入我的身体
带着狼的气息
在水晶中
我最爱的陌生人呵
穿越了我的身体
接近狼,是为了
逃避狼群
勇敢的匈奴人的血液
在我的躯体内暗涌
溺爱我的唐明皇
也已死去千年
而我还活着
引领一个陌生人

穿越了身体
被征服的火焰
刺痛了我的眼
梦中的陌生人
折断了我的身体

邱正伦

慢生活

在时间如飞的年代
我担心自己会粉身碎骨
总是想怎样能慢下来
享受花朵开放，露珠在其中移动
慢慢成为水晶屋子
可以映现整个生活

现在生活的速度太快
是另一种折寿
花朵来不及开放
爱人的脸来不及看清
便处在匆忙的婚礼进行曲中
所有的脸孔闪烁其辞
言不由衷，无法回忆过去的事情

心不在焉，鲜花成为瞬间的投影
没有雨露的滋润
连死亡都在不断加速
谁能在此刻慢下来
谁就会注定长寿

2012.4.24

梁雪波

雪豹

一个词对应着一个世界
一场大雪穿过我的呼吸牵来一头豹子
阳光照亮雪的屋脊，在更高的地方
猎猎作响的灵魂联翩飞升
纷扬的雪花吹动着梦幻之兽

那是清晨，雪豹经过我的窗口
真实得像一场挥之不去的疾病
紧缩的肌肉暗藏闪电的纹理
裂开空气的脚步裹着针尖的速度
冰雪裸呈的肝胆披挂高原

独行者远离洞穴，饥饿的火焰
在游移的腰身隐秘地燃烧
燃烧并从我的窗口惊雷一样引爆
这慑骨的美，犹如一把抛向罪恶的
刀子挣脱了物质的沉重之身

我屏住呼吸，苍茫的雪山
一头豹子转身回望，比雪还寂静
比不可公度的语境还难以言说
在词中逼近雪的是哪一只豹子？
被豹子穿过的雪是否还能保持最初的冷？

雪豹：它震慑，它洞穿，它撕开

雪的晶纹和豹的身躯复合的技艺
在梦中显身,神秘的豹尾敲打着桌子
纸面上浮起的豹子头碰翻了墨水瓶
谁是那个将雪豹顺手涂抹成黑豹的书写者?

陈亚平

真理

正如河水的流动回应天空,我无意测度
那些纸页中最对称的言辞
和我声音中最衰老的预兆
回转大地的气息,又居留

夏天的尘嚣和暗物,有谁还在乎
一个人活着的受难
是痛苦的善,与不可想象的罪恶
环视门廊,落叶退隐黄金的织图
不知道,我会不会在神的驱遣下
在词语的内心,改变我中年的孤独
旧的时间里沉沦着速朽的诸物

能在一生中追忆
一个贫乏的时代,与活着的至俗
仿佛彻夜的寒风穿越灵魂
让我为自己放弃荣誉和幸福

2012 年 6 月 改

道 辉

闷热,闷热

噢就是这,暂未把你附体的闷热——
能粘巧克力嘴但榨不开甘蔗脑汁
能在高高的天窗轰出蝉雨一阵
就是这,翻动三字经一页,唾弃的闷热
就是这,撕不断一只蚂蚁肉体,呵护的闷热
似一隅废弃小仓,扔出会飞的包谷皮的油灯尸体
就是上曦人未借到比目鸟翅翼出海时
这,被一滴水扩散瞳孔的闷热
看去是已挖灌溉棉田渠改战壕时,在广播热火朝天一侧

你突然呼喊一声,也帮助闷热散发一些
埋下的缺欠迷梦的花朵账单
那边的烟幕捏造者来人了
来的人,结苔的双腮仍挂着面具,双手提着刨冰刀
看他呢喃之嘴,像淌着口水,探入一穴抱石树的空罅,说
"天要转冷了,过会儿就要回到大理石募捐的气味里去。"
语气柔软虚弱,但有着深渊串连的寄托
就是你爱上向日葵园不爱葡萄酒窖的那种
这闷热,也是在解开赤裸的死亡衣衫的广场一侧
而石阵复活节未传来铜币算卜的投掷声时,猫,以细爪

重又刺入雾的腔腹一次,这肉尖,这芬芳之钩
在暗合一闪,那来自朝浴的光线纺织处,一些出工的
学猫匍匐之人,举着镰握着锤,跳过水洼跨过壕沟,沙哑
  嘶叫着

这闷热，也侧身一闪，学着猫，弯腰蹲下，双眼盯住屋
　檐的鱼片干
这闷热，已完全敞开，舔舌淌着涕涟，做着时刻扑身
　向前的姿势

你呼喊过一滴水吗

你呼喊不出赶在散热前的一滴水
第二人怎样也不肯跳落的一滴水
确实，尚欠翘舌音的土话
你透过它，窗台之间挂满未晒干的喉管
树倒了，枝柯还挂满未砍断的手臂那样
第三人站在号鸟外举起猎枪管
烟囱静悄悄的，在翠绿的掩映中
半空中飘满煮熟的大马哈鱼倒影
呼喊不出声者，也是背耳的聋哑朗读者

你呼喊一滴水，赶在起风之时
在风尘增厚坡度之时
确实，有几只未长成禽兽的菜虫，哀号着
有第四人蹲在屠宰场门前找丢了的钥匙
一滴水仿佛是从那个孔眼过来的第五人
多么浑浊的一滴水就当是梦呓的双身下沉
多么清晰的一滴水似要给泅渡者穿上船鞋
你假使呼喊出来，仍还够不成激流和渴望
你们多么信赖的一滴孤独之水，仍还迟疑，豪迈不前

那是停滞之时，仍未被赶来的撒网者放行
如果松涛和基隆海也是其中一滴的话
光不是流逝的光，鱼已是无比娴静的咖啡鱼
你就把一滴水呼喊成一个从未有暴洪过的国
你呼喊不出拯救的第六人，在阴暗和旷野处
你就不停息呼喊：到基石凿穿，战马依序归栏

张执浩

八分钟

已知阳光到达地球需要八分钟
已知我们共享一个黑洞
已知虚无是存在的，幸福可以假设
已知我会屈从于你的来和你的离开
已知这样的安排会将我所爱
与我所恨混为一团
已知承诺不会算数
每一个八分钟里都包含着毁灭
秒针在唱："去死吧，去死吧……"
我会接受这样的祝福

压力测试

一列火车怎么摇摆才像一列火车而非棺材
一列火车行驶在夜里
而夜浸泡在水中，一列火车
有棺材的外形，也有死者的表情
那是在旷野，小站台的路灯下
白色的石牌上写着黑色的站名
我撩开窗纱一角看见一张脸一晃而过
我听见车轮擦拭着轨道发出胶卷底片的呻吟

阳 子

夜晚

我肯定春天只剩下了夜晚

我坐下来
全身充满芬芳的声响
春天的夜晚在光中跳跃
风吹过
花朵在空空的长椅上
像是就要发生的事情

春天从这个夜晚开始
被遗忘了脸容
它的门牙掉进水里
我看见它苹果似的原形
飞了起来

我伸手无法抓住
它翅膀下的阴影
春天的夜晚就这样
出现了几次
自然的香气
在布袋里飞
在暗里飞
在灵魂的方向里飞

孩子们

我知道一些事情是真的
梨树和孩子们一起拥有春天
当人类从花香中提取爱情
孩子们就来到广场
阴影从颤抖的身体开始铺展
孩子们在春天里练习思考
我轻轻走进一纸语词堆砌的章节

他们有时比我的降临还早
目光照耀天庭和长梯
他们交谈着，互相传递雾
和几间白房子的遗迹
我知道另一些事情也是真的
正如孩子们永远赶在太阳升起之前
手里捧着书。他们能够
对着梦想高声叫喊

清晨从深渊里跳了出来
这是我无法感受的幻觉
孩子们跨越了春天的屋顶
天使把轻微的气息投递过来
我伸出双手，用语词
引领他们到达了明亮的极点

方文竹

取消旧地址

我以一首诗的名义
取消旧地址
旧地址是用掉的
用来贮存苍白的嘴唇
像脱离了一件谋杀案
老相识已经死去
线索还被谁握在手中
时光里裂帛的声音
已将一朵新开的花打湿
波澜不惊　远方不远

取消旧地址　取消我身体内
供自己专享的落日

高世现

鸿门宴

肆无忌惮地宴请一场剽悍的大雪
今夜,万物被覆盖,宇宙如
巨冰柜的胃口急冻,零下的历史
让我一个人回到鸿蒙的门,不必是
冰川世纪的饭局,混沌大餐,也不必是
西元前的晚餐,古老的东方——
还是我念念不忘随身听的电量,今夜我必须在场
今夜,神必须逃离高岗,今夜我必须胆大包天
不动一兵一卒,不掀翻一桌一凳
不碰飞任何一条大江大河
今夜我必须把这碗不惊动任何时空的大海
一干而净。我的心必须干干净净,一分一秒
没有战乱,我的对面没有刘邦
没有范增献计,项庄舞剑,我没有对手
今夜我必须自斟自饮,对我的孤独谢罪。
天亮之前我要看到千山归降,全世界尽挂白旗
我的须发也要长到二千年那么长
今夜我必须气吞山河,以浇胸中八万里之寒
把楚河汉界全还给这半握的苍凉
一侧耳就有了将军令,一弹指就有了广陵散
一仰头就有了乌有之乡,我的对面
全是空案空座,霸王都自刎了,
诗人都投江、卧轨了,再无英雄怒叱,
再无美人娇嗔,慷慨从来不曾这么慷慨于我的爱
我给我戴好银盔,我给我披上黄金甲

我再给我凌空划几下，就解下三十功名半百浮云，
今夜，我要邀请我的心出来舞剑，我的血出来
仍不断为我温酒，我的骨头出来，仍不断加炭
我的肝胆出来照明，夜已深，宵更深，
我的瞌睡虫出来四面楚歌，我的酒嗝出来十面埋伏
我的灵魂也出来了，仰首环顾，大雪顿停半空
我看见我正与隔世怔忡的我相逢于苍茫之中
寒风也骤然在我面前刹住，我也瞿然惊见
史前之我，垓下土，霸上尘，我的右手跟我左手化干戈
我的前脚为后脚送玉帛，我退三步，世界
就用海阔天空为我加冕，还有什么让我不痛快
来，要拼就拼爹、拼马爹利 XO——这一杯豪气不请自来
这一杯我和自己称兄道弟，我是秦兄，我也是楚弟
我在这里，自有悲凉作陪，悲壮作伴
但也令悲伤无法近身，让悲哀无法企及
今夜我必须把这碗不惊动任何时空的苍天
一干而净。我的心必须明明白白，一寸一厘
没有轻浮，我的对面没有银河系
没有太阳系，也没有中文系，我没有对手
今夜我必须自斟自饮，对我的孤独谢罪。

金 轲

噢自由

衣服限制着他。他于是剥光了自己的衣服。
三室一厅的水泥屋子限制着他。他于是走出屋子。
一座城市限制着他。他于是来到乡村。
大地限制着他。他于是升上了天空。
一个国家吸附着他。他于是升上了更高的天空。
在清洁而寒冷的高处。各个星球的引力仍争夺着他。
他在太空里迷失了。天空依然限制着他。
想到宇宙和宇宙之外。他突然泪流满面。

他企图向内探索获得自由。
毛发限制着他。于是他拔光了自己。
皮肤困守着他。于是他剥光了自己。
肌肉更坚实地困守着他。他于是剔光了自己。
还有骨骼支撑着他。血液冲刷着他。
五脏六腑限制着他。爱恨情仇掌控着他。
他没有足够的技术铲除掉它们。技术限制着他。
一个人可以杀死自己。但不能把自己毁尸灭迹。
想到这里。他再次泪流满面。

一个人死了。一些档案袋依然保存着他的污点。
一个人死了。一些手机依然保存着他的号码。
一个人死了。一些日记簿里依然保存对他深仇大恨。
一个人死了。一些人删除了爱却依然保存着他的阴影。
一个人死了。一些网页依然保存着他过期的悲愤和口水。
一个人死了。一些磨损的山川依然保存着他的恶作剧的印记。

一个人死了。还可以再死很多很多次。
一个人死了。不可能像从来没有来到这个世界上一样。
想到这里。他第三次泪流满面。

鸟鸟鸟

中年的皮,已披上身
——赠黄文学和蒋郁林

两翼插刀的好兄弟,谢谢你俩在秋天来看我
提着简单的行李,满面是异乡的灰尘

这座鸟城,满城的鸟人,而我却不认识几个
当年的都已作鸟兽散啦,来看我的人将越来越少

多年不谋面了,此后的谋面亦将越来越少
喘口气,我们坐下来喝喝粥聊聊近况和往事吧

面孔还是原装的,只是黄文学这厮长肉了
语气还是9年前的,只是蒋郁林大病了一场

不过几年啊,青春的理想就已烟消云散了
而诗歌整齐地排列在纸上,我们避而不谈

时光的骨灰落满窗台,秋天在树上数着黄叶
青春呢?青春早已腐烂在时光的森林里啦

兄弟啊,不要再夹着一条老实的鸡巴晃荡了
赶紧找个姑娘,好好地繁殖和生活去吧

中年的皮,都已披在我们的身上了
退路已没有啦,我们已开始往死里活了

嘘 堂

"饮宴结束……"

饮宴结束,十一点,豁了小口的青瓷盘
还在骨头和鱼刺的狼藉中占据桌面。
小半瓶红酒靠着桌脚发呆,意犹未尽的
男人们继续交谈,嚼着去年的茶叶。

"像等待爱情一样等待革命",她说,
胸中总是有团火,没办法,熄灭。
她脱下立领蓝呢大衣,露出黑丝迷离的礼裙,
仿佛感受着奔向西伯利亚苦役的心颤。

她的右首,更小点的姑娘沉入思索,
陷在小圈子的古怪话题里像声轻叹——
"如果……理念……现实……是否更痛苦?"
我能察觉到她白皙面庞上露出的关切。

就像露珠,或者还未坠地的初雪,
一张崭新完好的存单,从未被人拆借。
像吗?十二月党人的妻子?衬托圣像的光环?
或曾被印刷传阅的那些书简和画卷?

男人们的话题大而无当。'我们去唱歌吧",
重新扣上的蓝呢大衣。黑夜的轮盘。
零下两度,星光蜷缩。"伽利略的错误在于,
事物运动的基本方式是圆周,而非直线。"

汤养宗

鹧鸪调

我想，就在我与你说话的这会儿，我们是能够听到
几声鹧鸪的。只要你脑子不是太快，稍微停一停
福建这边，江西安徽那边，稍远一些的云贵山头树桠上
都有鹧鸪在叫。声音有些闷，有几厘米或者一公里
不等的尺寸。有时，元代的月亮会在这叫声中重新回来
如果再按住自己，趴下来，耳朵贴到地面
还发现谁已变了调门，返乡的铁轨，人头转动的农民
也一声追赶一声地，发出呦呦的鸣叫。垃圾场上另有几只
被拆了房，躲在寒风中的人，喉咙里嘀咕嘀咕响着
已辨不清是人是鸟。这些声音已不像是地球的，但无疑
是故乡的。这是鹧鸪调，中国古诗词的一个词牌
总有人在空气寂寥到不能再寂寥时，仿着这鸟儿啼啭

刘二曼

苍白的人道主义同情

收破烂的父亲在春节前的忙碌里
东奔西走
他身后的孩子学着父亲佝偻着背
扛着编织袋 走街串巷
中年的父亲，我希望你停下来歇会
等等穿校服的孩子，也等等我
我好递给你一支烟
也为你们父子拍一张合影留念

李晓旭

一十八省

一切的差别皆来自于声音
每一处的气味都是独有的
一个人逃过一十八省
一个人喝遍一十八省的河流
死神便对他生出感动和敬畏
哪一省还上演着皮影戏
哪一省白碾盘黑山羊
哪一省唱小河淌水哪一省老生吼得铿锵
哪一省从白云生处飘过去
大山端正　雨停后鸟开始飞动
秋风把翡翠吞进去金子吐出来
路边小花　零零星星　野味和白骨
善良的生灵都有一张面相所庇护
恭敬之意和虔诚之心都是整整齐齐
村庄用粗根筑一所房子给他
终有一天　我捧着老虎的皮打马荣归

我的女儿　我蓝线线花线线织就的女儿哟

遗传得彻底　夜夜好梦
身体里的一十八省　有明有暗

高鹏程

冬日海滩

云层压低了海面
因为冷
冬日海滩把礁石缩成一粒一粒的黑点

最小的一粒
正在做梦
鱼群和光线穿过他冬眠的身体

远处的海岸线
落日挤出疲惫的水滴
竖在空中的渔网,正在打捞一天的最后一拨潮声

仿佛历尽了一生
最后一批渔民从海上归来
须发如深海的绿藻,空荡荡的身体沾满盐斑

商 震

鬼吹灯

夜空晴朗
银河是一座百花绽放的花园
月亮清洁透亮
但,月光无法解决大地的黑暗

人们开始在月光下点灯
给路
给眼睛
点灯,不能解决大地的黑暗
只是尽量地照亮自己

灯,都是会灭的
燃烧累了自己就灭
人需要黑暗时也要把灯吹灭
有些人自己吹灭了灯
却瞪着眼睛说:鬼吹的

鬼是会吹灯的
都是在灯灭了之后
鬼才来吹

懊悔

在赛里木湖边

看到三对白天鹅
它们双双对对在岸边
觅食或私语
我猛地向它们跑去
啊，终于看到
我膜拜的崇高和完美了
这洁白、桀骜、神性的大鸟

距白天鹅还有 十米左右
它们舞动翅膀向远处飞去
我呆坐在地上沮丧

我的没被认可的爱
只能是鲁莽

庞 白

力量

从善良里萌发出来的邪恶
有着比魔鬼更强大的力量
那股力量
持续的时间
比我们的生命漫长
也比脸孔
道貌岸然
甚至比良知
有着更谦恭的模样

梯子

我要自己动手做一把梯子
架在梦中
用以到达你额头的高度

盘妙彬

杏树

这时候杏树金黄,龙袍加身,是皇帝
这时金灿灿的叶子开始落,没有风,北京空无一人

时分在傍晚,杏树站在路旁,庙堂在路的尽头
叫什么路,乌有路
叫什么庙堂,叫乌有庙堂

书本上说
从这条路走下去可抵庙堂
书本上没有说这个时候铺天盖地的红,堪是遮望眼

甚是目空一切
这时候杏树金黄,龙袍在身,是朕

罗 雨

另一个我

每夜的梦里
灵魂便从我的身体里出逃
去到一些别的地方,做一些别的事情
与现实有关,又与现实无关
完成现实世界我无法做、不敢做的事

有时,我甚至看到
另有一个我就站在我对面
冲我笑,跟我说话
那一个我,那么真实
比现实中的我更真实
那么快乐
——那是一种发自内心的快乐

不像现实中,从早到晚
悬挂着一只沉重的面具
还装饰了又装饰

谢小青

丹青

有人把丹青写成白松，剑麻，榆树和水杉
给它们分出高矮，忘了世界地理，
有人把停留在蓝天的鹰写成一个污点
有人把翅膀埋伏，想想水至清则无鱼
有人把香樟过滤下来的阳光写成铜钱与金币
多美，挥霍空想；真难，生财有道
有人当着死人的面，抒情或念经
让死亡高贵，活着卑贱
我想到宋徽宗在皇宫里作工笔画
轻挽长袖，不问山河破碎，铁蹄铿锵
一对戏水的鸳鸯
让一池春水骤然老去，满面皱纹

野 鬼

杀鸡记

昨天下午
我出门买鸡
农贸市场
到处都是湿漉漉的
空气中
弥漫着烂菜叶的腐臭气息……
鸡贩子把鸡
关在一个大铁丝笼子里
旁边还竖立着一台脱毛机
脱毛机的四周一地鸡毛
当我靠近鸡笼时
鸡们惊恐地挤成一团
我指着看中的一只鸡
让鸡贩子过秤
当鸡贩子将他
那只粘着几片鸡毛的手
伸进铁丝笼子时
那只面临灭顶之灾的鸡
竟然一动不动
当真印证了
那个耳熟能详的成语
——呆若木鸡
称完了重量
鸡贩子举起
一把寒光闪闪的刀

对准鸡的脖子
用力一抹
一股殷红的鲜血
霎时喷涌而出……
随即
那只鸡
被扔进了脱毛机
然后
鸡贩子舀了一瓢
滚烫的开水淋了下去——
那只鸡惨叫连连
引得笼子里的那些鸡
也一阵阵骚动……
哀鸣声
终于微弱下去
直至消失在寒风中——
鸡贩子
早已开动
脱毛机开始搅拌……
只一会儿工夫
一只光溜溜的鸡
就在我的眼皮底下
被一刀一刀斩成鸡块……
这时
铁丝笼子里的鸡们
也已平静下来
它们
又开始啄食主人
喂养的饲料
有的开始梳理自己的羽毛
有的打鸣
还有的互相打斗抢食
好一片和平热闹的景致
同伴的命运

似乎和它们没有一点关系
刚才发生的一切
也似乎只是一场恶梦
如今
一切又复归平静……

大 卫

八行：给刘邦

甚至允许你比我长得矮一点，连夕阳都是借给你的
大风先吹长安还是先吹小沛——这，由你说了算

甚至安排五千公里江山和三千宫女让你轮流爱着
时间面前，没有谁不是项羽，长安是你的也是我的

向一片树叶致敬，五千公里的江山得做多少贷款
小本生意，不赊不欠，九十平米足够我读书，写诗，
　偶尔缠绵

在你生活过的地方，我越发显得胸无大志
月亮像个脚印，肯定不是你一人踩下的

举人家的书童

寄白鹭

这只白鹭站在树巅上。风在吹,它还没有起飞的迹象
它才不管树下来来往往的人和车呢
它羽毛洁白,翅膀收敛,就像一个巨石上安坐的入定者
吹过的风,愈加像披挂于它的大氅
我在14楼看它,我不知道它是否看见了我,但我知道
是时候了,它就振翅一飞

阎 志

想念

云层中堆砌的想念
穿过南中国海
朝着注定的彼岸前行
盛放的木棉花开在哪里
告诉你 仅仅是告诉你
我来过 哪怕是呼啸而过
这个春天有许多不安
就像是少年在故乡的山岗上
遥望中的海洋触手可及
而又遥不可及
午后醒来的青春还来得及
告别
是的，向春天告别
向翻浪的云蔚蓝的海
告别

因为冬天

因为冬天的缘故
背叛成为一种习惯
城市的霓虹终将弃我而去
始料不及的告别
在街头伫立
漠视的街灯依次熄灭

过去依稀可见
从此如何是不可解的
可以确定的是
我们终将老去
忘记所有的背弃
就像冬天忘记一片雪花
或许吧，老了的一天正是冬天
一个很平常的冬天
看着雪花飘下无动于衷的冬天

邓志强

我理想中的居所

我理想中的居所，开门应见山：
一部季节的通史，万千魂灵的宿地；
时有鹤飞过去，并未留声。
雨水滂沱的下午，我在一张晚报里暗访亲友。
夜里不点灯，我想我会睡得早一点。
我想第二天早上，打开门，湿漉漉的山会向我怀里
倒来；而我，非得用点力，才能将它扶住。

徐 萧

自足

在今晚，听到蟋蟀的叫声是无须在意的，
就像十二岁的男孩偷窥女人的换装。
就像露水渐渐肥胖，秋声在下一个枝头回家。
就像带了钥匙，窗户就只能是窗户。

那么，我就不能去别人的诗集寻找诗句——
喂饱的鹦鹉不会再看第二眼食物。
我热切地盼望着，一场变革的降临，
来拯救我的国。在此之前，不必获得和平奖。

马 力

雅鲁藏布江

在人生大拐弯处我短暂地脱离了现实,
困惑于它年轻时的恣意、张狂,且不失君子风度。
江水咆哮,经日喀则,洛渝,
萨地亚和戈阿隆多抵达恒河平原。在内心最深处,
浮躁和对立皆趋于平静。哦,傍晚落日金黄,
雅鲁藏布江两岸山峦青黛,林间虎视眈眈,
闪烁着自在的本色。

林馥娜

去远方

放下眼前的执迷,我要去远方
季节的幽深以脚步丈量,我要用最长久的耐心
沿途摸索果子熟透、蒂落的必然

我不去经纬分明的郑州
经一、经二、经三,纬四、纬五、纬六
经纬路树不起灵魂的坐标

我不去井井有条的北京
王府井、龙头井、大井,金井、沙井、玉石井
条框街规不住突围的犄角

我要去没有捷径、没有陷阱、没有城墙的远方
在地阔天高的夜里,迎来白露湿秋衫
张开嘴唇,以花朵的倘然接受天然的风干

谷 雨

云和雨

我一度以为自己曾是历史的近邻
在朱红色的高墙内,清扫僵硬的雪和烂泥
偶尔在门外徘徊
想起落魄的帝王、迟暮的美人
早已沦落镜中
镜中的万物生长、凋零
云在树的顶端,雨在巷子深处
它们构成了我最后的天空之后的孤独
我在镜中,有过云和雨的
痛苦,远山和树的
痛苦,不断消逝重叠于白天和黑夜的
痛苦。
我必是我的远亲,空气清洁的自我
重述汉唐的宫阙春深
南宋的州府繁华
须知今日的江南恍若神话梦境之虚无
无辜如我。
我迫使另一个我,把云和雨关进了抽屉。

胡 桑

反讽街

颤栗的正午,阳光畏葸于树下,
像一名持旧的乞者,露出惊异的目光,
树阴从陈旧的春天中散发出空洞,
我找到一种贫乏,神秘的秩序完整起来。

聒噪的鸟群已忘记交谈,此时,
静默显得更真实,我渴望一场风暴
袭击这条街道,揭示出它临时的欢愉,
直到春天坠入自身的否定,偶然的温度。

犹如削皮后的水果,丧失了约束,
但四处流溢的黑暗找到了自己的名字,
获得无常、失败,和最终的宁静。死亡
并不是一个句号,赠礼继续站在你的桌上。

街角被命运逼迫的建筑,最终被拆毁,
我流连于它们的废墟,仿佛一个清晨
随着甜蜜的空气而来,一名思乡的奴隶
成为内在的异乡人,犹如减刑后的囚徒。

已经习惯于被囚的处境了,但仍要
向内张望,索引不可见的事物,离开此地,
就是永远栖居于此地,穷尽它的可能性,
在瞬间抵达永恒,用清晰的绳子绑住混乱。

樊 子

书

"一年而所居成聚,二年成邑,三年成都"
找一片空旷之地搭建茅舍必须要门朝正南方向
必须在茅舍之东要有蛙鸣的田畴
在茅舍之西,夕阳下,能够看到岷江的哭泣
在茅舍之北,应该有一条卧龙,它高大的脊梁有着可
　怕的阴影
我孑然一身,在这个喧嚣的尘世间
三载时光,茅舍破旧,衣不蔽体
如果有一个懂蜀绣的老妪,我会行乞而至
三百里够辽阔了,三百里的蜀绣展开
我会手持弯刀和川人结梁子
问他们能不能听到我傲翘门檐下的风铃声

刘 川

候诊大厅一瞥

黑压压一大片
全是病人
带着病菌
带着病灶
带着病态
带着病痛
带着病话
带着病苦
带着病疽
带着病根
带着治病的钱
他们来这里
想重新用钱
把病卖掉
正如当初他们
卖掉健康换来这些钱

李以亮

无情诗

给无情人写一封信[1],写
某某,你好!写由衷或不由衷的祝福
写短暂的重逢。写被海水
漫过的脚印,没有象征意义
写异地的秋天,寺院闯入
两个六根不净的人,不烧香只接吻
写大梦或初醒,写身体的摸索
应和,君临的节奏
写写记忆吧,如果还有记忆
写写新欢,如果称得上新欢
写写作为武器的指甲,和
作为盾牌的孤独。这样写:
冷漠是个护身符,热情是个笑话
写老死不相往来,写曲终人散,写
道路之上是天空,天空之上繁星无数

[1] 此句化用张执浩的诗句"写一封情书给无情人"。

孟冲之

宋玉

宋玉,一个忧郁的名字,秋天是你全部的遗产
树木继承了你多愁善感的灵魂,波浪继承了你跌宕起
　　伏的风度
而我,继承了整个秋天,继承了你摇落和眺望的姿势
继承了你刻画秋天的泪水和脸谱
你的文采染红的楚国的枫林依然没有褪色
你的叹息释放的楚国的河流依然哽咽我的笔头
那荒草萋萋的石台上,云还会来,等待另一片云
雨还会来,催生另一场雨
但那凌波虚步的神女——她有闪电一样的目光
蛇一样柔情的腹部——却再也找不到昔日邂逅的路

阿 信

山坡上

车子经过
低头吃草的羊们
一起回头——

那仍在吃草的一只,就显得
异常孤独

张阿客

加州月

抵达那晚，我们住进一家郊区旅馆
中秋刚过，季节还未在这里留下多少痕迹
夜色通透，弥漫着丝丝清澈的气息
门前的高速公路上不时有车辆呼啸而过
除了地旷人稀，没有更多特别的地方
就在这时，我看到悬在夜空的月亮
清晰，明亮，看上去比以往略大一些
此时，它也一定发现了我
异国相逢，我们相互默视了许久
这里不是青州，不是庐州，更不是楚州
它还是不是家乡那个熟悉的月亮？
我忽然感觉到孤单。我知道
这里面夹杂了一些额外的因素
月亮是无辜的。眼下的一切跟它毫不相干

梁雪波

雨之书

在一本关于南方的书中
雨洗亮了黄昏
羁身小旅馆的浪子
被细密的针脚惊醒
忽然听到内心的骤痛

在儿时的记忆里
雨是打麦场上黄色的水洼
是河上漂走的凉鞋
是田埂上
踉跄的脚步和呜咽的风

当我说到雨,未知的天空变暗
灰色的筒瓦有了起伏的深意
正如我说到落日
一个时代像卡在喉咙里的果核
红嘴蓝背的雀鸟飞入丛林

有时雨是里尔克的独豹
豹子身上游移的斑纹
雨是盲诗人眼中潮湿的暮色
父亲死去的那天
无名小镇的街角人影晃动

雨落在词典里,成为一个符号

谷和雨结姻,美好得
像一只布谷鸟舌尖上的时光
雨是我随手拿起的一件乐器
弯向夜晚的弧线

雨落入国家的缝隙
铁匣中的亡灵开始发芽
雨洒在广场就点燃了手臂
眼泪和墨水呼啸着
刺人心肺的冰冷围拢住石头

雨在一部影片中紧急迫降
因为故事临近高潮
缠绵的主人公急需抒情
雨落入凌晨一点,我已不能从写作中
撑起孤独的伞

雨仍是干裂大地的渴望
但已被乌云反复搓揉、反复涂改
落在头顶的或许是冰、灰尘、或铁钉
雨只能落在一首即将完成的诗里
溅起一朵朵小脚丫的水花

余幼幼

自由

半斤白酒
我的身体自由了
这自由
东倒西歪,失去了平衡
我被它撂倒在床上
起先我吞下了一个酒瓶
我想到飞的感觉
可我被自由撂倒在床上
浪费了享乐的时机
床上只有我一个人
房间更是悄无声息
于是我又浪费了全部的自由

林 莉

水穷处

选择好一天,我到别处去

水上浮游的野鸭在芦苇丛穿行
它要和我在一个谜里互为谜底
生的密境和喜悦,水波一样层层推到我面前
野鸭自顾在水里游戏,我坐在木桥上哭泣

水面开阔,一去千里
芦苇丛浩荡,野鸭子有它自己小小的快乐之心
我怎能突兀地加入,万物密集的秩序和命运

我能到哪里去
那个路旁流浪者也比我更早有了目的地
他在湖边的白杨树下,吹风笛
他的脚边,摆着一个湖泊那么大的空碗
头顶上一轮落日又大又圆
生活的最后一枚金币已被他先一步拾走

星 灭

今夜，我用身体翻炒月光

今夜
我用身体翻炒月光
几十年的沧桑
一下子云集
压得我
喘不过气
我不得不往黑夜的锅台
添加佐料
一时五味杂陈
呛湿了眼眶

2012-2-20

李海洲

居士的下午课

桂花树下的篱舍,像早春的僧衣
缀着陈旧、传统的幽独。
门前的小风水,玲珑的地理学
布满前朝警世的遗言。

隐藏了菩提和青苔
居士用松枝打扫门扉。午休后
净手,推窗,用清水洗涤社会。
坐在隔山面湖的炉台
摊开书卷,诵经给天地听

远处有井水流动
浆洗和炼丹,左邻或右舍
千年前的习惯,被朴素到现在。

心事仍然那么重吗?
五戒在山谷悬停,沟渠枯荣
草木置若罔闻。
桂花树下的修行人
想起了那年进山的脚步。

就要带着那么多的善,自成一统
就要和风一起离开
三界外,寺庙的钟声推开了桃花

人还是肉体，白发还是青丝？
世界一点点地死去。
寂寞中的孤禅，孤禅中的空
谁能读完苦旅般的遁世
向往你的，只是偶然在梦中惊醒的路人。

田一坡

白玉兰

我只是偶然经过你。在仲春的阳光下
你的身体升腾着粉色的火焰,你在燃烧。
因此,那些闪耀着冰晶质地的光
并不来自清晨的照耀,而是从你体内泄露而出
充满汁液的光,经过一个冬天的酝酿
现在正从你花瓣的静脉中慢慢地……渗出来
我体内的光也在聚集,它们从瞳孔中
迸发,为了迎接你的荣耀。但我的光黯淡、驳杂
就连你圣洁的光也不足以洗净它,尘土与烟火
隐藏的罪与恶……在这个春日的清晨
太阳普照,大地发白。白玉兰的光
站在春天的核心,吸纳我,穿透我
把我的身体变成清晨一样清,一样无辜

知了的外衣

这不是童谣。知了脱下外衣
就像鱼脱下波浪,彗星
脱下光芒。它们都藏起来
藏到连自己都不知道的地方

夏天奔秋冬而去。这是知了
并不知道的轮回。就像它不知道
一颗裸体的星星的命运。

它伸伸脚，就踢出一个无限的空间

光可住于其中。神可住于其中
它却在某个清晨飞走了
知了的外衣，保持着参禅的样子。
事实上，它曾是蝉。它就是蝉。

黎 衡

自白

我来到了飞行的我的阴影中。
四周的荒村、新镇、工厂的盲流、
折叠的男女，在大气灰尘的底部
相互挑选——他们，在讨价还价中
竞争不自由，在灵魂中，彼此拥挤着
过剩的肉体……谁安排了棕榈、喷泉、
劳斯莱斯来填充这尘土飞扬的柏油马路，
向着：似乎可以被征收和拆迁的未来
一味铺就；向着：似乎能整备和查违的
末日频频转弯。那些，被高速的行驶
抛下的瘸子、聋子、瞎子纷纷向我
亮出了假肢，太轻的、太尖锐的假肢。
那些，从我的阴影网格漏下的石块
撞击着落入了火中又被我取出！
我来到了飞行的我的阴影中。
所罗门王和野花争执起来；今日
偷窃了明日，两者一起为我作假见证。
坠楼的人，在下降时是否瞥见了
最后的天空？或者想象将从地心
反复重估楼的高度。但我增高一厘米
也是难的。我的愤怒为我的羞辱
穿上了雨衣，雨水消失在飞行的我之上。

杨 康

天慢慢地黑了

天慢慢地黑了。毛丫沟的天
慢慢地黑了,归鸟浓缩于一点
歇在树上。天,就像它黑色的翅膀那样
慢慢地黑了起来,树林里的光线
越来越暗,我越来越有些坐立不安

多年前,我偷过同学的一块橡皮
被别人找上门来破口大骂
父亲的脸就像现在的天空一样
慢慢地黑了。一盏煤油灯
照耀着小小的屋子,影子在墙壁上
如父亲的叹息,一会儿拉长,一会儿变短
不管父亲怎样去拨弄灯芯
天还是慢慢地黑了。我总觉得那个时候
是有人刻意捂住了我的眼睛

江 非

世界上什么也没有

这世界为什么停下了,不转了
雨为什么变成了冰雪,冻住了这个世界
人们变得颠三倒四的,头上顶着锅子
怀里揣着带鱼,火为什么
流在河里,水像树一样
越长越高。这世界
为什么越来越扁,为什么越来越少
越来越小,变成了一枚橡果
被一只小松鼠在厚厚的冬日里
剥着
剥着
它想知道那坚硬的果壳下面
到底有什么,它想知道
世界从前到底是个什么样子
它用它发抖的门牙使劲地剥着这个世界
世界上什么也没有
只有一只松鼠用它的牙齿咔咔——咔咔
坐在深夜耀眼的冰山上剥着橡实的声音

车 攻

株洲

每一天　有很多人坐火车路过这里
不管是不是发个短信来
一位诗人路过　就发道
我不是归人是个过客　这次就不下车了
相见不如怀念　是网友
有个兄弟不想下车
这样策道　怕你不借钱给我
或幻想一段很古典的造访
迤逦而来惆怅而往
故人也不下车　让人伤心之余
背出了新人复如何新人不如故这样的课文
当然　偶有官长路过
幸免了站台上噪音馊风中的守候
也有亲人　路过时不让我知道
总之　路过的总比下车的多
从无花的春天到多雨的秋天
七月的早晨在臭烘烘的站口等过谁
又发现　岁末的车窗里
陌生的面孔都很熟悉
在向晚的风中　呼地飞过去了

就这样　在天天有很多人路过的地方

碎片之十九

在电影终场前　他们邂逅
走向冬天的深处
收获后的田野　夜色四合
身子找不到坐的位置
目光找不到脸
手找不到纽扣
心跳找不到乳房
头找不到肩膀
嘴唇找不到嘴唇
年轻找不到初恋

他终身未娶　像秃顶的男人一样秃顶
她早已死去　像故乡的很多少女
喝下农药去了天上

林忠成

雷击

雷把一份灿烂作为高利贷
贷给倚门发呆的闲人

雷是一种漫无边际的坚硬
对迷路的行人建议
"去找钳子、凿子,
把生活这听罐头撬开。"

藏在树干里的水
和藏在水果内的水
都需要雷去掀动

不掀动
会有更多负心人倚门流泪

雷是一场盛大仪式的门票
有人拍自传电影,有人在梦里反复自杀
有男人跑到别人老婆回忆录里虚构情节

雷其实是一阵强大的黑暗
一个男人勇于沉入黑暗才会被光明笼罩

新兵器

地里那些柔若无骨、东倒西歪的花花草草
是将军退休后的新兵器
"我们的百万大军怎么办？16世纪怎么办？
骑士怎么办？贵妇人的伤口谁去填？
子宫般张开的剑鞘、刀鞘用什么塞？"

满天乌云让剑客产生拔剑冲动
他像一条被抽掉骨头的蛇，软塌塌倚着门
望着远方发呆

白 鸦

霍家庵

秋末一声鸟鸣
驱车十里,逛破庙,如过家门
不喜不悲
村中庵门常掩,草木出墙
路过的人隔墙问安,想说的话只说一半
荒废一半
天底下,两只秋虫相遇,默不出声
坐在暮年说话的人
心思漫长,像一场绝育手术
这些年气候杀人
人间碰壁
活得似无道理
回城途中,路边桃花蒙面
忽听得身后庵门,吱呀一声,万物当面错过
已是暮晚时分
不远处,一头水牛的姿势
接近幸福生活
它一边吃草,一边给鹭鹚让路

哨 兵

悲哀

没有一条河流能在洪湖境内
保全自己——

东荆河全长 140 公里，横贯江汉平原，却在洪湖县界处
　　走失，归于长江；
内荆河全长 348 公里，串连众多小湖，也在洪湖县界处
　　走失，归于长江；
而夏水是先楚流亡路，深广皆为想象，早已随云梦古泽
　　走失，归于长江；
而其他河汊，还不足以
与长江，
并论。

而长江全长万里。穿越十亿国度，但在地球某角落走失，
唯洪湖能保全自己，如我命。

赵思运

萨福的小乳房

饱满的爱琴海
不是深蓝
也不是浅蓝
她只是一个劲儿地蓝

莱斯博斯岛的萨福
长着一对小小的乳房
她的小乳房
在五月六月里长
在十一月十二月里长
爱琴海一直蓝着
她小小的乳房就一直在长着

萨福豢养了很多弟子
她教给她们写诗 写情诗
唱歌 唱情歌
画画 画男人的身体和女人的头发
教给她们做爱
并且学会拒绝男人的爱情
她们的诗行是双眼皮的
她们的歌声是双眼皮的
她们画的线条是双眼皮的
她们交叠在一起的身体也是双眼皮的

这一群叽叽喳喳的弟子

也都长着一对小小的乳房
双眼皮的海浪一个劲儿地蓝
她们的小乳房就永远不停地膨胀着

从古希腊到现在
她们双眼皮的爱情比萨福的九卷诗还长

方文竹

穷县的火车

火车通到穷县的时候　穷县还在夜半望月
鱼还活在水的形式里

靠站　旅客和货物从火车的口袋里抖出
仿佛给穷县新曲安排的韵脚

一缕少年的激情撕扯着大地
一列火车仿佛一把锐利的刀片　给穷县文身
躲在深山里的紫藤和刺柏兴奋了　暗暗吃惊
银杏也推上了城里人的餐桌
铁轨旁的农家小楼房　告别伪抒情
山羊学会了在天地间行走

我在一千里外的梦幻里赶上了穷县的一班火车
我笑它也笑　仿佛它从我的身体内开出来
又回到了我的身体

张作梗

哑巴

一个用口腔腌渍语言的人
他是如此守口如瓶
从不说出让我们听懂的话

一个简约主义者。与人交流
他选择用"啊"
但这不是抒情,也不是冷抒情
他喜欢手势:喜欢
原汁原味的肢体语言

有一刻,他就住在我们附近
因为陌生
我只看到了他的外表
我把他混同于常人
——几乎以为他不是一个哑巴。

他走了,我才记起他:
他钟点工一样匆忙的沉默
但我已永远失去了和他探讨
失语的机会:一个一生穷于
表达的人,一定深畏语言的艺术。

江一苇

今夜

今夜的月亮和昨夜没什么区别,依旧寡白寡白的
让人想起村头那位被人戏谑却总板着面孔的小寡妇。
今夜有人站在窗前,想看到尘世之外更远的地方
可一回头,他就看到窗玻璃上自己的影子。
那张尖酸又有些无辜的脸,隐在玻璃深处,
仿佛自己前世的一个债主。

谢荣胜

西凉府

怎么看见的：西凉雪地上，包裹着黑色头巾的蒙面人
赶着毛驴，高车上的柴草，急驰
这是不是一次秘密的行军
谁看清了恍如隔世的黄昏

清晨：我发现，我远远落后于朝代
空落的河西走廊
仅我一个人和西夏的一座寺院
我看见身上披着露水的吐裕洪
与一只鹰王遥远地交谈

仅此而已
两个人
三座寺院
满地钟声
一世界露珠的阳光和眼泪

积雪和落叶
说着话，悄悄地

杨小滨

为女太阳干杯

不过,当太阳蹲下来嘘嘘的时候,
我才发现她是女的。

她从一清早就活泼异常。
树梢上跳跳,窗户上舔舔,有如
一个刚出教养所的少年犯。

她浑身发烫。她好像在找水喝。
我递给她一杯男冰啤:
"你发烧了,降降温吧。"

她反手掐住我脖子不放:
"别废话,那你先喝了这口。"
她一边吮吸我,一边吐出昨夜的黑。

"好,那我们干了这杯。"

瞬间,她把大海一口吸干,醉倒在地平线上:
"世界软软的,真拿他没办法。"

颜艾琳

宅女的心锁

他们说 我盯着屏幕的眼神呆若木鸡
他们说 我瘦瘦的身躯柴柴的
他们说 我说话期期艾艾
他们说 我的名字叫宅女

他们都错了

我计算机前的沉思 有一个远方
我的身体 只是还没打扮 还没被点燃
还有 我懒得跟笨蛋讲话
我虽然常常窝在家
但我是我房间的灵魂

宅女是他们所见
他们不知道我眼里有无限个房间
反将他们一一拘提 监禁
他们必须知道我是谁之后
我才会打开锁 放他们走

现在 他们都在新闻里
计算机屏幕前
看到我了
他们都是我的亲友了

魔头贝贝

冬日记事

队长让我们在这儿挖土为了
盖大理石加工厂。
粉红色的蚂蝗,被铁锹铲成两截。
地硬得
像放了好几天的馒头。
太阳驱散了薄雾。我们可以歇歇了,吸根烟
接着再干——我没想到这辈子还能当一回农民
不,确切地说,是建筑工人——
我没想到竟挖出了一个骷髅头。
午饭我们争论着,碗里的毛发,究竟
是头发,还是毽毛
而队长在一边微笑着喝茶。
收工时我走在最后。回头,看了看落日。
暮色像泥土,从我头顶浇下。

空格键

时光暗堡

我喜欢慢慢打字的感觉。
像一场小雨,慢慢地落
像一场病
慢慢地加深,像四季轮转,流水绕孤村
像十月怀胎,像抽血
像从深井里慢慢提上一桶幽暗的天空。

"我捉到一只小小的惊惶,它无辜的样子真叫人怜惜"。

张子选

约等于

想一个人，约等于
我人在世上，偶尔也会怀疑
自己是不是真的来对了现场
如果不是应该有个谁，跟我一起抬头仰望
天空八成也会是个很没意思的地方

等一个人，约等于
世事不一定都是通过车站或机场
甚至来不及打声招呼，便纷纷离开
就连蝴蝶也已作为展览标本漂洋过海
而我却始终哪儿也没去成，一直都在

找一个人，约等于
去个比较容易发现内心的所在
遛遛自己，顺便晒晒这些年
被自己背来背去的俗世这笔糊涂债
再不清不楚地悄悄回来

爱一个人，约等于
面对茫茫人海，可能不容易激起半点涟漪
我还是投出了属于自己的那块小石子
然后无视外界吵闹，灵魂寂静无声地
祈祷唯一愿意轻声喊疼的那个人转过身来

唐不遇

米沃什百年祭

在地平线那边,有人在焚烧落叶。
火光仅仅使地平线亮了一会儿。

而在这边,地上堆着厚厚的落叶,
堆得像一座山,高过树
和房子。点燃它们
太危险了。火太危险了。

屋顶上一阵鸟鸣,
没有人的视线能越过地平线。
人们回到家中,
梦见无边的黑暗倒在床上。

你把飘散的火光聚拢
再度焚烧——
在焚毁的大地上
透明的灰烬不停地落下。

骨笛

我发明了一种乐器,它将代替我
去召唤灵魂。
它将让令人恐惧的事情变得美好。

在这堆新鲜的骨头中,
我仔细挑选出一根,
在变得缓慢的溪水中洗净,
把肉剔刮干净,
锯掉骨节,除去骨髓,
再均匀地钻上七个小孔。
我端详着它。放到嘴唇边试试。

一种从未被听见的声音
好像被放大的呼吸声
令大地失神了片刻,
让别的骨头颤抖地发出磷光。
一根绳索趁机挣脱自己,逃向天空。
而我走进一片乐于死去的树林。
也许,我可以当一个隐士,
带着我的咒语和酒杯。

我把笛子放在一块石头上,
让风继续吹奏。
我凭声音就知道
它越来越光滑,通透,
从孤独的内部就可以诞生光:
夜色中,那些笛孔就像七颗星星,
猫头鹰在树上紧紧地
盯着它们,再也无法入睡。

池凌云

在咖啡馆

你们在交谈时,我悄悄离座
去看望一个老妇人。她的脸
在枯萎的枝条上沉思,
紧闭的嘴含着暖冰。松弛的髻
替她挽起入冬的白发。

我注视她,心疼一个将要散落的
发髻。而她手中的书对她撒了谎:
一切故事褪尽墨迹
纸质已发黄,边角残缺
热情的蛛网也结束了编织。

她是某人的旧作,在被遗忘的
墙上苦等。当我再次推开那扇暗门
她仍在翻动残破的书页
丝毫不觉我的恐惧。我的眼睛闭着
看她身旁唯一的风灯摇动火苗

她没有出来。

莱 耳

雪夜

我坐在你们中间
你们坐在壁炉旁
窗外,雪缓缓飘坠
她们在灯光下旋转、侧身
撞在玻璃上消融

烟尘已经散尽
木炭发出橙红的光芒
你们的脸在光明中,生动
柔和。那些古旧的油画、台灯和挂钟
天花板上剥落的石灰
都是我不厌其烦端详的细节
栗色的楼板掩盖了风——
在房子里穿行的回声

现在,我想靠在你们当中谁的肩上
睡去,在红茶的气味中睡去
外面雪下个不停

郑小琼

《进化论》(组诗)
——蝙蝠

沿着黑夜蜗行,战争的阴影覆盖住宗教的器具
虚构的城堡在海洋另一端沉没。苍凉的尖叫
悬崖的风潜逃,千年无法意料的事,蝙蝠穿越
太阳的羽翼,白天在它的肉体里挣扎,黑夜已成为
它骨骼的一部分。女人在泉水边洗涤千年的尸衣
她们的哭泣进入战争的列车。轰隆变形的私语
蝙蝠在她肉体蜷伏,在她血液里飞翔
她变形的手长出了蝙蝠一样的刺,它尖细的头颅
她有形的慌叫。她的经血涂抹一只饥饿的蝙蝠
她的经血喷涌的姿势像一只穿越太阳的蝙蝠

她渴望经血在蝙蝠身体长出阳具,她需要自我繁殖
受精、生育。然后把这种变异唤作女权主义
她的经血在南方的下水道里流淌。更多的蝙蝠在撕咬
男人们。在霓虹里飞翔,更多的黑暗在灯里升起
夜晚正在低头忏悔。她把自己安放在酒液浸泡的诗歌中

诗歌的蝙蝠穿过女性的纬线。经线的思想在山崖上
一直向下俯冲,向下……江水流过烧焦的荒野
透过红色的霜。冷,悄无声息地抵达拱形的城堡
让我返回那座女性黑暗的光亮部分。看不见的事物在流逝
黑夜正逐步吞没我和姐妹,他们一天天将我们出卖

最后成为货架商品的部分。我的经血之间无法

勃起权欲的阳具。我们多血质和敏感的天性部分
在黄昏中变浓。在深红的岩石与经血的反光
一只女性的蝙蝠无法逃避它的宿命。它无法自我繁殖的
必将社会的暗影刺伤。世界呈现乳房样的星光

西 川

西峡小镇

偶然经过的镇子,想不起它的名字。
我在镇子上吃了顿饭,喝了壶茶,撒了泡尿。
站在镇中心那片三角广场上,向北望是山,向南望也是山。
四个男人和一个女人走动在镇子上(不可能只有这么几个人)。

一条狗从一座房屋的影子里蹿到另一座房屋的影子里。
生活几乎不存在,却也虚虚地持续了千年。
没想到我一生的经验要将这座小镇包括进来。
 没想到它不毁灭,不变化,目的是要被我看上一眼。

北 塔

拜苦路（节选）

引

这条路，无论顺走，还是逆行
都是一柄剑，悬在半空，随时
可能坠落，插入世界的肚脐眼
刺穿每一个朝圣者的喉咙

第二站

很多女孩的脖子上挂着十字架
精美、小巧，甚至钻石般闪烁
当她们徜徉在超市里，一边
抚摸商品，一边摆弄十字架——
像她们的耻骨一样轻，随时
可以被取走，又放回。而你的
十字架，庞大，沉重，远远超过
人本身，你背负着它，像蚂蚁
背负着被雨淋湿透了的树枝
像一座山要压垮你的骨架
这两根即将腐朽的木头
肯定要比你的肉体更长久
却因你的骨头而才会不朽

第五站

沿路所有的大门都对你紧闭
你所有的门徒都在躲避风头
只有西蒙家的门突然打开
他勇敢地迈出了高高的门槛
一副陌生的肩膀递过来
从被迫到自愿,十字架
是一条路,连接起多少脚印
帮你的手只有那一双
更多的手握着武器
横亘在你和我之间
还有许许多多,闲置
在你和十字架之间

第十一站

修长的铁钉,在榔头恶狠狠地敲打下
刺穿了你的掌心,连木头都疼得发抖
大叫!你终于跟木头合二为一了!
被当做木头,才能享受木头的待遇
只不过没有一把火能成全你,让你
与木头同归于尽。母亲不忍看下去
坐在地上,她的黑色袍子像母鸡的
翅膀,只能保护那些弃儿似的石子
她的十指深深插入砂土,仿佛要
亲手挖掘一个洞穴,埋了她自己
但是砂土只同意接收她的泪滴!

徐俊国

鼹鼠

大地内部 时光深处
缩着脖子的鼹鼠很像一个绷紧的弹簧
它举着闪亮的小铲子挖地洞
有时快 有时慢 有时深 有时浅
遇到过潮湿的果核 变质的花叶 庄稼的根须
也遇到过腐朽的头盔 倾斜在黑暗中的断剑

鼹鼠在地下挖洞
地上的人隐隐约约能听到它的喘息和警觉

在洞穴的前面
当两具紧紧拥抱在一起的动物骨架突然出现
鼹鼠咯噔一下怔在那里
它举着闪亮的小铲子 不知是继续往前挖
还是悄悄后退 回到明亮的地面上来

《钉子与墙》

张红霞

幸福

我的幸福如此简单
周末时，我能骑着自行车
沿着临江大道，进入红专厂
然后再到菜市场

这一路，我能以观赏之心
欣赏行人、花草以及展馆内的
每一件作品
带着不可思议的秘密

去购买青菜、豆腐和土鸡蛋
心甘情愿地做一锅老火靓汤
和几味家常小菜

2012-11-04

袁绍珊

流民之歌

从摩托车到马达船,从公车到南北火车
梦一截一截地移位,腾空出更多废墟
人们打量着我,叫我小妞,叫我外来妹
他们说什刹海的莲花正开得粉嫩
我说哥们,这江湖中谁不在漂

我在流水线上插秧,有人却拉扯我的头皮
说和谐社会的苗儿,得超英赶美
裁床机上的主旋律咔嚓咔嚓
把十三亿个生命切割成
准确的打更表

啊十三岁但我已老了
我得为金发美女做神奇胸罩
为他们的小孩做塑胶玩具
我在中国做的法国假皮包上一针一线
缝进丰腴的日夜,工作的单调

可惜我不是吉普赛人不能载歌载舞
马车载着我的故事,我是李家三顺嫂的灰姑娘
人们将忘记我,叫我妹子,叫我卡比莉亚
如同谈起家乡落地的板栗
或一首过时的歌谣

陈大为

老去的大堂

每张遗照都像极了霍元甲
团团守住他们传下的大堂
永垂的目光如长矛交错
我不禁停一下心脏,缩一下胆
那年九岁,我跟父亲来领奖

前年我载父亲回来
蛇冷的暗绿回廊很静
真的很静——
只剩下老广西的老呼吸

一年颁一次奖,吃几席大餐
连麻将也萎缩成一盒遇潮的饼
藤椅独自回想当年的风云

会长大伯使劲撑起广西的大旗
但会馆四肢无力骨骼酥软
越来越多拐杖,越来越多霍元甲
久久被醒狮醒一醒
才醒一醒又睡去……

我把族谱重重合上
仿佛诀别一群去夏的故蝉
青苔趴在瓦上书写残余的馆史
相关的注释全交给花岗石阶

南洋已沦为两个十五级仿宋铅字
会馆瘦成三行蟹行的马来文地址……

老 刀

小黑螺

十二年过去了,
他们还在爬动。
在芳村的一口缸内。
在我看不见的地方。

沙子一样的小黑螺,
两小时仅爬过一公分的
小黑螺,
他们来回爬动着。
在一缸
被自己污染的水里。

若 非

猪的痛楚

慵懒的身子,神色,即使呼吸
都是慵懒的
一只猪似乎并不打算理会
这忙碌的人间,步履匆匆的人类

此时所有准备就绪:柴火足够旺盛
锅里的水早已翻滚
横肉下的眼神泛起杀意,而磨刀的孩童
并不知道刀的用途
案桌摆放安稳,一头对着神位
一头指向大门……

仪式说来漫长,在猪的一生里
极为短暂
当绳索套牢,一只猪
才学会放弃慵懒的姿态,像一名贵妇
不得不放弃优雅的神色
学习破口大骂

铮亮的刀触及粗厚的皮层,穿过骨骼
缝隙,在滚烫的血液中打转……
这一切,成为满脸横肉的屠夫
日后的谈资。一只猪,总要经历
那短暂的痛楚
才肯清清白白地躺在人间

杨红旗

草木立身

身体里有草木的汁、草木的命
故爱草木真切、彻底、纯粹。
熟知草木的情怀是重要的
如你对亲人、爱情和神灵作出的承诺。
草木生性柔弱、宁静、坚韧
在公园，在山坡，在悬崖，在水岸
在人间，在天上，它们有相同的重量
相等的际遇，活着，站立，死去，倒下，入土。
晨光初起，人间暧昧不清
生活的秩序自然打开。有草木在
天空不会荒芜，河流不会干涸
鸟雀不会流亡无归。有草木在
人间的亮色会持续。有草木在，清气上升
浊气入土，静气入心。草木秉持内在的规则
择地而生，择时而死，依托四野
活得自在。它们更懂得自然的法则
和时光的条理。棕榈树在小广场南边
樱桃树在围墙拐角，云南松在后山斜坡
细叶榕在书房窗下，杜鹃在无人处
刺柏在花园小径交叉的内侧
香樟树的绿果实疏疏落落
多依树正是贩卖青果的时令。芭蕉当户
蔷薇爬墙，各司其命。人离地三尺
打造理想，打造层次和衣饰
所以有尘土、尾气和口舌。

草木爱着四季，爱着万物，爱着流云
和虫豸，与邻为善，不与秋风为敌；
春天见机行事，借光生长；
夏天打磨飘浮之气，锤炼真心；冬天沉默
蓄势待发。生如草木，命里有流水
有云霞，有鸟音
有石头，有金属的坎坎之音。

舒丹丹

秩序与悬念

傍晚的厨房,让她想起祖母的厨房。
一样的夕光从窗口涌入,锅盆碗柜各有定局。
炉火生动,菠菜已洗净泥土。
她站在火炉前,等待一钵土豆慢慢成熟。
这逼仄的空间里已无悬念,
该完成的已经完成,进行中的正在进行,
生活的秩序正展现它清晰的面容。
她会在这厨房里,老成祖母一样的祖母。
她感谢这一钵土豆,给她短暂的出神,
让她像个局外人打量她措足的方寸——
杯盘洁净,瓜果安宁,它们在寂静里获得神圣。
她甚至感谢这时从窗口掠过的一只鸟,从最深的秋天飞来,
在密实的香气里,带给她一瞬间
振翅的幻觉与虚无。

施施然

金兰记[1]

那时候我们效法古人。七双
白球鞋,像一群莽撞的鸽子,扑啦啦地
从学校西侧的向阳副食店飞过,看
沥青马路的尽头,落日
杏子般鲜艳、多汁、欲露还休
我们嚼话梅糖。旁若无人地嘲笑
人间蛛网般令人生厌的秩序。又
大声谈论,从未曾谋面的《少女之心》[2]
我们谈到死亡。坚贞。和十年一次的约会
谈到此生,要和天空这要了命的蓝共进退
和鸽眼中哔哔剥剥的火星儿,共进退
随着夜晚降临。年复一年地
降临。一些尖厉的事物,慢慢被抹平
向阳副食店换上了洗浴中心的招牌。而曾经
不知死活的鸽群,迁徙在岁月的枝桠上
各自栖息,日渐沉默,终于不知所终

---

[1] 金兰之交,最早出自《周易·系辞上》:"二人同心,其利断金;同心之言,其嗅如兰";古时也流传有凑齐七位姐妹在月下义结金兰的习俗。喻朋友间的同心合意、生死与共。
[2] 20世纪80年代,据说广为流传的地下手抄本。

香玲

阳光很辣,蛤蟆镜很辣
阳光在脸蛋上开了花
吹口哨的少年,从家门前走过

她开花的脸蛋像蜂房
少年的蜂群
浑身披满了蜜
清风掀动她红色的衣衫
小小的乳房,很美

春天的马匹跑过了一匹又一匹
春天的马匹上端坐着美丽的人
有谁知道我十三岁的心呀曾长满了皱纹
为了邻居家的小姐姐,发着愁

子衿

异响

雷雨来前,她还在晾衣服
动作如此轻盈,她先
将衣服放出去,用一根三十年来
早已顺手的晾衣杆,撑开来

雷雨来时,她没有听到轰隆的雷声
天空阴沉,一如她之前
五十年的时光——她想起自己
也有惊鸿的青春,就像
此刻划破阴沉的闪电
潮湿而耀眼

雷雨来后,她又匆匆抢收
那件暗褐色的棉袄,就像当年在家乡
抢收谷粒。空屋子里无人言语,只有
惊蛰的雷声,披满清瘦的雨水

安 琪

柴达木盆地

或许有通向柴达木盆地的秘密
深藏在青海湖底下？
但我看见的青海湖青绿而暗
有多大的阴影在湖面就有多大的白云在天上
湖的远方，是我们
我们的身下
是奔跑两个小时也跑不出青海湖的柴达木盆地

被褐色群山击中我们一时失语
连绵裸呈的群山，破碎般堆积
波纹密布犹如受难者的表情
黑牦牛有黑石块的质地，在青绿山间，它们动
或不动，都像一尊尊雕塑
而白羊却是游走的小孩
行动急促，穿着未经漂洗干净的衣服
寻找适合它们成长的厚草地

柴达木盆地，从早到晚
我们盯视着你的无边无际
浑然不知疲倦为何物？
你油菜花雄辩的金黄正挣脱出蜜蜂的围剿
整整一天，我们都在思考着紫红花瓣究竟姓甚名啥
（高原上的植物课给我们打了不及格）
我们不懂柴达木盆地
就像不懂自由和不自由之间的差距。

张 维

后事

在乡村　一个人死后
要过七七四十九天
才会离开尘世到达天上
这期间　他要看看人心
看看如何安顿后事

我的舅舅　63岁　农忙
因劳累过度　心梗突然死亡
舅母因懊悔没舍得请帮工已哭晕多次
两个儿子心事重重
半只脚刚刚踏进城市
他们一面安排着念《大悲咒》《往生经》
去除业障
去往即是生的天国
一面商量着安排后事：
十一亩田地明年包给别人
卖去一批收成　留一些口粮
母亲在两个儿子两个城市间轮留过活
三间老屋里只留下
祖先的牌位　父亲的遗像
一只老病的狗像继承人
独守着家门（托邻居喂养）

安排似乎只能这样
落暮时分　我们离开村庄

却听到了那只老狗在村头不停地叫喊
沙哑　虚弱　流着哭腔
像一种别离
更像是大痛苦的诉说

在乡村　一个人死后
要过七七四十九天
才会离开尘世到达天上
这期间　他要看看人心
看看如何安顿后事
如有冤屈不满
他还会留在世上响动　闹鬼

这让儿孙们不安
这时一缕炊烟出现在村庄上方
那只狗也渐渐安静下来
世世代代　所有的苦痛寒霜就是这样被消化掉的
在乡村
在一缕炊烟中

唐 果

停电之诗

电流走失了,找不到回家的路。
没有绸缎的呼喊,声带的发动机无法转动,
而使翅膀上下翻飞的气流
板结如水泥。

停电了,时间的漏洞堵上,
青春不再流逝,黑发不再变成白发。
可停电是短暂的,珍惜吧
那是仁慈的上帝,请疲惫的你闭上眼睛

要记那些黑暗中的瞬间,
萤火虫举着小灯笼满城巡视,相爱的人
互相擦拭身体。两台小功率发动力
为小城镇贡献出所有光芒。

车延高

江湖

一棵树，种在云彩上
拴一匹骏马，让路休息
心解开纽扣，坐在返老还童的地方
陪时间品茶
一把一把
替远方的日子洗牌
等她眉清目秀从双井站来
一团紫云坐下
窗外，好明亮的半月
榕树、紫薇、丁香
她额前一排刘海，天的屋檐
比我高
我已老于江湖，披头散发
吟风摆柳的手替镜子梳头
看她左眼
古渡口，一叶横舟被昨天搁浅
看她右眼
老墙外，千顷芦花替自己白头

潇 潇

多年以后

日子一天一天在流水中
打着水漂
有些约定本生就是泡影
有些爱注定用来辜负
用来转身

多年后，我头发花白
牙齿脱落
开满波斯菊的皱褶脸上
唯有眼睛依然透明

我独自一人，佩戴爱的首饰
怀着一颗转世的心
带着仓央嘉措的诗篇
登上开往布达拉宫的火车

某一天，在那个传说的
拉萨小酒馆里
某一个角落，坐着放下的我
夜晚来临，打开一瓶
海拔高处的青稞酒

酥油灯的火苗
映在我淡定、平和的额头上
折射出岁月的坎坷

而我饱满的情绪回到
从前的那一晚

也许我等待着一个人的来临
也许坐在那里，只为了
仅仅与一个灵魂对饮

我的非洲
　　——给D

清晨挂在灯笼花的窗帘上
阳光从一颗潮起潮落的心尖
起身，我靠在床头
滚烫、鲜活的非洲与你的脉搏
就靠近我枕边
野兽在钻石上交配
翻起水花
饥饿盘踞落叶下磨牙
战火压在非洲背面午睡

你说非洲的夜晚
狒狒尖叫着会踩过头顶的帐篷
斑马裸奔，溅起草原
一路细碎的粪便与诗篇
狮子挺进情欲在几米外晃动
循环式做爱
恐惧会诱惑我
像小兽一样窜进你怀里翻滚

郭思思

阿呀 乌撒烤茶

现在 咱们已经无法回头
去捡拾一路的茶香 不用火焰了
阿呀 咱们从阿西里西出发
一路挥洒罐罐茶 香炉山茶和乌撒烤茶……
只要相守半生的词语不从诗歌中逃亡
阿呀 咱们抱紧茶罐里的一滴水
永世不放……

祖先的水 与那些转基因 毒胶囊无关
这里是乌江之源 雨露里都是日月之精华
亲爱的阿呀
你看那么多坛坛罐罐
都在有秩序地生长

我是真的放不下啊 阿呀
这些憨不溜秋的茶罐 陪咱们的仙人
一路走来……
漂海过洋……

有了好山好水
才有好酒好茶
才有好诗 也才有李太白的夜郎自大

阿呀 我想呷上一口
从此便把水西认作乌撒

把草海认作乌撒烤茶
把香炉山认作人间天堂
生儿育女……
闪出光芒……

谭克修

当一个二百五

当一个二百五骂你二百五的时候
可以将这个数字看成是你的智商
可以将两个数字相减,是零
说明你什么也不是,或真是个傻蛋
可以将两个数字相加,是伍佰
不可思议地,你成了摇滚歌手
所以,一个二百五骂你二百五
相当于没有人在骂你
相当于一个精神病人骂你神经病

罗 至

明媚的人

明媚的人
雪是他唯一的宠物

如果炎热的夏季
明媚的人
我们与他对话
而这纯洁的回音
来自遥远的雪峰
明媚的人
把头颅搁置在雪峰上

我们沐浴在他的影子里
明媚的人
在冬日里用雪照彻我们
曾几何时
我们差点淹死在雪里
他又用雪拯救了我们

明媚的人
张开他的手掌
叮咚 叮咚
那是雪片吗
那是我们与雪片共舞
明媚的人
站在另一个地方

蒋志武

近处的拐弯

我是那么的小
小到可以看到自己的筋络和骨头
小到呼吸入肺的尘埃也能左右我的身体
隐去一部分骨骼,我更容易
搬迁一些回忆去另一座房子

另一座房子在我近处的拐弯
只要穿过一个老巷子,经过一个女人的身体
上十几步台阶,感受一阵微风
叫唤一声,就能准确到达
找到主人

而人生这么简单的拐弯有多少?
社会的复杂机器,利益的你我博弈
因此,在很多的拐弯之中我们碰到石头
或者灰霾,或者墙壁
它们那么硬,足以将一个人的面貌毁容

这近处的拐弯多好,没有讹诈
也没有暗滩
我可以乘一阵风,站个好姿势
一转眼就转到了我房子的另一面

谷 禾

陀螺之诗

从被鞭子抽打,一只陀螺
越转越快

一只陀螺,越转越快
它跳上桌子
变成了一团光越转越快

一团呼啸的光
带动桌子的海平面
带动我的晕眩越转越快

鞭子消失了,它也不停下来

它呼啸着,吞噬了时间

阿 翔

彼此，或拟情诗

彼此的分界线，那最初的声响，令群星黯然失色，
现实主义的威严，抵消了优越感；
窒息而完整的藏书已经倒塌，只剩下彼此的交流，我的眼前
掠过夜晚的气息，仿佛要看透从未有过的远方。
叙述局限于感官，当然，也许不是，
仅仅是奇妙的另一天堂，就好像我的夸张，
来不及从中截取那样。彼此可以不真实，对于我，
显得再自然不过，要是你慢慢潜入在我体内，
你就会有同感，也意味着沿途旷野壮丽。
譬如，命运赐我茫茫余生，你的确看到了
一闪即逝的天空，隐含着早衰症和教义。
再譬如，伟大的宫廷也要让座于一首诗，老国王畏缩，
收回武器，收回压扁的气势，你所等待的
正是这一刻。事实上，门外的雨还在哗哗响，
就像在多年前一直没有停，我想说的是，
彼此是没有被淋湿，那翅膀的振动，
纯属多余，更多的是在光线中被包围，被彼此遗忘，
反之亦然，对此我充满了深深怀疑。

灯 灯

沉船

被拖上岸的沉船,显然还有救
裂开的心脏
正好可以住进落日。关于水,说话的人
得到了禁言。这艘母性的船
已经想不起
水天一色的日子,鱼在船板上
跳动的日子
这艘老迈的船,现在更像
一个精神病人,同情和责难,涂抹它的全身
它呆滞,一言不发
故乡是回不去了,快要黑下来的天空
鸟自顾自在飞。

李飞骏

新月派·撞山

你看,我最终还是飞向了你
天空才是我们的床……我听到风
被邮政的美切开,一种江南银器的
刮擦声,一直响在耳畔
终于逃离了那绿手掌的追讨
这溃败的一半,在将我撕碎
我是天下美人负心的骑手
我将代表历代才子去爱你
而爱就是一场催眠,北平啊
想起那撕碎信物和照片的雨夜
何妨将爱过的人重新再爱一遍
但雾太重了,山在向我聚拢
如倦鸟投林般,云中铁
一次次做着完美的空翻
短时的恍惚,几乎可以确信
我来到了一片光明之地
那里,已有人在墓中为我点亮灯
爱真是一场伟大的催眠啊……
我睡了……他们说雨在外面哭
我听不到了听不到了……

(注:1931年11月19日,徐志摩搭乘中国航空公司"济南号"邮政飞机由南京北上,他要参加当晚林徽因举办的一场建筑艺术演讲会。当飞机抵达济南南部党家庄一带时,忽遇大雾,飞机撞上白马山(又称开山)。机上三人全部遇难,徐时年34岁。)

樊 子

旧物

我翻看过祖父留在尘世上的衣领和袖口
土墙上破烂的棉絮里
死亡的虱子是暗红色的

锄头、木锨、马灯和酒壶,它们没有了温度
你知道,在这个冬季,我一一拿起它们又放下
没有放在它们固有的位置上
我显得多么的无知

有一些时光是注定不能重复的
我接着去掏祖父曾经的衣兜
这个无常的世界啊
我去年就这样掏着祖父破旧的衣兜
摸到僵硬的东西拿出来看看
是一个镍币和四粒豌豆

西 棣

复活

秋风,满怀忧伤
再也吹不开姑娘危险的裙子
为什么,在我的火焰中
却有着别人嘴唇的抽搐

手指落日
大雾中,亲人们散去
是谁最后收藏他们的游踪

那些活在低处的河流
整日在海上闲荡
像是放假的顽童
随时准备掀起一场街头的风暴

这是午后
在永恒的田野上
我是一只暂时的鸟儿

而更多没有喉咙的鸟儿
在海洋上
朗诵我的死亡
我将从世界的伤口中复活我

荆无涯

远方挂在树梢

她说,远方挂在树梢
风吹过来时,树枝摇了摇
露出星星的甜蜜

她的心是空的,木质的纹理
接近生活的低点,潮水
从天空涨起,灌满他留下的
空
白

胡 弦

墙

一堵墙出现,带着
黯淡的雨痕。几乎没有暖意。
它知道,它已在多数人视线之外。
让我记起,一个老家的邻人
也曾来这城里找我,多处打听我的住址。
(我依稀记起他年轻时的模样。)
而在遥远的地方,一堵墙
已不再被需要。拆了。必须
借助描述才能重新伫立。
……扁梅豆繁密的触丝晃动,阴影下
墙伸展着,像一段冥想。
——它有了某种意识,提前
预感到了那回忆它的人
将会赋予它的风声和悲伤。
——终于摒弃了声音,它伫立在
对一个虚无世界的倾听中。

西 娃

镜湖

行者,我们无声地投入。彼此
这个早晨,你远道而来
在半梦半醒之间,你像嵌入者
把身体投入我的体内
而我接纳你,一如接纳飞过我的禽类

你不属于我,你正在构成我
像投入我身上的白云,蓝天,星空
我幽含他们,也幽含你
从不吞噬

我把他们返回天空
把你返回岸上

唐 朝

梦中返乡

老而衰的步态
跟不上我的前世

今夜
梦境在花朵上独放
我策马返乡
驮回一段流浪的月光

狠狠抽打
灵魂的伤口
让自己痛中狂欢
让裸
回归乳房

我独舞流年
左手一贫如洗
右手独揽天下
睡梦举手逃窜
丢下我消瘦的一生

此刻
我和故乡
相约用虚构焊接

青蓝格格

美的话语权

用水做一根绳索
用一些并不宽广的失误
创造一种美学
在时光钟楼的底部,我们
并非,只是我们

噼叭作响的青春静坐着
它在,或者不在已
无关紧要
它释放出的奇异神火掌握了
话语权

听!火在诉说:
火在用水、用绳索,捆绑着火
哧,哧,哧……

燃过柔软的经文
那尚未形成的美,顺声倒下——

我们成为了我们
或,美的一部分

北小荒

时光的味道

父亲在打铁,沉默着
让一块铁矮下去
以更合适的形状和角度楔入生活
飞溅的火花,足以撑起
一个人的夜晚

一锤,又一锤
一个又一个日子,在他锻打下
深入水,沉入雪,或深深插进泥土

我一直静静观望
外表冷峻,内心火热
现在,父亲把一块通红的铁放入水中
嘶嘶地,有水雾升起
那味道,流进缓慢流淌的光阴中
让我恍然,多年以来
我一直在时光的锤打下
像铁一样
生活

泥 夫

我是钉在地上的一根钉子

我是钉在地上的一根钉子
岁月举起它的锤,不住地
将我往地下拍,我感觉
自己在一寸寸矮下去
我深陷进去的部分
正一天天锈死,一天天哑言
我多想,让我的上肢变成翅膀
拖动我的双脚离开地面
我努力一寸寸将自己,拔出来
可这多么徒劳,并且没有可能
可我还是希望有一天,这根钉子
不再被岁月敲打的时候,能够
留在地面上一小截,上面刻着
几行小字,远远地望去
像是荒野里,那一块碑石

卢 辉

暧昧

想到玻璃,我不知道它隔着的一层是亮
还是暗,反正每一天的灰尘都是新鲜的
我躲在玻璃的内心
隔岸
观火

很想知道玻璃的底线
那一些灰,那一些白
是用来看,还是用模糊窗外的人们
一波又一波
脚步里的
源头

哦,扑面而来
我仿佛摸到了水声,玻璃
因为一块布的加入而变得暧昧
有时亮,有时暗
有时方正
有时泪流满面

林小耳

你总是偷偷来看我

你总是偷偷来看我
有时我醒着,有时在梦乡
我知道你一直在看我
但我不知道你是谁
你从我的故乡来,也许顺着霍童溪的流向
你从我的省份福建来,也许带着浓浓的闽南腔
你也从新疆来,天山的雪多么让人向往
你还从蒙古来,那里有我想要像牛羊一样
遍地撒欢的绿草茫茫
你总是偷偷来看我
你甚至从更远的地方来
看我,也许"偷偷"说得不准确
"默默"大概是更合适的状态
你总是偷偷或者默默地看我
你是安静的观众,无声地喝彩或者起哄
你看一个女子在自己的城堡
如何,美给自己看

王竞成

秋在路上坐下来

坐在玉米棒子上,坐在高粱穗子上
坐在农历八月十五的月亮上,叫中秋
这个日子就有人望月,发呆的脸
像一只苹果,心事是甜的
有一些凉,有一点涩
蛐蛐坐在秋的膝盖上,听见的人心不在焉
草叶的露珠,打湿了秋的衣角
谁的身子发颤,摸一把夜色
攥在掌心的叫思念,月光的白
落在窗上,像一个人的脸蛋
家很远,中秋是异乡人的挂牵

闻小泾

听听，这水声……

这时节，谁人陪我，听水声
泠泠的声音，从天空坠下时，不带一点闪光
宛若一座山的影子，也在这
水声里，但我感觉不到
它的重

这时节，谁人陪我，听星光
它一粒一粒地漫下来时，把水声染亮
使水的奔流
有了金属的质地，水，不再成为
水，而是一面浣洗着夜的
长发的镜子

这时节，谁人陪我，听星光背面
的东西，它被肉眼所忽视
但却在头顶的深处，唿哨而来唿哨而去
以它恒久的
生命力，让我们所有的噪音
哑然

李轻松

疮疤

我替世界产下：婴孩、腥气、灾祸的美
产下这美丽的冻疮。需要用雪来医治
我常在夜半掌灯，被旧疾惊醒
一半是感染一半是愈合
而一副药总是煎了又熬
一个最小的细菌被逼成大病
逼成千古的冤情。我被自己的影子扶着
随时都要被风吹走。没有温度的手
一边摘花一边摘刺
摘下鬓边的那朵浮云
一声道白里的唱与念
都莫名地沾染了伤痕的气质
不说也罢，一些疮疤也有它的良心

彭争武

父亲

不敢确定
这人是不是我父亲
皱巴巴的衣服
掸不掉的黄泥
就站在天桥底下
哆嗦
不知是不是在等
一辆还乡
已迟到的车

30年前，我父亲
还穿过崭新的中山装
人还蛮精神
10年前
也到过东莞证券办公室
应聘
至于有没有录用
一直没有过答案

那个人还在桥下
看来这辆还乡的车
真是迟了
他还得待在风里哆嗦
我已无法确认
这是当年的

还是现在的父亲

我只能擦眼睛了
此刻 晚风太急

周亚平

局限

太阳下山了

我的作业
是在一张白纸上
画了 1 根线条
又画了第 2 根线条

它最后成了一件
白色的 T 恤
一个松散的女人
穿的那种

它挂在，风中
两手整齐的摊开
她说："来呀，来呀"

我看不见
它的脸
因为它的头已经在
白纸之外

我用的还是 2B 的铅笔
夕阳像一绺额发
打着我的眼睛
我想了想，还是

要画下去

我从她的胸口
开始画 1 根环形的线条
又画了第 2 根环形的线条
然后，在其中
我填充了：
心、肺、胃肠
肝
和胆

她说"我喜欢，
我从没想到它们
全部是，新鲜绽放的
花朵的形状"

我笑了笑，的确。
太阳真的、真的下山了
我只是没有画出

滴水的
最后一个
花蕾

这件 T 恤
慢慢地，也停止了
它的摆动

不雅

落日余晖
我喜欢这个词

当然，我喜欢的是它的情景。

我想过，当这个情景出现的时候
我会骑上马、扬鞭，朝它奔去。

电线杆，斑驳图像
它们只被另一种摄影师留住了。

我飞奔，像一个女性一样腾跃着
而我夹紧的是马。

我的身上开始起着物理变化
黑发已经变成火焰
围脖、外套也已变成火焰
但却，烧不完。

这时候我还会发现
旷野的灯柱上悬挂的全部不是灯
而是果实，它们沉甸甸地悬挂了3层。

摄影师会洞察到我的眼神
它在睫毛中熠熠生辉，眼球
已然成为烧红的煤球

嘀，我的比喻实在太差了
但此时，奶牛也在发生变化
母猪也在发生变化，的确
旷野里的牲畜都在发生变化。

我很抱歉，我不能为你
刻意营造一切准备就绪的环境
我是一头动物，哪怕落日余晖
是一团脏脏的乱草
我也要把它吃下去

散文诗

443-471

耿林莽

记忆的黄昏

速度的堆土机,将一切老式的房舍统统掀掉了,摧枯拉朽。
记忆:记忆是也可以"拆迁"的么?

楼盘的高岸竞相耸立,这一座与那一座惊人地相似,
保持了高度的一致。
孪生父母"克隆"出孪生的兄弟,
我和我的记忆,找不到容身之地。

一无所知的蝙蝠依然飞回来,寻找她昔日的檐角,
记忆的黄昏里,烟霭已迷离,
蝙蝠的翅膀,去何处着陆?

兴冲冲的鸟儿衔一节草羽,飞来又飞去,
找不着的那棵老槐树,被谁砍去了?
筑不成她小小的窝。

而我,是从河网交织的平原上来的,
听不到拍岸河水催眠曲的悠悠,我是睡不着的。
而今,只有墙上的挂钟,滴滴答答,陪伴我夜夜的失眠。

记忆失去之后,由谁来替代她呢?
忘却!
忘却是漫漫的长夜,全方位覆盖。

枯坐

老妈妈，她的每一个黑夜，都是在枯坐中度过的。
枯坐。枯坐是寂寞的，她知道
枯枝上结不出一粒
最小的果，那么，
枯坐呢？

枯坐是为了祈祷。祈祷
女儿的安全，和她那一条
危险的舌头。

（祈祷就能结出一粒
最小的果子来吗？）

不。就在她的祈祷尚未结束的时候，
神圣的子弹已经射出。
因"声音"而被执行的女子，胸部柔软。
子弹穿入时，无声无息。

妈妈还在小屋里坐着：枯坐，
叩门声：行刑者前来，
索取"子弹费"：五分！
妈妈站起身，抖抖簌簌。她掏出钱，还清了"欠款"。
默默地，她一言未发。

祈祷已告终结，枯坐还在继续，
老妈妈，还坐在那里，坐成一根木头，
她仿佛看见：
枯枝上长出了一片小小的叶子，在动。

不，那不是叶子，是女儿的舌头，在说：
"妈妈，我说的全都是真话，
没有一句，是谎言。"

周庆荣

长城

一

一块砖和又一块砖。
一个大集体中相濡以沫的伙伴,有的身板依然硬朗,有的已经风烛残年。
以并肩作战的姿势,以相互依偎的深情,它们如果在我们的远方,只有一个共同的名字:长城。

二

把一片土地爱成国家,把长满庄稼和花朵的田野爱成祖国,把我们的祖先静静地爱成一个又一个的家族,把一片云和另一片云放在这个狭窄的锋面,让我们历史的天空遭遇过血雨腥风。

三

我尊重这些被选择的砖石。它们一动不动,寂寞地走进遗忘或者曾经聆听喧闹的沙场搏击。它们以长城的名义,在漫长的岁月里,守望并且热爱。由它们而形成的集体——长城,因此也只能选择担当并且无言。是啊,正义和邪恶,它们在长城的哪一侧?朋友抑或敌人,他们在城墙之上,还是在城墙之下?

四

是是非非的往事已成过客。屹立的是山脉，流动的是江河。江山，它的子民是一个又一个真切的面孔，善良如稻谷，温暖如棉花，多像长城的每一块砖石。忘却仇恨或者耻辱，长城不叹息。阻挡或者推诿，岁月啊，人与事物在川流不息。一直在川流不息呢，比如物换星移，比如天翻地覆，比如候鸟迁徙。

五

爱到佝偻，爱到腐朽，爱到烟消云散。当所有的痕迹留给空旷，记忆中的长城，祖国是它的主人。如果只能寂寞地站立，它愿意站在更远的地方，在腾退的地带，种下正义及和平。祖国不说大话，她一边心地善良，一边英姿飒爽。长城，站在远方，它会想家。

松：自语

我的名字就是你看到的这棵松，这个陡峭的悬崖，像我的整个祖国。
山里的飞鸟追逐流云而去，我只能在这里长久站立。我以无法行走的方式坚持着我的爱，感谢脚下的万丈深渊，它提醒我昂首，看着远方的希望。
我就是这样深情地望，每一个黑夜也真的都会过去，我总能等来太阳升起。就像此刻，它再高一些，就会挂在我的枝头，如黎明后的灯盏。
我的爱不会颠沛流离，原地厮守是我一生的宿命。山谷是丰富的环境，意味深长的孤独在审视你的耐心。我提着太阳站在这里，每一个新来的人，你忘却远处的喧闹和尘埃，想怎么自由就怎么自由。
我在，陌生的人，可以不迷路。

大花园

你是高高在上的主人。

你是天生的一座大花园的主人。最好的树木，最美的花都应该属于这座花园。然后是优质的最听话的小草，它们趴在地上，保护你堂皇气派的园子。

你是园子的主人，一些哑巴园丁机械地伺候着名花异木。不允许一朵花开到园外，不容忍一根枝杈长出天空的高度，园丁剪咔咔发言，从早晨到傍晚。

你是园子的主人，不介意自己的园子对整个土地的贡献，面包和矿泉水足以让哑巴园丁终身热爱，语言是多余的，你因此享受从容。踱步，一座大花园让你是个大人物。头顶应该有天，天上有炽热的太阳，你尽可以忽略，但你记得一把遮阳伞和给你伞的那个人。

至于土地和更广泛的事物，它们在园子之外。

大花园是你的大江山，江山永远如画？

灵 焚

听风——与历史对话

低些，再低些，让姿态低到流水的视线以下。
只用两只耳朵，接住英雄们被拆卸的翅膀和散乱的骨架，储备好历史越冬的薪火。

屏住呼吸，聆听风，这搬动声音的脚步，如何沿着历史的背面一一造访那些被删除的姓氏，以及那些被时间堵住嘴唇的日常事件。
不，这些姓氏一直与风同在，与风同行；众多日常事件垫起了英雄们的身高，让一个时代，再一个时代，足以摸到史册的篮板，在子孙的灵魂里血迹斑斑得分。

别问！风的缘起，风的行踪，风的去向。更不要责备树的告密，不是云的表情、雨的脚印……一切与风有关的信息都成就着风的自然生态。
风，就是图腾，从来不需要具体的姓氏，更没有年号、籍贯。
然而，我们却始终居住在风的姓氏、年号和籍贯里呀！

被规定的风向，这些暴力的伤痕，强权遗留的胎记。
谁能擦洗？那些腥红的牙齿，在时代的额头咬出的一道又一道囚徒的烙印。
我们永远只能居住在那些风的姓氏，风的年号、风的籍贯里？
屏住呼吸，聆听这搬动声音的脚步，如何从远方走近——

力拔群山，气贯苍穹，天时不予，宝骓弃主。纵然四面楚歌已经收紧垓下的夜色，戎马沙场的皑皑白骨，仍然抵不上一袭柔软的牵挂：爱姬奈何？

威加海内，衣锦还乡，迎风起舞，云彩飞扬。用父老乡亲的宴席，斟满两行热泪，搀扶起觥筹交错中摇摇晃晃站立的江山，叩问猛士何在？

败者悲歌，为何胜者也悲歌？

三千年来，谁曾解密？一个美人的拔剑，断了英雄的所有退路；谁曾逃脱？从胯下爬出来的英雄，胯下就是自己的墓地。

风知道？只有那道击筑悲歌的残阳，目送着头也不回的壮士背影，像一根历史的肋骨，卡在易水寒秋的喉管，咳出一摊鲜艳的血，装帧了三千年记忆的封面。

风知道：君子并非死知己。更不能，谬论"长虹吐白日"。壮士临风，成败已在胸中化解。何曾悲歌？何来怒凝易水？

风知道：壮士的匕首，只是用来戳穿历史的短处。至于成败，那只是披挂时间左右的鳞片，只能用星座的光芒止渴。

风知道：宇宙天地间腾云驾雾的图腾还在遨游，一个壮士倒下，一万个壮士已经复活……

噢——高些，再高些，高到足以把整个天空装进耳轮；远些，再远些，直到把所有的远方都盘成密密麻麻的耳脉。

直到，眼前无形无色，心中无息无声。

果实的时光

你只能选择果实的身份出场。
妩媚的春天,芳香的夏日,这些都只是为了让一个站立的秋天足够丰满。
秋天了,曾经的花朵在此时必须拥有果实的身段,才能在落叶撕开的季节伤口上,继续演绎生命的绚烂。

那么,任意的午后都应该在等你。你面前的每一条路径都会深入大地的远方。关于远方的一切讯息都在深处,在一瞬的深处奔跑着……
由于谁的呼唤?你到来的那一刻,世界与你一道睁开眼睛,见证这个为你接生的季节:阳光、草地、落叶、树丫上湛蓝的天空。

此时,午后的阳光低于风的翅膀。秋天的青草拿出最后的翠绿,为了接住爬到树梢的
气温跌倒在影子里发出的声响。
只有秋天,才有如此盛大的明媚安放一个母亲甜蜜的刑期。
直到一颗果实抱住整个天空圆满落地。

在秋天,也许还有许多落叶需要喊痛。
而果实的时光只用来缔结美好,完成自己可以交出的饱满。
从花朵到果实,多么短暂的一生。
你,应该学会省略路途的磨难。

骆心慧

孩子们的脸

有时候我会想,幸好我有这份工作。
每天,小孩子们的脸从门外斜着露出来。黑牙齿的,流鼻涕的,鼻尖擦伤的……
响亮天真的声音:老师早上好!这些单纯的声音,像一群鸟儿发出来的,紧紧地飞往我的心壁。
在温暖的阳光下,他们欢欣地拥着你,嗅着自然的花香,时而朗读,时而歌唱。
真想把一生都挥霍在这里:教书,种菜,在袅袅升起的炊烟里,画下每个孩子的脸。

米粒

米粒在人们的手掌上,接受朴实目光的晾晒,映照着辛苦的质感。
它的微喘,衡量着生活的节奏。日复一日,它被人们煮成熟饭,或将熟饭酿成米酒。
在水深火热之中,灶膛里再加把柴火,让窗纸更红些,火苗舔着锅底,火炕暖了,人们的沉重消逝了。
米粒的香味溢出来了,人们的生活统一为香醇。

兄弟

乡村的风每天打人们额头吹过,谁也不知道如何翻动故土的空气和阳光，或欣赏夜晚是如何浅浅地流入村庄。

我在这踩着泥泞的街道，向卖菜的阿婆打听菜干，向怀孕的妇女打听油价。

在乡村日出而作，日落而息。要学会很多，比如用一半的溪水过滤我的青春，另一半用于挽救曾经的缺席。

我在乡村里教书、写诗、大碗喝酒，乡村终于和我称兄道弟了。

亚 楠

归途

这一刻如此宁静。鸟儿敛起翅膀,鱼在更深的幽暗中,用另一只眼寻找光明。落叶已经起程,飘零的痛无人懂,只有远处的雪峰依旧怀着童年的梦想。

也许,前路杳渺,骤然降临的风暴,瞬间就会摧毁我内心的堤岸。或者在雷霆的淫威下,眼看着坠入深渊。没有谁能够拯救你,也没有人会在这样的时刻,用一句话安慰自己。仿佛一切都已命定,心也在夜幕中又一次沉沦。

一种隐隐的不安闪电般穿过丛林。这时候,我用枯枝回首往事,用一个梦粉碎另一个梦。

之后,我在旷野中奔走,在山之巅,用沉默说话。所有的回声都是我的独白,就像茫茫林海,每一片落叶都在风中听到了大地的悲鸣。

我不知道,一滴水怎样才能回到自己的源头。抑或永远只能行走在回家的路上?啊,山无言,心亦无言。

一只兔子

在深秋的山谷,一只兔子回到了故乡。它满怀深情,眼中却又闪烁着昨日的泪光。回家的路何其漫长,没有人知道,此刻一只兔子的忧伤多么沉重。

大雁南飞,秋叶泛黄,云朵正走在归乡的路上。昔日的葱茏早已被风吹远,这时候,一切都归于寂静。而那些枯草,那些往事,那些曾经的痛,都在落叶的沉浮中成为我金色的记忆。

没有人懂得风的心情，没有人会在这个深秋，以感恩的手轻抚人类辽阔的忧伤。

这是我根本无法预料的事。在这午夜的山谷，谁会想到苍茫暮色里，一只兔子怎样流浪，或者，用一生的企盼追逐一个梦幻？

可是，山谷只能是山谷。它不会在我心中把一块岩石举得更高，也不会在某个夜晚，以辽阔收留我们。就像一段凄美的爱情，最后的结局只能是无言。

这时候，我循着夜籁找回灵魂。顷刻间，又在瑟瑟寒风中用相思温暖自己……

爱斐儿

家谱

这些年，回忆变成了日常，需要反复翻开风声，才能重回天空。

世间的生活，时而烈火焚心，时而如暮雪划过轻声的叹息。曾经锐利的感觉，已磨损得只剩下模糊的轮廓。

有时候，反复推倒身后的路程，翻开血脉的源头，看到的不过一个个亡灵的影子。

在背叛天空之后，神已撤走了天梯，给你一颗野心，让你遍历险境，再与虎豹相遇。并在遍地花香之地，给你蛇的诱引，苹果的香气，也给你攫取不尽的葡萄与利弊的支点。

你在不知不觉中与自己失散，无暇顾及落叶一样消失的羽毛。

秋色迎面袭来，你已无法辨识沦落与飞翔。

若要翻开从前，让你说出自由的来历，你是否能够松开自己，从那些灌满风声的羽毛中，指认自己曾经海阔天空的姓氏？

菊花吟

写下这个名字，我看到低首走来的菊香。她的美，已越过诗歌的东篱。

如今，她以随时准备入药的情态，立于秋风渐凉的季节。

她面对的风热来自四面八方，云翳来自雷雨的深处，疗疮肿痛则遍布生活的肌肤。
她披肝沥胆的气质还在，只是风骨略显甘苦。
天凉之后，许多事物将不再以音色的形式发声，包括一枚菊花在庚寅之年的咏叹。
此时，她允许自己坐在渤海之滨，面对永不平息的潮水，像一座岛屿沉潜在一亿年光阴里。
这多么好！生活总是在山穷水尽之处，给我们留下一星半点峰回路转的余地。
供你零星回味，供你悠长荡漾，供你模仿大海的样子毫不犹豫地清空自己，就像潮汐清空体内的尸体与残骸。
潮起又潮落，又一些事物阻挡不住外力的作用成为空留余音的贝壳与海螺。
而一些菊花，则放弃了风光的枝头，把收敛的光华交给一杯清水，像一盏氤氲药香的菊花饮，忠于生活所赐，含香地活着，或者带香死去。

关于冷的一部分

灯火挑开一小片黑暗，北风正在放纵寒冷。
在这样的深冬，冰山现出峥嵘的一角，漠然中断的一声鸟鸣，使多情春秋断然远走。
那么冷，那么深沉，这恍然如梦的苍茫时空。
忧郁的心灵和死里逃生的人，有理由和寒鸦一同选择噤声，就像目盲的人故意疏远明月。
对于一些被冰封的事物，英雄宁愿苦菊泡茶，也不再煮酒论剑。
哎，我又走在了小月河边，一低头，遍地麻木如履薄冰，而寒星倒悬于冰面，如孤骑夜泊空谷，不远处的城墙，雉堞，只给你看一个个黑黢黢的背影。
你看，冬天的夜晚，它有一副多舛的轮廓，比冷峻更巍峨的面容。

黄恩鹏

慢的一种

神说：你的善良必须有点儿锋芒，不然必被欺辱。你虽骄傲拥有一种坚硬，但你决不能轻视一种柔软，它有时无坚不摧。慢，是另一种柔。缓，也是一种软。站在高处，我渴望至福，但我决不会俯视别人的缺陷和衰落，或者利用别人的软成就自身的硬。我倾听歌唱，鸟儿是最美的歌者。相比之下，人的声音就成了燥烈的喧哗。因此，我喜欢静息的山谷。在山谷，我以虚怀之器皿，盛装漫漫林涛、瓣瓣花语、粒粒鸟鸣。那些声音就是光，我到底是哪一朵哪一片哪一瓣？紫的？橙的？黄的？蓝的？还是月白的？我应是透明的，与灵魂的颜色一致。现在，我要从一株小树的枝桠开始，静泊阳光和疏雨里。我要伏在一株草下，听那些嫩芽分蘖、抽芽、开花、结实。慢。我必须面对大地洗耳恭听，或躬耕桑田，或踯躅长路。我耕种一小块田地足矣。我不需要太多。仅仅只有禾苗，还有土里的一些小小石头，我要把它们保留下来，让风和雨、雪和霜、虫蠹和蜥蜴来研究它的内部构造。

澜沧以西

山路左盘右旋，逶迤向西。漫过草木的雷雨、掠过耳边的翅声，将大山的细节展开。雷声，雷声，打磨江河青铜。澜沧以西，什么消隐了形迹？什么破碎得难以望见？当浑浊成为清澈，当清澈流进心灵，谁人独坐幽篁，弹琴复长啸？没有幽人秉烛，只要有心灵栖居，光明便无处不在。江水流啊，流过了大地。鸟儿和小兽，它们各自有家。所有的飞翔，都尽现生命的姿态，都该得到赞美。我看见山坡那些耕作的牛和农人，多像我的乡人。澜沧以西，卑微伟大没有界限，贫穷富贵没有界限。现在，我羡慕鸟儿，我怀疑自己的前世，就是一只鸟儿。只需一小片风，便可飞越千里万里；只需一枚树叶，便可遮风挡雨。不需要秩序，山河大地就是秩序；不需要意义，飞翔本身就是意义。鸟儿和我一样寻找水：江水河水湖水溪水。我心始终朝着水的流向。羽毛划开了水光。澜沧以西，滔滔大水覆灭了天地的苍茫。

李仕淦

占星术

事实上与雨季无关,我们失去所有星象的启示。

箴言的语辞秘密逃离,在弯曲的时空里。
这个夏天,迅速繁衍的注解如蚁窝,把一卷《易经》
馋食得连骨头都不剩。
像夜晚满街的排档,一场又一场地饕餮。当我们清
扫字库的战场,只余下残毁的垃圾,没有人再记得
那些灌满血浆的部首与偏旁。

我们无法缝合这个夏天撕裂开的伤口,就像无法撕
裂这一场连绵的雨季。
种植在额头和瞭望中最明亮的星消失,童年或古老
的星象宛如梦境。
这个夏天,我们离天空非常遥远,或者天空早已塌陷。
我们寻找的光辉已被看不见的黑洞所席卷。

无端地、无休止地宣判雨季的连绵罪过,事实上与
雨季无关。
占星术失传已久,而且,很显然我们失传的不仅仅
只是占星术。

一条河的记忆

流水的日子穿过身体。

可以看见，一种经久的打磨，细致的纹理与断裂的
皱褶包裹在光滑的表层内里。
一枚卵石，搁浅于这个冬季枯瘦的河床。

流水无声，或者早已失听。
鱼的想象令人晕眩，一种莫名的抽搐、恐惧，或是
一场突袭的风暴，让你像一棵裸露的植物悬挂于静
止的空中。

潜伏于骨骼间，一条河的记忆久远而稀薄。
一些磷火，或是某种幻象，偶或在夜晚的水面上闪
现微弱的光。

语 伞

亲戚

他们在葫芦岛诞生的地方深埋马群和汗水。

他们谈论泥土,双手常常披满夜晚,在月亮没有点燃的时候,不提黑暗像盔甲,只聚集萤火虫指纹上闪烁的孤独。

他们每天为葫芦园存下清晨和傍晚,中午坐在火焰上,晾晒麦穗和稻谷。

他们在庭院前下棋、举杯畅所欲言,把一朵葫芦花的羞涩宠入诗行里。

他们躺在时间的沙漠上,望潮水怎样生出田野和森林,田野和森林怎样生出宁静的窗口,宁静的窗口怎样生出东西南北,东西南北怎样生出思念的路程……

每一步,都以梦为马。

我取来天堂里的篮子,画下甜美的果实陪自己走亲戚。葫芦岛涌出热情的炊烟。小喜鹊飞来飞去报喜讯。这一闪而过的日子啊。我抱着前方的岔道,不断问自己:到底哪家住着我的好亲戚,可以藏我三千烦恼丝?

醉葫芦

葫芦嘴里居住着数不清的花朵。

世间的味道都结籽了。它是否早已尝尽?

众神端坐在蔚蓝的天空下,他们的咒语游过海面宽大的手掌,将我的目光压细,压薄,压成了氧气花粉中的最后一滴蜜。
大海把天际揽得好紧，仿佛失散多年。
从来没有一种吻——
如……此……深……刻……
躯体高悬，浮生静哑。
我供出诗句的香烛和时间之果，命运喊出轻的惆怅，
重的是继续好好活下去的勇气。
沙滩卸下太阳的骨头，我在滚烫的港口为众神送别。
大地深处蕴藏的更多谜语，就在他们腰间航渡。
我已来到这个世界上，藏身于草木的新生与枯败之
内，简单的外壳幻象丛生……
并因此被一种叫爱情的东西感动。
并因此祈愿天下的爱情都能像葫芦——
拥有两个肚皮，一颗心。

弥 唱

阿勒曼德

这是你给的节奏。午后的光线总是虚弱出犹疑的热量，经过厚厚的窗幔折射于桌上袒露的那张书页。几个词语沐浴着这层清浅之流，变得越来越暗淡，越来越难以辨认最初的身份。咖啡杯里，时光布满整齐的纹路，于午后的舞步中平稳滑行，拉扯我急迫游走的呼吸。最后这个季节是缓慢的，每一个小节、每一拍音律都被这午后般的从容设置得异常冷静。雪在窗外，冷冷的目光配合着这节奏。这中庸。这近乎完美的异类。

我继续踩着你的音节。掠过强拍。再忽略一些来自闪烁于远山的黄昏倾泻出的暧昧。我努力保持着一束斜阳的恒温，抖落掉体内失重的部分——那些古典的燃烧，遇见时的路牌上盛开的蓝。

拍节如远古的钟声，纠结着寂寂的天幕。我的调式沉睡着，面朝夜晚。那些不曾裸露的密码系紧了一枚松石全部的冰冷。我忘记流水，忘记自身的脉络，这第一人称小小的妄想。我假装成为一个暂时失忆的人。

我默默。咬紧你的步伐。

无须辗转，天涯即是我心中的远方。我一直默默，一直在一路狂奔。

夜 鱼

诸葛亮

我有幸附着于一片古老的寒气,走近了你。
在后世仿造的茅庐中恍惚见到一影舒坦的卧姿,怀抱锦绣之人笃定另一个人的虔敬和等待,酣然的假寐里,一出华彩好戏拉开了序幕。
没有人怀疑羽扇挥舞出的神慧,更没有人怀疑《出师表》里鬼神亦泣的鞠躬尽瘁,就连那些状如菩萨塑像的三国英豪们,也全都噤若寒蝉地呆立在阴霾的大厅里。
窗外是一幅出世又入世的山色画卷,大雪扑打着清寂的田亩,在寻贤的脚步未踏响山径之前,这里曾经鸟鸣青翠,山溪婉转,田园清澈如洗。
好吧,让我讨一杯热茶,端坐细品,那八卦图中的玄机,究竟隐藏着多少败笔?这并非不可泄漏的天机。
蜀山的道路蜿蜒如蛇,辗转北上的车轮下嗒嗒喘息着多少川民艰苦的呼吸,可这些又算什么呢?两千年了,我们一直热爱并崇拜着香自苦寒的美与坚毅。
凝望田垄旁那疏密有致的梅影,我嗅到了你的清芬,无懈可击所向披靡的清芬啊,才是无敌的真正原因。
哪怕这香气就要消失殆尽,但至少我们可以将仰望之姿坚持下去。

章闻哲

石头——致空空的爱人

现在,我手握石头。

作为石头,它有砸碎你庞大的空的使命,我的爱人。空,现在我要让它飞溅起碎片,那些碎片真实地触摸你,我的爱人。

那些碎片有真实的生命,一朵朵火红的梅花。真实的梅花,真实的红,爱人,你的脸因为梅花而明亮。

如果你,我的爱人,还不醒来
那么让石头来使空的碎片变得更尖利,刺你,剐你,击穿你,你便可以得到生的快乐。

但是作为石头,我的爱人,我写下它,不给它任何砸的动词,它必须以沉默来收敛所有的声音。

水晶花

音乐者
——致女儿

高歌是有限的,低吟是无限的。而我,深陷你的琴声。
那是流经我低谷的清泉——
亲爱的宝贝。你要灌溉我的自留地。开垦我的江山,
为沉寂已久的山岭,制造出回声。

春天过了大半了。你要用力激荡我的岩石,冲刷岩石
上久病的绿苔。
万物复苏季节,我还想着大地的孤绝,和缺陷。
而石头,还是开花了。小人儿,我需要整合这巨大
的无形资产。

我是抵抗过黎明的,但我,被你的露珠降服。
宝贝。我把偌大的人间,眯成一条清澈的河流。你
在我眼里拍岸,掀起涟漪。你放歌、扭腰肢,在我
睫毛上跳伦巴、恰恰……多么喧哗的河流!我在里面
捕鱼,为你捕捞春天的岛屿。
大地,依然完美。我多么怀念,曾经走过的五线谱。

白 月

踏青归来

美丽者占有了美丽。
快乐者占有了快乐。
幸福者占有了幸福。
兴奋者占有了兴奋。
忘我者占有了所有。

我牢牢记住的是自己,我回来,好像捡到了丢失的碎片。好像这失而复得的碎片不是我的。我看到我像一堆待命的零件散落着。

沉默是一台机器,正被运过来。
我听到笨重的滚动声——
我已逃避过。我不再逃避。那是空虚。

欧逸舟

深呼吸

隔着玻璃,削弱了低温的,才是好阳光。
好阳光要待到午后,陆续追加,赶路而来。跨过玻璃窗,总是能找到一些新鲜的角度,投射在天花板上,今天写一句诗,明天是琴谱。
若你来,我定是捧着一只瓷杯子,上面若绘着山茶,就要高兴地说,冬天就应当捧一杯日本椿。
山茶是不能入茶的,樱才能入茶,一如诗,有可读与不可读。
所以喝的茶,有时候是水仙,有时候是奇兰,胸腔里便回荡着豪情雄壮,细说岩骨花香。有时候是金金的佛手,会故意放至凉,凉茶不薄,用味蕾在口中作一次虔诚礼拜。
然后读冬至。
冬至,乃东生,麋角解,雪下出麦。

啊哈。找出一朵去年的睡莲。去年的干花有今年的老模样,皱纹也深,斑点也增。什么都是转眼的事,转眼睡转眼醒,转眼梦转眼醉,转眼生转眼逝。我以为干花就能隽永不朽,谁知道轻易便化轻尘。只得调笑。不是每段恋曲都有美好回忆,不是每朵鲜花都有千年姓名,美总暗自坍塌。
或者收拾,收拾一地回忆。摆在眼前的回忆被重新审视,反复诵读,直到毛骨悚然。或者躺在沙发上,放任头发垂下去像杨柳摆开唱腔,轻轻抚摸着像别人的头发。

就这样过了这个下午,就这样辞别。任时光流转。你在阅读时,夕阳正美时,诸神黄昏时,有人正赤足踩火,有人在太空漫步。

深呼吸,好时光就要和你分享。好时光我们分享。

潘云贵

大地之渴

黄牛不敢反刍，繁花在节约香气，江河日下，没有多余的泪水从土里挤出。高原沉默，郁郁寡欢。这个春天，在饥渴中难产。

今日，再多的话也无力说出。草木昏厥，日子焦黄，生活垂头丧气。木鼓低哑地敲着，精致的葫芦丝没有被谁吹出一个完整的音。可怜的子民翻山越岭，为一滴水耗尽体力和信仰，却始终于事无补。

今日，九万里河山依旧灿烂，只是某个凸起的部位正龟裂地燃烧。我的名字，剧烈地疼。母亲坐在三月江南蜇人的雨水里，与自己丰满的乳头商榷，那白色的汁液能否滋养内陆那一瓣瓣干裂的嘴巴。

今日，我站在祖国东端早起的日出里，向着天地顶礼膜拜。在紫檀香烧完第三炷时，雨啊雨，请你务必沿光临那片早已流不出眼泪的土地。你要奋力奔跑，因为有无数干涸的终点，正盼着你隆重的撞线。

桃花里长出的时光

无心折下一朵桃花，别在时间的心房。阳光，散步在花上。用透明的眼睛，去记忆经脉，呵，无数的路线，无数的启程。

春衫薄，收纳暖风，逐渐领会春天的心意。胭脂李拱着芍药，谦虚礼让，一朵一朵相拥环抱。我们趁着盛世，四周走走，去好时光里拉风，为桃花的娇羞抿嘴一笑。

日出东方，坐北朝南，黄河长江水这日开始解放。波涛澎湃，像你的胸怀正把山河呼唤。繁花筑造宫殿，蜂蝶争相入住，房产证、债权证、通行证……所有的证，有理无理的，通通拿去压箱。天赋人权，世界平等，我们都是王，为五千年辛苦走来的华夏社稷热泪盈眶。祖国不冷，在春天，一切的猜忌都随风化开。五指舒展，掌心饱蘸酥脆小雨，像祥和的话语，在街市上欢跳，我们大步向前，偶遇陌生人也随口问好。

心事被放牧，时光返老还童，历史畸形的抽搐被阳光的颜色取代。遒劲的松柏正在模仿伟人的姿势站立，八千只鹰隼用翅膀抚慰大地凸起的伤口。我们不插艾草，不占卦，素面朝天，凭着一股脑的努力认领未来的船帆和航向。

桃花里长出了好时光，斟一杯青红酒，这一日我们高举酒杯，与青春一醉方休。

2011-2012年度诗学之纸面观点

2011～2012年卷

博学之

一、关于新世纪诗歌

潘兰香、宋宝伟《新世纪诗歌的及物写作》,《牡丹江师范学院学报(哲社版)》2011年第3期。

　　诗歌及物写作的概念是在20世纪90年代出现的,主要是概括先锋诗歌的文本特征:"拒斥宽泛的抒情和宏观叙事,将视点投向以往被视为'素材'的日常琐屑的经验,在形而下的物象和表象中挖掘被遮蔽的诗意。"新世纪先锋诗歌的及物写作,在保持现代主义的独立、批判和自省的同时,更多地将目光投放到社会生活的多个角落。"底层诗歌"体现诗人对苦难的凝视;"打工诗歌"写出心灵的呐喊,"灾难诗歌"充满对生命的关怀。既保持了与社会的平等对话,又延伸了"世俗批判"意识,诗人的"个人意识"承担起价值关怀,作者说,这是诗歌的幸运。

吴投文《新世纪诗歌语言的整体考察与症候分析》,《文学与文化》2012年第3期。

　　吴投文看到了新世纪的诗歌语言探索存在诸多症结。"知识分子写作"的诗歌语言在一种异质性的文化语境中无法归位到"汉语特色"的民族文化本位上来,文化归属感的严重弱化;"民间写作"的口语诗,口语诗写作往往过于随意,大面积流于"口水诗",给新诗的声誉带来极坏影响,不仅给反对者提供攻击的口实,而且很容易使诗人产生写作上的惰性。另外,还有以"新古典主义"风格为基本的创作取向,这一脉的诗人力图在"欧化"与"口语化"之外,以相对温和的"复古主义"心态推进诗歌语言的"本土化"实验。但这一脉的语言取向具有"逆时"、"逆势"而动的特殊性,相对处于被压抑的弱势地位。新世纪的诗歌语言变革仍然任重道远。

张德明《新世纪诗歌中的后现代书写》,《文学与文化》2012年第3期。

新世纪以来的后现代书写,是将文本的生成与构建整体性地置入后现代的意义框架中,通过运用各种后现代的表达技巧,来呈现消费文化语境下的物质世界的历史面影。对宏大叙事的消解、历史感的消失以及"不确定的内向性"这些后现代主义的重要特征,在新世纪诗歌中的后现代书写中得到了极为丰富和精彩的演绎。新世纪诗歌中所采用的后现代艺术表达策略有:平面化、零散化;非逻辑性;拼贴与杂糅、"拼盘杂烩";反讽与戏拟;语言游戏。新世纪诗歌中的后现代主义书写,是新诗这一文体在新的历史时期艺术表达上的先锋探索和积极实践,它们无论是在思想内容还是艺术形式上都为当代读者提供了不少新奇而有价值的东西,当然,由于这种创作思潮与当代社会的核心价值并不完全合拍,还存在不少的批评和指责。

龚奎林《媒介生态视野下的新世纪诗歌论——基于网络博客和报刊杂志的视角》,《长沙理工大学学报(社会科学版)》2012年第3期。

新世纪以降,网络博客媒介成为文学传播的一种时尚,它使文学创作和传播更加平民化、自由化、便捷化,但在一定审美维度上又削弱了作品的艺术性和文学性,使文学创作更加随意、简单和弱智化。同时,网络与博客媒介催生了新型的文学伦理,尤其是在"国殇"面前,诗人与诗歌重新铁肩担道义,扭转了大众消费时代日益沦丧的精神滑坡现象。除了网络博客,报刊杂志也不可小觑,它一方面为读者提供了审美对象,即文学作品,另一方面又引导受众提升审美鉴赏能力。不仅充当着中介作用,而且还起着引导、制约受众的作用。在新世纪媒介生态语境下,网络博客和报刊杂志作为常态化的文学传播媒介,在诗人的文学创作活动和人们的日常生活中作用越来越明显。

相关文章存目

1. 张永峰《论新世纪诗歌对现实发言的能力》,《长沙理工大学学报(社会科学版)》2011年第1期。

2. 陈仲义《新世纪诗歌的感受与"作为"——回答张立群提问》,《渤海大学学报(哲学社会科学版)》2011年第2期。

3. 霍俊明《被"征用"和"消费"的新世纪诗歌》,《艺术评论》2011年第2期。

4. 余娜《新世纪诗歌的回归与融合——从"中间代"诗群"命名"现象谈起》,《楚雄师范学院学报》2011年第5期。

5. 张德明《新世纪诗歌中的文化怀旧》,《名作欣赏》2011年第9期。

6. 赵金钟《新世纪诗歌中的"口语化写作"》,《名作欣赏》2011年第21期。

7. 罗振亚《面向新世纪的"突围":诗歌形象的重构》,《东岳论丛》2011年第12期。

8. 钱超《谈新世纪十年中国先锋诗歌写作的几种倾向》,《南京理工大学学报(社会科学版)》2012年第2期。

9. 王应平《新世纪诗歌中的底层表达》,《文艺理论与批评》2012年第4期。

10. 王巨川《论新世纪诗歌日常生活审美化倾向》,《艺术评论》2012年第6期。

二、关于网络诗歌

张立群、王晓燕《论网络诗歌的知识逻辑》,《宁波广播电视大学学报》2011年第3期。

我们现在正处于网络传播时代,"网络诗歌"作为一种"知识技术性"的写作传播方式,带来了全新的诗歌感受方式、思维方式和审美价值。后现代的文化语境为"网络诗人"及"网络诗歌"的出现提供了一种知识上的权力。网络写作者更多的是通过使用"知识技术"找到了一种前所未有的新鲜感,并由此发现了自己的意义。网络诗歌被卷进现代消费文化大潮,给诗歌的繁荣带来了新的契机,但在某种程度上也出现了快餐化和速食化的倾向和趋势。作者提出,要把网络诗歌的知识技术优势逐步转化为文学强势,以技术性来提升文学性,实现从量的膨胀到质的提升和内在价值的丰富。

杨雨《诗意的"抒情"与"拒绝抒情"——当代网络诗歌创作的悖论与弥缝》,《贵州社会科学》2011年第3期。

杨雨认为,网络诗歌面临的"命名焦虑",并不是针对诗体形式,而是针对诗歌所传达的诗意而言。相应地,网络诗歌"诗意"的传递,以及有没有诗意的争论,源于两种不同的创作思维和创作方式:传统的,解构传统的;抒情的,拒绝抒情的。传统的诗意解读侧重于抒情论,在网络诗坛上,仍有相当一部分诗歌流派及诗歌论者承继了诗歌对于情志表现的论点。而20世纪90年代末开始直至当今,网络诗坛最为引人注目的诗歌论调之一即为"反抒情",在先锋的网络诗人看来,"抒情"就是"矫情"的代名词。当网络诗歌在"抒情"与"拒绝抒情"的悖论之间徘徊挣扎的时候,杨雨相信网络诗歌的本质仍然是诗,只不过,它改变了栖居的形式。

张德明《审美日常化——新世纪网络诗歌侧论》,《东岳论丛》2011年第12期。

在张德明看来,从创作情态上来说,网络环境中的新世纪诗歌表现为诗人们在虚拟世界中的一种胸臆倾吐和情感释放。他们可以在网络的虚拟世界中,用分行的文字,将自己对世界或深刻或肤浅的理解、对人生或准确或并不准确的认识、对生活或高或低的要求书写出来。审美生活化、审美日常化,由此可见一斑。从阅读方式上来说,网络环境中的新世纪诗歌成为了读者穿行于文学社区的艺术采风活动。网络环境中的新世纪诗歌还显示出了新的诗学意义,"始终存在"、永不绝版的诗歌电子文本在网络世界的方兴未艾,诗意化的氛围会越发浓厚,进而在某种程度上实现了日常生活的审美化与审美的日常生活化的高度统一。

刘贤吉《试论〈扬子鳄〉网络诗歌论坛的生成》,《江苏技术师范学院学报》2012年第1期。

网络给诗歌提供了前所未有的广阔舞台,网络诗人如雨后春笋般涌现,诗歌论坛也不计其数。各种各样的问题也随之而来,诗歌良莠不齐、鱼龙混杂,使网络诗歌论坛变得喧嚣不已、浮躁不安。刘贤吉说,《扬子鳄》诗歌论坛的创立,跟随了时代的潮流。但《扬子鳄》能够始终保持自身的独立性和独特性,不与别的流派同流合污。在精神气息上表现出了极大的包容姿态与优雅的人文风度,平稳和宽容是扬子鳄一贯的姿态。创建者刘春对《扬子鳄》的定位——"不是地方性的和纯诗的,是一种以诗歌为主的泛文化写作"。它表现出独特的地域特色,其注重以诗歌内容为主还兼顾其他文化方面的写作态势,甚至还热切关注当下的社会热点,这是值得肯定的地方。《扬子鳄》如今在诗坛上占领了一席之地,起到举足轻重的作用,成为网络诗歌论坛的一面鲜明的旗帜。

相关文章存目

1. 李星辉《网络诗歌抒情语言的特色》,《云梦学刊》2011年第1期。
2. 张玉《自由者之歌——试论当下网络诗歌的发展现状》,《四川教育学院学报》2011年第2期。
3. 王珂《博客正成为新诗传播与接受的主要方式》,《湘潭大学学报(哲学社会科学版)》2011 年第 2 期。

  4. 张罡风《网络诗歌：边缘之处的图腾重绘》，《长江大学学报(社会科学版)》2011 年第 6 期。

  5. 汤巧巧《网络诗歌场域的"江湖化"——"诗江湖"现象初探》，《学术探索》2012 年第 1 期。

  6. 张翠《论后现代主义视域下网络诗歌的审美价值》，《枣庄学院学报》2012 年第 1 期。

  7. 张昊《便携时代的网络诗歌》，《枣庄学院学报》2012 年第 1 期。

  8. 舒耘华《浅谈新世纪网络诗歌的文本特征》，《佳木斯大学社会科学学报》2012 年第 5 期。

三、当下诗歌精神问题

李少君《诗歌的草根性时代》,《长沙理工大学学报(哲学社会科学版)》2011年第1期。

李少君在文章开头谈到,新诗最初是外来之物,且自上而下产生,无法深入普通中国人心灵深处。可以说新诗的生存与发展举步维艰。直到21世纪初,新诗在经历了盘峰论战、"打工诗人"的出现和"梨花体"、"羊羔体"事件之后,才比较彻底地完成其中国化、草根化过程。在作者看来,"草根性"具有三层涵义:一是新诗终于深入到中国最底层;二是网络时代为新诗交流开辟了一个更大的平台;三是新诗九十年的积累发展,由量变产生质变,出现一批突出诗人。接着,又提出网络诗歌、地方性团体写作、新红颜写作是新诗进入"草根化"阶段的三支建设性力量。李少君认为,我们正处在诗歌自由创造与竞争的时代,这一轮的"诗歌热"具有自下而上的特点,将能真正深入中国人心灵深处与内在精神需要。他相信,诗歌的复兴和繁荣必将到来。

罗振亚、邵波《新世纪中国少数民族诗歌的精神向度》,《河北学刊》2011年第6期。

少数民族诗歌是中国当代诗歌的重要支脉。在新世纪以来的汉化和全球化历史进程中,少数民族诗人既要保持文本历时性的民族风格,又要自觉吸收共时性的文化艺术营养,从而挣脱民族性与现代性矛盾着的双重文化束缚,在汉语中追寻诗歌之光。因其强烈的异域风情、本民族文化因子和宗教信仰,在全球化与民族融合的背景下,少数民族诗歌成为民族之根、精神之树。拥有得天独厚的自然景观,是少数民族诗人的优势所在。他们谛听大自然的本真言说,寻找人类诗意的乌托邦,因此,少数民族诗歌亦是人类仰望自然的庙堂。当然,新世纪少数民族诗歌还有些许不足,仍需要在学习中不断发展,寻找到属于自己的诗章。

王士强《"说真话"与当下诗歌》,《星星(诗歌理论刊)》2011年第6期。

王士强认为,现在的诗歌充斥着虚假、虚伪的写作,与"说真话"这一文学的基本要求背道而驰。一种是"伪乡土"写作,一些人并非真的认同乡土文化,而是为了回避现实、投机取巧;二是流行性的底层写作、打工诗歌,做着公式化的无谓的重复;三是追求语言细部美,没有整体且缺乏情怀的语言乌托邦主义;此外,还有过度随意而毫无价值的口水诗歌和废话诗歌。针对这些虚假的文学创作现象,王士强提出:诗歌应该在"语言"与"现实"之间保持一种微妙的平衡。诗歌应该与"我"有关,与"内心"有关,诗人应该有自己的话语方式和语言风格。同时,诗歌还应面向当代、面向现实,有担当精神和责任意识。"说真话"的诗歌多了,既是诗歌之幸,也是时代之幸。

朵渔《真正的影响力取决于价值观》,《名作欣赏》2012年第1期。

朵渔通过两个诗会的主题思考了汉语诗歌在当下的影响问题,一种是"诗歌传播的可能性",一种是"建构中国当代诗歌国际传播力",这两个问题透露出了中国当代诗人的身份焦虑和存在感的焦虑。如何使处于文化边缘的当代诗歌不再仅仅影响"无限的少数人"?朵渔借用诗评家姜涛的话表述了自己的观点:诗歌应提供一种价值。同样地,国际传播力也依赖于诗歌所提供的价值观。重要的是,这价值必须具备原创性,以鼓励文化多样性并为与社会相容的个人主动性提供最大空间。当代的中国尤其需要这样的环境基础,如此才会有谈文化影响力和传播力的可能性。

相关文章存目

1. 张永峰《论新世纪诗歌对现实发言的能力》,《长沙理工大学学报(社会科学版)》2011年第1期。

2. 范云晶《坠入庸常的诗歌——论新世纪诗歌的世俗化》,《思茅师范高等专科学校学报》2011年第2期。

3. 西渡《当代诗歌的实验主义与反学院情结》,《江汉大学学报(人文科学版)》2011年第2期。

4. 宋宝伟《先锋诗歌的本土化坚守》,《学术交流》2011年第4期。

5. 张德明《新世纪诗歌中的底层写作及其诗学意义》,《文艺理论与批评》2011年第5期。

6. 吕刚《诗意的叩问与灵魂的拯救》,《新西部(理论版)》2012年第3期。

7. 李建平、孙基林《论当代诗歌精神的两大误区》,《求索》2012年第5期。

8. 刘永《当代诗歌重建的神性维度》,《信阳师范学院学报(哲学社会科学版)》2012年第6期。

四、诗歌传播研究

王珂《博客正成为新诗传播与接受的主要方式》,《湘潭大学学报（哲学社会科学版）》2011年第2期。

　　王珂说，新诗在2007年开始进入"博客时代"，近年更是成为新诗传播的主要媒介。网络诗在过去十多年取得的成绩多于存在的问题，而这些成绩与新诗博客的繁荣休戚相关。新诗博客，渐渐成为发表和传播新诗作品和新诗理论的主要园地，特别是近年出现的女诗人写作繁荣与博客有直接关系。博客不仅改变了新诗的传播和接受方式，也改变了新诗的题材和体裁，特别是改变了新诗的写作内容，由过去的重视情感转变到今天的重视情绪，加速了诗的世俗化。诗人、诗论家的新诗博客有利于诗人与大众读者之间、诗人之间、诗人与诗论家之间的沟通与交流。然而，新诗博客最大的问题是会刺激人的功利心，还会诱导诗人过分重视传播和交往，影响诗人的前途和新诗的发展。但可以肯定：博客诗歌的前途会越来越光明。

赵思运《从民间出版到独立出版——以近年民间诗歌传播为例》,《长沙理工大学学报（社会科学版）》2012年第3期。

　　众多的民间刊物，构成了波澜壮阔的地下诗歌的潜流，民刊等民间出版现象，成为体制出版规范的补充，并亮出了独立出版的曙光。赵思远选择杨克版的《中国新诗年鉴》和民间出版人潘洗尘为例，来透视民间出版在传统体制化出版与现代独立出版之间的文化境遇。如果这两个个案预示了真正意义的独立出版的出现，那么，汉语诗歌资料馆的创建与正常运作，不是出版基金（The Atypical）、黑哨诗歌出版计划、坏蛋出版计划，则已经形成了崛起的"独立出版"现象，它们彰显了不同于现有出版体制的特征，即"独立"、"非典型"、"非商业"、"非政治"。无疑，独立出版现象代表了一种新生的新鲜的力量和声音。这个"独立"从来都不是"对抗"，它的性质是"疏离"。

罗执廷《论当代诗歌传播体制中的选本传播》,《云南社会科学》2012年第6期。

　　罗执廷谈到,诗歌产量的过剩与消费市场的萎缩这一对矛盾导致诗歌的传播必然要走向选择性传播,选本恰好就属于这种路径;选本还具有象征资本属性,选本的"选"可赋予所选作品以"佳作"、"名作"的荣誉,许多作者都把某个选本选载了自己的作品当作引以为傲的资本——以上都是文本繁盛的原因。在当代诗歌传播诸渠道中,公开报刊、民间刊物、诗集出版、电视以及新兴的互联网等媒介在诗歌传播与影响力方面都有局限,这就让选本在当代诗歌传播体系中的重要性凸显出来。选本的传播地位不仅建基于其"专业性"传媒身份,更建基于它的"二次传媒"身份之上。选本减少了传播环节,缩短了传播的链条;促成或强化了诗坛的竞争,形成了当代诗歌的运动式、代际式发展样态。所以应该多多关注选本这种诗歌传播路径的优势和影响力。

杨四平《中国新诗海外传播与接收的主体性因素迁移》,《淮阴师范学院学报(哲学社会科学版)》2012年第6期。

　　杨四平认为,中国诗歌在海外的传播与接受实绩煌煌,海外诗人发出惊叹:"中国诗真太现代!"在近百年的历史中,新诗在海外传播与接受的主体性因素经历了宗教性、政治性、文学现代性的历时更迭。建国前,新诗的海外传播与接受主要是通过西方传教士,他们是为了从中择取"宗教性因素",一些汉学家的工作弥补了他们的偏颇。新中国成立直至改革开放,海外传播与接受中国新诗主要考量的是其"政治性因素",当然,实际情况往往比较复杂,例如英国诗人燕卜荪推崇的"中国民谣",就不是用"政治性因素"所能框定的。随着新时期的到来,中国新诗海外传播接受的多元时代开始了,但仍是在曲折中艰难前行,政治性因素与文学性因素共同制约着新诗的海外传播与接受。直到上世纪90年代,新诗"文学现代性"才真正成为新诗海外传播接受的主体。

相关文章存目

1. 王强《中国新诗的知性传统与视听传播》,《广西社会科学》2011年第2期。
2. 焦仕刚《新媒介冲击下新诗的异化与新生——新世纪十年中国新诗媒介

化传播研究》,《文化学刊》2011年第6期。

3. 邓晓成《媒介融合背景下的新诗传播》,《中国文学研究》2012年第1期。

4. 倪立春《从传播过程分析先锋诗歌的传播困境》,《延安大学学报(社会科学版)》2012年第2期。

5. 欧茂《诗歌传播过程中变异的原因探微》,《长江师范学院学报》2012年第9期。

五、诗歌批评研究

霍俊明《失范的"黑匣子"已经打开——"跃进"的全媒时代的诗歌批评及其问题》,《南方文坛》2011年第1期。

  随着新媒体力量的崛起以及全媒时代的到来,霍俊明认为当下的诗歌写作已经进入了全民写作的"跃进"时代、无序时代和传统诗歌批评话语的"失范"年代。这种媒介批评的话语方式显然问题重重。中国的诗歌批评生态在不断的恶性循环而又不自知的自我迷恋的境遇下,制造了大量的面对诗坛和诗歌现状的无力的失语者,诗歌批评已经进入了一个妄谈诗歌美学的暧昧而"自由"的时代。这种妄谈诗歌美学的集体症状使得诗歌批评已经失去了公信力和"权威"。值得注意的是,全媒时代的来临对诗歌批评的方法和诗学标准也提出了挑战,诗歌批评话语在很大程度上远离了真正的文学批评,批评者的立场、情怀、操守和担当已经无从谈起。霍俊明看到诗歌批评的生态出现了不可避免的危机,他表示十分担忧。

刘波《诗歌批评应该面对灵魂》,《博览群书》2012年第3期。

  刘波看到,当下的诗歌批评大都是"冷漠而客气"的"研究"景象,批评变得极端技术化,毫无生气,很多批评文章大同小异,听不到个性化的声音。他建议批评家重新去做一个读者,真正贴近诗人内心。批评不仅是重建设,更应是一种创造。批评家也要培养"综合批评"的能力,使评论写作兼容具体历史语境的真实性和文学问题的专业性。在刘波看来,让诗歌批评向我们的日常生活与生命乃至终极价值靠拢,或许才是诗歌批评索要转变的方向。许多批评家依靠的学院批评存在着严重的弊端——只求技艺和术语的方式批评,而有灵魂与性情参与的批评越来越少。刘波呼吁"诗学应离生命近离学术远",呼唤批评家切入到优秀文本与诗人的内心,写出富有灵魂深度的批评。

刘洁岷《新世纪诗歌批评：那些"繁荣"假面下的失效命名》，《长沙理工大学学报（社会科学版）》2012年第5期。

那些以70后、80后乃至90后为命名对象的文论、论坛（会议）、选本越是"厚重"、"丰繁"、"重要"，就会对其中默默耕作的个体形成越大的遮蔽。这些被遮蔽的70后个体的作品量与质都早已不是、绝不是初学者，而是已经上了几个台阶的新一代诗人，目前已进入稳定、创作成绩不断增长的状态。但他们在多种百人左右的70后诗人选本里是绝迹的，在数以百计的关于70后诗人作品研究、批评文章里是稀有乃至绝迹的。以他们的杰出，以他们对本真诗歌写作的追求，刘洁岷说他困惑于我们当代诗歌的研究与传播现状。由此，他说他不得不怀疑我们的整个诗歌传播、诗歌批评行业的"可持续性"以及其伦理基础。

陈超《近年诗歌批评的处境与可能前景——以探求"历史—修辞学的综合批评"为中心》，《文艺研究》2012年第12期。

陈超说，就总体看，近年的诗歌批评进入了"衰退期"，体现出批评家在视野、心智和价值判断力上的萎缩。谈及诗歌批评的处境，他认为有三点困境：媒体舆论化批评，特别是网络炒作诗评的膨胀；专业人才在不同意义上的流失；某类在初衷上对诗歌现状抱有探询、言说兴趣的批评家，他们的许多文章，明显感到其僵滞于由学院传授的各种西方当代文论范式。增强诗歌批评与当下历史语境、文化生活对话的能力，寻求其介入当下诗歌写作的活力和有效性，应是诗歌批评家工作的目标和动力。对此，陈超的构想是，或许我们应该在实践中摸索一种"历史—修辞学的综合批评"，要求批评家保持对具体历史语境和诗歌语言／文体问题的双重关注，是一种综合的考察审美话语和历史话语的"实践—反思的诗学"。

相关文章存目

1. 龚云普《客观的偏至——从另一角度看现时代新诗研究的特点》，《河南社会科学》2011年第6期。

2. 牛学智《诗学社会学视野与诗歌批评话语——耿占春的诗学批评》，《青海社会科学》2012年第1期。

3. 李章斌《瘸腿的诗学——关于当代新诗批评音乐维度的一些思考》,《江苏社会科学》2012年第1期。

4. 张桃洲《走向哲学的诗性探询——吴思敬诗歌批评的意义》,《文艺争鸣》2012年第5期。

5. 郑婷玉《论当前诗歌批评的误区与出路》,《剑南文学(经典教苑)》2012年第9期。

6. 刘小波《浅论当下诗歌批评的误区》,《剑南文学(经典教苑)》2012年第10期。

7. 陈卫《无根的批评与无边的探索——当代诗歌批评的若干问题与实践》,《福建论坛(人文社会科学版)》2012年第11期。

8. 周志强《立法者与阐释者——当代诗歌批评主体身份认同的转换与话语策略》,《名作欣赏》2012年第11期。

六、关于女性诗歌

陈卫《论新世纪女性诗歌》,《扬子江评论》2011年第5期。

  1990年代女性意识的苏醒唤起了不少女性作家,直接影响到新世纪的女性创作。无论是官方权威刊物、学术机构,还是民间评选,女性诗人和女性诗歌都备受关注。她们最大的特点就是善于表达自我,更多的女性直接用身体来说话。另一特色是穿越时空的想象——古代、民国或未来。像传统女性诗人一样托物言志的"小女人诗"依然存在。表达对亲人的爱仍是常见的主题,却显出不同的旨趣。网络时代为中国女性诗人提供了前所未有的自由展现平台,但作品良莠不齐,读者的评价也并非客观,容易将写作者引向大众口味而失去个性。新世纪的女性诗歌不乏直观感受和情感层面的内容,但在表现灵魂和信仰方面相对缺失。陈卫提倡新世纪的女性写作要进行超越性别的书写,写好诗就要坚守艺术的本质。

杨亮《日常生活的智性言说——新世纪女性主义诗歌管窥》,《学术交流》2011年第6期。

  新世纪女性诗歌在"性别诗学"理论建构及"超越性别"概念提出的背景下展开了创作。她们告别了单一"自白型"的情感宣泄,转而以更为"智性化"的话语方式寻找到了新的突破口。她们善于在日常生活中掘取诗意的美感;重建诗歌与时代的对话姿态,表现出女性独立、理性的写作立场;她们不是简单的"躯体写作",在情爱的书写中植入了别样的质素。为了丰富诗歌表现生活的容量和能力,诗人们普遍选择"文本互渗";在诗歌的意象选择与提炼方面有明显的"去性别化"倾向,新意象的提炼提升了诗歌的艺术表现力。杨亮认为新世纪女性主义诗歌非但没有丧失"女性话语"的先锋意识,反而在更加开阔的视域中呈现出了多维度的价值取向和风格样态。

易彬《个人博客时代女性诗歌的境遇》，《长沙理工大学学报》2011年第6期。

　　在谈到"个人博客时代"女性诗歌的境遇问题时，易彬列举了三位女诗人——唐兴玲、郑小琼、衣米一。对唐兴玲书面访谈的两种回答印象尤为深刻，在易彬看来，自然的感发与女性的感知，正是唐兴玲写作中最为核心的两个要素。郑小琼的诗可说是"打工诗歌"的代表诗人，她的社会角色定位，一方面是评论者的策略使然，另一方面还因她博客内容持续强化了她的自我形象——"后工业时代"里一个与时代处于紧张关系中的"打工者"。衣米一博客中诗歌的情绪往往强烈、尖锐，她写诗的过程用她自己的话说就是一个减轻、自洁的过程，同时又是个体对这个世界，对黑暗的不妥协。在三位诗人迥异的风格背后，还是可以找到一种"新"的品质，那就是写作对于内心的呈现，对于时代压力的挣脱。

董迎春《身份认同与走出"身份"》，《甘肃社会科学》2012年第4期。

　　"女性诗歌"以其独特的女性视角与身份认同成为80年代诗歌中一道独特文化风景。"女性诗歌"表现出以下话语特征。一是"黑暗意识"：女性意识呈现出她们与男性差异性的自我认同，从而积极自主地建构女性身份；二是"身体叙事"：通过写女性身体的自由自主来消解男权话语，颠覆男性主宰下的道德伦理。女性诗歌，一方面强调女性认同的同时，一方面又走出"女性"这一"身份"，以"终极关怀"的思想深度与哲理高度，走向了普世性的书写，走向人类"大我"身份的书写。女性诗歌在"死亡"这一维度上的书写，达到了某种精神高度与哲学高度。但是，女性诗歌作为"第三代诗"仍然有其不足之处，还需要女性对自身有着更清醒的思考，更独立与自主的生命体验，这样才可能书写更多优秀的诗歌。

相关文章存目

1. 韦新梅、杨丽英《主体生命的真实呈现——被忽视的少数民族女性诗歌》，《剑南文学（经典教苑）》2011年第6期。
2. 毕光明《"新红颜"：诗写的自觉与批评的自觉》，《文艺争鸣》2011年第7期。
3. 欧阳小昱《对20世纪80年代中后期中国女性新诗的分析》，《韶关学院学报》2011年第9期。

4. 韩健《"飞翔"的可能与限度》,《文学界·理论版》2012年第3期。

5. 周礼红《当代女性诗歌批评：女性自我寻找的历程》,《海南师范大学学报（社会科学版）》2012年第4期。

6. 方雪梅《新时期以来女性诗歌中"爱情"主题的嬗变及女性意识的发展》,《名作欣赏》2012年第20期。

7. 尚绍英《女性诗歌创作中的双重焦虑》,《安徽文学（下半月）》2012年第9期。

8. 柳靖《新时期以来女性诗歌情爱观念的演变》,《兰州交通大学学报》2012年第5期。

9. 明飞龙《民族认同与主体意识——当代少数民族女性诗歌的一种考察》,《红河学院学报》2012年第5期。

七、港澳台诗歌研究

王金城《古意重铸与乡愁想象——台湾新世代诗歌的一个精神走向》,《闽江学院学报》2011年第1期。

王金城谈到,在20世纪70年代回归民族传统和乡土现实的社会文化思潮中,台湾新世代诗人开始自觉回望"文化中国",表现"地理台湾"。他们借助中国的神话和历史,展现出民族精神、追求史诗的品格;或者从中国文化原型中汲取艺术精华,反思民族的历史和命运;也有通过对古典的"重写"或"改写",实现历史文本与现实文本的互文性建构,同时借鉴和化用古典诗歌意象,坚守中国抒情传统路线,重铸古意,想象乡愁,再造古典世界。台湾新世代诗人从中国古典文化土壤中寻到了自己的根,将现代与传统融会贯通并不忘创新,使古典传统现代化,在中国当代诗歌史上占有重要地位。

卢桢《都会中的缪斯:当代台湾诗歌的城市抒写》,《世界华文文学论坛》2011年第3期。

论及台湾新诗,卢桢认为,当代的诸多台湾诗人将目光聚焦在了"都市"上。都市作为新世代诗人赖以生存的家园,他们对都市没有普遍预设的排斥立场,而是以接纳都市的胸怀自然地将现代都市视为"我们生活面对的现实"。80年代的诗作被称为所谓的"后都市诗",它们是以"都市精神"的存在与否作为划分的标准。对于都市的聚焦,同时也改变了作家的审美趣味和美感标准,它的文化形态改变了作家的时间、速度、距离感,使他们将全新的都市精神体验融入诗学实验。以林德为代表,强调以立体化的思考将新兴传播方式纳入诗学构思体系。他们将都市生活作为调侃的对象,将生活视为人生小品。对诗人而言,都市不再是与自己对立的客体认识物,而是和自身共生的主体感受物。至新世纪初,"都市诗"已成为台岛诗人共同拥有的心灵诗形。

古远清《台湾中生代诗学建构的成绩与局限》,《天津师范大学学报》2011年第6期。

　　古远清在文章中谈到了台湾中生代诗学建构的现况。正当人们希望台湾诗论向体系建构进军的时候,萧萧及时推出了《现代诗学》,随后他又出版了《台湾新诗美学》、《现代新诗美学》,这三本著作具有鲜明的地域性,不能涵盖"中华诗学"。但萧萧对不同流派和不同主张进行整合,在建构多方位的诗学体系方面前进了一步。简政珍的《台湾现代诗美学》成为台湾现代诗(和后现代诗)美学最重要的学术专著。但他用否认诗的"目的论"的美学主张去对待不同观点和流派的诗作,会失之偏颇。孟樊的《台湾后现代诗的理论与实际》和代表作《台湾当代新诗理论》,还有理论新探索的代表作《文学史如何可能——台湾新文学史论》,也都各有贡献与疏漏。他们三者的论述,在古远清看来,只是朝建构具有台湾特色的新理论迈进了一大步,其著作离学科化、经典化还有一段遥远的距离。

梁笑梅《台港澳及海外华文诗歌的地理学关系思考》,《南京社会科学》2012年第7期。

　　梁笑梅看到,台港澳及海外华文诗歌相比于中国大陆诗歌,有一种地理关系的殊异,从空间美学价值角度来研究其文学地理学是必要的,而研究的核心是诗人与地理的关系。台港澳及海外华文诗人的籍贯地理和活动地理往往不同,因此表现出更多无根或虚根的感伤,世界公民的焦虑,又因此形成了多种诗风。华文诗歌中的描写地理表现的往往不是诗人活动地理,而是"虚构"的诗人精神故乡或实际家园,特意而复杂的羁旅现象使诗人的心理更多指向过去,郁结成浓浓的乡愁。由于"文化乡愁"而形成一种规律:越是有影响的华文诗歌,其热播地点往往越是偏离于创作和作者的活动地理。作者通过对这几个"地理"层次的分析,揭示了台港澳及海外华文诗人深层的心灵图景,并且探寻到诗歌精灵的精神家园、精神原型和精神动力。

罗振亚、柴高洁《传统的重铸与再造——台湾1970年代现代诗诗潮的精神走向》,《东岳论丛》2012年第11期。

　　作者指出,由于政治原因,五六十年代的台湾出现了"西化风潮",诗人以病态的精神状态去创作,将台湾现代诗推向了灾难性的深渊。令人欣慰的是,在此过程中,始终蛰伏着郑愁予、周梦蝶、林泠、余光中等人坚持的传统潜流。1960年代,余光中的诗作及"笠"诗社的成立都在向回归传统路线而努力。1970年代是台湾现代诗的一个转捩点,出现了被命名为战后世代或新世代的年轻诗人,台湾现代诗歌表现出重建民族诗风、关怀现实生活、肯定本土意识、反映大众心声、鼓励多元思想的时代特色,步入了"民族自觉"时代。在此之后,前行代诗人经历了自省与检讨,探寻对古典题材的熔接、古典情节的再创造;新世代诗人对古典进行"重写"或"改写",亦从中国古老神话传说和文化原型中汲取精华,两代诗人都致力于"再造传统诗美"。

相关文章存目

1. 刘小新、朱立立《"白马社"的文化精神与诗歌创作》,《江苏大学学报(社会科学版)》2011年第2期。

2. 程光炜《汉语新文学中的洛夫诗歌》,《华文文学》2011年第2期。

3. 赵小琪、常莉《当代台港澳新诗的人文中国形象》,《安徽大学学报(哲学社会科学版)》2011年第3期。

4. 王金城《90年代台湾诗歌的"生活美学"》,《世界华文文学论坛》2011年第3期。

5. 司娟《浅析余光中诗美创造论》,《科教文汇(中旬刊)》2011年第7期。

6. 古远清《"南来"与"本土"诗人的版图割据战——评香港诗坛的诗选现象》,《学术界》2012年第1期。

7. 王金城《20世纪70年代后台湾诗歌的语言变革》,《闽江学院学报》2012年第1期。

8. 郑政恒《香港城市诗与半唐番语言》,《现代中文学刊》2012年第2期。

9. 郭伟《隐喻视域下台湾"现代诗派"诗歌风格嬗变研究》,《暨南学报(哲学社会科学版)》2012年第3期。

八、诗歌的出路与方向

王珂《今日汉诗应以准定型诗体的新诗为主体》,《西南大学学报（社会科学版）》2011年第1期。

　　百年新诗一直存在着自由诗与格律诗的诗体之争和古诗与新诗的主体之争。20世纪汉语诗歌极端的"新诗文体独裁"和"自由诗诗体霸权"，严重影响了新诗研究的健康发展。中国新诗的百年之痛，大抵总是出于和中国古典诗歌以及外国诗歌这二者的关系，也可以说是传统与现代的关系。旧体诗同样存在问题。在多元文化及关系主义流行的时代，新诗当然不能也不可能排斥旧体诗，但应将新诗确立为当前汉语抒情文学的主体。"新诗"指称的"现代汉诗"，既指"用现代汉语写的诗"，更指"体现现代精神的诗"。我们现在正是在新诗的"律前时期"，尽管在现代汉语条件下，建设新诗的格律有其艰巨性，但是更有其必然性。今日汉诗以准定型诗体的新诗为主体，既有助于加强建设新诗的力量，也有利于促进汉语诗歌艺术的完善。

潘洗尘《当下诗坛乱象之分析》,《南京理工大学学报（社会科学版）》2011年第2期。

　　当下诗坛整体生态环境呈现芜杂混乱之势。潘洗尘认为，批评家"指鹿为鹿"式的命名热没有多少价值，而应该回到诗歌文本中去。诗歌变成了一种简单的复制，缺少个人的气息。这种气息包括经历和经验，更包括独特的感悟力和对语言的敏感度，而写作者的气息和作品的气息是贯通的。"身份写作"也是一个大问题，它指写作者因其特殊的职业身份或性别身份，从而可以谋取或获取更多的发表、出版以及获奖机会。如何努力地自我驱除职业身份尤其是职业身份优势对写作和传播的影响，是很难的事情。如今写作泛滥，诗人的桂冠居然可以被像圣诞礼物一样派发。潘洗尘最后说，只有不能倒退的时间，没有不会倒退的历史。他呼吁对新诗的"防灾和减灾"。

蒋登科《网络时代：诗的机遇与挑战》，《文艺研究》2011年第12期。

  网络时代使"网络诗歌"这个概念应运而生，网络给诗歌带来了革命性的变化。作为一种传播手段，网络对诗歌的传播、发展只有好处；但是，网络改变了许多诗人的写作方式。网络诗歌的写作与传播带有明显的"草根"特点，它具有即时性、互动性、自由性、爆破性、虚拟性的特点。网络诗歌的流行和热闹，在一定程度上说明诗歌的生命力和潜力是巨大的。然而，网络诗歌写作及其传播也存在局限：它缺乏标准评价；缺乏第三方监督；诗歌经典化的可能性降低；过程的消失淡化了诗歌创作的艰辛，诗歌载体的文化感、历史感越来越弱化。面对网络时代和网络写作的挑战，我们应尽量做到：承认网络传播、网络写作的必然；选择优秀的网络诗歌，以传统的方式加以保存和传播；对网络传播、网络写作、网络诗歌等进行专题研讨。

彭金山《现代诗歌与现代汉语的关系及出路》，《西南大学学报（社会科学版）》2012年第1期。

  彭金山认为古体或仿古体诗歌依然具有持久的艺术魅力，但毕竟是"过去的形式"，当代诗坛的主体应该是现代汉语新诗。现代汉语诗歌的最大优势在于体式和句式的自由，形式随着表现内容的不同而自由创造。古代诗歌的优势，一是声律美，二是境界的蕴藉，三是语言的凝练和富含文化意蕴。现代汉语诗歌要在保持优势的同时，吸纳古代诗歌的长处。新时期以来，由于相当多的诗人缺乏声律的自觉意识，给读者造成了现代汉语诗歌"失律"的印象，其实现代汉语诗歌并非不讲究声律之美。总之，无论是从历史的趋势，还是从社会环境以及诗歌的创作准备来看，现代汉语诗歌诗体建设的成功未来是可以预见的。

相关文章存目

  1. 阎延文《网络时代：诗歌的世纪复兴》，《廊坊师范学院学报（社会科学版）》2011年第3期。
  2. 董迎春《"内歌唱"：当下诗歌写作追求》，《南方文坛》2011年第4期。
  3. 卢云芳《诗歌的网络化生存》，《文学界（理论版）》2011年第11期。
  4. 罗振亚《在"挑战"面前从容应对与积极反思》，《西南大学学报（社会科学版)》2012年第1期。

5. 郭军《诗歌"维新":拐点已至,路在何方》,《云梦学刊》2012年第2期。

6. 乔琦、邓艮《从标出性看中国新诗的走向》,《江苏社会科学》2012年第3期。

2011-2012年度诗学之网络观点

501-509

一、让诗歌有效介入公共生活

大解、马新朝、敕勒川、娜夜等《让诗歌有效介入公共生活》

　　大解认为，诗歌进入个人私密经验的叙述，有了深入生活细节的可能。而互联网出现以后，所有信息都进入公共平台，却把个人变成了信息提供和使用的终端。在人类生产和生活方式发生深刻变革的情况下，诗歌换一种方式介入生活，不失为一种主动应变的策略。对于诗人而言，借此机会对自我进行深入挖掘，探索灵魂和命运中隐藏的东西，揭示人的属性，并不是件坏事。相比而言，自语式的言说倒比全视角的书写方式要可靠，更加接近真实。

　　马新朝说，检验一首诗的好坏，并不以它是否具有公众性为标准，而是以它的真实性为标准。首先要厘清什么是公众生活。事实上，公众生活仍然由众多个体组成的，即使个体私人空间也会受到公众群体性的遮蔽和挤压。而公众对诗歌也是有选择性的，对于有诗歌修养的读者来说，他们未必在意诗歌中反映什么公众生活，而是选择真实的诗歌。所以，诗人要用真实的诗介入公众视野。

　　敕勒川说，诗歌基本上没有什么实际意义，从某种意义上说，诗歌之用乃是无用，然而无用之用是为大用，这大用，就是可以安慰人的心灵和灵魂。诗歌的作用，最终还是一个精神的作用。诗歌的这种作用，决定了诗歌参与和介入公共生活的方式只能是"润物细无声"，通过影响读者的心灵从而来影响公共生活。所以，用什么样的诗歌来参与和介入公共生活就是我们必须考虑的。诗人的写作，本身就是公共生活的一部分。一个真正的诗人，一定要使美好的诗歌深入人心，才会对公共生活产生影响。

　　娜夜强调，仅仅把公共性理解成介入社会生活、对重大事件发言，那就有点简单，也不能成为评判一位诗人是否关注社会现实、有没有社会责任感的标准。事实上，诗人在写作的经验里面很难分清楚哪一块经验来源于个体，哪一块经验带有公众性。对于一首诗来说，公共生活和私密生活没有伟大与渺小之分，只是题材不同。在忠实于自己的内心和过分强调诗歌的社会功能比如启蒙、呼吁、批判、担当、揭露、反叛、悲悯等词语之间,优秀的诗人更多地出自前一种。事实上,我们的诗人从来就没有逃避过现实,但要看他有没有力量穿透现实。

二、"微诗体"现象

安琪、李成恩、傅天虹等《"微诗体"现象》

安琪认为，网络的公开性、开放性、便捷性和即时性非常适合诗歌这一文体的传播，腾讯适时推出的"微诗体"是对网络和诗歌两种力量的整合，新兴的媒体和古老的手艺就这样完美地牵手在信息高速公路上疾驰。她说自己暗中存着这样一个念想，有一天，她推荐的某一首诗将因为它的某个与时代契合或对抗的点而成为这个时代的代言之作。在网络，一切皆有可能。

李成恩发现，短诗很难写好，写得好的短诗更少。在这个新媒体时代，诗人只有写出技术上与情感上均有个人风格的好诗，才能受人欢迎。在"微诗体"这一新型平台，入选的诗人受到了关注，在微博上我们无条件地接受网友们的检阅，这是一个自由的交流平台，好诗大受欢迎，差诗人靠边站。她愿意在这样的平台上与大家平等交流，并呼吁80后诗人都来微博"落户"，接受网友们的检阅。

傅天虹认为，目前社会上物欲横流，官办诗歌报刊等缺乏透明度早已是不争的事实，而民间刊物的小圈子作风又是不治之症，人们对诗坛的公信力和权威性自然越来越持怀疑态度。适逢此刻，腾讯在微博上推出"微诗体"，确实是一大创举，因为"微诗体"植根民间，面向社会，规则公平公开，透明度高，尤其是大家可以利用网络这样一种不受时空限制的现代工具，很方便地直接参与微诗接力和评论交流。

三、诗人如何实现在社会发展中的价值

荣荣、汤养宗、路也、赵思运等《诗人如何实现在社会发展中的价值》

荣荣说她对当今的诗歌和诗人并不抱更乐观的想法。她觉得诗人的价值更主要是作为一个真实的有社会意义的人如何在社会发展中起作用。"这个时代,你一味地歌功颂德,并不能确定你诗人的价值,同样,你一味地挖社会的疮疤更与世无济。"诗人也许可以作一些有效的真实的记录,包括时代的个人的,留下一个真实的人深处在这个时代里的思想或情感方式。

汤养宗认为,一个是人文关怀价值,一个是文本建设价值。生活在自己现时代的国度,再超脱的诗人也不可能抓着自己的头发一甩就把自己甩到月亮上面去。作为骨血里具有悲悯大爱传统精神的诗人,实现自己在社会发展中价值的途径就是通过自己的作品挖掘出具有这个时代特征的痛与乐,哪怕这种情感带有浓厚的私密化色彩,但属于这个时代的,就是这个时代的;受众认为你的情感是合理的,便是成立的。接着,你在作品中所散发的情感在多大程度上触动了心灵,让人久久不能自已,又证明了你诗歌中所把握的情感的可信度及这种情感的质量问题。

路也认为,一个优秀诗人应该在精神上跟社会发展保持若即若离的关系。社会发展应该是一个诗人诗歌写作的大背景,这个大背景可以是清晰的也可以是模糊的。如果距离过远了,诗歌写作背景完全地百分之百地脱离了当下性,那就没有了根基,失去具体生动的真实感,甚至失去逻辑性,成为空想。而如果距离太近了,又容易沦为某个具体社会生活和社会阶层的囚徒,就无法写出超越其所处国度所处时代所处阶级之上的自由而暧昧的"那一部分"——而艺术最有价值的正是"那一部分",是能够获得其他的另外的所有时代所有国度所有人理解的神秘的"真理"。

赵思运认为，对于一个真正的诗人来说，他创造的作品就像是他自身的一个有生命的器官一样，这个器官当然具有属于自身的特殊的功能，即自主性、独立性。而这个器官又和这个身体一样，处于复杂的现实语境之中，现实生活的一切冷暖深深刺激着他。活的有生命力的诗歌作品，必然与大的社会建立起丰富的灵魂通道。他的魂魄和诗人主体性的建立，是在丰富的现实关系中完成的。所以说，艺术的自主性、独立性与艺术反映现实、干预现实之间，应该是平衡的。

四、社会力量与诗的繁荣

何言宏、潘洗尘、阎志、张尔等《社会力量与诗的繁荣》

何言宏首先谈到，新世纪中国的诗歌界有一个非常重要的现象，就是有一些"诗人企业家"在经济上获得成功后，通过多种途径为新世纪中国诗歌繁荣作出自己独特的贡献，在诗歌界产生了非常广泛的影响。但是据我了解，在整个文学界，很多人对此可能并不太清楚，或者是知道得并不太全面，因此请潘洗尘、阎志和张尔三位谈谈自己在这方面的工作。

潘洗尘说，在他看来，诗歌从来就不是什么事业，它只能是"热爱"。"如果说我曾为自己热爱的诗歌做了一点点事情，那也应该是类似国难当头时我们每个人都尽了有钱出钱有力出力的匹夫之责。"至于"诗人企业家"这个称谓，"我想其原意应该是指职业为企业家的诗人，就如同职业为大学教授或警察的诗人一样，但在我心里，诗人就是诗人，与职业身份无关。"

阎志说，他从不认为是他资助了文学、诗歌，而是文学、诗歌滋养了他。首先，是基于对诗歌的热爱，才促使他在力所能及的时候创办刊物和举办活动。其次，是他一直希望有一份诗歌刊物能够包容、大气，为诗歌而诗歌，有着上世纪三四十年代和80年代的纯正气质，可惜一直没有看到，于是就努力团结一批人创办《中国诗歌》，希望能做到自己所期望的一部分。

张尔认为，无论是企业家还是诗人，将金钱与精力投入于诗歌事业，他必然能获得比金钱与精力所能为他带来的其他所得更加珍贵的东西，他也必然在内心中拥有一种美好的诗歌精神。他愿意为他所理解的诗歌和写作付出，也大概是因为，自己早已经依赖于诗歌。布罗茨基说："写诗的人写诗，首先是因为，诗的写作是意识、思维和对世界的感受的巨大加速器。一个人若有一次体验到这种加速，他就不再会拒绝重复这种体验，他就会落入对这一过程的依赖，就像落进对麻醉剂或烈酒的依赖一样。一个处在对语言的这种依赖状态的人，我认为，就称之为诗人。"在这个意义上，我们不难理解诗歌所能助力于解决的人的问题，也就是说，为什么你会写作，会参与诗歌运动。

五、旧体诗词与新诗的关系问题

谢有顺、罗振亚等《旧体诗词与新诗的关系问题》

谢有顺认为，旧体诗和新诗之间的关系，是无法完全割裂的。当下很多写作新诗的诗人，也开始回望中国传统的诗歌资源，也开始意识到之前几千年的诗歌记忆，对于新诗的写作是可以借鉴和参照的，一些语言遗产，也可以被创造性地应用到新诗的写作之中。这个回望传统的趋势，证明新诗开始亲近旧体诗，至少在精神血缘上不再有一种本能的抗拒。而旧体诗界对新诗的态度，似乎还比较僵化，总觉得新诗革命是失败的，至少，前几年在纪念中国新诗革命九十周年那段时间，不少人都出来表达过新诗革命已经失败了的这一论调，这显然是一种误读。新诗才走过不到一百年的路，这在诗歌发展史上是很短暂的，要求新诗这几十年的成就超过旧体诗数千年的积累，是苛责了。但新诗作为一种艺术冒险，无论在语言和灵魂上，都对中国文学产生了巨大的解放作用，它发展到今天，成就不可藐视。同时，它在面对一种新的生活和经验时，也有旧体诗不可比拟的优势。旧体诗束缚太多，个人在现代社会中所体验到的丰富性，十之八九是它所不能表达出来的，所以，它对自我常常处于失语状态。这个时候，我们就很容易地想起新诗了。有时，新诗比旧体诗更自由，也更宽阔。

罗振亚认为，现代旧体诗词不乏出色的表演，但基本上还处于圈子化的自给自足之中，在某种程度上说它是当下文坛一种边缘化的"潜在写作"也绝不为过。所以面对旧体诗词的挑战，新诗理应充分自信，从容处之，根本没必要虑及自身的合法权问题。如果抛开古典诗歌潜在的辉煌参照系，而就新诗自身来看，它的成就是不容置疑的。且不说它用一百年就走完了西方诗歌几百年才走过的路程，为二十世纪中华民族的心灵历史提供了一份鲜活、形象的档案，是最富有前卫性、实验性的艺术种类，也不说在现代时段，新诗在每一次文学运动中都在前面冲锋陷阵，社团流派好似雨后春笋，最富于个人的创造性，与时代脉搏扣合得最紧，对西方艺术思潮的感应最敏锐。仅仅是新时期的成绩就足以令人刮目，这期间多数诗人都能把诗歌视为自己的精神家园，摆脱"文革"乃至"十七年"诗歌的工具论窠臼，致力于对自身本质和品性的经营；以人性与心灵作为书写对象，又能执着于人间烟火，寻找诗歌介入现实的有效途径使心灵走过道路，在某种程度上成为历史、现实走过的道路的折射；以多元审美形态的并存竞荣，打破了现实主义被定于一尊的诗坛抒情格局，引渡出一批才华、功力兼俱的诗人和形质双佳的优卓文本。

2011–2012年度
诗学理论与批评文章

513–605

第一辑 新诗现象考察

羞耻的诗学
——关于"新世纪十年诗歌"的个人印象记

朵 渔

一

我不知道该如何谈论"新世纪十年诗歌"这个巨大的话题。作为"新世纪十年诗歌"的参与者,无论如何谈论都难免沦为"个人回忆录"式的自恋与絮叨;而现在就开始回忆,仿佛一个梦还没有做完就被叫醒。再说了,"诗歌史"到底是个什么东西呢?是一份黑名单,还是一部思想录或美学变奏曲?如米兰·昆德拉所怀疑的,"当一个艺术家谈起另一个艺术家,他谈的其实始终是自己。"两个人都喜欢约瑟夫·康拉德,"可是我们说的是同一个作者吗?我读了康拉德的两本小说,我的朋友只读了一本我不知道的。然而,我们两个都在极其天真的情况下(极其天真的鲁莽),认为自己对康拉德的想法是正确的。"(米兰·昆德拉《黑名单或向阿纳托尔·法郎士致敬的嬉戏曲》)是这样,哪怕我们在促膝长谈,我们也是在各说各话;哪怕我们谈起了一个巨大的、跟自己无关的话题,我们也会曲径通幽地回到自己身上。在这个意义上,诗人们所写的评论,无论是向敌人派发大便,还是向朋友赠送玫瑰,其实都是一种自我辩护。老谈论自己,是一件让人脸红的事情。但也许在谈论自己的同时,会折射出一点时代的影子?

事实上,即便是一份"个人回忆录"式的无聊絮叨,也需要一个基本的观察方式。我觉得有一个最基本的焦点:如果把诗坛(我们必须预设这样一个坛子)视作一个舞台的话,我们要知道到底是谁站在这个舞台上,又扮演了哪些角色,上演了哪些剧目;从这个焦点一层层漾开来,在新世纪十年的社会进程中,这个小舞台贡献了什么样的有价值的东西,它在整个社会思想进程中表现如何。当然这个观察的圈子还可以继续扩展下去,随着观察视角的扩大,焦点必然会变得渐渐模糊,以致无足轻重了。

我的写作开始于1990年代后期,在所谓70后写作群体里,开始得不算早也不算晚。早慧的那一批70后写作者，在1990年代初期既已成熟，比如孙磊、蒋浩、杨典、王艾等人。事实上在整个1990年代中后期，我都在独自琢磨汉语诗歌的技艺，但苦闷彷徨，一无所得。直到新世纪降临，我的朋友们找到我，我才开始真正的自觉的写作。如此说来，诗歌在很大程度上是适合"群"的。群居终日，议论纷纷，互相攻击或捧臭脚，对一个人的写作的开端绝对重要。在整个1990年代，我都是一个偏远的旁观者，以我的观感，1990年代真是过于沉闷了。我所能看到的，除了一部分体制的歌手，剩下的就是泛学院写作者或泛神化写作者。"今天派"隐去了，"第三代"作为整体也消失不见了，曾经的"灿烂"变得佶屈聱牙。当时，维持诗坛秩序的依然是传统出版物，期刊或选集。间或有一两个诗歌奖项，但也是秩序井然，趣味化、圈子化倾向严重。到了90年代末期，当小康的幌子挂起后，日益僵硬和狭隘的"泛学院化写作"终于遇到了它宿命的对手——"民间写作"的强烈质疑。

但如此描述90年代必然是偏颇的，因为我并不在现场，我不了解真相。比如诗人俞心樵的作品，我直到新世纪初期才读到，而他的大部分作品在90年代的诗歌圈子里广为流传。诗人孟浪的作品也是如此，我直到他出版了《南京路上，两匹奔马》才完成了对他的阅读。这既有我个人的原因，也是时代的遮蔽使然。什么样的作品、哪些人会浮在时代的表面，是一个复杂的场域理论，很多时候黄金会拒绝闪光，而牛粪却熠熠生辉。

1999年4月，一场名为"世纪之交：中国诗歌创作态势与理论建设研讨会"的会议在北京市平谷县盘峰宾馆召开，被称为"民间立场写作"和"知识分子写作"的两派人物短兵相接，这便是后来很多人津津乐道的"盘峰诗会"。一直以来，评论者对"知识分子写作"和"民间立场写作"这两个概念都充满质疑。这的确是两个边界模糊的概念，相对于体制化写作、无限宽泛的虚荣性写作，"知识分子写作"和"民间立场写作"其实都属于"民间写作"这一大概念之内。发生在十年前的这场争论，事实上是一场先锋诗歌内部的争论。现在还沿用这两个并不准确的概念，无非是指称的方便，我们都知道每个概念的后面大体站着哪些人。无论其中夹杂了多少私心与恩怨，这场论战的爆发自有其诗学本身的合逻辑性。事实上，即便是意气之争，也是有价值的。作为一个旁观者，我至今都觉得，当时那种意气风发的相互交锋、质疑甚或谩骂，那种搅浑一潭死水的叫嚣，都给人一种"灿烂"重临的感觉。论争犹如一次祛魅，再没有什么神秘性可言，再没有美学上的压迫感和焦虑感。论争之后，新一代的写作者开始发出自己的声音。在诗歌领域，活力与创造永远大于标准和秩序。"诗歌争论最后导致的不是铁板再次焊接起来，而是呈现出更多元的局面，更多的诗歌面孔清晰起来，这是显而易见的好事。"（于坚语）这场争论，标志着新世纪诗歌写作的开端。

在那次争论中，王家新曾有一问：当历史"强行侵入"的时候，你们在干什么？"当严峻的时代要求诗歌对这一切有所承担的时候"，你们又在干什么？写出过《帕斯捷尔纳克》的王家新理当有此一问，当然"《0档案》的作者"于坚面对此问似也无需气短。但"第三代"大部分写作者在1990年代的缺席的确是个不争的事实。我在《重论韩东》一文中有过如下论述：通常文学史对"第三代诗歌"的表述，存在一个巨大的遮蔽，那就是在强调"口语化"、"日常性"、"反英雄"一维的同时，却遮蔽了自"今天派"以来一直延续下来的个人英雄主义写作，或曰个人承担的写作，比如孟浪、俞心樵等人。这一脉写作的隐而不彰，其中既有"个人放逐"的缘故，也有意识形态的隐形压力使然。不可忽视的一点是，在进入90年代之后，"第三代诗人"在整体上基本消失了。大批诗人纷纷选择下海，直接亲近"日常性"去了，少数则仍在坚持边缘化的"个人写作"。为什么"第三代诗人"没能整体进入90年代？为什么九十年代"知识分子写作"会成为一种现象？这其中除了时代的严酷选择，难道没有个人的美学责任问题？中国诗学向来有变风、变雅之说，每当时代由盛及衰，国家政教纲纪呈现崩坏之势，诗的内容便由美及刺，这也符合我们传统的"温柔敦厚"诗教。当欧阳江河们在中年的门槛上发出"诗歌写作的某个阶段大致结束了"的慨叹时，"反英雄、反文化"的"日常性写作"被逐出主流之外，其实是时代与个人"相互选择"的结果。

我在这里人云亦云地谈论80年代的"灿烂"，事实上也是一种闲说话。年代越为久远，越容易被神化。1980年代到底是个什么样子，需要严谨的诗学考古，而不能仅仅停留在"传说"的层面上。

二

新世纪之初，我和几个朋友搞起了"下半身"诗歌运动。这个话题我可以谈谈，但如今谈起这个话题，并试图为此辩护时，相信依然会触怒一些人。在我这里，"下半身"是一个开放的概念，我甚至倾向于将它视为一场诗学思想运动，而不仅仅是写什么的问题。"写什么"非常好判断，他写了腰部以下，他就是下半身。我认为这个标准是错误的。有些写腰部以下的诗歌也可能是非常腐朽的，传统的。我理解的下半身在思想上是一种冒犯，在写作上是一种冒险，在精神上是一种自由。它反对一切不自由，反对一切教条、规矩、说法、主义，它很可能还会反对它自己。在此意义上，"下半身"就是"先锋"的一个极端代名词。我们在新世纪之初提出这个概念，当时我们的写作也都才刚刚开始，所处的写作环境已经有些板结，什么样的写作是好的，什么样的写作是先锋的、主流的、正确的等等，仿佛已有定论。我们讨厌这个，觉得如果这样写下去，我们可能就毫无出路，它与我们的心性不符。必须重新开始，让自己的写作有一个崭新的开端，它不同于以往，不同于当下；它不理睬一切标准，包括世俗的、官方的、民间的、知识分子的等等。这个开端到底是什么？我们也并不是很清晰。"下半身"是在这种思想背景下所找到的一个火山口。这个口子本身并没有那么重要，关键是火山内部所积蓄的能量到底有多大。后来的事实证明，这次喷发的能量是巨大的，影响力至今不退。也有人认为这种影响是一种灾难，"下半身"是一帮年轻人释放出来的一头诗歌怪兽。我对此不作争辩，时间会解释一切。在搞"下半身"之初，我们并没有预料到它的影响力会这么大，它绵延不绝的一波一波的高潮让我们这些参与者都感到惊奇。我们打开了一个盖子，让一些压抑已久的灵魂得到释放。这一点对我很重要，我终于知道自由对一个写作的人来说意味着什么。我接下来的写作路径其实就是沿着"自由"一路走下来的。所谓的"承担""反抗""耻辱"等等，其实都跟"自由"有关。在一个不自由的国度里写作，"承担"与"反抗"是自然而然就会发生的事情。

我在"下半身"运动之初曾提出"下半身"是一种"行动的诗学"，现在我更愿意将其视为一种"反抗的诗学"。在"反抗"的意义上，"下半身"理念依然是有效的。让写作与自己的身体发生关系，它更容易保持一种人性、现实感和常识感。很多没有身体参与的写作其实是在与词语交媾，美其名曰"语言的炼金术"，他炼出了什么连他自己都不知道。诗歌写作如果仅仅是与精神生活有关，那么它很可能是一种狂热的、高烧的精神巫术，它的归宿往往是虚无的、蒙昧的。我看一个人的作品，往往会联系上他的生活，如果他的写作和生活是分裂的，我会对此人的写作保持怀疑和警觉。策兰的写作难道与他的身体无关吗？他最后遁入黑暗，其实也是强大的现实感将他逼迫进那样一种疯狂的境地。

有人认为"下半身"这头诗歌怪兽之所以出现，是因为"互联网"为它打开了魔瓶。这其实是一个鸡与蛋的辩证法，貌似很有道理。"当诗歌遭遇互联网"，这一话题已有多人论述。我不觉得这是个很重要的话题，因为诗歌本身不会随着呈现方式而发生改变。我不觉得李白当年写在墙壁上的诗和现在呈现在屏幕上的诗，在诗歌美学上发生了位移。诗还是该怎么写就怎么写。微博出现了，我们是不是该去写微博体的诗？诗歌最核心的东西没有发生变化，它还是个人的创造物。

三

新世纪十年一晃而过。在这十年里，老"今天派"们重新出现在汉语的视野里，并为汉诗的经典化和国际化做着最后的努力。我将这一代诗人看做真正的拓荒者，值得我们加额致敬；"第三代"们纷纷回归，虽然群体性的持续精进难遂人意，很多人没能突破"中年"的瓶颈，但他们中的一些人依然堪当导师。他们这一代诗人文本的经典化程度是最高的，他们也通常在剧场的头排就坐；60后群体则涌现出一批面目清晰的成熟的诗人，无论在个人风格还是创造力上都已非常突出，他们承担起先锋之名；新世纪十年是70后诗人群体真正走向成熟的十年，是诗学理念和个人风格的形成期，也是群体开始分裂为个体的时期。我将赌注押在他们的下一个十年，那将是他们的黄金十年；80后诗人在这十年里逐渐丰满，他们是真正的网络一代，也希望他们是真正自由无牵挂的一代。

如此分层式的、整体性的观察，其实很难看清汉语诗歌创作的真相。事实上作为70后群体的一员，我都不知道这些年里别的70后们在做些什么。时间真是一晃而过啊。最近有些人宣布75年前的才算70后，论坛也搞了好几次，无非是我对你错你先我后的话题。争吵了半天，你到底为诗歌贡献了什么东西？你是贡献了思想还是贡献了文本？是贡献了一个意象还是一堆是非？这几年争论来争论去，其焦点无非是：诗是语言的艺术，还是心志或情感的表达？是"诗言志"还是"诗言体"（于坚语）？是"写什么"还是"怎么写"？一些老生常谈的话题。

在争论中，一些新的教条也开始出现了。比如用一些概念性的东西作为标准，"现代诗"、"当代诗"、"口语诗"等等皆是。甚至诸如叙述、悖论、反讽等修辞手段都成了技术指标。从80年代的自由创造，到90年代的强调技艺，再到新世纪的口语的狂欢，如今技艺的老调又开始重弹，真是十年一轮回。与时代性的诗歌精神相比，技艺其实是个小东西。举一个小例子，诗歌写作中有一个教条：要尽量少用形容词。谁规定的？它真的有道理吗？哲学家齐奥朗换了个角度就将其轻松击破。他认为在人类的终极问题面前，精神的扩张有其自然的边界，其所提供的答案往往只是一串改头换面的说法而已。"改头换面"就来自于形容词的不断更新。"形容词在变化：这些变化就叫做精神的进步。将它们统统拿掉，文明还能剩下什么？智慧与愚笨的差异就在于形容词的用法之中，用得毫无变化就是平庸。"（齐奥朗《解体概要·形容词的霸权》）关于"传统"与"现代"的争论也是如此。自从兰波喊出"必须绝对现代"之后，一个多世纪已经悠忽而过，"现代"已不再是"将椅子放在历史的方向上"，昆德拉甚至声称，"今天，真正配得上现代主义一词的，是一种反现代的现代主义"。面对传统，现在诗人们比较分裂，一种是孝子式的继承，一种是虚无主义的抛弃，很纠结。传统可以给我们很多教诲，比如，我从晚明的几个儒身上就看到了非常现代的精神，可以为我们补钙。传统的也可以是现代的，老子不现代吗？他跟海德格尔在精神上是多么契合；孔子不现代吗？他的教诲难道不是人类的未来？李白的天才依然是现代诗歌的太阳，杜甫的技艺仍然可做我们的导师。你说是郭沫若徐志摩郭小川贺敬之更为现代，还是李杜更为现代？我肯定选择李杜。创造百无禁忌，诗歌的大敌无非是平庸而已。

在我们的传统里，"诗人"身份一直是变动的，从最初的巫、士、文人，到后来的知识分子、工人阶级的一部分、吹鼓手、反抗者……我们一直没有搞清楚自己的身份。为什么很多诗人在公开场合羞于提及自己的"诗人"身份？因为这个时代没有为诗人颁发身份证。以前，诗人的身份是给定的，现在则需要我们重新定义自己的身份。在诗人身份暧昧不明的情况下，任何美学纠察或道德归罪都只能引来争议一片。如果你指责一个抱定"语言炼金术"的纯诗写作者是个"犬儒"，他会非常不屑；如果你说一个怡情养性的江南事物爱好者"没有骨头"，他会非常委屈；如果你跟一个垃圾派诗人讲诗之高贵，完全是对牛谈琴；如果你说一个废话诗人"过于口水"，这和指责一个学院派诗人"过于晦涩"难道不是出于同一种逻辑？

这个诗坛充满了似是而非的标准，到处都是美学纠察队，但大多数"标准"只不过是个人趣味而已。大卫·休谟在其为文学判断辩护的经典之作《论趣味的标准》一文中提出，如果仅从个人趣味或情感出发，是很难对一个作品作出客观公正评价的，"被一个人视为美的东西，在另一个人眼里却可能是畸形的"。但总有一种观点更接近客观真实，否则你就无法解释为何"两千年前在雅典和罗马受到赞誉的那个荷马，如今在巴黎和伦敦仍然受到赞誉"。休谟于是对批评家提出五条标准：首先要能够做到细致入微的、敏锐的想象；其次，要有"实践"相佐，比如，你没读过某部作品，就不要轻易去谈论；第三，要有比较，"如果没有比较，只配称作缺陷的最琐屑轻薄的美也会成为他赞美的对象"；第四，要避免偏见，"若陷于偏见之中，他天性中的情感便会被滥用"；第五，要有卓越的判断能力。"强大的判断力和细腻的情感相结合，然后因实践而得以改进，因比较而趋于完善，且清除一切偏见，唯有这样的批评家才配得上'真正的判断者'这一稀罕之名。"当代修辞理论大师韦恩·布斯认为，任何一个单独的个体，不管他多么杰出，都很难得出客观卓越的判断，因此他补充了一条：要学会与同行一起交流。（韦恩·布斯《修辞的复兴》）恩格斯讲过一个驴子的故事，大意是，驴子们凑在一起，就素食主义问题达成了一致，并在动物界发表了一个宣言："我们，动物们，要拒绝吃肉！"素食主义本身没有错，问题是它不应该成为行业标准。"少一点教条，就少一点争论"，（伏尔泰《论宽容》）这对于轻言"标准"的当代人，也许是一种教诲。

四

"诗人与时代"作为一个持续性的话题，在这十年里依然大热。"诗人要有所承担"，这大概无所争议。但"诗歌要有所承担"，却是个充满争议性的话题。承担什么？为什么要承担？如何承担？深刻的分歧让诗人们互不服气。这是一个可以从任意一面切入的"球形话题"，其实就是车轱辘话，因为是圆的，分不清开头与终点，从哪里都可以说起，说着说着往往又说了回去。我认为，解决"球形话题"的最好方式应该是将它剖开，直取其内部，忽视其光滑的表面。当我们将"球形话题"剖开，我们才能看清它隐然对立的两个面，以及内部的真相，辩论起来才真正有了针对性，才能有相互的启发和激励。

举一个例子，有一次，米兰·昆德拉的一个文学朋友跟他谈起捷克在世的伟大作家赫拉巴尔，感到非常愤怒：他怎么可以在他的同行被禁止发表作品的时候，还让人出版他的书？他怎么可以用这种方式替政府背书，却连一句抗议的话都不说？昆德拉却说，读得到赫拉巴尔的世界和听不到他的声音的世界，是截然不同的。只要有一本赫拉巴尔的书，对于人们的精神自由，它的效用就大过我们抗议的行动和声明！"在我们的时代，人们学会让友谊屈从于所谓的信念，甚至因为道德上的正确性而感到自豪。事实上，必须非常成熟才能理解，我们所捍卫的主张只是我们比较喜欢的假设，它必然是不完美的，多半是过渡性的，只有非常狭隘的人才会把它当成某种确信之事或真理。对某个朋友的忠诚和对某种信念的幼稚忠诚相反，前者是一种美德，或许是唯一的、最后的美德。"他因此对一幅勒内·夏尔和海德格尔的合影大发感慨。两个人，一个参加过对抗德国占领军的战争，一个却在某个阶段与纳粹政权有过合作。然而战后两人超越意识形态和历史烟霾，重新走到了一起。"他们头上都戴着帽子，一个高，一个矮，走在大自然里。我非常喜欢这张照片。"（米兰·昆德拉《敌意和友谊》）当然，相反的例子也可以举出很多，哈维尔的例子就足以成为反驳昆德拉的"另一面"。托尔斯泰和屠格涅夫，萨特和加缪，乔治·奥威尔和纳博科夫，谁又比谁更伟大？萨特是"介入诗学"的提倡者，但加缪却承担起了"写作的光荣"，"写作之所以光荣，是因为它有所承担，它承担的不仅仅是写作。它迫使我以自己的方式、凭自己的力量、和这个时代所有的人一起，承担我们共有的不幸和希望。"（加缪《写作的光荣》）事实上，对文学作品的道德判断经历过几轮拉锯战。历史上，无论是西方的"寓教于乐"，还是汉语里"诗言志"的传统诗教，一直是强调道德判断的，直到西方现代主义的兴起才逐渐被打破；而自1960年代始，一些西方批评家们又开始重提文学作品的道德判断。

关于作家与其时代的关系，意大利哲学家吉奥乔·阿甘本有一个很有意思的说法。他在《何为同时代？》一文中认为，正是尼采的"不合时宜的沉思"，为"同时代性"提供了一个"最初的、暂时的指示"。1873年，尼采完成《悲剧的诞生》后，又陆续发表了《大卫·施特劳斯：忏悔者与作者》、《历史对人生的利与弊》、《作为教育家的叔本华》和《瓦格纳在拜罗伊特》，这些文章的合集就是著名的

《不合时宜的沉思》。这四篇文字就像尼采的文化政治和文化批评的宣言书，充满了桀骜不驯、蔑视流俗的挑战口吻。阿甘本认为，真正同时代的人，真正属于其时代的人，就是像尼采那样，"是那些既不完美地与时代契合，也不调整自己以适应时代要求的人"。真正的同时代人可以鄙视他的时代，但"他不可改变地属于这个时代，他不能逃离自己的时代"。概言之，"同时代性也就是一种与自己时代的奇异联系，同时代性既附着于时代，同时又与时代保持距离"。一个诗人与他的时代既不能过分契合，又不能过分脱节，而是要保持一种"凝视"关系。"凝视"必然会产生紧张感，如尼采所言，"如果你长时间盯着深渊，深渊也会盯着你"。到此为止，阿甘本的理论并未见其高明之处。我们的很多诗人与时代之间其实早就形成了一种相互凝视的对峙状态，问题的关键在于，在相互凝视时你到底在凝视什么？如阿甘本所言，"但看到自己时代的人实际上看到的是什么？在其时代面容上的这种疯狂的微笑又是什么？"在这点上，阿甘本提出了同时代性的第二种定义："同时代的人是紧紧保持对自己时代的凝视以感知时代的光芒及其黑暗（更多的是黑暗而非光芒）的人。一切时代，对那些对同时代性有所经验的人来说，都是晦暗的。同时代人，确切地说，就是能够用笔蘸取当下的晦暗来进行写作的人。"

  关于"晦暗"，阿甘本别有解释。他举了两个例子，首先，当我们闭上双眼时，我们看到的黑暗是什么？"神经生理学告诉我们，光的阙如会触发一系列视网膜上被称作'停止神经元'的边缘细胞。这些细胞一旦被触发，就会产生那种我们称作黑暗的特殊视像。"也就是说，当我们闭上双眼，"黑暗"其实是我们视网膜的产物。这也就意味着，"发现黑暗"并非一种消极性的东西，而是我们自身具有的奇异的能力。另外，从宇宙现象上来看，我们观察夜空的时候，群星闪耀之外的黑暗又是什么？根据天体物理学的解释，"在一个无限扩张的宇宙中，最远的星系以如此巨大的速度远离我们以至于它们发出的光亮永远也无法触及我们"。我们感知为天空之黑暗的东西，其实就是无法触及我们的光。（以上引文见阿甘本《何为同时代？》王立秋 译）

  阿甘本的这个说法大有意味。我们所凝视的"黑暗"，很有可能正是产生于我们自身；而所有的"黑暗"，其本身也可能是一个发光体，只不过与我们不在同一个轨道上，离我们很远很远，以致无法触及我们。凝视外在黑暗的同时也应凝视自我内在的黑暗，与怪兽搏斗的人要谨防自己因此而变成怪兽。在中国当下语境中，"凝视"总是意味着一个体制性的存在。在此时代，"体制"就是最大的公共生活。每一位有良知的作家都应该介入公共生活，否则他的写作就是无效的。这应该是一部分常识。但是，诗人要谨防被黑暗吞噬自己，"愤怒的拉奥孔"不应成为美学的敌人。同时，由于体制的力量太过强大，一些犬儒主义的模糊论调会使诗人们变得暧昧起来,我们大可报以人性的微笑。

五

这十年,"先锋"作为一个关键词,已成为诗人们的口头禅。人人都自称先锋派,先锋演变成了经典剧目。对"先锋"的过度征用使其逐渐失去光彩,被扁平化。我常常自问:你真以为你写的就是先锋的么?你的自信来自哪里?你不觉得"前无古人后无来者"这件事本身是非常恐怖的么?如果你认为是对的你自己去做就是了,这才是真正的先锋精神。先锋不需收购门徒,不必奢求冠冕。先锋的结局也许是先疯和失败,会遭受谩骂和唾弃,这也是"先锋"所应承担的坏名声。

事实上,"先锋"就是我们这几代诗人的命运,我们不得不独自去闯荡。这既是基于汉语文学的千年之变,更缘自我们时代的"经验与贫乏"。

面对1914-1918年战后一代德国人,本雅明曾慨叹,那些在壁炉前为子孙们讲故事的人彻底消失了,"哪儿还有正经能讲故事的人?哪儿还有临终者可信的话,那种像戒指一样代代相传的话?……我们变得贫乏了。"本雅明痛感经验的贫乏,并称之为一种"新的无教养"。(本雅明《经验与贫乏》)面对传统与历史,我们也属于"无教养"的一代。真正意义上的现代汉语文学历史短暂,而这短暂的历史还充满了断裂、混乱及坎陷。回顾百年新诗史,有哪些作品堪称经典?又有哪些人堪当我们精神的导师、文学的父亲?当俄罗斯社会进入前途未卜的集体主义时代时,他们的大多数诗人、作家、哲学家、宗教家以及自然科学家,依然保持着独立的信仰和思考,这并非偶然,而是建基在俄罗斯几百年的东正教信仰、建基在以十二月党人为代表的贵族精神传统和以普希金、陀思妥耶夫斯基、托尔斯泰、屠格涅夫、别林斯基、赫尔岑等等一大批文学巨匠和自由知识分子精神之上的。这就是精神底气,有了这种底气,黑色的夜莺阿赫玛托娃才敢于不脱本色地继续歌唱,面临驱逐的别尔嘉耶夫才敢于在契卡面前说:"我用以对抗的首先是精神自由的原则,对我来说这是基本的、绝对的,是不能因为任何世俗利益而让步的。"这就是传统,经验,底气。曼德尔施塔姆说得好:"阿赫玛托娃把十九世纪长篇小说的所有巨大的复杂性和财富引入俄罗斯抒情诗。如果不是有托尔斯泰的《安娜·卡列尼娜》、屠格涅夫的《贵族之家》、陀思妥耶夫斯基的全部作品以至列斯科夫的某些作品,就不会有阿赫玛托娃。阿赫玛托娃的源头全部在俄罗斯散文王国,而不是在诗歌。"(《曼德尔施塔姆随笔选》)我们的底气又在哪里?我们的文学之士几千年来就没有真正挺起过腰杆,因为他的头顶永远有一个皇帝。革命无非是一个皇帝打倒另一个皇帝。历史上,每逢鼎革之际,有点志气的知识分子大不了就是不入新朝，归隐南山。这就算很了不起了。诗人冯至的口头禅："伟大的时代，渺小的我。"作家沈从文自述说："我搞的全错了。一切工作信心全崩溃了。""我应当休息了。神经已发展到一个我能适应的最高点上。我不毁也会疯去。"这就是我们的作家、诗人、知识分子的遭遇。

套用朋霍费尔的一句话来说，"在人类历史的进程中，确实没有哪一代人像我们这一代人这样，脚下几乎没有根基"。当沉重的历史负担被先辈们卸去之后，无根基的创造者在某种意义上其实是幸福的，他每走一步都是新雪，罕无人迹。这样的感受何其愉快，"某种新的东西正在诞生"，只是我们还无法把它辨认出来。在体验自由创造的同时，也应有如履薄冰的警醒。比如当下，在面向时代的写作中，如何"尝试赞美这残缺的世界"？在我这里，就是要有"耻"。耻，从心，耳声，也就是说，"耻"是跟心和耳朵有关的。古人称耳环为"羞耻"，左耳环叫"羞"，右耳环叫"耻"，最初的耳环就是用来规范女子走路姿势的。我认为"羞耻"也可以规范一个诗人，我愿意修行一种"羞耻的诗学"。知耻，方有勇，方可与虚荣对抗一阵。生而为人即知耻，生而为国人就更应知耻，生而为诗人，那就是耻上加耻吧。

2010-01-10初稿，25日改定。
《诗建设》2011年3月创刊号

"乱象"中的突破及其限度：21世纪诗歌观察

罗振亚

仿佛千禧祝福之声犹在耳畔回响，21世纪的年轮竟迅疾地划过了十圈。回望十年来路，新世纪诗歌虽然还未来得及将自己同20世纪完全拨离，仍处于朦胧、易变、繁杂的现在进行时状态，但其不同于以往的精神和艺术个性已经形成，并且越来越清晰。那么，新世纪诗歌是否出现了新的征象、新的质素？它和此前诗歌之间究竟构成了一种内在接续，还是一种本质断裂的关系？它到底是改变了诗歌的沉寂现实，还是加速了诗坛的边缘化过程？面对这一系列的拷问，逃逸是不负责任的，每一个诗歌研究者都应给出自己的判断。

一、喜忧参半的矛盾"乱象"

审美对象的纷纭，介入角度的多元，使人们对21世纪诗歌现状的估衡见仁见智，难以获得一致性的共识。其中有两种意见最为典型，也最为引人注意。

一种意见指认新世纪诗歌被边缘化到了几近"死亡"的程度，其证据确凿：1997年五大城市里"只有3.7%的市民说诗歌是他们最喜欢的一种文学作品"，诗歌已"是受欢迎程度最低的一种文学作品类型"[1]；而至市场化程度日深的新世纪，江苏一位中学教师课前提问，让喜欢诗的同学举手，结果只有两个女同学，记者在北京街头对中学生随机采访，在被调查的5人中，特别喜欢诗歌的没有，根本不感兴趣的两人[2]。可见，诗歌在老百姓精神生活中的重要性已不复存在，它似乎成了可有可无的点缀，即便作品数量再多也只能算是无效的写作。另一种意见断定新世纪诗歌进入了空前"复兴"期，理由也很充分：如今诗歌写作队伍不断壮大，远不止"四世同堂"，每年五万首的作品数量十分可观；诗歌创作已得到了社会各界的高度重视，朗诵会、研讨会、诗会和诸种奖的评选频繁举行；为谋求自身的发展，诗歌努力向大众文化开放，以泛诗和准诗的碎片方式在日常生活中多点渗透，令人感到时时刻刻都"诗意盎然"；特别是网络与诗歌的媾和、民间刊物同自印诗集相遇，更令诗坛热火朝天，活跃异常。一切迹象表明，如今的诗坛氛围是朦胧诗之后最好的。

应该说，这两种意见都不无道理，它们分别看到了诗坛的部分"真相"；但也都存在着一定的偏颇，不同程度地遮蔽了诗坛的另外"真相"所在。二者之间视若南北两极的对立，则饶有意味地折射出了目前诗坛境况复杂，充满着喜忧参半的矛盾"乱象"。一方面，诗坛并非想象的那样一团糟，而是有诸多希望的因子在潜滋暗长，审美记忆中辉煌的古典诗歌参照系作祟，导致"死亡"论者在高估诗歌的价值和功能的同时，对置身的诗歌现实下了过于悲观的结论。在这个问题上，对歌德那种谁不倾听诗人的声音谁就是野蛮人的论断恐怕要辩证理解，离诗最近的中学生疏远缪斯女神，也不意味着如今的人们就是野蛮的，他们有不得已的苦衷。其实，诗歌的本质是寂寞的，它充其量不过是创作主体心灵的载体而已，它没有直接行动的必要，不能解决具体的实际问题，任何诗人也无须再为之加载，更不该总把当下诗歌和古代诗歌的黄金时代相类比。现代社会抒放情志渠道的广泛打开，决定了诗歌作为文学焦点和中心的古典时代已经一去不复返了，冷清、寂寞是诗歌生存的常态，那种人为地把诗歌创作和活动热闹化，乃是背离诗歌本质的行为。领悟诗歌这一存在机制后，就会感到商品经济大潮冲击下诗歌的沉寂并不可怕，它反倒为诗歌写作队伍提供了一次淘洗的机遇，面对孤独、残酷的文学现实，那些仅仅把诗当做养家糊口工具的技艺型诗人，自然耐不住清贫的冷板凳纷纷撤退，而他们的"逃离"和"转场"，注定会使那些将诗歌作为生命、生活栖居方式的存在型诗人"水落石出"，凸显其真诗人的风骨。事实上，已经有郑敏、王小妮、王家新、于坚、臧棣、西川、潘洗尘、伊沙、朵渔等一大批优秀的诗人，一直坚守在诗歌现场，既瞩望人类的理想天空，又能脚踏实地地执着于"此在"人生，以宁静超然的艺术风度传达"灵魂的雷声"，他们以及其作品都有许多可圈可点之处，为读者昭示了一种希望。并且人们也绝非不需要诗，而是需要好诗。如2008年5月汶川地震次日，沂蒙山一位作者创作的《汶川，今夜我为你落泪》贴在博客上，点击率竟达600万人次，之后《妈妈，别哭，我去了天堂》、《孩子，别怕》等也都不胫而走，几乎家喻户晓。这个事实证明即便是在当下的文化语境中，中国仍然有诗歌生长的良好土壤，仍然呼唤好诗的出现。

另一方面，诗坛不尽如人意处还有很多，出于对新诗的挚爱，某些"复兴"论者显然在一定程度上被热闹的表象所迷惑，乐观而信心十足，至于对喧嚣背后的隐忧则注意不够。其实，"热"多限于诗歌圈子之内，它和社会关注的"冷"构成了强烈的反差。稍加思考便不难发现，在政治、文学环境宽松的今天，写作不再神圣得高不可攀，人人皆可在网络上"抒情"与狂欢，在孕育多元共生自由格局的同时，也彻底把"创作"置换成了"写作"。据传一个网名叫"猎户"者发明了一个自动写诗软件，将不同的名词、形容词、动词，按一定的逻辑关系组合在一起，平均每小时写出417首，不到一个月就生产了25万首诗。且不说其速度惊人可怕，单就抽离了责任、情感和精神而言，他写的东西是否还能称之为诗就值得怀疑。而要深入诗坛内部考察，那种"事件"多于"文本"、"事件"大于"文本"的娱乐化倾向十分严重。谈及当下诗歌，很多读者马上就会联想到"民间写作"阵营内部论争、梨花体、裸体朗诵、诗人假死、诗公约、诗漂流、诗稿拍卖、诗歌排行榜等一宗宗让人目不暇接的事件，这些鸡零狗碎的外在表象和诗歌创作质量、品位的提升构不成任何关联，只能给人留下笑柄。而最能测试一个时代诗歌是否繁荣标志的创作，有很多文本更令人深深地失望。如世纪初"70后"诗人的"下半身写作"，尽管一定程度上对抗了意识形态写作，增加了诗歌的世俗化活力，但其"诗到肉体为止"的贴肉状态的性感叙事，也败坏了读者的胃口；之后分别于2001年和2003年出现的"废话"写作、"垃圾派"写作，简直就成了盛装高级动物生理排泄物的器皿，口水四溅，屎尿遍布，休说给人提供什么崭新的精神、艺术向度或美感，单是那种丑陋恶心劲儿就是人类文明的大"倒退"，你絮絮叨叨、磨磨唧唧，你玩味大小便的刺激和快感，和读者又有什么关系？如此说来，就难怪有人小视诗歌不过是"口语加上回车键"、发出"诗歌死了"的感叹了。

也就是说，新世纪的诗坛态势不是平面的，它更趋向于喜忧参半的立体化，既不像"死亡"论者想象得那么悲观，也不如"复兴"论者鼓吹得那么繁荣，平淡而喧嚣，沉寂又活跃，所有相生相克的因子构成了一种对立而互补的复杂格局，娱乐化和道义化均有，边缘化和深入化并存，粗鄙化和典雅化共生。而就在这充满张力的矛盾"乱象"中，诗人们频繁地涌现和被淘汰，评论者的标准不断调整，诗歌以曲折摇摆的方式日渐寻找、接近着理想的境地。

二、亮点，闪烁在文本之间

新世纪的诗坛虽然菁芜夹杂，"鲜花"与"野草"并生，但浮面之下的几点深层的脉动，还是以其"行动"的力量，影响了读者的日常生活，感染了不少国人的灵魂，在一定程度上挽回了80年代以来处于边缘、尴尬中的诗歌面子，并且似乎带来一种期许：诗在日常生活中并非多余的，它理应具有重要的位置。

一是诗人们学会了承担，使写作伦理在诗歌中大面积地得以复苏。不可否认，如今的诗歌创作娱乐、狂欢化现象十分严重，网络写作更潜藏着许多伦理下移的隐忧。与之相反，大量优秀的诗人悟出80年代以来诗歌中，那种过于贴近时代的高调的"大词"书写和疏离人类的高蹈的"圣词"书写，在人间烟火气浓郁的日常生活中都是于事无补的，诗歌如果不与置身的现实、芸芸众生关涉，很难造就大诗人与拳头作品，自身前途也无从谈起。特别是经历了SARS、海啸、雪灾、地震、奥运、共和国六十年华诞等一系列大悲大喜的事件之后，他们更懂得了承担的涵义，愈加注重从日常生存处境和经验中攫取诗情，最大限度地寻找诗歌与当代生活之间的对话、联系。其中对城乡底层的持续关注，对地震、雪灾中人的命运和苦难的抚摸，非但恢复了人的真实生存镜像，充溢着人性、人道之光，有时甚至具有针砭时弊的社会功能。如田禾的《春节我回到乡下》简直可视为"问题诗"，"四婶做泥瓦匠的儿子/和她在城里擦皮鞋的儿媳妇/被票贩子的假车票/滞留在广州火车站了……"典型细节的叙述外化了乡下人艰辛、盼望与焦灼的复合心态，更引出相关的社会问题，底层百姓的基本生存权利无法保证，连买车票、种子与化肥居然也被坑骗，诗对残酷现实的揭示令人愤然。底层出身的郑小琼那首《表达》，把"钢铁"与"肉体"两个异质意象拷合，外化出青年女工忙碌、寂寞而悲凉的残酷现实，令人震撼，其对人类遭遇的关怀，愈加衬托出底层百姓命运的黯淡。叶延滨的《听一场报告会的意象速写》写道，"那些永远正确的词语是工蜂……工蜂是英勇上阵的士兵/正穿过透明的墙体，从主席台/飞向四方，像一个成语/飞蛾扑火"。台上假大空、台下嗡嗡嗡，台上台下一点不"接轨"的会议场景如今比比皆是，诗以对这种害人的形式主义及其背后官僚主义习气的微讽，获得了介入生活的批评力量。而且诗人超常的顿悟、直觉力，敦促他们在文本中不时突破事物的表面和直接意义，越过刹那的情绪感觉范围，直接抵达事物的根本，显示出深邃的智慧和人性化思考。像被称为用善良、痛苦、血乃至生命向世界"奉献"的"好人"潘洗尘，所写的《这世界还欠我一个命名》，乃诗人心理念头的瞬间滑动，"只求这世界还我一个简单的称谓/这称谓/只须从一个孩子的口中呼出/——父亲"。这个简单的生存愿望，暗合了人类情感和经验的深层，触及了生命中最柔软也最深重的精神伤痛，所以最能击中人心。靳晓静的《尊重》展示了自己十二岁时手指被菜刀划破出血的场景，诗人更从母亲的话"你没尊重它，/所以它伤了你"悟出许多道理：创伤并不可怕，人都是在创伤教育中走向成熟的。所以"从那以后，我有多少次/被生活弄伤/从未觉得自己清白无辜"，琐屑的生活细节被人性光辉照亮后，玉成了一种精警的思想发现。新时期诗歌这种关注此在、现时世界的"及物"追求，进一步打开了存在的遮蔽，介入了时代的真相和良知，在提高诗歌处理现实和历史的能力同时，驱散了乌托邦抒情那种凌空蹈虚的假想和浪漫因子，更具真切感和包容性。

二是诗作处理生活的艺术能力普遍有所提高。和日常生活、现实接合，仅仅是一种题材立场，诗歌最后获得成功还必须依赖艺术自主性的建构，因此新世纪的诗人们应和题旨和情感的呼唤，都比较注意各个艺术环节的打造，在表达策略上注重生活经验向诗性经验的转化。其向度是多元的，主要表现在以下几个方面。首先是依然在意象、象征的路上出新。如王小妮的组诗《十枝水莲》中的《谁像傻子一样唱歌》，在"物"的凝视里竟有一种物化的冲动，当窗外"有人在呼喊"，"风急于圈定一块私家飞地/它忍不住胡言乱语"，"一座城市有数不尽的人在唱"时，那终于开花的水莲却十分安静，"我和我以外/植物一心把根盘紧/现在安静比什么都重要"。这里的花和人已泾渭难辨，彼此可以互换，水莲那种不事张扬的内敛、简单、安静，不正是诗人的象喻吗？牛庆国的很多诗歌都以意象独创引人注目，他特别钟爱乡间的动物和植物，诗中多次出现驴的意象。《毛驴老了》在老父和毛驴的亲昵、依恋的画面里，浸染着诗人低抑、悲悯的人生态度。《饮驴》已走出形象粘连，获得了形而上的旨趣，"生在个苦字上/你就得忍着点"，那"驴"分明成了忍辱负重、在苦难中挣扎的中国农民的化身。其次是为了增加表现力适度向其他文类扩张的文体互渗。和新世纪诗歌对当下生存、广阔现实与纷纭世界的深入同步，诗人们意识到仅仅运用意象和象征手法是不够的，并自觉挖掘和释放细节、过程等叙述性文学因素的能量，把叙述作为改变诗和世界关系的基本手段，以缓解诗歌内敛积聚的压力。如"九十三岁。她像一盏煤油灯/被一阵风吹灭了光明/从此 她的世界一片漆黑/关上窗户，再也听不到她喊我的声音了——//又要回广东了，她把五十元钱塞在我手/说：'用老年人的钱，会长寿，好运……'"（许强《婆婆》）没有涕泪横飞、捶胸顿足的悲情抒放，甚至没有直接表达怀念意向的字句，就是煤油灯、窗户、钱等稀疏的意象存在，似乎已引不起人们更多的注意。而婆婆塞钱的动作，婆婆和别人叨念的话语"强娃儿 回来看过我……"以及婆婆走后诗人的心理"事态"，却成了结构诗歌的主角。诗正是借助这种行为事象的散点叙述，节制而有分寸地表达了对亲人特殊的依恋、怀念和悲痛。同时，随着叙述性和行为意象特征的强化，婆婆的性格要素也得到了一定程度的显现。小说家路也的《抱着白菜回家》题目本身就是一种事态，叙述更幽默俏皮，"这棵大白菜健康、茁壮、雍容/有北方之美、唐代之美/挨着它，就像挨着了大地的臀部/我抱着一棵大白菜回家……"细碎心理的流动，赋予了诗歌一种类乎独幕剧的综合品质，有一定的叙事长度，但流贯诗间的对于土地、淳朴和自然的亲近，同高档饭店、高级轿车、"穿裘皮大衣和高筒靴的女郎"对比，强化了诗人返璞归真的内心渴望，和对异化的都市文明的抵御与对抗。再次是大量去除晦涩朦胧后的朴素的文本姿态，有力地契合、贴近着表现对象。这既指诗中的物象、事态和情境饱蕴人间烟火之气，也指语言上的朴实无华，向清新自然"天籁"境界趋附。如"希望生在战乱年代，而你/是草莽生涯的将军。佩剑，战骑，杀气……以笔为剑,以诗为马,以军阀/攻城掠地之势,将我的心夺去"(施施然《战乱年代》),虽然是想象虚拟的"过程",不乏梦幻情调,但细节的准确性关注、本色质感、洗尽铅华的"独语"流动,仍保证了诗和表现世界的清晰、生动,具有"直指人心"的力量。江非的《时间简史》以倒叙方式观照农民工的一生,"他十九岁死于一场疾病/十八岁出门打工/十七岁骑着自行车进过一趟城……他倒退着忧伤地走着/由少年变成了儿童/到一岁那年,当他在我们镇上的河埠村出生/他父亲就活了过来/活在人民公社的食堂里/走路的样子就像一个烧开水的临时工",不能再简单的句式,不能再泥实的语汇,似乎都离文化、知识、文采很远,可它经诗人"点化"后却有了无技巧的力量,切入了人的生命与情感旋律,逼近了乡土文化命运的悲凉实质,显示了诗人介入复杂微妙生活能力之强。

三是实现了诗的自由本质,使个人化写作精神落到了实处。诗的别名是自由,它的最佳状态应该在心灵、技法与语言上都不受任何外在因素的羁绊。新世纪诗坛众语喧哗,人气旺盛,在一定程度上抵达了这一理想境地。心理的、历史的、社会的、审美的、哲学的、感觉的、想象的、现实的等每一种向度,都获得了自由的生长空间;"40后"、"50后"、"60后"、"70后"、"80后"、"90后",每一代诗人都在各自的位置上施展功夫,谁也不挡谁的路;官办刊物,民办刊物和网刊各司其职,几个阵地、渠道间彼此应和,解构着写作的话语霸权;地方诗歌多点开花,和上世纪八九十年代诗歌大体只有南北之分、各省意识尚未苏醒相比,而今四川、江苏、湖北、安徽、山东、广东、甘肃、海南等,都渐次亮出旗帜,各地区间"呼朋引伴",对峙而又互补。诗学风格、创作主体、生长媒体与地域色彩等纷呈的镜像聚合,异质同构,"和平共处",形成了诗坛生态平衡的良好格局,人气、氛围俱佳。特别是引渡出一批才华、功力兼得的诗人和形质双佳的优卓文本,以抒情个体的绚丽与丰富,创造了一种个人化精神高扬的文学奇观。可以毫不夸张地说,每一位诗人都在寻找着自己个性的"太阳"。如于坚的组诗《海上》仍然极富原创精神与先锋气质,自然大气又不失细节的支撑,拙朴戏谑又不失敏锐的力量。余怒的《主与客》、《刺猬论》继续凸显"歧义"意识,具有超现实写作的荒谬力量,让人感到有种东西存在却绝对说不真切。李琦的《下雪的时候》多得传统的精义,它对雪的痴迷书写构成了一种美的隐喻,那清白、洁净、单纯、静虚之物,在貌似下沉实为上升的灵魂舞蹈中,对人生真是奇妙的清凉暗示,娓娓道来的平实叙述里自有一股逼人的美感。蓝蓝近年更多地朝向现实,艾滋病村、煤矿矿工、酒厂女工、城市农民工等,都成为她执着于当下的见证,在描绘苦难与强调悲悯的背后,是她在语言和想象之外的一份现实承担,《我的笔》中一支笔的力量,似乎能穿透现实的迷雾,直抵生活的核心。雷平阳云南书写中多向化的语义追求,将诗变成了一种现代性经验的体味,《集体主义的虫叫》现场感强烈的片断组接，貌似在恢复诗人夜宿树上旅馆听到森林里各种虫叫的过程和感受，实则传达了诗人在撕心裂肺的自然声音面前的恐惧和敬畏，也彰显了自然生命的启示。翟永明的《关于雏妓的一次报道》在雏妓不幸际遇的客观叙述中，蛰伏着诗人的愤怒之火，它是一个女性诗人对事件做出的直接反应，但又有强烈的去性别化倾向，或者说它是对一个族类的女人命运的思考，对人性和社会良心的深沉拷问，对诗人的无奈忧郁和诗歌无力的感喟。冯晏越发知性，伊沙机智浑然如常，陈先发的诗常有小说化、戏剧化倾向，李轻松的诗讲究情感的浓度和深度，朵渔深邃沉实，王小妮澄澈从容，宋晓贤的思维与出语怪诞，杨勇的构思和意象精巧……诗人们如天女散花般的风格绽放，暗合了诗歌的个体独立精神劳动的本质，意味着写作个体差异性的彻底到位。这种自在生长的状态，保证了主体人格与艺术的独立，也构成了诗坛活力、生气和希望的基本来源。

三、"问题"依然纠结

必须承认，21世纪诗歌的突破并非全方位进行的，也谈不上彻底二字。或者说它是有限度的，不但遗留的经典文本和大诗人匮乏的老问题没有得到根本性解决，而且还增加了一些更为困扰诗界的新问题。新老"问题"纠结，决定了当下诗歌尚难以迅速走出低谷，而不时在跋涉路上左右徘徊，进展缓慢，要想真正走向繁荣，还得深入反思，有针对性地取长补短。这种现状令钟情缪斯的人们无法不牵念，无法不忧心忡忡。

如今诗坛最大的问题是整体感觉平淡，缺乏明显的创新气象与强劲的冲击力。客观地看，21世纪诗歌在写作方向上有一定的独到探索，可同90年代先锋诗歌的精神并无太大的区别，其叙事化、戏剧化、个人化、新口语、日常主义的表征，皆可视为前者写作策略的接续与延伸。和建立启蒙思想的朦胧诗、在内质上从破坏进入建设的90年代诗歌相比，21世纪诗歌为诗坛提供的显性新质并不是很多。在经典建构、拳头诗人的输送方面，也远远逊色于崛起过北岛、舒婷、顾城、海子、于坚、韩东等里程碑式诗人的前两个时期，在过去的十年里少有带极强方向感的众望所归的诗人出现，"群星闪烁"的背后是"没有月亮"，这无论如何也构不上真正的繁荣。虽然说2008年诗歌出现了"井喷"，急遽升温，给人造成一种复活的感觉，可惜它并非缘于创作品位的提升，而是借助、倚重地震这个重大事件的外在力量才"有所作为"。这种"国家不幸诗家幸"的"大灾兴诗"现象本身就不正常，倘若有人把诗歌的希望寄托在历史、国家、民族的"灾难"之上，那就更不道德。翻检那个时段的诗歌，尽管不乏《今夜写诗是轻浮的》那样撼人心魄的佳作,但多数作品艺术性普遍看低,甚至还留下了《江城子》一类矫揉造作、错位抒情的不和谐之音。尤其值得人们深思的是,一旦地震过后,社会生活又按部就班地运转,诗歌书写就恢复到原来繁而不荣的"常态"。我个人以为诗歌要实现突围,必须从自身寻找切入点,而不该依靠外力的推助,那种"事件"大于"文本"的现实应该尽早成为历史。

这种平淡的感觉源于多重消极因素的影响,其中主要与诗歌写作本身的失衡互为表里。具体说来,一是日常情感和精神提升的失衡。个人化写作理论的高扬,使有些人借个人化写作之名滥行民主之事,将个人化写作当成回避社会良心、人类理想的托词,只为圈子和自己而写,过度"自恋"的个人情感膨胀,自我抚摸的无聊琐屑,鸡零狗碎,无法传达出处于转型期国人焦灼疲惫的灵魂震荡和历史境况及其压力,缺乏终极价值和人文关怀,精神孱弱,诗魂变轻。有关反腐败、洪灾、疾病和贫困等大悲悯、大题材的搁置和"过滤",决定这些诗歌无法拥有强大的生命力。有的甚至拒绝意义指涉和精神提升,这在无形中自然阻塞了与读者产生精神共鸣的通道。如《豌豆吐司》、《林子》或对食物不厌其烦地细致咏怀,或对生活的无谓状态进行简单的复制挪移,无病呻吟,即便艺术上再抒情再诱人,也和诗坛呼唤的力量无关,只能被读者冷落。二是传达过程中情感和理性的失衡。从诗是主客契合的情思哲学的向度衡量,21世纪的一些作品多含感情因子,但情感流脉底层也蛰伏着想象力对知性的追逐,注重个人经验和对人生看法的发现;可惜大量作品还难以潜入生命本体、博大宇宙空间进行形而上思考,究明人类的本质精神——因哲学意识的微弱,很多诗人视野停留在充满亮色的范畴内,传达上浮躁,缺少宁静致远的内敛精神,时而流于情思的放纵,时而无节制地"叙事",阔大深邃、振聋发聩的思想文本常常虚位。三是精神追求和艺术探险失衡。优秀的诗歌皆为意蕴和形式双重因素的共时性体现,可21世纪的多数诗人虽然运动情结日益淡化,但偏偏只注意走技术主义路线,重视追新逐奇、唯新是举的实验,看上去精致复杂,但却不关灵魂和精神的事儿,充其量只是"纸上的诗歌",产生大的影响当然无从谈起。

当然,还有许多问题也都是21世纪诗歌发展亟待驱走的"拦路虎"。如艺术的泛化问题。保守估计新世纪里至少半数以上的诗人在沿袭传统的老路,纷纷把笔触对准大海、河流、森林、太阳、星空等中国诗歌中习见的自然意象,疏于对人类的整体关怀,满足于构筑充满风花雪月和绵软格调的抒情诗;而有些功成名就的"老"诗人,越来越趋向于匠人的圆滑世故与四平八稳,诗作固然也很美,但却没有生机,精神思索的创造性微弱,属于思想的"原地踏步",它和前一种因素遇合,注定了21世纪诗歌陷入现代性淡薄的困境,缺乏撼人的大气和力量。再有传播方式上潜伏的危机问题。新世纪诗歌的民刊和网络书写热闹非凡,但也时时助长着诗歌的良莠不齐、鱼龙混杂，使非诗、伪诗、垃圾诗获得出笼的可能，它的能指滑动、零度写作、文本平面化的激进语言实验与狂欢，在反叛、质疑主流中心话语的同时，也消泯了许多优良传统，造成诗意的大面积流失。在后口语倡导驱动下的网络书写，导致"作品呈现出了太多的即兴的一面，太多的飘忽与伪抒情，'为赋新诗'式的激情，以及太多的嬉皮状与痞子相，太多的仿作，太多的形式感的东西"[3]，表达过于随意、急躁、粗糙，众多不动脑子的集体仿写，造成了诗歌事实上的"假小空"；特别是屡见不鲜的恶搞、炒作、人身攻击等网络伦理混乱的现象，更令人堪忧。另外，新世纪诗歌中最该肯定的"及物"选择，也存在着应当辩证理解和深化的问题。即该在什么范围内和前提下"及物"，该用怎样的方式去"及物"，"及物"之路到底能走多远。如今诗的"及物"敦促许多诗人走近了现实、人生，也保证了一些优秀文本的获得，但对"及物"对象缺乏恰适、合理的选择，有时甚至抒假情，如《独自放风筝的人》突兀的怪诞想象，《即景》私密的情绪流动，都无深入或清新的意味，缺乏必要的美感，吃喝拉撒、饮食男女、锅碗瓢盆等"日常"化题材的另一面，就是"审美"一维被严重削弱。有些作品"及物"的同时却放弃了精神提升，如一首叫《今天》的诗就过度倚重形下的"此在"世界，淡化对"彼在"的关注，只提供一种没有深度的庸常平面的时态，减轻了诗的思索功能。还有些"及物"作品不甚注意艺术性，在谋篇、构思、语言上缺乏锤炼和节制，叙事啰嗦、结构臃肿、态度散漫，有时把诗降格为一种无难度写作，透着一种空泛甚至矫情的感觉。

看来21世纪诗歌虽然大有希望，但却还任重而道远。

注释

[1] "记者调查"，《光明日报》1997年7月30日。
[2] 参见吴明京《中学语文：诗歌遭遇尴尬》，《光明日报》2001年8月9日。
[3] 朵渔：《需要在黑暗中呆多久：网络诗帖随感》，载《诗江湖·2001网络诗歌年选》，青海人民出版社2002年版，第250页。

《天津社会科学》2011年第1期。

新世纪诗歌的现象考察

霍俊明

2012年很快要结束了!大大小小的社会灾难和个体磨难却并没有结束。13年以来的新世纪诗歌到底发生了怎样的变化,出现了怎样的问题和难度,我想这是每一个诗人和诗歌研究者们都在关注和反思的问题。而"新世纪"无疑是一个吊诡和充满陷阱的词语和陷阱,也许这个仍然带有进化论色调的时代关键词遮蔽了诸多问题。随着"新世纪"的不断推进,诗人逐渐丧失了应有的信心和憧憬,而我们的生活和所谓的理想并未随着新时代的到来而升级换代。似乎我们的诗歌仍然在被不断窄化的"个体性"写作所自我沉溺和高蹈,与此同时庞大而吊诡的中国"现实"似乎又使得诗歌和诗人以"无力"和"无能"的方式深陷无边的迷津之中。悖论之处还在于我们今天有那么多看起来与我们的时代和现实密切相关的诗歌,但是这些文本往往只是表象和道德化的肤浅之作,仍然只是相互取消的复制品和仿真器具。据此,本期推出的文章显然也只是观察和反思新世纪以来诗歌现象的一个开始。提请诗人们注意的是,这个时代并没有降低我们写作的难度。我们太热衷于谈论诗歌技艺和修辞学,与此同时我们的诗人和研究者又都成了半吊子的社会学家和政治看客。

上篇 "仿真"的诗歌"个体"与"个性化"

面对着当下所谓"个体"诗歌写作的平面性、随意性、技术性、被歪曲和篡改的"个性化"、无关痛痒而又大张旗鼓的诗歌论争以及大面积涌现的圈子性的诗歌批评的追捧或利害关系的棒杀,作为一个诗歌评论者我越来越怀疑评论的准确性和诗歌写作的"个性化"。甚至我不能不残酷地说,在当下的诗歌写作中谈论久违的"先锋"和"个性"简直就成了天方夜谭。甚至夸张点说当下的诗歌写作几已进入了不容辩白的"集体"休眠期。看起来每一个诗人都在宣扬自己的诗歌个性,但是从整体性上来看诗歌已经没有太多的个性可言。换言之,这种诗歌的个体与个性化很大程度上成了仿真器具。每一个诗人都被其他的诗人所替代和消解。每个人的写作都可悲地成了复制品——形式上的,思想上的。当我们一再抱怨诗歌远离了读者,诗歌越来越边缘化和"个人化",可充满悖论的是我们已经进入了一个"泛诗"或"仿真诗"时代。看起来正常甚至繁荣的诗歌生态却难以掩盖一个诗歌苍白无力的时代。与此同时,在科技理性、物欲膨胀的无限加速度的时代诗人们处在巨大的漩涡中而不自觉地丧失了个性化的声音和良知以及自省的写作立场。所以,当下我们所看到的正是这个时代诗歌写作(也包括诗歌评论,因为很多的诗歌评论者都成了某种利益的参与者和良知的丧失者,评论成了热捧或冷棍的家什,有些批评者的名声并不比下三烂要好到哪去,当然仍有极少的诗歌评论者在坚持个性、良知和说真话)的特色,几乎很难有一首诗、一个诗人、一篇评论能够产生轰动性的社会效应和广泛的美学影响。相反,倒是一些跳梁小丑和不懂诗歌的人在不停争夺所谓的诗歌话语权。这种不无暧昧的诗歌写作语境正成为强硬的话语剥夺。当娱乐文化、流行文化无限扩张,诗坛上一些更为无知无畏的青春写者以惊人的销量赢得审美水平极其低下的人的追捧时,当一些几乎与写作和生存没有任何关系的诗歌畅销书在图书大厦排上年度销量排行榜的时候,是否已经有人用理性和真知来面对?

在新的世纪初的诗歌写作中,写作者、评论者和阅读者几乎已经达成了一个共识,这就是"个人性"成为了10多年来诗歌写作的检验标签和"合格"证明。实际上所谓"个人性"无非就是强烈诗歌写作的不能被共约与弥合的"个性"特征。不管在何种程度上谈论这一时期诗歌写作中的个人化、个性化特征,这对于反拨以往诗歌写作强烈的意识形态性和写作技法的狭隘性而言其意义已不必多说。但是反过来,当个性化和日常题材逐渐被极端化、狭隘化并成为唯一的潮流和时尚的时候,无形中诗歌写作的个性化和多元化就带有了"病态"的来苏水味道。基于此,有必要对个性化诗歌写作的误识进行重新的过滤和反思。

实际上说到诗歌写作的个性就不能不说到集体。正如当年陈思和的"无名/共名"这一评论范畴。我们不能不正视这一现实:尽管诗坛看起来热闹纷繁、诗歌噱头成为饭后的谈资,流派林立的诗歌宣言和口号两天就能更新一次,各种所谓官方的、民间的诗歌奖项层出不穷,各种样式翻新的诗歌选本排上书架,但是应该正如当年谢冕教授在评价1980年代之前诗歌的时候所说的诗歌写作不是走着一条越来越广阔的道路,而是走着一条越来越狭窄的道路。当时谢冕的这一"异端"性的言论曾遭受到大面积的批评和批判。我不知道在"今天派"远去的接近30多年的今天,我提出当下的诗歌写作仍在走着毫无个性可言的越来越狭窄的道路和不知不觉中诗人躺在僵化的集体"休眠"的躺椅上会招来多少人的讨伐和愤怒。

当前些时候关于诗歌写作的中产阶级趣味和底层写作成为争论的焦点,诗歌的题材问题甚至阶级问题重新出现的当口,简单的肯定或否定已经无关紧要。问题的关键是应该意识到在新世纪以来的诗歌写作观念看似已经相当繁复和"个性化",诗歌写作似乎也是在差异性和不同的向度间全面展开,诗歌的技艺和语言也似乎达到了新诗产生以来前所未有的乐观时期,但是在近些年所涌现的一些诗学问题和关于诗歌写作个性化问题的争论上,甚至在某些人看来大是大非的问题上已经揭示出当下的诗歌写作的个性化问题已经不是单纯的诗歌自身的美学问题,而是与政治文化、阶级分层、社会地位、多元传媒、流行文化、话语权力、诗人身份、伦理道德等等都极其含混、暧昧而又不容分说地纠缠在一起。那么在此层面谈论诗人"个体"和诗歌写作的"个性化"问题就不能不是复杂而尴尬的,因为这一问题不能不牵扯到诗人自身、个性化写作观念、整体社会语境、诗歌批评误导所导致的"集体失语"的共谋等等方面。

当我们再次"乐观"地提到新世纪以来诗歌写作的最大限度的个性化并为此而津津乐道时,人们实则很大程度上忽视了在所谓的摆脱了政治话语、集体话语的宏大话语规训的光明背景中,在所谓的个人化(私人化)写作经过短期的有意义的尝试之后,带有"个人性"、"口语性"、"日常性"诗歌大旗铺天盖地大面积涌起的时候,无数个诗歌写作的个体和"个性化"的诗歌文本实际上已经不约而同地沦为一种毫无个性可言的集体化行动。尽管当下这种丧失个性和先锋精神的集体化"休眠"和1949年至1976年的诗歌写作的极端政治化语境下的"集体性"可能有所区别,但是我们不能不就此发现一个悖论:我们得到的同时也丧失了很多。当政治的集体歌唱成为诗歌写作的日常事件,真正的个体精神就丧失了;当我们千方百计甚至绕了相当大的圈子才重新发现诗人个体和自由但不久就被无限滥用时,我们最终还是丧失了诗歌写作的个性。在此,诗歌往往就会走向反面而成为"非诗"。当然这并不意味着我对诗歌写作的"个人化"心存芥蒂和偏见。但是当在每年结束和新的一年开始的时候,翻开各个年度诗选和评论集,我们就会发现相当多的诗人在误解"个人性"的前提下滥用了这个看似屡试不爽的灵丹妙方,甚至诗歌批评也是将之作为评判诗歌的重要的甚至唯一的尺度。是到了对诗歌写作个性化重新反思的时候了。很大程度上被庸俗化和窄化的"个人性"排斥了诗歌写作的共性特征、整体意识、历史感和形而上精神的探询,甚至个人性还排斥了诗歌的本土和优异的古典诗歌传统(尤其是在诗歌精神和诗人经验层面)。

经历新世纪以来一波波的伦理化社会性的写作浪潮,在诗歌写作的"个性化"问题上还有必要重新检视诗人与时代的关系、诗歌与生存的关系、诗歌与技艺的关系。柳冬妩在《从乡村到城市的精神胎记——关于"打工诗歌"的白皮书》中认为近些年来中国主流诗人集体性走上了技术主义道路,他们有理由强调声音或事物的象征意义、词语之间的张力关系、叙述的结构与解构等"文本"的写作。这些技术性写作把语言上升为诗歌的本体,似乎为我们找到了一条通往真理的道路。诗人们面对的不再是写什么,而是怎么写,写得体面而又漂亮。论者指出当这种诗歌风气滋长起来后并没有让人们看到汉诗的希望,相反有一部分诗人在技术主义的胡同里越陷越深,变成了工匠。当人们谈论诗歌的时候,关注的似乎不再是它的精神指向,更多涉及到的是技巧性话题。写诗不再是一种精神创造,它变成了技术的玩弄。确实,单纯地玩弄诗歌技巧、花哨的语言正成为目下一些诗人的通病。再有新世纪以来的诗歌写作真正意义上的"个性化"的丧失和集体的休眠状态的一个重要的症结还在于诗人的拙劣的仿写和深陷日常化写作的泥淖之中不能自拔。在80年代末期一直到90年代的诗歌写作中,仿效海子的"麦子诗"曾大量涌现,而其中不乏拙劣的仿写使一些伟大的诗歌元素受到了戕害。对于中国诗人而言,土地、庄稼、自然意象恰恰能够彰显出诗人的复杂经验和想象力。但是真正的从乡土本身生发的诗作却无疑在一种伪民间书写中被遮蔽。可以毫不夸张地说,尽管目下有一些诗人自命或被命名为"乡土派"或"新乡土派"诗人,但是真正体悟当下语境的乡村命运能够具备震撼人心膂力的诗作却是相当匮乏。新世纪以来诗人普遍放弃了集体或个人的乌托邦"仪式"而加入到了对日常经验和身边事物的漩涡之中。我们注意到当普泛的叙事性和日常经验为诗人和研究者所津津乐道的话题,诗歌的"个性化"风格却恰恰在这一点上获得了共生性和集体性。在一定程度上,随着新世纪以来社会生态和相应的诗歌写作语境的巨大转换,诗歌写作对以往时间神话、乌托邦幻想以及"伪抒情"、"伪乡土写作"的反拨意义是相当明显的。但是这种反拨的后果是产生了新一轮的话语权力,即对"日常经验"的崇拜。而一些具有敏识的研究者和诗人逐渐认识到了"日常经验"的负面效应并报之以警惕。确实"日常经验"在使诗歌写作拥有强大的"胃"成为容留的诗歌的同时也成为一种巨大的漩涡,一种泛滥的无深度的影像仿写开始弥漫。

那么当个人性、日常性、口语性在新一轮的话语权力中成为强势话语并被无限制地加以利用甚至扭曲时,一个必然的结果就是真正的大诗和诗人在这个时代出现就成了最大的问题。那么如何才能规避平庸的诗歌写作和整体的休眠状态呢?在笔者看来就是诗人在坚持个体主体性的前提性要深入当代、深入现场的紧张、尖锐的区域进行勘探,发现与命名。正如陈超所言:"在近年来的先锋诗歌写作中,诗人面临着许多彼此纠葛的情势。其中最为显豁的困境是:如何在自觉于诗歌的本体依据、保持个人乌托邦自由幻想的同时,完成诗歌对当代题材的处理,对当代噬心主题的介入和揭示。"基于此,个性的立场和深入当代的介入姿态也许是当下诗歌写作的最大的诗歌伦理或道德。只有于此，诗歌写作的整体平庸状态才有可能有所改变。值得注意的是《星星》诗刊2006年第1期上半月刊卷首语为《诗歌：重新找回对社会责任的承担》。梁平认为从"五四"开始中国新诗就一直在承担着责任，即对艺术探索和社会的关注，但是从80年代之后，中国诗歌却失去了对社会的承担，所以当下最重要的并不是怎么写而是写什么。《星星》诗刊对"诗歌关注现实"的主张就是始终相信真正有抱负有良知的诗人是始终关注现实和民间疾苦的，我想《星星》诗刊提倡一种承担的诗歌即更多关注诗歌的题材伦理，强调诗歌的"现实性"有其必要性和合理性。当然，我们也应该时刻提醒自己诗歌写作从来都不是整齐划一的，从来就没有一种写作观念能够统一诗人的写作方式。我们也不想看到在媒体的鼓动和社会的伦理呼求之下出现一些毫无"底层"体验的诗人写出的虚假的"底层诗歌"的大面积涌现，换言之我们不能要求任何人都来写作"打工诗歌"或"底层诗歌"。1958年的大跃进新民歌、17年颂歌、战歌和"文革"的红卫兵诗歌就是前车之鉴。但是有些批评者认为诗人过多关注现实题材就会导致诗歌的"不洁"，即过多强调某一题材，如底层、打工、弱势群体，就会造成新一轮的题材决定论。那么诗人"深入当代"是否意味着诗人的写作在美学上就会"不纯"？是否深入当代就意味着是以集体甚或民族的伦理来压制个体经验的表述？在深入时代处理当下题材的同时诗歌本体性和诗人主体性与之是否难以弥合的冲突，还是有着更为复杂的关系？实际上评价一种诗歌写作现象是将之抬高到国家利益、为人民服务和为社会服务显然是高估了诗歌和诗人的作用，而完全站在美学自主性或是社会伦理性的立场都失之偏颇。答案还是这句话：在任何时代，诗人的职责都是共通的，即如何在尊重诗歌本体依据的同时完成对当代题材的处理。深入当代或曰诗歌的基本伦理不是毫无生气的主流的宏大叙述，也非耽溺于自慰式的精神空虚，也非玩弄形式主义的技巧而空无一物的极端。完全的美学立场或题材的道德幻觉都是有害的。深入当代完成对当下噬心主题的揭示和切入是诗实实在在的事情，也是诗人的职责。诗人的职责或诗歌伦理就是尊重诗歌的美学本体又完成对时代生存境遇的发现和命名。换言之，尊重诗人的个性并保持诗人的良知永远都不会因为"写什么"而丧失了"怎么写"，只有如此才会出现真正的有个性的、有民族性的、与生存现场持续介入的真诗、大诗。

我希望，整体写作平庸的集体休眠阶段早日远去，我希望在高大建筑、低矮民居，光亮的厅堂和黑暗死沉的矿区、城市与乡村、现场与记忆的广阔空间展开反思、辩难、诘问的个人性和存在性的伟大诗行。让这种本原性质的诗歌存在证明在时代语境的转换中，诗不单是对一种神圣言说方式的祈祷与沉思，更应对时代噬心主题的介入与揭示。诗歌决非简单的修辞练习，而是对良知和道德的考验的一场烈火，这是献给无限少数人的秘密而沉重的事业，是"钟的秘密心脏"，是灵魂的优异的回音与震响。在非诗的时代艰难地展开诗歌，面对生存和内心，在边缘地带坚持挖掘，这本身就是对诗人姿态最好的评价。

下篇 吊诡的现实与"无能"的诗歌

2012年7月21日，北京。那场60余年不遇的罕见暴雨并未散去！实际上我曾经或者正在一个无比自由的时代经历了一个个黑暗的夜晚。那突如其来的暴雨甚至超出了我们对日常生活与庞大现实的想象极限。而在秩序、规则和限囿面前，我们的诗人和写作者们却一次次无力地垂下右手。在我看来新世纪以来的中国诗歌面对强大而难解的社会现实所相对的却是空前的难以置喙和无力。这可能会让诗人和评论家们不解。我们不是有那么多与社会现实联系密切的诗歌吗？比如打工诗歌、农村诗歌、高铁诗歌、抗震诗歌以及反日诗歌吗？是的，由这些诗我们会联想到那些震撼和噩梦般的现实，但是与现实相关的诗歌和文学就一定是言之凿凿的正确和高大吗？如果诗歌只是充当了一篇微博和新闻的功能，那么诗歌和诗人就没有存在的必要性了。而面对着各种媒体空间上大量的复制性和浮泛的诗歌作品我们不能不一次次失望。换言之，当下诗人之间的区分度已经空前缩减，几乎很难发现诗人之间的差异和各自面貌。诗歌面对如此庞大纷繁的现实，我们所需要的并不是诗人的急于表态和站队，也不需要那种摄像机式的直接跟踪，诗歌所需要的恰恰是提升的思想高度，需要的恰恰是一个诗人对社会和当下的重新发现与再次命名。诗人应该是说出了我们每天司空见惯的事物和场景背后的更为复杂晦暗和内核以及深层动因甚至历史惯性。

我们用符合社会规范的"右手"写作，我们一次次主动或被动地失去了真正表态和发声的机会。当我们似乎在一个个自媒体的电子屏幕前以及"围观"的数字时代获得了个人发言的权利和臧否的机会，我却仍然对此心怀疑虑。强大的历史和庞大的现实似乎仍然无处不在，它们只是呈现和影响的方式正在发生着不小的变化。面对着21世纪这个充满吊诡和离奇想象的新寓言国的时代，在一个个公共空间里知识分子的声音仍然匮乏而无力。而更为可悲的或许还在于一些知识分子和写作者们的自以为是，为了个人写作的精神幻觉以及市场化好天气里一个个被奖赏的金质腰牌说着谎言和肉麻的颂辞。

这似乎仍然是一个缺乏宗教感的时代。

这仍然是一个被惯见和粗鄙的时尚所引领的时代。

这是一个可以无比炫耀金钱和肉体的时代，却也不能不是一个个思想和真正自由的个体被噤声和反复出卖的时代。

面对"糟糕"的现实，我们很容易因为发出不满而在不自觉中充当了愤青的角色——"我还记得八月中旬，临行前和朋友们坐在北京世贸天阶，谈论着中国现实的种种，一种空前的庸俗感，让我们倍感窒息"，"我厌恶那无处不在的中国现实，是因为它们机械地重复、毫无个性……它们一方面无序和喧闹，另一方面又连结成一个强大的秩序"（许知远）。而我想说的是我们对"现实"除了"厌恶"和厌倦之外是否还需要在文学中呈现更多其他的声音（尤其是"异质"的声音）？当我再一次面对当下中国诗歌和文学现场，我只能无奈地想到那一只只无能的手。右手代表了秩序面前的无可奈何和精神的疲软。甚至有时候我们已经放弃了选择的机会。在我看来，尽管当下仍不乏优秀的诗人和评论者，但是因为公共空间的缺乏和一次次挤压，中国仍然缺乏公共知识分子一样的写作者和批评者。基于此，我认为新世纪以来的文学仍然是缺乏足够的命运的悲剧感和直面历史与现实的强大精神膂力。看起来我们同样并不缺乏那些所谓的与时代发声摩擦甚至碰撞的文本，甚至有着大量的书写各种与表层现实相关的作品，但是我们仍然一次次忽视了这个时代的重要之物，一次次忽视了内心和文字与现实和历史之间极其复杂而微妙的关系。

当我们深入阅读各种刊物和博客、微博上的诗歌，我们会发现一种精神事实。这种精神事实却呈现为两个极端。一个极端就是诗人普遍存在的"懒散"的状态，换言之他们已经逐渐或正在丧失诗歌言说的能力。好像已经没有任何事物能够刺激他们的神经和内心，他们只是为了写作而写作。文本充斥大量的"知识"和"引文"。这种类型的诗歌写作已经偏离了诗歌的"别裁"本源。另一个极端就是仍然有数量惊人的诗歌指向了所谓的社会现实和敏感事件，高铁事故、乡村悲剧、留守儿童、工厂血泪、就业无门、讨薪无果、中产麻木、社会不公成为他们诗歌中频频造访的主题。这些诗歌中优秀之作稀少，更多是带有"仿真性"的新闻播报体和打油诗的廉价替代品。由此，就新世纪以来的中国诗坛，我们已经看到了很多的中国诗人成了旅游见闻者、红包写作者、流行吹鼓手、新闻报道者、娱乐花边偷窥者、"痛苦"表演者、国际化的"土鳖"分子、翻译体的贩卖者、自我抚慰者、犬儒主义者、鸵鸟哲学崇拜者、征文写作者。话说回来，我们的诗人学会了抱怨，也学会了撒娇，学会了演戏，学会了波普，但是就是没有学会"诗人"的"良知"。各种各样的大大小小甚至国际的、全球的诗歌奖把诗人们宠溺坏了。

一定程度上还要感谢"主流媒体"尤其是网络新媒体和博客、微博以及手机等"自媒体"的开放度和"水军力量"。很多热点问题都是在媒体和直播平台最先引发围观和热议，似乎网络民主的呼吁正在频频敲门（当然网络以及"网络"民主自身就具有复杂性，也具有不可避免的负面性和欺诈性）。而这种社会事实的复杂性、多层次性和差异性实际上并非是在近些年才出现的历史事实。而我们普遍忽视了最为重要的就是媒体的力量。这就是从1960到1970年代的"地下"刊物,从1980到1990年代的"民间"刊物,从2000年以来的网络、论坛和电子邮箱以及手机平台,从2005年以来的博客空间直到最近几年的微博世界以及一些民主"异议"分子、青年人猎奇下的通过特殊手段的网络"翻墙术",还有大量的各个电子媒介空间的社会性、民生性、消费性、娱乐性等爆炸性新闻的对主流的"CCTV话语"的补充与丰富。这都让任何一个普通人看到了一个巨大地理空间上每天所发生的那么多的惊天事实和"非虚构"文本。正是媒介和"电子"的力量,众多在以前不可能被沉默的大多数所知晓的各种社会现象终于能够每天及时性地传递和互动。可以想见,是一般意义上的诗歌和文学似乎已经难以与读图读屏时代的电子化力量相抗衡。更为可怕的还在于从写作伦理学的角度被视为人类良知的作家他们的认知空间、写作能力、修辞美学和想象能力已经被这个不断分层的社会事实所远远淘汰。换言之,具有预言性、真实性、针对性、超前性的诗歌写作几乎在这个不断加速度前进的全媒时代成为不可能。尤其需要注意的是更多诗人的个人化的想象力已经远远跟不上瞬息万变的各种"惊天动地"的关涉社会日常生活和"小人物"的个人事件和冲突。那么,当诗歌已经无力对社会事实和更为繁复的精神事实与想象空间作出合理和及时有效的呼应和回应的话,诗人就不能不遭遇到尴尬的地步。或者简而言之,"诗歌"如何能与"新闻"和媒体相抗衡或者发生特殊的合作关系?据此,我们可以发现上个世纪五六十年代西方的"非虚构写作"和"新新闻主义"无论是从写作者的身份到写作方向的调整都与记者、"新闻"工作等有着非常密切的关系。换言之文学与"新闻"之间的"紧张"或"互动"关系从那时候即已开始。当"新闻"都出现了松动与变化,文学的命运自然大同小异。实际上,新闻并非是完全客观的,而是因为各种社会力量和主体的介入呈现出被塑造的特征。而在社会分层愈益明显、社会现象和民生问题愈益显豁的语境下,网络、博客以及微博等迅捷自媒介和"新闻体"效应对诗歌写作、诗歌刊物和诗歌接受都构成了某种挑战。而这种挑战也不能不影响到对传统意义上诗歌的诸多重新认识甚至反拨,从而也随之出现一系列变化、变体、跨界和调整的过程。或者这是否一个诗歌遭遇更多的挑战和"文学性"高度扩散甚至消弭的年代?由此,我们是否该重新思考传统意义上的"诗歌"和诗人以及阅读、世界之间的关系?与此同时我们是否该重新反思我们对"诗歌"的理解是否足够宽阔?目前的诗人是否仍然在一定程度上坚持着精英知识分子的惯性"幻觉"与那喀索斯一样的自我迷恋?而多年来"圆滑""圆润""令人舒服"的缺乏真实感、摩擦感和疼痛感甚至原生粗糙感的文学趣味是如何形成的?网络不可能改变中国诗歌发展的基本格局,网络只是作为一种新媒介的方式使得诗歌写作、发表和传播变得愈益快捷。这使得任何人都能够发挥自己的话语权力。但是网络也使得众多更为年轻的诗歌习作者空前缩短了诗歌写作的"黑暗期"和"沉淀期",他们对诗歌的敬畏心理正在空前淡化。当然并不是说诗歌写作有多么神圣,但是显然诗歌的精英化和知识分子传统正在遭受到挑战。与此同时,网络也使得快餐化、一次性的诗歌写作和诗歌批评泛滥。随着新媒体(网络用户2011年已突破5亿)尤其是手机(用户3亿)、博客、微博等自媒体的出现,诗歌生态确实在一定程度上发生了相应的变化。但是值得注意和反思的是有些研究者和诗人就此为网络喝彩并声称什么网络诗歌引领了诗歌的复兴显然是片面夸大了网络的作用,显然也是哗众取宠的无稽之谈。

而由现场的无能和无力我想到的不能不是那些已经逝去的岁月和那些坚挺的精神躯干。

我曾一次又一次想到了马尔科姆·考利和他为同代人和自己所撰写的影响深远的《流放者归来——二十年代文学流浪生涯》。而考利所做的正是为自己一代人的流浪生活和文学历史所刻写的带有真切现场感和原生态性质的历史见证。对于当代中国而言,这是一个并不轻松的急速、冒险和流浪的时代。我曾经看到一代又一代的人在流放以及"归来"之后的私人会客厅、广场、公园和大街上为精神和写作的自由付出了不无巨大甚至惨痛的代价,甚至时至今日其中的一些文化精英仍然在异域流放和精神流放中坚持用"母语"写作。这让我想起了1989年之后旅居荷兰阿姆斯特丹的多多。尽管他在2004年已经回到了北京,但是精神的流放和"乡愁"却并为此而改变。11月寒冷的阿姆斯特丹的河流,流经的是一个"异乡人"的无边落寞和孤寂。诗人就如一个缓缓爬行的蜗牛,其上是巨大而沉重的"祖国"以及同样被沦落的"母语"。

十一月入夜的城市

惟有阿姆斯特丹的河流

突然

我家树上的橘子

在秋风中晃动

我关上窗户,也没有用

河流倒流,也没有用

那镶满珍珠的太阳,升起来了也没有用

鸽群像铁屑散落

没有男孩子的街道突然显得空阔

秋雨过后

那爬满蜗牛的屋顶

——我的祖国

从阿姆斯特丹的河上，缓缓驶过……

尽管时过境迁，包括北京在内的中国城市和乡村都发生了如此令人不可思议的改变和动荡，但是当年的这些青年而今已步入老年的"地下"歌手们已经在诗歌和历史的殿堂里竖起了一个个巨大的音箱。一个诗歌的圣殿曾经沉落，而那些被誉为"持灯的使者"却最终照亮了一个时代夤夜的寒冷和虚无。在冰雪之路上，让我们再一次返观他们的身影和倾听他们的诗篇。

在我的记忆中，早在1983年前后我所在的冀东平原上就开始大量出现了水泥厂、钢铁厂、矿厂、砖窑长。而那些整日里大汗淋淋地挖土方、拉车运土、滑架、烧砖的"外乡"工人（大多来自张家口坝上地区以及内蒙赤峰、广西柳州等地）以及本土工人。每天的皱巴巴的少得可怜的收入却让他们笑逐颜开，因为即使这样少得可怜的收入在他们看来也是不菲的数目了。这些外乡人就住在烟熏火燎、乌烟瘴气的砖厂旁搭起简易的窝棚，在少有的工暇之余，开始寻找娱乐和轻松。青年男女们互相打闹，有的不小心就生了孩子。那些略有姿色的外乡女纷纷找个当地人家成亲、落户。我的内心时常被这样的场景所震动，当我几次站在并不高大的没有任何植物的裸露的燕山山脉的一个无名的山顶，那林立的砖厂的巨大烟囱和长年不息的炉火和浓烟以及其间蚂蚁般劳累的生命，我感到的只能是茫然和沉重。尽管我没有像这些农民工一样承受过多的艰辛，但是我20多年的乡村生活同样是沉重、悲苦的。当1972年冬天北岛把偷偷写好的《你好，百花山》给父亲看的时候遭到了父亲的不解和反对。而在2009年11月12日北京罕见的大雪中，在第二届中坤国际诗歌奖颁奖典礼上，北岛在受奖词中同样表达了对全球化语境下诗歌写作的难度与危机的忧虑，"四十年后的今天，汉语诗歌再度危机四伏。由于商业化与体制化合围的铜墙铁壁，由于全球化导致地方性差异的消失，由于新媒体所带来的新洗脑方式，汉语在解放的狂欢中耗尽能量而走向衰竭"。政治的寒流和城市的暖流仍在一同裹挟着那被迫流放以及如今自我流放的一代人，而当下的中国诗歌生态所存在问题也并不一定比当年的政治极权年代要少。

当革命的风暴远去，我们是否同时止息了灵魂的一次次飞翔。当城市包围农村的时代到来，我们是否会心存一点愧疚或者不满。当我们主动或被迫要求灵魂表态时，我们是不合时宜的"左撇子"，还是一次次充当了无能的"右手"？也许，"先锋至死"至少是个伪命题，但是我们已经看到了众多的"失败之书"。一则我们的一些写作是无效的，再有就是在一个频频转捩的时代写作和生存一定程度上也注定是"失败"的。但可以肯定，我们需要这样的"失败之书"。因为，我们都曾经在历史的雪阵中阵痛，在物欲的现实迷津中走失。

　　还是记住一个中国作家所说的——"假如作者一定要代表什么人的话，我愿意代表的或许仅仅是失败者而已。正如我时常强调的那样。文学原本就是失败者的事业。"

《诗歌月刊》2012年第12期

新世纪诗歌中的底层写作及其诗学意义

张德明

"底层写作"是新世纪文学创作中的一个突出的现象,不少学者对这一创作现象都作过精彩阐发。不过,学界对"底层写作"的阐述,主要以新世纪小说为对象,对新世纪诗歌论述得并不多。不能忽视的是,新世纪诗歌的"底层写作"也是重要的文学现象,诗人们书写底层经验、表达底层情怀,站在底层的视角上来审视社会和人生,这在新世纪诗歌创作中很普遍。对于新世纪诗歌中的底层写作,不同的学者给予了不同的表述,而不同的表述所具有的话语意味又是各有差异的。张未民用"在生存中写作"来描述这种创作现象,这个语词强调了写作者的身份特征和写作的具体情态,既指称这些诗歌作品的创作者来自底层,又说明他们的诗作是对底层生存条件和生活状态的艺术呈现,而且"充满了真正的现实主义精神美学"。[1]张清华使用的"底层生存写作"[2]表述,与张未民颇为近似,并对张未民指称的"生存"一词作了进一步的明确化。冯雷使用的是"'底层经验'写作"[3]这个描述更多指向诗歌内涵,强调此类诗歌与底层生命经验的对接,而淡化了对写作者身份的要求。长期关注打工群体诗歌写作的柳冬妩则一直使用"打工诗歌"[4]来命名,这强调了新世纪诗歌中底层写作者的社会身份。我的看法是,打工诗歌是新世纪诗歌中底层写作的重要组成部分,但不是底层写作的全部。从事底层写作的诗人既可以是行进在打工途中的草根阶层,也可以是自负盈亏的私营老板与商贩,还可以是有生活保障和经济来源的工薪阶层,甚至是衣食无忧的中产阶级,只要是关注底层生活状况、书写普通民众的生命遭遇的诗作,都可以看作底层写作。同时,底层写作的题材和内容也应是宽泛的,不一定只限于对打工生活的直观写照,而大凡对于乡村的描述、对于草根阶层心灵世界的描画、对于底层各种生命情态的状写,都可以纳入底层写作的范畴。

"而此刻,与我挤肩贴背的/是两个穿着皱巴巴西装的打工仔/袖口上的商标比衬衫上的污渍更为显眼/'龟儿子,搞了好多钱嘛？'/'鬼扯，要办个暂住证/还找不到门从哪里开'/拖泥带水的四川话，意味着命运/在粤语的门槛外徘徊"，这是杨克的诗歌《经过》中对广州城内打工仔生存境遇的一段精彩描述。或许因为所处城市在现代中国经济发展中具有特殊性，在广东作协担任要职的诗人杨克，便经常有与底层民众接触的机会，底层生活的现实场景时常会进入他的诗作之中，《天河城广场》、《人民》等都称得上底层写作的佳作。杨克代表了底层写作的一个类别：虽然衣食无忧，但本着社会良知和悲悯情怀，能用自己的作品来如实记录与书写底层生活的真相，向历史和时代不断发出真诚责问和道义寻唤。被作家魏巍称誉为"工人阶级诗人"[5]的王学忠是一个个体户，经营着一家小商铺，他的诗歌始终能贴近生活的底部进行创作，写出了社会最基础的那群民众的生存面影。在《中国民工》一诗中，王学忠写道："喝罢元宵汤/黄土地依然冰封雪冻/民工们已开始启程/先亲亲宝贝儿子/再给病榻上的母亲深鞠一躬/柴门边等候的是结婚三载的妻/一双水汪汪的眼睛里尽是情"，诗人选取了民工离别亲人远赴他乡打工的典型场景作为特写，揭示了民工依恋妻儿又不得不离开的复杂情感，其间交织着温情与辛酸的斑斓色调。在底层写作的诗人群体中，更大一部分是挣扎在第一线的打工者，如郑小琼、程鹏、张守刚、李晃、徐非、黄吉文、任明友等，他们将自我的真实遭遇提升为现代汉语的诗意表达，对活跃于现代都市的许多打工者的遭际和命运进行了艺术再现。这个群体被人们称为"打工诗人"。这个称谓从学理的角度来看或许并不完全恰当和准确，不过它意指一个特殊的写作群体是确定无疑的。

新世纪诗歌中的底层写作一般体现为三个方面的主题形态：底层生存状态的写照、乡村风情的描绘和艰辛打工生涯的直录。中国是一个发展中国家，经济和精神双重匮乏的底层仍然是这个国度里基数最大的一群人，因此，对底层生存的艰难、窘迫、疲态或者些许的温暖、闲适情状的写照，一定程度上可以折射出这个社会中绝大多数人的生存状态。江非的《老木工》这样写道："木工买回了一包钉子/一把老椅子散发出了木柴的气息/木工把它放倒在地面上/轻轻地敲打/这时的当事人/多像在敲打他自己/ /钉子钉进了椅子的侧身/钉子钉进了椅子的后背/钉子钉进了椅子的四条腿/ /年迈的老木工/边敲边发出猛烈的咳嗽声/ /原来修理一把老椅子/是如此的不容易啊/ /驼背的老木工最后/又憋着气拿锤子小心翼翼地/敲了敲那些腿上的膝关节/一把老椅子/它的筋骨已被时光耗尽/它的光泽已被尸斑埋深/被人敲打的过程中/这个老家伙发出了/木柴烧水时那种扑扑的声音"，诗歌选取了"老木工"修理一把老椅子的事件进行艺术描画，从一个独特的角度对底层劳作的艰辛作了细致的展示。

农村是底层生命的发育地和栖居地，对乡村风情的描绘也就自然构成了底层写作的重要内容。新世纪以来，不少诗人都将观照的视野投向了村庄和土地，将乡土之上的山光水色、风土人情加以呈现。黑马的《月光，照在归乡的路上》从别乡后归来的特定心境忆念和观望故乡，故乡的草木在月光之下流溢着别样的情感与滋味："秋风吹。我乘坐一列火车，默默回家/内心的乡愁被苦苦养大/夜之静美。露水沾湿了沉重的翅膀/赶在月圆之前，我要看看十年前的菜园/看看漆黑的粮仓/看看村后，一节节的芦苇，手指摇荡/月光照着一个外省人，在默默归乡的途中/这么多年了，我是那么怕走进你"，故乡的风景在诗中出现得虽然不多，但因为思乡之心迫切，因为乡愁的强烈，那唯一出场的"一节节的芦苇，手指摇荡"的乡村物象，足以让人心旌摇颤情动不已。

在底层写作中，对艰辛的打工生活的直录成为最为普遍、最为典型的题材选择。大凡有过打工经验的诗人都会在这一领域有所作为，都能用诗歌的形式来回味那段不平凡的人生经历，如刘虹的《打工的名字》、郑小琼的《打工，一个沧桑的词》、刘大程的《南方新世纪诗歌中的底层写作及其诗学意义行吟》、张守刚的《在打工群落里生长的词》、柳冬妩的《试用》、方舟的《机器的乡愁》等。"写出打工这个词很艰难/说出来流着泪在村庄的时候/我把它当着可以让生命再次飞腾的阶梯但我抵达/我把它读作陷进当着伤残的食指/高烧的感冒药或者苦咖啡"（郑小琼《打工，一个沧桑的词》），"在南方，我感到青春、生命怎样被磨损/疲惫、疼痛、厌倦、孤独，时常像海水一样把我侵袭"（刘大程《南方行吟》），"从一个城市/搬到另一个城市/总是住最简陋的工棚/吃最便宜的大锅饭/生就一双粗壮的茧手/却握不住养家急需的大面额钞票"（冷慰怀《民工》）。从这些诗句中，我们能清楚地看到底层民众在打工生涯中的各种艰难苦痛，从而在内心产生强烈的共鸣和悲悯。

新世纪诗歌中的底层写作都有明确的价值取向，主要表现在三个方面。第一，对弱者的同情。由于底层民众生活的艰难困苦，物质上和精神上的双重匮缺，所以当他们成为诗人聚焦的目标和表达的对象时，必将激起诗人心中的悲天悯人之情。许多诗人在描摹作为弱势群体的底层民众时，都在诗行中流溢出对这个群体的怜惜与同情。王夫刚在《我大爷家的牛死了》中这样写道："我父亲的大哥，我的大爷/他的牛死了，他的脸/更暗了，脸上的皱纹/更深了，但他必须站起来/支撑着另一个老人的/天空。他们共同承受一头牛的/希望，和希望的破灭/也许抱怨过命运，但不会/敷衍生活"，牛是庄户人从事农事活动极为重要的帮手，少了它，农民的劳动将会更加繁重与艰辛，因此，牛在农村人心目中占有着重要地位，失去牛就意味着失去了生活的某个重要支柱。诗人怀着悲悯之情来述写农民失去耕牛的情状，同时又揭示了底层民众隐忍苦难、接受失望的命运。

第二，对社会不公的揭露与抨击。在一首诗里，雷平阳以叙述的方式来呈现底层民众的生活侧面："还有一回，我到一个工地采访/看见几个建筑工人，在30

层高的楼顶上/脱光了衣服,赤裸裸地,站着,烤太阳/从他们的裆部看过去,三角形的昆明/冬天了,仍然热气腾腾,一点也不荒凉"(《昆明的阳光》),在这段叙述之后,雷平阳深有感触地接续道:"把这么多阳光集中在一个地方/这正好说明,有些地方很少有阳光",如果说"阳光"隐喻着某种社会保障、某种生活优越性的话,那么最后这两句诗正好说明,不是每个人在现实生活中都平均享用了"太阳",这个世界还存在着许多不公正的地方。在底层写作的诗歌中,诸如老板的欺诈与盘剥、打工者付出与获取的不对等、建筑工人为城市建起了无数高楼大厦而自己只能寄身于低矮的陋室等社会不公的状况都被诗人一一加以写照,而诗人的不满情绪与抨击声音也随着这些描写而发泄出来。

  第三,对乡土的热爱和缅怀。相对于打工路途的寒冷与艰辛,故乡在底层民众的眼中始终充满温情并散发着暖洋洋的气息。新世纪诗歌中的底层写作,不少着眼于渲染人们对乡土的热爱与缅怀,试图通过想象和虚构而美化和拔高故乡图景来驱散胸中积郁的乡愁,稀释打工生活的繁重和苦辛,抚慰疲倦的身体和受伤的心灵,如白连春的《灯》、李明亮的《凌晨两点的故乡》、谢湘南的《母亲》等。由于直面现实,贴近时代,生动曝光底层平民的生活真相,底层写作的诗歌一般都具有强烈的现场感和真实性,语言朴素自然,同时渗透着诗人强烈的爱憎情感。

  底层写作在新世纪诗歌中的显露,势头强劲,其诗学意义是异常突出的。在我看来,新世纪诗歌中底层写作的繁兴,不仅意味着现实主义诗歌精神在当下的复归,也意味着当代诗人对左翼文学传统的有意识的继承。1980年代中后期之后,随着诗界对"纯诗"的积极倡导,新诗开始逐步删减对于现实的聆听、录取和表达的美学成分,诗歌某种程度上成为一些人逃离社会现场、龟缩于自我狭小天地的避风港。到了1990年代,随着"个人化写作"命题的提出和一些诗人的响应,中国新诗的审美趣味就定格在书写个人心灵踪迹和内在隐秘这一条线路上,现实主义的诗歌价值取向随之受到了冷落甚至否定,诗歌与时代、社会的距离越拉越远,各种梦呓般的、私语化的作品走马灯似的在中国诗歌领地轮番上演。在这样的语境下,有鲜明的现实主义倾向的底层写作一直不入诗界法眼,正如张未民所说:"我们的文学和文坛,这些年来不能不说对他们有很大的忽略,有时更以一种纯文学、高审美的眼光拒绝了他们。"⑥新世纪以来,随着文化语境的改变和社会空气的更新,底层生存日显艰难,加上底层声音在公共话语中的稀缺,使得这个群体日益受到人们重视,底层写作也由从前被压抑的情势而渐渐走入历史的前台。诗歌需要扎入时代的肌肤,诗歌需要感受社会脉搏的调动,这些观念在近年来逐渐成为人们的共识,这也给底层诗歌的写作带来了转机。新世纪诗歌中的底层写作是"泪水多于欢笑的文字",它们"像珍珠一样放射出生活的光芒,成为这个时代弥足珍贵的精神财富",⑦这些诗歌中蕴藏的关心底层与民间疾苦、呼吁道德良知复归的现实主义精神，以一种富于理想性的光芒照耀着人们心田，给人带来深峻的道德感召和巨大的心灵震撼。可以说，新世纪诗歌中底层写作日益凸显，意味着现实主义诗歌精神在当下的强势复归，这对强化诗歌与当代社会、与普通民众的密切联系来说，无疑功莫大焉。与此同时，新世纪诗歌的底层写作，也表征着当代诗歌对左翼文学传统的有力继承和张扬。从1920年代开始，左翼文学就成为中国新文学的一支，在新文学的交响曲中演绎着自己的声部，显示出独具特色的审美品质。不管是1930年代、1940年代，还是1950年代、1960年代，左翼文学都以其对社会现实的直接观照和理性介入、对高远理想的尽情讴歌和坚定守护，产生了强烈的社会反响，无论是思想性还是文学性都是不容低估的。新世纪诗歌中的底层写作正是左翼文学在新的历史时代借助诗歌这种形式重新出场。这一写作倾向在新世纪文学中的日益明显，不仅让人感受到左翼文学在新的历史时期所具有的不可取代的地位和独特的美学魅力，还将引发学界对左翼文学艺术价值的重新估衡与评价。

注释

① ⑥ 张未民《生存性转化为精神性——关于打工诗歌的思考》，《文学报》2005年6月2日。
② 张清华《"底层生存写作"与我们时代的写作伦理》，《文艺争鸣》2005年第3期。
③ 冯雷《从诗歌的本体追求看"底层经验"写作》，《南方文坛》2006年第5期。
④ 柳冬妩《从乡村到城市的精神胎记——中国"打工诗歌"研究》，花城出版社2006年版。
⑤ 魏巍《一个工人阶级诗人的崛起》，吴投文、钱志富主编《王学忠诗歌现象批评集》第407-410页，北京艺术与科学电子出版社2006年版。
⑦ 许强、罗德远、陈忠村《打工诗歌：星星之火可以燎原》，《2008年打工诗歌精选》第2页，珠海出版社，2007年版。（作者系湛江师范学院南方诗歌研究中心主任、北京师范大学文学院博士后）

《文艺理论与批评》2011年第5期

第二辑 新诗精神反思

语言、心境、价值坐标及其他——新世纪以来中国诗歌现状散议

沈 奇

如何看待新世纪以来中国诗歌的语言表达方式

当代诗歌之主流"语言表达方式"有无问题？问题何在？确实是考察新世纪以来中国诗歌现状一个应该首要面对的命题——因为这一命题已成为新世纪以来中国诗歌现状中，乃至回顾整个新诗近百年的发展历程中，最为核心和关键的命题。

大家都知道诗歌是语言的艺术，但所有的文学都是语言的艺术，那么体现在诗歌写作中的语言艺术与体现在其他文学样式中的语言艺术，到底有何本质性的区别与差异，却一直缺乏明确的理论认知和典律性的写作依据，结果只有"无限可能的分行"，和"移步换形"式的"唯新是问"，成为新诗与其他文学样式唯一可辨识的文体边界。

到了新世纪这十余年，连这样的"边界"也更为模糊，以"叙事"和"口语"为主潮的诗歌"语言表达方式"，既极大地扩展了当代诗歌对现代社会与现代人生命体验、生活体验和生存体验的容纳性和可写性，也极大地稀释了诗歌文体的美学自性与语言特性。

追索此中根源，关键是当代诗人过于信任和一味依赖现代汉语，拿来就用，从语感到内容指向，皆只活在当下，局限于所谓"时代精神"和"时代语境"中。仅由语言层面而言，新诗其实是一个伟大而粗糙的发明。当代汉语诗歌在未来的路程中，到底还能走多远，拓展开多大的格局，很大程度上将取决于是否能自觉地把新诗"移洋开新"的写作机制与话语机制，置于汉语源远流长的历史传统的源头活水之中，并予以有机的融会与再造。

新世纪以来中国诗歌的美学变化主要体现在哪些方面

当代诗歌在创作数量上的极大繁荣，已造成诗歌版图的空前扩

张，很难相信有哪些个人的阅读（从诗人到诗评人）能真正全面把握新世纪以来中国诗歌的美学变化。仅以我自己的有限阅读而言，"叙述性"语式的滥觞和"叙事性"结构的加强，乃至无所不在、无孔不入，大概可算是"主要体现"的方面。

"叙事"原本是小说与散文等非诗文体的主要话语方式，被现代诗写作借用来后，不但盘活了语感，有更多能力来表现现代人动态的、情节化的、复杂多变的思想、情感和心理，同时也有效扩展与丰富了现代诗的表现域度，"胃口好"、"消化强"、"吃嘛嘛香"。这样的"盘活"与"扩展"，具体于文本"操作"，则基本依赖两个关键性的美学元素：一是"剧性"，二是"反讽"；前者又可视为"小说企图"，后者按俗人的理解，近于"正话反说"。问题的关键在于，这两个"元素"都是"借来之物"，一旦剔出还回，诗中还剩下什么？——而这个"剩下"的、不可被替代和剥离的部分，也许才可能是、也应该是诗歌美学的真正存在之所。

如此也才好理解，古典诗歌其实也大都在"叙事"，但何以不失其诗美，因依赖的是"叙事"之外的东西。同时也才可明白，何以曾经繁盛一时的"叙事诗"与"散文诗"近年多销声匿迹，原来都借分行之身而"与时共进"了！当代汉语诗歌愈来愈"散文化"的根源，大概正由此而生。

对此，在很难回答"这样写有何不可？有什么不好？"这样的诘难外，如何直面当代诗歌"叙事美学"之滥觞后的正负双重价值性，才是我们真正要认真思考的问题之关键。仅仅因为所叙之事的差异性及活跃性，而掩盖其"叙事性"语式与语感的同质化，实在是当下诗歌理论与批评及创作实践中，一再忽略了的一个大问题。

当代诗歌创作如何应对网络时代

西人王尔德有言：在艺术中一切都重要，除了题材。或许可以就此戏仿一句：在诗歌创作中一切都不重要，除了心境。

这"心境"，说起来好像是"虚"的，但落实于具体的文学艺术创作，却是实实在在的一种存在。"勿听之以耳，而听之以心；勿听之以心，而听之以气。气也者，虚而待物者也。唯道集虚，虚者，心斋也。"（庄子）古今美学，皆讲"文以气为主"，正在于此。

说这段闲话的原意在于想表明：当代诗歌创作本不存在什么如何应对网络时代的问题，那只是一个作品展示（发表）方式的不同而已，或许也多少会因"介质"的改变而改变写作心理机制，但只要心态调整好了，也无所谓网络不网络、应对不应对。

这里不妨举证"新科"诺贝尔文学奖得主、瑞典诗人特朗斯特罗姆为例,从阅读其文本到神交其人本,那一种气定神闲的语境与心境,有如"深海的微笑"(这是我2009年8月在斯德哥尔摩老先生家中拜望时为之震撼的直觉感受之意象化"命名"!)而感人至深——而这样的"微笑",大概置于哪个时代哪种境遇中都不会改变的。

当然,如果你非得视网络为"快车道",为一点我称之为"虚构的荣誉"或宣泄性、娱乐化的"自我抚摸",而"狗撵兔子"式地"赶场子",写得快,展示得也快,以写过再写来填补一次性消费式的看过就忘,那可就真的要考虑"如何应对"的了。而如此"应对"下去,也就难免舍"心境"而求"心劲",最终成为彻底被网络化了的"类的平均数",再也找不到自己,找不到真正意义上的诗的存在。

说到底,古今诗人或艺术家,本是最自由、最洒脱、最为纯正可爱的一群人,而今争先恐后地变身为"时人""潮人",离"道"就"势",舍本求末,将自在本真的创作变为"展示秀"或"网络秀",充满了功利的张望而妄念多多,难得返璞归真。这里的关键是"自性"的丧失——包括人本的主体自性和文本的艺术自性。不仅是网络时代,我们可能还要面临更多被新的"介质"所改变的新的时代,如何避免"介质本质化",才是未来的诗人和艺术家,需要时时提醒自己的问题的关键。

当代诗人及其创作如何实现在社会发展中的价值

诗人与社会的关系,有如诗歌与时代的关系,一直是个越理越乱的老话题。由此或可以说,什么时候我们不再提及、最好也不再想起这样的话题,什么时候才可能真正回归到诗歌本体和诗学本体之发展与研究的常态。

作为语言历险与思想历险的诗歌写作,就其发生学而言,在任何时代语境及任何社会结构中,都是一种个人化的"偶在性"发生机制。这种发生机制决定了既不可能预设其价值的实现,也不可能如物质生产一样,为其价值的质与量以及怎样的价值"下订单"。在此,社会扮演的只是"等待"而不是"协调"的角色,有如我们无法决定或调解自然风景的变化与降临一样。

反过来,从接受美学来说,当代诗歌在社会发展中的价值作用,倒真的还有些问题可讨论。当代中国社会转型,"集体的人"转为"个人的人",文学之社会性的"启蒙"与"疗救"以及"宣传教育"的效用随之减弱,而如何作用于"个人教养"的问题,则上升为第一义的要旨。

具体到诗歌,所谓"诗教",到底是重"言志"(所谓"直言取道""直击人心"），还是重"洗心"和"养心"，大概也是该重新考虑的时候了。打个不恰当的比喻：百年新诗走到今天，真的早已不是什么"缺钙"的问题，而是缺乏如何将"钙"转化为加固"骨"的"胶原蛋白"的问题。长期以来，我们过于看重诗歌的思想与精神作用，疏于其作为一种语言艺术之美而润化人心的作用。包括近三十多年来，作为"深度链条"而作用于当代诗歌发展的先锋诗歌，其原驱动力，也多以来自对存在之真实的探寻与追索，并确实达成了这样的目的，由此彻底改变了当代汉语诗歌的精神立场和思想气质，但这本质上也大多只是社会学意义上的进步，而非完全意义上的美学的进步。且这样的"直言取道"，似乎也并没有对世道人心的根本改变有多少实际性的补益，反留出巨大的"曲意洗心"之审美空间于古典诗歌的润化。

因此，时至今日，我们应该郑重其事地对新诗的美学价值体系给出一个重新的认定：在一贯强调的社会价值、思想价值、精神价值等审美价值之外，再加上"语言价值"的要求——我想，如果一定要确认一个诗人（无论是那个时代的诗人）和他的诗歌创作，如何实现在社会发展中的价值的话，那么此一"语言价值"的要求大概应该是首要的。

新世纪以来中国诗歌与国际诗歌交流日趋频繁，如何进一步借鉴国外诗艺、体现民族性与世界性，以更好地与国际接轨

有如"弱国无外交"一样，新世纪以来中外诗歌交流渐趋繁盛，自当理解为当代中国汉语诗歌的整体成就，已足以与国际诗坛展开平等对话。

只是如此判断需要厘清两个逻辑前提：其一，被视为"国际"的那个诗歌水准，是否还是我们一直以来"高山仰止"而要去"接"的那个"轨"？其二，"徒弟"熬成"师傅"后，以怎样的心态去与"老师傅"对话，才是真正意义上的平等对话？这是前提，接下来的问题是：这样的对话和交流，对本土汉语诗歌写作的提升是否有实质性的作用，还是仅仅拓展了一个走向世界的展示平台？

而最终的尴尬在于，绝大多数当代中国汉语诗人是不"通"外语的，且恐怕也"通"不了多少古典汉语。一方面，引进西方文法语法改造后的现代汉语，本身已造成一次"母语性"降解（尤其是汉语诗性的降解），再通过这样的语言去翻译、去取"外国师傅"的"经"，复造成又一次衰减，如此"拿来"的"经"到底是怎样的，恐怕很难说清楚。另一方面，多数外语、文言"两不通"的当代中国诗人，也大多都不加思考地将这种"二度衰减"后的现代汉语当做"看家本事"，拿来就用，如此写下的作品，是否能真正说出我们自己的现代感，同时也足以释解我们

内在的文化乡愁,实在是难以乐观评价的问题。

问题的关键在于:尽管从理论批评到创作实践,我们一直以来都在强调"两源潜沉",实际的情况却总是倾心于西方诗质一源,而疏略了古典汉语诗质一源,好像现代汉语下的中国新诗写作,就只能从翻译诗歌那里去查"坐标"、找"进步"。如此"衰减"了再"衰减",谈何"民族性"与"世界性"?以及怎样的、以什么为价值坐标的"民族性"与"世界性"?恐怕到了也顶多能争得个"世界文学"之诗歌的"平均值"——说到底,新诗一直是喝"翻译诗歌"的奶长大的,又一直在被西风东渐了的"现代汉语"家门里打转转,从根上就决定了难以"青出于蓝而胜于蓝"。

语言是存在的家,在全球一体化的今天,何为"汉语的"存在之家?我认为,必须是要包含并确认了"汉字和汉语诗性"这个"家神"的存在,才足以真正安妥我们的诗心、诗情及文化之魂。而这个"家神",自现代汉语以来,尤其在当代诗歌写作中,实在已经与我们疏远太久了。

中国作为一个物质文明日趋发达的诗歌大国应该怎样促进自己的诗歌建设

这一考察命题实在有些大而无当且逻辑关系不清,须得先把几个概念理顺了再说。

首先,"诗歌建设"一词就不成立:"诗歌"怎么建设?无论作为个体的诗歌写作,还是作为整体的诗歌生态,都只能是一个自然孕育和生成的过程,无法去规划建设的,有如我们无法规划与建设鸟的飞翔样式或花的开放姿态——连这样的比喻都显露出,把不相干的词扯到一块有多别扭!

其次,"诗歌大国"的自命依据何在?是指诗歌人口之大,还是指诗歌产出量之大?是指诗歌创作层面的提高之大,还是指诗歌阅读层面的普及之大?——实则至少近世以来,中国一直有一个以"量"为上的价值取向之"优良传统",影响到无论在哪个领域和哪个层面,都难以真正看清自己和世界。不可否认,当代中国诗歌的繁荣之盛,确实是前所未有的,其形成的因素也是多方面而不易单向度论定的。不过若稍稍调整一下价值坐标体系,以"质"代"量"观之,大概就不好轻易言"大"了。

最后,"诗歌大国"与"物质文明日趋发达"有何必然联系?记得马克思有一个说法:人类的物质财富增长与精神财富增长并不是一个成正比的关系。实际上,在现代科学逻辑和现代资本逻辑的双重"绑架"下,整个现代人类文明都面临着这样一个"非正比"的挑战,何况中国?何况诗歌?——置于这样的大视野中回看当代汉语诗歌,真的既不可虚妄,也不必彷徨,写诗爱诗的人,只管守着自己的那份热情和爱心就是。

理顺了以上三点,好像也就没必要再就题论题地说什么了。

2012-7-14 改定于西安大雁塔印若居

(沈奇,西安财经学院文艺系教授)

《南方文坛》2012年第6期

新世纪诗坛印象：诗歌精神与当代言说

陈 超

新世纪以来，随着全球化和市场化的纵深展开，中国文化也经历着新的震荡。与那些惊呼"文学死了"的悲观论者不同，我看到，虽然文学的社会影响力在日益缩小，但文学自身的质地却未必真的走低。许多中国诗人、作家的心智和技艺，在进一步地成熟与丰富，使中国文学发生了某些变化。这些变化可以从不同角度叙述，限于此次诗会的议题和这篇介绍性文字的篇幅，我侧重谈一下在我眼里近年来中国现代诗的外部和内部生长态势，也会约略涉及其他文体的状况。

一

先从外部诗歌环境谈起。众所周知，新世纪以来，受到拜金大潮和消费主义通俗文化的冲击，中国诗歌已经失去了20世纪八九十年代的辉煌。这恐怕也不只是中国现象，对此我们无能为力，不再多议。我想说的是，如果我们单就诗歌的"硬件"展示场域的条件看，其实比以前还有所改善。

比如就诗歌的载体而言，就有着很大改善。首先是随着网络的普及，仅2005年，中国就出现了百余家诗歌网站，在我印象中，质量较好的有不下五十家。而据统计，至今年，诗歌网站已超过一千家。这是诗歌生态方面的一件大事。诗歌网站具有的那种难以想象的高速传播性、超强的时效性、无限增容性、阅读的便捷性，如此等等的确令人瞠目结舌。它们不但扩大了诗歌的影响力，而且吸引了众多青年人参与到现代诗的欣赏和创作中来。除网络外，纸媒诗歌的载体也在大幅度增加容量，无论是体制内还是民间，各种类型的纸质诗歌刊物层出不穷，数量比以前呈数十倍增长。而且几乎每份体制内的诗歌刊物，都增加了"下半月刊"。中国当代诗歌就发表场地的开阔性而言，应该是处于历史上最好的时期。

从现代诗理论批评刊物看，除去20世纪仅有的诗歌理论批评刊物《诗探索》外，新世纪以来，专门的诗歌理论和批评刊物也在日益增多。很多高校成立了"诗歌研究院、所"，且大都有自己的理论刊物。不少高校的学报和文学理论刊物还长期辟有"中国现代诗研究"之类的专栏。高校现代诗学方向硕士生、博士生的扩招，集中培养出了为数可观的专业研究人才；而近年来某些著名诗人进入高校担任诗歌写作和诗学研究教职，或许会更有效地培养创作与批评的双重人才。另外，新世纪以来中国的诗歌活动也很热闹，无论体制内还是民间，各种频繁举办的诗歌创作研讨会、诗歌节、朗诵会、诗歌之旅、青春诗会，还有诸多不同类型、各怀意向的诗歌评奖、排行榜、十大诗人评选等等，令人眼花缭乱。

令人印象深刻，值得特别指出的还有近年来那些来自民间的对诗歌创作和研究的巨额基金投放。这些捐资者往往本身就是诗人，他们在经济上成功以后，慷慨无私地支援诗歌，他们不计代价，没有功利目的，只求有实效地给诗歌的发展带来巨大助益。

现在中国诗坛，不同的年龄段都有活跃的诗人，可谓四世同堂。朦胧诗人、第三代诗人中的某些代表人物，依然活跃在创作的现场，而60年代中后期和70年代出生的一些诗人，他们的经验、思想和技艺日益丰富、成熟，已成为目下最显豁、最有活力的部分。或许是悠久诗歌传统的精神血缘，我看到，即使是在"尚利"、"尚力"的今天，依然有很多有诗歌才能的青年诗人，把诗歌作为生命中最重要的部分之一，他们具有恒久的投身诗歌创造的自我信义承诺，有着专业化的雄心壮志。他们是诗歌的生力军，也是希望所在。

二

就诗歌创作内部生态而言，新世纪的中国诗坛，呈现出多元共生，多音齐鸣的态势。过去能够支撑我和其他理论批评同行的，对诗歌场域作出描述的基本框架，在今天已经变换，至少是在很大程度上松弛了。比如，如果再用先锋/常态，诗歌审美自主性/意识形态规训，民间/官方，精神产品/艺术消费，口语/隐喻，学院派/反学院……如此等等的二元对抗性的结构逻辑，已无法容纳今天复杂的诗歌现实。如果我们对诗坛的描述，仍然长久地依赖于这种已趋消失的二元抗辩结构，将无助于对当代诗歌发展作出可信的认知，我们会被自身独断论式的价值预设和评价系统所"体制化"。

因此，要对中国诗坛作出全面或"整体性"的描述，肯定是不现实的。以下所谈，更多是我个人对近年诗歌"有效写作"部分的大致印象，并不包括更大量的我以为的尚属"习作"的部分。我以为，虽然诗坛杂语喧哗，各类诗人具体的写作方式不同，但就有效写作部分的精神背景而言，他们或许还是有约略的相似之处。

首先，从写者姿态上看，新世纪以来中国当代诗歌发生了明显的变化。其特点是：各种创造力形态的诗人们，不约而同地淡化甚至放弃了对形形色色的所谓"绝对本质"、"终极家园"、"超验的神性"的追寻。这种淡化虽从90年代中期已经开始，但至今才真正成为诗坛常态。诗人们普遍不再认为自己的心灵和语言，可以真实地反映"终极真理"、"整体"、"绝对本质"、"至高的神性"，诗歌话语不必要、也不可能符合所谓先验或终极的"真理""基础"。那种先验设定的超时间、超历史的终极关怀框架失效了，个人置身其中的具体的历史语境和生存细节，成为新的出发点。许多重要诗人改变了想象力的向度和质地，将以往充斥诗坛的非历史化的"圣词想象力"、"美文想象力"，和单维平面化展开叙述的"日常生活诗"，发展为"个体生命的历史想象力"。

告别"终极圣言"式写作，并不意味着诗人放弃对诗歌精神的追寻。恰恰相反，如何在真切的个人生活和具体历史语境的真实性之间达成同步展示，如何提取在细节的、匿名的个人经验中所隐藏着的历史品质，正是一些中国诗人试图解决的问题。正是这种自觉，使当下中国现代诗歌在文学话语与历史话语，个人化的形式技艺、思想起源和宽大的生存关怀、文化关怀之间，建立了一种深入的彼此激活的能动关系。

许多诗人尝试着扩大当代言说的包容力，体现在：由单纯的抒情性转入了对当代复杂的深层经验的揭示；由居高临下的精英独白式的"启蒙"，变为平等亲切的对话、沟通、磋商；由"独与天地精神相往还"，转为对世俗生命的涵容和吟述；由对语言幻象境界的生成性展示，转为对现实"场景"的精敏的寓言化处理；由单向度的审美"升华"转入怀疑、反讽乃至滑稽模仿。还有一些成熟的诗人，尝试着有力地融会处理被既往的狭隘理念看作是"非诗"的材料，"非诗"的体裁，其诗歌语型，也由单纯的隐喻或口语，发展为各种不同语型的异质扭结。

中国诗人们在重新考虑如何使我们的诗能在公共空间和个人生活空间自由地穿逐。过去，我们的诗歌过度强调社会性、历史性，最后压垮了个人空间，这肯定不好。但后来又出现了一味自恋于"私人化"叙述的大趋势，这同样减缩了诗歌的能量，使诗歌没有了视野，没有文化创造力，甚至还影响到它的语言想象力、摩擦力、推进力的强度。

所以，近年来，诗人批评家们在谈所谓"个人化历史想象力"，就是想消解这个二元对立，综合处理个人和时代生存的关系。他们不是提倡宏观、笼统地处理时代生存，而是希望能紧紧抓住个人生活观感的某些瞬间（包括断裂之点）闪进历史，以一个小吟述点，自然而然（化若无痕）地拎出更博大的生存情境。其实，个人经验应该不是封闭的、现成的、自明的东西，我们读了不少诗，诗人们都想标榜"个我"，但我们会明显感到他们这个"我"，写来写去还是类型化的平均数，鸡零狗碎却雷同的"私人化"，一种由不同个人所表达的"集体欲望"的陈词滥调，这很讽刺。我们承认现实不可在语言中"还原"，但这并不等于诗人要自我剥夺诗歌应有的"现实感"。有效的诗歌，体现在对个体经验纹理的剖露中，表现出一种在偶然的、细节的、叙述性段落，和某种整体的、有机的、历史性引申之间构成的双重视野。所谓举重若轻，是深思熟虑之轻，不是轻浅、轻佻之轻。

对诗歌而言，所谓"公共空间"绝不应是以前灌输的远离我们的大而无当的概念，而是我们个人就在其中。诗人们浸入了个人生活叙述，但这并没有回避历史语境。可以这样说，他们也成功地写出了历史的真实，却是通过个人视野去描叙在"历史褶皱"中，那些为人们所忽视的细密的琐事轶闻来实现的。如何在所谓"个人话语"和"公共话语"间找到平衡，使诗同时饱含着具体历史语境和个体经验的张力，构筑宽大而又具体真切的视野，对中国现代诗人还是一个考验，我们正在自觉思考，在努力实践。

三

90年代中期以降，中国诗人为摆脱将诗歌变为"幻美"的遣兴，寻求诗歌真正触及现实生存和生命的活力，而把诗歌写得比较"具体"了。这种创作理念已形成一条持续的"动力系统"，到现在依然在发生作用。不仅表现在那些亲乎情、切于事的诗中，即使是诸多智性诗，个人情感经验的抒情诗，另类式的锋利的解构诗，等等诗歌类型，也已很少笼统的抒情，和无限度的想象力漫溢，而是寻求一种更具体真切的表意。

我们在大量的诗里，看到了程度不同的"事实性成分"、"本真的具体细节"，它们不是抒情的蒸气，而像是固体，无法稀释、消解，让人看得见，摸得着，可以沁入心灵。有些诗是对"本事"的提炼、揭示，有些则是虚构的带有熔点性的寓言化生存情境。许多能够直指人心的诗歌，都是经由诗人们纤敏、尖利而几乎无所顾忌的诗的眼睛发现提炼出来的，它们本身就含有货真价实的诗歌难度和趣味。"难度"，不在表面的修辞效果和"奇境"式的想象力，而在面对具体生存细节时，诗人既精确又陡峭的表现角度，和精心锤炼语言却又能表现出的"随兴"般的亲切、自由风度。

但是，具体化不等于丧失诗歌的魔力。诗人们的策略或许是"用具体超越具体"。诗人们认识到，诗歌源于个体生命的经验，经验具有一定的叙述成分，它是具体的。但是，仅仅意识到具体还是不够使唤的，没有真切的经验不行，再好的经验细节也不会自动等于艺术的诗歌。一旦进入写作，我们的心智和感官应马上醒来，审视这经验，将之置于想象力的智慧和自足的话语形式的光照之下，"用具体超越具体"，其运思图式或许是这样的：具体——抽象——"新的具体"。

　　有魅力的诗歌既需要准确，但也需要精敏的想象力；语言的箭矢在触及靶心之后，应能有进一步延伸的能力。所谓的诗性，就存在于这种高电荷的想象力的双重延伸之中。在许多诗人看来，无论什么类型的诗歌，不仅要呈于象、感于目、达于情，最好还能会于灵，这就需要诗人自我提醒，为写作中自然而然地出现的那些"陌生的投胎者"留出一定的空间。要知道，生活的力量不等同于语言的力量，语言的力量也不等同于生活的力量，好的诗歌就是要如盐溶水地发挥两者的力量，缺一不可。"用具体超越具体"，不是到达抽象，而是保留了"具体"经验的鲜润感、直接性，又进入到更有意味的"诗与思"的忻合无间的想象力状态。这里的"超越"，不再指向空洞的玄思，而是可触摸的此在生命和历史生存的感悟。出而不离，入而不合是也。

　　中国现代诗在我看来已经进入了一个"具体化"的写作时段。以"时段"名之，首先意味着它不是个别诗人的或局部性的特征，而是带有总体意向的迁徙；其次也意味着它很可能要持续一段较长的时间。中国新时期以来三十年，诗歌话语的隐喻、暗示、形而上的写作模式的能量，或许已被过度开采；诗人选择新的路径，体现了不同时代的艺术在其自身的历史演进中，所采取的不同的轮换方式。

　　我们已经看到并会继续看到"用具体超越具体"的想象力方式，在先锋诗歌中的"胜场"。它们不是单维线性地通向"升华"，也不是胶滞于具象性，而像是一个锥体的旋转。它达到的是既具有本真体验甚至是"目击感"，同时又有巨大的精神命名势能的语言想象力世界。诗人们自觉意识到，"具体"很重要，但"具体"的质地更重要。今天，我们不但要有能力回避空泛无谓的"形而上"，也要有勇气藐视那种爬行于"还原日常生活"——一种新的权势话语。

四

　　长期以来，中国现代文学最富于生气的部分，与西方现代文学的影响分不开。曾有较长时期，在不少诗人、作家意识里，西方价值就代表现代普世性价值，西方经验就是"世界性"经验，文学当然也不例外。应该承认，中国文学曾受益于这种意识，特别体现在对个体主体性的高扬，对现代性表意策略的自觉上。

但是，它带来的问题也日益明显，令人焦虑。今天，许多成熟的中国诗人、作家已自觉地意识到，一个民族的文学，不应长久处于"仿写"状态，对西方价值"标准"的急切趋奉，已经内化到了对当下文学作品的具体评价。似乎一部作品所以写得好，就是它像西方现代文学的"东方亚种"；某些情感经验和人物有"深度"，就是在精神上更接近一个西方人。诗人、作家们在追问：是否西方的理念拿来就正好诠释中国的情感经验？是否中国人一个多世纪的甘苦，西方的"药方"和话语"装载单"就真正合用？按照西方中心价值确立的想象模式，全部传统文化，是否在相当大的程度上曾被当成了一个容纳"落后"、"罪孽"、"伪善"、"压抑"、"扭曲"、"怪诞"的泥淖？似乎与它"断裂"得越彻底，就越有光明的未来？如此等等，都是我们今天在纵深追问，并试图挖掘出属于自己的答复的。当下中国诗人、作家虽反对粗陋的排外主义，但同时也在警惕着全球化带来的新一轮的"西方中心"、"白人中心"。至少那种非常西方化的文学标准，不再掌控中国当代诗歌、小说的价值解释权。

我以为，新世纪以来，中国诗人、作家们对所谓"现代性"的追寻，已经大幅度自觉摆脱了对西方现代主义文学的简单仿写，而进入对本土经验的深入体验、挖掘与想象中。我想以一个"隐喻"来说明这种变化。中国作家铁凝2006年发表了一部受到广泛好评的长篇小说《笨花》。为什么取名"笨花"？在题记中，铁凝说："笨花、洋花都是棉花。笨花产本土，洋花由域外传来。有个村子叫笨花……"这个书名意味深长，作为隐喻，它恰当地暗示了本土的精神内蕴和东方艺术的劲道，让人产生许多联想共鸣。"笨花"，无疑是一个后设的对举名词，它相对于"洋花"而出现，笨花的隐喻是被后者"催生"出来的。当"洋花"在清咸丰十年（1860）传到中国来的时候，正值鸦片战争时期。可以说伴随着西方对中国的侵入，文化歧视、文化涂擦、文化制导也同步开始了，中国面临着一种全新的与西方"他者"相伴而生、与"他者"共舞的存在境况。笨花人不排斥种"洋花"，但也不能忘记种"笨花"，"遗弃笨花，就像忘了自己的祖宗"。可见，作为文化隐喻，"笨"字就是一种对文化精神存在之根的坚守、奋争。

对民族精神、对民族文化、对民族审美性格的坚守，是当下中国不少诗歌、小说所体现出的基本格调之一。这里的"笨"，绝不是沉滞和鲁钝，而是现代性经由传统文化所吸收转化后，带来的言说有根的沉实与厚重。"花"者，也不是仿写意义上的现代修辞炫技，而是人的生命和精神因生发于黄土地，带来的鲜润生机感。

置身于当下具体历史语境中的敏感的读者，在大量诗歌、小说里，感到这些"语言之花"与我们的生命、存在是融为一体的。从这些作品中能强烈地感到诗人、作家们对本真的中国经验、中国形象，对民族文化价值观、民族道德谱系、民间日常生活的深刻理解和"疼爱"般的深情。许多中国诗人、作家（无疑包括今天在座的中国诗人），其作品的语境都自觉或不期然中关涉到了"全球化"与"现代性"问题，阅读他们的作品，我时常会感到诗人、作家们在中外文化碰撞和对话的写作语境中，所完成的对自己所属的"中国情感经验"、中国话语场域的深入辨认和挖掘，对扎根于本土的人民、历史、文化和文学谱系的自觉承继和创造性的"变构"。

  刚才说过，在文化上，我们不是盲目鼓吹民族主义，学习外国文化肯定是必要和必须的，这是前提。只不过在今天，我们面对这个问题时，还应该加入更新、更复杂的视野，加入更自觉的反思、追问。这样做只会使我们已有的精神结构变得更丰富、开阔和自由。如果"全球化"一定要催促或教导诗人、作家一些什么，我认为，其中肯定应该包括更深入地追寻民族文化及审美精神之根，以实现不同文化间的"差异性对话"，以汉语特殊的劲道，写出真正有魅力的中国现代诗歌。执着于此，并不会缩小我们的精神视域，相反，正是现代意义上的鲜明的文化"地气"或本土的审美气质，才使我们的文学兼备了"世界性"的眼光和价值。

  诗歌是人的生存和生命体验，在语言中的瞬间展开。揭示生存，眷念生命，流连光景，闪耀性情，是不同时代和种族的诗人们所共同具有的基本姿势和声音。虽然诗歌中的情感内涵和修辞方式会有变动不居的特点，但说到底，撬动诗歌的阿基米德点还是有着相对的一致性。在令人迷醉的2011年亚洲诗歌节上，我们看到不同国别的诗人们，在彼此吟述着"相互补充"的生命情感体验，并邀约"地球村"中更多的人分享和同驻诗意光阴。人们永远需要这种真实而深刻的声音，充满热情和活力的声音，富于生存启示和命名力量的直抵心灵的声音，令人兴奋而迷醉的声音。在这个充满权力、战火、科技图腾、商品化、自然生态失衡的世界上，是诗，使人类的语言生活获得了弥足珍贵的深刻、澄明、自由、安慰和超越——只要人类存在，"诗意的栖居"就永无终结。我们领受了诗的赐福，被诗人们纯正的灵魂和丰盈的才智所照亮。能将自己的心灵体验和其他国家的同行进行交流，使我们感到全身心的幸福。

（陈超，河北师范大学文学院教授）
《当代作家评论》2012年第2期

如何变化，怎样提升
——论新世纪十年先锋诗坛的精神流变

刘 波

新世纪以来，中国文学，尤其是小说，在网络旋风和出版市场的带动下，呈现出多元化格局，满足了不同读者的需要。而隶属于文学的诗歌，相比于90年代的沉寂和宁静，其在新世纪的创作则更显活跃，更富生机；同时，在这活跃和富有生机的背后，诗歌自身诸多的内部困境和外在问题，也日益暴露出来。这十年，是一代诗人由青春写作向中年写作转型的十年，也是诗人们写作环境相对稳定的十年。从一种思潮，到另一种思潮，从一种经验，到另一种经验，其精神流变都融合在这十年的历程中，它们一起推动着新世纪先锋诗歌朝向更智性丰富、也更具创造性的境界迈进。

从"下半身写作"开始

"下半身写作"是一群年轻人的诗歌反叛运动，主体是70后诗人，兼及部分60后和80后诗人，它之所以没有在"第三代"诗人和部分"中间代"诗人身上发生，其原因在于新世纪环境的变化和文学观念的更新。2000年，24岁的诗人沈浩波和他的朋友们，一起创办了民刊《下半身》，这可以说是新世纪诗歌写作的一个起点与标志。他们以反叛者的姿态"闯"进诗坛，为先锋诗歌创作带来了一股活力和生机。他们之所以在后来引起争议，主要还是其出格的宣言和创作观念。比如沈浩波本人提出的"下半身写作"概念："所谓下半身写作，追求的是一种肉体的在场感。注意，甚至是肉体而不是身体，是下半身而不是整个身体。"[1]这一惊世骇俗的言论，之所以能在新世纪初的诗坛引起轩然大波，是因为它带有一种狂欢性、极端性和痛快淋漓之感，这对于整个90年代甘于沉寂的诗歌现场，的确是一次不小的精神冲击。

在"下半身写作"运动中，除了沈浩波与朵渔这两位核心人物之外，还有南人、尹丽川、巫昂、李师江和阿斐等，他们的言论和诗歌实践，同样因年轻气盛而显得生机勃勃，且富有革命性的叛逆精神。在提出"下半身写作"概念之前，这些年轻诗人在写作上大都没有充分的理性自觉，完全凭着一种唯我独尊的冒犯精神冲进场内，所以格外引人注目。他们以剑走偏锋的姿态，在创作之初就完成了奠定自身地位的奋力一跃，这是前卫意识的高涨，也是先锋精神的体现。以当年的成就来看待"下半身写作"群体，他们应该是突围的一代，是将沉闷玄奥的90年代写作从尴尬处境中解放出来的一代。尽管有人认为他们的写作观念与实践，属于哗众取宠之举，不过是为了吸引眼球。但不管怎样，他们的这些举措和观念所带来的实际效果，却早已越过了当初单纯的想法和目的，而达到了对整个诗坛的震动乃至颠覆，确实引人思考。

争议归争议，这一持续了近五年的诗歌创作潮流，在沈浩波、朵渔、尹丽川等人那里，获得了积极响应。虽然他们因气味相投而形成了一个文学小团体，但是，只要我们阅读了其新世纪以来的作品，便会发现：他们每个人的写作，都有着不同的面貌，也因此呈现出各自的独特价值。沈浩波是对"下半身写作"观念实践得最为彻底的诗人，他的《淋病将致》、《一把好乳》等有着"下半身"倾向的作品，有人为之叫好，但更多人持批判态度。而沈浩波有他自己坚守的信念，有些问题，他在反思，并试图转型；还有些东西，他则一直在坚持，比如先锋精神。他以不妥协的姿态，反抗了道德写作和知识分子写作。对身体的不遮掩、不回避，则是他这十年来一直没有放弃的理想。他从不掩饰一种内心的"恶"，情色、性和道德的无畏，都经常出现在他的诗歌中。但除此之外，沈浩波并不是没有求真意志，尤其是在诗歌介入时代上，他也拥有担当情怀。他那种对假道学的嘲讽，对无聊抒情的鄙视，在其创作中都有体现。在《文楼村纪事》等富有现实感的作品中，他以诗人的良知切入时代的脉搏，透视社会的暗处，那种野性和原始的力量，虽不乏偏执，但确实能从一定程度上照亮新世纪诗歌趋于无力和黯淡的那些角落。这不仅是诗人对"下半身"时代写作的一种平衡，他更是在创造的意义上，为自己的诗歌定下了瓷实厚重的格调。

相对于沈浩波的"彻底"与非理性来说，朵渔在写作观念和实践上，要显得更为内敛。他的深沉、节制，是出于一种修养和气质，也是其真性情的体现。对于"下半身写作"，朵渔当年的观点是："不再为'经典'而写作，而是一种充满快感的写作，一种从肉身出发，贴肉、切肤的写作，一种人性的、充满野蛮力量的写作。"②评论家谢有顺后来在《文学身体学》中，专就此谈了自己的看法，他认为对"下半身写作"持完全否定态度，会失之简单，"你只要认真读他们的宣言，便会发现，这里面有着强烈的反抗意义，也包含着很多有价值的文学主张，它既是对长期处于统治地位的反身体的文学的矫枉过正，又是对前一段时间盛行的'身体写作'中某种虚假品质的照亮。"③反抗这个词，是谢有顺对"下半身写作"群体的一个价值定位，他充分理解了这些惊世骇俗言论的本质所在。朵渔的诗歌，虽然最不像"下半身写作",但他的反抗,却是深入骨髓。对于"下半身写作"的反思,也只有朵渔更显理性:"我理解的下半身在思想上是一种冒犯,在写作上是一种冒险,在精神上是一种自由。它反对一切不自由,反对一切教条、规矩、说法、主义,它很可能还会反对它自己。"④十年之后的坚持与反思,是朵渔的写作越发深邃的表现。他懂得如何让自己立于一个高度,既不作曲高和寡的独唱,也不作迎合媚俗的讴歌,而是竭力去保持内心的高洁,以求得个人写作的尊严。

之所以将"下半身写作"纳入到新世纪诗歌写作精神流变的范畴,不仅仅是因为这一诗歌事件的重要性,更主要的,还是在于这群诗人的或隐或显的创作变化。他们在新世纪十年所走过的路,更富代表性与活力感,也最能显出中国先锋诗坛在这十年来的一种演变轨迹。"下半身写作"的概念已然成为历史,而它的影响还在继续,其历史价值不容忽视;它的现实价值则在于,诗人们各自的写作尝试,十年时间已大有不同,这是诗歌艺术多元与丰富的前提,也是文学冒险精神的根本。

知识分子写作与民间立场的衍化

如果说"下半身写作"在新世纪初的兴起,是年轻诗人为了创新而突围的话,那么在此之前的"盘峰论争",则是对90年代中国诗坛分化的一个总的清算。至此,两派立场鲜明的诗歌群体,开始在新世纪进入了各自的写作轨道,这种宁静的沉默,其实是一条隐秘转型之路。在论争当初,有人将这两派的对立解读为利益和话语权之争,而后来,则有诗人将其理解为诗歌内部的纷争,认为其利大于弊。

不管我们现在如何看待十余年前知识分子写作与民间立场写作的水火不融,以及此后两三年时间的持续对立,两派立场的代表诗人们依然在新世纪各自坚持写作,并顺着一条趋同的道路前行。在知识分子写作与民间立场写作的论争中,两派的对立,主要集中于双方的相互批判。持民间立场者指责知识分子诗人过于"端架子",有一种高高在上的姿态,热衷于制造语言迷津,将诗歌写作神秘化、玄学化,缺少日常性,让人无法产生亲近感。而知识分子诗人则指责民间诗人不庄严,没有承担精神,在重大事情上处于缺席状态,而且创作上的随意性、口语化和非诗化,让诗歌失去了真正的诗味。这是两派诗人各自所持的明确立场,他们的相互批评,现在看来,其实也正反映了各自不同的诗歌美学观。这不是雅俗的分野,也非高下的判别,而是他们对诗歌之语言和精神的理解相异,在一种多元化的氛围中所呈现的选择有别。这对于诗歌本身来说,可能当属好事。

虽然后来在网络上，民间写作内部的诗人们也因观念之争有过"内讧"，甚至不乏相互谩骂与人生攻击，但是，他们的美学趣味大致是趋同的。但知识分子写作与民间写作的衍化、合流，随着网络的开放和诗人们中年写作的临近，越来越成为一种趋势。他们之间不再像以前一样势不两立，其分界与隔阂越来越小了。"盘峰论争"之后，两派诗人并非没有反思过，他们之间的相互指责，不能说毫无道理，因为各自都抓住了对方的致命缺陷作不遗余力的批判。这种意气之争，当时看来虽缺乏风度，但事过境迁之后，我们发现，他们在写作方向上微妙的变化，无不与论争之后潜移默化的相互影响有关。

诗歌的本质是抒情，诗人的职责乃为语言创造和精神启蒙，在这一大前提下，知识分子诗人与民间立场诗人之间的分野，也就日渐缩小为诗歌内部美学趣味的相异。当他们面临共同的环境，尤其是消费社会和网络时代的来临，这些因素对他们之间减少分歧，也或多或少起到一定作用。他们各自放下姿态后，其写作还是基于直指诗歌的本质。不管是知识分子诗人，还是民间立场诗人，他们在新世纪十年的创作有一个共同的倾向，那就是向本土和传统的回归。如果说之前向西方学习，只是对技艺的模仿，那么后来转向本土和传统，或许就是境界的提升。无论是西川、肖开愚、王家新、孙文波、黄灿然，还是于坚、韩东、杨克、李亚伟、宋晓贤，包括翟永明、路也等女性诗人，在新世纪的写作，都越来越强调一种入心的、富有历史感的对话态度，这是理性回归的体现。在90年代强调叙事和形式的知识分子诗人们，新世纪以来，他们也尝试着作深度抒情，比如欧阳江河的《泰姬陵之泪》、桑克的《历史》等作品，在此转变上就显出了一种历史的回声和自觉的意识。而新世纪于坚等民间立场诗人的写作，在承接中国古典和传统文化的同时，也于日常书写中加强了审视的力度，且在不断的探索中确立了自己的精神标高。两派诗人们前期生命体验的完成，在新世纪十年作了一个阶段性的总结，以此力避空洞和晦涩的无聊书写，这正是知识分子诗人与民间立场诗人在话语风度上走向成熟的标志。

新世纪十年，两派诗人一起见证了诗歌愈来愈边缘化的态势。在相对喧嚣的网络文学面前，诗歌应该保持一种宁静和宽大的情怀，诗人也需相应地拥有一份平和与超然的心态，这是两派诗人能够逐渐消弭界限，让诗歌回到生命现场与本质的重要基点。正是在这个意义上，知识分子诗人的玄学化写作已有改观，而民间立场诗人的口水化和非诗化创作，也在他者批判和自我反思中有所收敛。

不考虑两派诗人之间的个人恩怨，仅从他们在新世纪十年对写作所持的态度和立场来看，也是对话多于对抗，相互的学习与包容，多于彼此的不屑与交锋。尤其是在新世纪十年中成长起来的力量，像一些70后与80后诗人，既不归属于知识分子写作，也不属于民间立场，他们凭借兴趣选择自己的美学口味，写作方向也更为明晰，因此，他们在促进两派诗人的合流方面，也起到了一定的沟通作用。在诗歌遭遇消费主义和功利化现实面前，两派诗人已不需要为细小的美学分野而大动干戈，如何在一种创造性书写中达到更高的精神境界，才是诗人们写作的当务之急。从这十年两派诗人的诗歌创作情况来看，他们大都跳出了分野的局限，而将以前一些模糊的创作观念明确化和清晰化了，同时，也将一种二元化的创作引向了另一种多元化的格局。

思想性写作的回归

知识分子诗人与民间立场诗人，他们之间由90年代的分化到新世纪十年的合流，其实代表了现代诗歌的一种趋同意向，即由之前过分强调技艺，到后来更为关注诗歌的思想，这是一个很重要的方向。对于讲求语言创新的诗歌来说，其思想性体现，一直以来就处于隐而不显的状态，但这并不代表诗歌的思想性不重要，这或许正是诗人提升境界的一个砝码。

在新世纪之初，"下半身写作"的兴起，网络力量的介入，各种官刊与民刊的积极参与，让先锋诗坛看似多元杂糅，热闹非凡，其实也面临着内在的危机。读者的大面积减少，诗人就是疯子和小丑的声音不绝如缕，诗歌在朝向一个票友化、即兴化的泥淖沉陷。当有些诗人沉迷于制造概念，或以隐蔽的方式作极端的语言实验，他们收获的，也无非就是诗歌的虚名；而还有些诗人，则热衷于快速成名，在网络上不断地炮制无难度和浅表化的诗歌，追求数量和点击率，有时不乏恶搞与戏谑的成分，以吸引读者；更多的诗人，则写一些既无多少技术含量，又缺乏思想价值的诗歌，少原创性，无力量感，让人从中看不到一丝亮声，也体验不到一种诗性快感和自由精神。我们读了一千首诗，也像是读了一首，千篇一律，不痛不痒，小情小调，平庸成为了一种潮流。对于这些困境，清醒的诗人们也并非意识不到，他们在如此环境下知道自己面临难题，而如何摸索到处理难题的途径，如何寻找解决困惑的突破口，对于边思考边写作的诗人来说，也是一种挑战。当越来越多的诗人意识到这些问题，就必定有清醒者站出来，为收拾这残缺的局面而自我反思、出谋划策，并身体力行。

在新世纪十年的后期，随着社会转型的加剧，其变革过程中出现了诸多问题，有担当意识的诗人们，出于敏感的天性，也出于知识分子的良知和责任，他们开始介入时代现场，去与社会的黑暗和现实的残酷作短兵相接的碰撞。此时，萨特提出的"介入的写作"，开始为诗人们所重新关注，并一度成为当下文学的价值准则。在我看来，部分诗人的写作转向，与整体大环境有关，尤其是在新世纪十年的后几年，因国人对权利的诉求，一些对社会现实不满的情绪和声音，也通过诗歌得以表现出来；诗人们在日常生活的体验中，重新获得了理性的认识。像多多、西川、于坚、韩东、蓝蓝、雷平阳、余怒、张执浩、李以亮等诗人，都将笔触伸向了时代的底部，去作社会深水区的思想探险。而在年轻诗人中，像杨典、孙磊、吕约、朵渔、宇向、沈浩波、李寒、黄礼孩、阿斐、旋覆、胡桑、郑小琼等，也开始进行自我承担。在当下语境中，他们既不可能远离时代作"远方的想象"，又无法完全在时代面前缺席。他们只能从个人主义视角，沿着时代的小道，去沿途观察，去发现和创造。毕竟，狂欢过后，乖张的面貌原形毕露，清醒的诗人们还是感知到了及物写作的重要性。因此，一些反功利的价值观又开始回到了有良知的诗人的视野中来。当很多人在现实的压力下归于乡愿和犬儒时，作为"时代的孤儿"，诗人们依然要背负沉重的担子前行，以寻找到更为坚实的地基，更富理想主义精神的公共价值观。

在新世纪十年，由体制内走向体制外的朵渔，从当初的个人美学趣味，向更高境界的承担美学靠近，直至最后介入时代内部，作发人深省的追问。他不仅是以一个知识分子的良知去对民众作深度启蒙，而且他在创作实践中，更将一种道德的伦理置于失败主义的困境中，去接受来自时代与社会的检验。从《妈妈，您别难过》到《大雾》，从《今夜，写诗是轻浮的……》到《高启武传》，朵渔在写出一批引起强烈反响的诗作后，直接提出了"诗人不应成为思想史上的失踪者"，这种观念，可能会招致很多人的不屑，但是，他仍然义无反顾在严峻的时刻道出了诗坛的真相，指出了诗人的职责。

除了介入现实之外，在新世纪，还有一些诗人沉入到对历史的解读中，这也是思想写作的重要范畴，像西川、柏桦和轩辕轼轲等诗人，都各自写出了历史的内在之美。尤其是柏桦，早在90年代，他就开始了历史写作的尝试，并在字里行间流露出了对历史的独特看法。而在新世纪，他从晚明历史中读出了江南知识分子的才情与气节，为此写出了长诗《水绘仙侣》，不仅形式新颖，而且也透出了几分灵气与生动。此后，他又尝试"史记"系列的写作，由"文革"十年往前回溯，直至辛亥革命。他的历史书写，虽然更多的还是从个人角度对历史场景进行还原，难免欠缺深度性。然而，他这种以史为鉴的诗歌策略，相比于当下绵软的自我书写来说，的确令人耳目一新，且不失厚重大气。

诗人们之所以在新世纪十年将视角对准现实与历史，作精神的透视和思想的启蒙，还是在于一些诗人将自我觉醒提到议事日程上来了。他们在思想写作上的开拓，反映出了诗人由青春写作向中年写作的转型，这是新世纪诗人们所必经的诗歌之路，也是他们充分体验诗歌艺术价值的精神契机。

十年的流变昭示出什么?

在新世纪十年,虽然也很多诗人叫嚣着介入时代,但他们的介入,可能就是在某纪念日或运动来临时,写一些应景的文字。在"非典"时期,歌颂白衣天使;在冰雪灾难来临时,赞美救灾义士;在地震之后,写抗震诗;在奥运会来临之前,写奥运诗。几乎每隔一段时间,就有一个以重大事件和活动为主题的诗歌创作热潮。这种口号式与标语式的写作,是否该称为"介入的写作"?其介入的基点又在何处?是单纯的美学想象,还是为辨别真相而有的承担?如果一个诗人总去写命题作文,那他的品味与格调,我们可想而知。对此,稍有一点诗歌常识的人,估计也会明白,这样的作品在当下文学场域中究竟占据了什么样的分量和位置,而诗歌又在这里充当了一种什么样的工具和角色。

新世纪之交,诗歌遭遇了网络,这为其带来的变化到底是什么?是诗歌变了,还是诗人在变?诗歌与网络的结合,是否能成为诗歌史上划时代的一件大事?当诗歌以网络作为载体后,与诗歌的纸质时代有何不同?对于这些问题,诗人和学者们都在思考,并试图作出判断和分析。最终,答案也是见仁见智。有人认为弊大于利,应该反对;有人认为形式虽变,但本质未改;还有人则将此理解为一种趋势,我们只能顺其自然地接受。这样一来,每个诗人的言论似乎都有他们的道理,每个学者的判断都有其合理性,然而,问题的结论一旦多元化,最后往往也就不了了之。在我看来,网络给诗歌的传播带来了便捷,活跃了诗人的心性,让其视野得到了拓展,促进了诗歌创作的丰富,这一事实,无可争议,但是,诗歌的本质并不会因为网络的介入而发生改变。应当值得我们警惕的是,网络的低门槛、随意化和开放性,也让诗歌写作呈现出了无深度、游戏性和模式化的倾向,而如何克服这些弊端,很多诗人在思考和摸索,批评家们也在提醒与告诫,其结果也非三两天可见成效。先撇开这些不谈,最重要的是,看诗人怎样在写作时不去过多考虑外在的因素,而是琢磨如何直抵诗歌内部的精神核心。

新世纪十年,诗歌似乎是一度繁荣昌盛了,诗人们搭上网络这趟车后,一时间论坛、社区和BBS上,到处可见诗人出没的影子。网刊代替了民刊,成为一时热门。而不久之后,对于钟情于纸质阅读的人来说,网刊因匮乏质感、缺少足够的吸引力而渐趋没落,装帧精美的民刊,此时又"卷土重来"。网刊和民刊于新世纪的轮回,也反映出了诗人对网络虚拟性的认同感在变化。除了民刊与网刊的轮流繁荣,还有大量公开出版的专业诗歌刊物,在新世纪也由年刊变季刊,由季刊变双月刊,由双月刊变月刊,甚至由月刊变半月刊和旬刊,在诗歌越来越边缘化的时代,却出现如此局面,这是否一种反常?这些变化给人的一个印象就是,诗歌再次繁荣了。但明事理者自有他们的清醒:诗歌刊物办得再多,诗歌发表数量再大，但创作水平没有提高，也不过是一些人的自娱自乐和虚幻的假象罢了。

纵观新世纪十年的诗坛，诗歌在取得诸多成就的同时，更多弊端也随之呈现出来。其中摆在所有诗人面前的一个重要问题，就是这十年来，诗歌的经典化遭遇了瓶颈。相比于80年代靠一首或几首诗成名者，现在有的人即便发表了几百首诗，也还有可能无人知晓。更多的好诗，都被淹没在了浩如烟海的作品里，从而失去了成为经典的机会和可能。何以会出现这种局面？其实，经典弱化的症结，最终还是因为诗人们在创作上难见精彩，就如同学者罗振亚先生所指出的，"如今诗坛最大的问题是整体感觉平淡，缺乏明显的创新气象与强劲的冲击力。"[5]在这样一种整体平淡的形势下，优秀之作，我们又从何处寻找呢？诗歌虽是少数人的事业，但脱颖而出者仍是挖掘经典的保证。这一诗坛困境，值得继续关注。

当然，除了以上提到的那些诗坛困境，还有像朦胧诗人们重拾诗笔，曾经"下海"的"第三代"诗人纷纷归来，女性诗歌与江南写作渐成气候，打工诗歌与底层写作的"仿真化"，博客成为了诗歌写作新的增长点，这些都是新世纪诗坛流变的现象。当"梨花体"和"羊羔体"在网络甚嚣尘上并被媒体不断放大后，诗人的小丑形象越发显得突出。别人在嘲笑诗人，而一些诗人也在自我取笑。这些现象都透出诗歌在这个时代的正常性与非正常性。正常性就是还有人需要诗歌，它仍然是国人最古老的表达情感的出口；而非正常性，则是诗歌在当下成了另类的代名词，无法唤起普通民众的信任和认同。当那些注重形式感和实验性的诗歌写作渐失读者时，诗歌如何向内转，往精神深处进发，最终能够被社会正常对待，这就成为当下诗人们所迫切需要解决的难题。

在这个文学已越来越模式化和体制化时代，诗人应该是焦虑的，诗歌应该是向内的，而不仅仅是一种语言暴力和人生狂欢。诗人在书写现实时，拒绝精神造假，探寻真相，作语言创新，这只是诗歌美学的一部分；而超越自我，创造更多的可能，让诗歌富有存在感和预见性，则是其美学功能的另一个重要部分。二者并行不悖，才可能是下一个十年先锋诗歌之正大一途。

注释

① 沈浩波：《下半身写作及反对上半身》，杨克主编《2000中国新诗年鉴》，广州出版社2001年版，第544页。
② 朵渔：《我现在考虑的"下半身"》，杨克主编《2000中国新诗年鉴》，广州出版社2001年版，第564页。
③ 谢有顺：《文学身体学》，载《花城》2001年第6期。
④ 朵渔：《羞耻的诗学——关于"新世纪十年诗歌"的个人回忆录》，泉子主编《诗建设》，作

家出版社2011年版，第207页。

⑤ 罗振亚：《"乱象"中的突破及其限度：21世纪诗歌观察》，载《天津社会科学》2011年第1期。

《东岳论丛》2011年第1期

第三辑 新诗年鉴研究

《中国新诗年鉴》(1998-2010)的诗学立场

陈振波

  《中国新诗年鉴》(1998-2010)从编选之初,就明确地在封面上标出"艺术上我们秉承:真正的永恒的民间立场",经过了十几年具体的选本运作,这一立场并没有发生改变。"年鉴"的诗学立场就是民间立场,这种民间立场在一开始的论述中,具有明确的针对性,随着时间的推移,逐渐完善,成为新世纪以来中国诗歌界重要的理论主张。民间立场有着深远的理论渊源,是对古代《诗经》的民间传统的扬弃,也不同于陈思和所揭示的民间,而是有着特殊的理论内涵。诗歌的民间立场是一种基本的在场,是对日常经验的体察,是一种姿态,是对独立自主和自由创造的张扬。这种民间立场反映到具体的诗歌写作,以及"年鉴"的具体编选倾向中,则表现为对个人化、日常化、口语化的重视。虽然民间立场已经在理论上建构了独特的内涵,但作为一个诗学概念,并非十全十美,而是在发展和逐步完善的过程之中。

一、民间立场提出前的民间叙述

  在中国古代文学中,《诗经》作为第一部诗歌总集,收集整理了古代包括民歌在内的大量诗歌作品,并成为中国文学发展的重要源头。尤其是"国风",抒写了普通民众对劳动的热情、对统治者剥削的反抗,更重要的是,收集了很多反映年轻人大胆恋爱,追求婚姻自由的诗歌。这些都反映了底层民众对身处其间的日常生活的关注,以及内心的渴望,并通过诗歌的形式表现出来,具有鲜明的民间色彩。因此,也可以说,《诗经》在开创中国诗歌的同时,也是民间立场最早的出场。但是,也应该注意到,这种民间性并不是自足而独立的。即使在创作之初,民间诗歌并没有遭受太多意识形态的干扰,而是通过口头相传的形式一代代流传,但是到变成具体文本而保存和流传的时候，便不得不经过传统文人的加工和整理，这在一定程度上，这些诗歌的原生状态也会发生稍微的变异。归结原因，主要在于在中国古代社会，统治阶级和底层民众有着鲜明的分界，而话语权主要掌握在统治阶级的手中，对于民间流传的诗歌，也是在兴观群怨的功利化目的之下，以达到政治教化的目的。

虽然中国古代诗歌的民间性是相对于庙堂来说的，但这种相对性并不是截然两分，也不是二元对立的。随着时间的推移，原来的界限渐趋模糊，同是身居庙堂的人，在不同的时段也会具备民间身份，因此孟子说，穷则独善其身，达则兼济天下。这种民间和庙堂的态度，也是随着自身处境的沉浮而发生转换的。古代儒家知识分子强调入世的一面，希望在大时代之中有所作为，这就是所谓的立德立功立言以及修身齐家治国平天下的愿望，但现实并非总如人意，自身也会随着时代而起伏不定，因此范仲淹才会强调，居庙堂之高则忧其民，处江湖之远则忧其君。正是这种对庙堂和民间的区分，使得民间在某种意义上得以在具体的文本中显示出应有却不甚明朗的面目。

在中国当代文学史中，对民间立场一词强调最多的应该是陈思和，他在《民间的沉浮——从抗战到"文革"文学史的一个解释》一文中，具体阐释了民间立场所具有的独特的内涵。他所主编的《中国当代文学史教程》则是在潜在写作的整体观照之下，挖掘在意识形态控制比较薄弱的地方，作家们通过自己疏离于时代的写作，保存起来的当时具有本真意义的文学作品，这也是那个时代最具有文学价值的作品。对于民间文化的具体内涵，陈思和论述道："一、它是在国家权力控制相对薄弱的领域产生，保存了相对自由活泼的形式，能够比较真实地表达出民间社会生活的面貌和下层人民的情绪世界；虽然在权力的面前民间总是以弱势的形态出现，并且在一定限度内被迫接纳权力，并与之相互渗透，但它毕竟属于被统治阶级的'范畴'，而且有着自己独立的历史和传统。二、自由自在是它最基本的审美风格。……三、它既然拥有民间宗教、哲学、文学艺术的传统背景，用政治术语说，民主性的精华和封建性的糟粕夹杂在一起，构成了独特的藏污纳垢的形态。"[1]值得注意的是，这种民间的文化形态主要是从文学的外部来整体界定的，并没有涉及到非常具体的文学文本，也没有把民间形态上升到哲学的理论高度，因此是对中国当代文学的有力概括，却并不具备脱离历史语境的普遍通约性。另外，陈思和对民间立场的论述，主要集中在50至70年代这一段具有特殊政治文化色彩的历史时期，作家们的具体创作也具有相当的特殊性，因此他强调的是这些作品在表现形态上的潜在写作和在内涵意义上的隐形结构，这些是当代文学在特殊年代最有价值的文学，也是民间文化在可能的限度之内弥足珍贵的存在。

民间的存在是否与官方相对？是否存在一个不受意识形态束缚的自足的民

间？在民间作为一种文学史叙述进入学术界的时候，这些问题便受到相关研究者的质疑和追问。对于这些质疑，陈思和澄清道："在50-70年代的文学创作中，'民间'与官方并不是二元对立的范畴，中国从未有过脱离了国家主流意识形态的民间，没有绝对的民间。我只说过民间具有非官方的性质，也有藏污纳垢的特点。强调了作家的民间立场是为了更好地理解作品的复杂形态，解释作家的创作心理和美学风格追求"。[2]可见，作为文学史研究对象的民间，所涉及的主要还是其具体的呈现形态，即在特定时期作为不能公开发表而又真诚地反映着时代和自我的潜在写作。在具体的文学脉络中，它也共同地参与着整体的意识形态建构，而不是置身事外。这也不可能，以诗歌为例，因为"诗歌作为一种特殊的审美交往形式同时也是一种意识形态的话语实践，其话语形态则主要通过语境、主体、诗意、意象、读者和文本形式等话语构成要素及其相互关系来确定和塑造"，"中国当代诗歌话语形态从孕育到盛兴，再到衰变和被取代，受制于诗歌话语内部构成要素的实际运动状况，同时也是社会意识形态与艺术话语实践相互作用的结果。"[3]作为一种话语的文学实践，不可能脱离当时的具体语境以及文化形态而进行，在这个层面上的民间，其不得已的姿态，以及所可能得到的呈现，也是非常有限的。

作为诗歌的民间立场的提出，首先要提到《1998中国新诗年鉴》，它在封面上赫然印着"艺术上我们秉承：真正的永恒的民间立场"，给当时的诗坛注入了鲜活的阐释空间，并且引发了相关的争论。"年鉴"经过了后来十几年编选，虽然具体的内涵以及表现形态发生了深化和发展，但在封面上标示这一立场的做法始终没有改变。正是十几年的坚持，在具体的诗歌文本和理论辨析的基础上，民间立场发展成一种具有较大理论价值的诗学主张。《诗经》传统里民间，相较于官方，明显处于弱势而晦暗不明，它自身的话语权并未完全建立，在具体的保存和流传的过程中不得不依附于开明君主的接纳，因此不得不采取一种比较暧昧的应对方式，所显示出来的也是一种胶着的状态。诗歌的民间立场与之不同，它并不相对于什么，不相对于官方立场，也就是说，它们并非二元对立的关系。民间立场是一种姿态，也是一种写作的基本在场。陈思和所阐述的民间立场，是在特殊年代里的潜在存在，当时代发生改变，其民间性的理论价值也会受到削弱和消解。到了八九十年代，这种民间的潜在状态浮出水面，与对文学和现实的理想主义挂钩，变成疏离于主流意识形态之外的文学存在。诗歌的民间立场也与这种特殊的民间不同，"民间不是一种反抗姿态，民间其实是诗歌自古以来的基本在场。民间并不是"地下"的另一个说法。地下相对的是体制。民间不相对于什么，它就是诗歌基本的在场。"[4]民间立场是普遍存在的，不可规约的一个基本事实，它更多地强调的是写作者的外在姿态和内在的精神状态。如果具体考察这种诗歌的民间立场的提出，便会发现其间存在的明显的现实针对性，但不容置疑的是，它也必然关涉到它之前的民间叙述，并且由此可看出它对这些民间内涵的扬弃，并逐步形成自在自足，独具特色的诗学理论。

二、民间立场的基本内涵

《中国新诗年鉴》（1998-2010）作为一个系列的诗歌选本，它所揭示的民间立场从开始提出来的时候便遭到质疑和反对，经过了多年的编选，其理论内涵发生了内在的质变，表现形态也错综复杂，从而增加了系统论述这一立场的诗学内涵的难度。即使如此，也不是说便不能进行阐释，因为作为一个重要的诗学主张，它还是有着特定的理论内涵的。比较早地对民间立场进行论述，也产生了较大影响的应该是于坚为《1998中国新诗年鉴》所写的序言《穿越汉语的诗歌之光》，文中提到当时诗歌写作的饱受争议和压制，并总结道："诗歌的最近二十年的命运，乃是它天然的独立精神所致。杰出的诗人无不来自民间……这种独立精神就是毫不妥协地面对各种庞然大物，坚持着对写作的自由和独立、对诗歌真理和创造精神的尊重……诗歌的独立精神，并不是某种反对派精神，它的本质是拒绝依附于一切庞然大物，诗歌就是诗歌，它是独立的，自在的"。[5]文中除了对独立精神的强调之外，还指出民间作为20世纪最后二十年来优秀诗歌的保存之所，"好诗在民间，这是当代诗歌的一个不争的事实，也是汉语诗歌的一个伟大的传统。民间的意思就是一种独立的品质。民间诗歌的精神在于，它从不依附于任何庞然大物，它仅仅为诗歌本身的目的而存在。"[6]这原本是一种颇具独到见解的民间的阐释，它首先揭示出民间作为一个客观存在的场域，使得受到主流意识形态排挤的优秀诗歌得以继续存在，并成为当代诗歌最主要的成果，使得"好诗在民间"成为诗人们的一个比较普遍的共识；其次，揭示了中国诗歌界其实存在一个民间传统，这种传统不仅仅是一种共时状态下的场域，也是一种历时状态下的精神传承；再次，它也揭示了作为民间立场最主要的精神品质之一，即是独立。这些观点为后来民间立场的理论发展提供了一个基点，启发了相关理论家对民间立场的进一步完善。但是，因为在论述的过程中，于坚把民间的复杂内涵简单化了，尤其是他以二元对立思维方式，基本停留在民间立场的外在形态的论述，指责官方刊物成为废话和垃圾收容站的同时，也虚设了一个简单化的知识分子立场，认为知识分子背叛诗歌的基本精神，成为西方知识和理论的附庸，依靠庞然大物而丧失了创造力。这必然会引起相关诗人和诗评家的反对，并且引发论争，而这种论争的一个重要的后果则是知识分子对民间立场比较简单的指责。

对民间立场的反对意见从一开始就存在，这固然因为作为这一理论的主要阐发者，于坚在论述过程中的简单化倾向，同时也因为这一诗学理论本身的并不完善。无论如何，受到质疑无疑也是任何理论主张的必然命运。质疑的焦点主要集中在民间立场是否存在，及其独立性方面。其中，西渡认为"根本不可能存在什么独立的民间立场"，"所谓民间的立场，是从'知识分子写作'的个人立场的倒退。它从个人退回了群体，并从一开始就倾向于同现实媾和。"[7]杨小滨则认为，"一个最为不当的说法是，民间代表了'一种独立的品质'。事实正好相反，民间立场便是没有立场，因为民间只是一个模糊的、向度不明的文化存在，它可以依附于任何权力中心，或转化为新的权力中心。"[8]西川则认为民间并不如一般人认为的那么可靠，"因为'民间'那么容易被引诱、被鼓动、被利用，'民间'是最没有独立性的场所，民间心理就是从众心理，看热闹心理，有钱的帮个钱场没钱的帮个人场的心理，向上爬的心理"，"说到底'民间'立场并不存在。与其说有个什么'民间立场'，还不如说有个'黑社会立场'，而诗歌黑社会立场中的头一条原则就是利益均沾，所以眼下的争论表面上看是诗歌方向的斗争，其实背后是利益在驱使。"[9]唐晓渡对民间立场所可能造成的束缚保持相应的警惕，他认为，"所谓'民间立场'、'民间身份'云云，不应是对诗歌的一种限制，而应是一种解放；不应意味着一道符咒，而应意味着广泛的对话；不应被视为一件克制或扫荡异己的法器，而应被视为一根维系所有孤独的探索者的纽带。"[10]综合这些观点，可以看出他们思路的相似性，即是主要的着眼点停留在民间立场的外在形态上，并且把这种作为诗歌的精神立场的诗学主张简单化地理解为大众，或者群众效应。因为人类先天天赋和后天背景，个人教育和努力程度的不同，人与人之间的整体表现会显得良莠不齐，由此而组成的社会确实会有混乱而缺乏必要的立场的一面，但这样的民间并不是作为诗歌精神的民间立场。部分对民间立场的质疑因为概念的偷换，并没能击中民间立场本身的理论薄弱点。秦巴子指出了这种对概念的偷换："民间是诗歌大海洋也是藏污纳垢之所，但民间立场是另一回事。把民间和民间立场混为一谈，是'知识分子写作'者别有用心的一招，也是令混水摸鱼者欢天喜地的喘息之机。民间的水是被无数根棍子搅浑的，但是民间立场于诗中自见，以民间这浑水模糊或者标榜民间立场的企图是失败的。民间可以藏身，太多的庙堂之作混迹于民间，太多的庙堂诗人混迹于民间，这并不是最近的事情，民间与庙堂不仅相辅相成，而且混成，民间并不意味着民间立场，民间的大旗人人可以祭起，但是在诗中，民间立场清浊自现。"[11]这便指出了问题的关键，即是把普遍存在的大众指认为民间，并把民间立场等同于大众心态，从而走向对民间立场及其独立性的否定。这一部分出于处在盘峰论争的双方因为具体语境下的浮躁心态，对对方的理论主张没有进行系统的审视和梳理，更主要的是，民间立场作为一种诗学理论，在当时也是有待进一步完善的。

"知识分子写作"一方把民间混同于大众心态，固然是对民间立场的有意消解，但是像秦巴子那样，基于同样的思路，把民间理解为大众，进而把民间和民间立场区别开来，从而强调民间立场的清浊自现，也是一种理论上的短视。试问，皮之不存，毛将焉附？没有民间，何来民间立场？是否存在一种不需要民间的民间立场？或者，没有民间的民间立场，它是否具备必要的理论有效性和存在的价值？难道仅仅是一种想象？因此，需要对此作出进一步的澄清。诗歌的民间立场，它是在民间的基础上产生的，但这种民间并非大众，更不是大众之中的从众心理。民间，作为一个基本的存在，它应该是指狭义上的民间。从众心理缺乏必要的立场，它不是民间；黑社会心理专注于摄取权力（黑社会老大？）和利益（不法利益？），因此它们非但不是民间，反而是民间应该拒斥的方面。同样，民间不是限制，不是符咒，不是扫荡异己的法器，相反，民间意味着个人，独立，创造和对话。民间并不是某个人，或者某些人的想象，而是有着客观存在的物质基础，"民间的存在是一个基本的事实，有其确切的物质形态和精神核心。1976年以后至今，当代民间已有自己简短然而不无重要的历史。一方面是大量的民间社团、地下刊物和个人写作者的出现，一方面是独立意识和创造精神的确立和强调。物质形态完备、变化的同时，其精神核心也逐渐发育成熟。这是两个相互关联又意义不同的层面，尤其是后者，它的存在、孕育和成长确立了民间的根本意义，规定了它的本质，提高了它的质量。"[12]这就揭示了民间的实际存在，它有着内在的精神追求，也有着作为这种精神追求的物质表现，并非出于某些人的虚构和想象。在这种民间状态下共生出的民间立场则表现出独特的理论内涵：

> 民间立场就是坚持独立精神和自由创造的品质，它甚至不是以民间社团、地下刊物和民间诗歌运动为其标志的。情形倒是相反，社团流派、油印刊物和文学活动因为它才有了根本的价值，呈现出真正的活力。在特定的历史环境中，结社、自办刊物和民间串联是与体制对抗的有效形式，它要求的是独立、自由和创造的可能，抵制的是权力、奴役和"庞然大物"（于坚语）。在新的时代和历史条件下，这奴役精神和窒息创造的庞然大物不仅是由体制派生出来的权力话语，更有人们津津乐道的西方话语优势。独立精神的要旨并不是在两个或两个以上的庞然大物间进行非此即彼的选择（"弃暗投明"）。所谓的独立精神就是拒绝一切庞然大物，只要它对文学的创造本质构成威胁并试图将其降低到附属地位。[13]

这是韩东在《论民间》一文中的对民间和民间立场的正面论述，该文还对民间的历史、民间人物、民间与个人，民间与边缘和非主流、民间与"民间文学"等关系进行了有效的梳理，从而区别于一般人所谈论的民间，甚至伪民间。他认为,"真正的民间即是:一、放弃权力的场所、未明与暗哑之地。二、独立精神的子宫和自由创造的漩涡,崇尚的是天才、坚定的人格和敏感的心灵。三、为维护文学和艺术的生存,为其表达和写作的权利(非权力)所做的必要的不屈的斗争。"[14]由此可以看出,韩东所着重强调的乃是一种作为诗歌精神的民间立场,即独立精神和自由创造的品质,这对于某种依附于庞然大物的不自由的写作固然是一个警醒,同时也是对一直以来在文学的知识迷宫里徒步和炫技的诗人们的一个冰凌。在所有对民间立场的论述中,韩东的这篇文章应该是最具理论价值的,他所揭示的,无论是民间还是民间立场,都是一个基本的存在,唯有语言来照亮这些存在,它们才能被赋予意义和价值。值得反思的是,在韩东的论述中,理论重心放在强调民间立场的基本精神,而对民间的生成,除了以民间刊物为阵地的结社和串联之外,便没有过多的论述。他虽然揭示了民间和民间立场的存在,但对这两者关系和互相发生的事实却没有做理论的梳理,而且民间作为一个客观存在的场域,其间各个要素的相互关系也没有得到进一步的讨论。其实,除了在民间立场的精神推动下生成的民间之外,民间场域的形成也能有效地推动民间立场的确立,二者是处在互相生成的状态下的。只有具备了民间立场,民间才能称其为民间,同样,也只有在民间之中存在,民间立场才会有更加坚实的基础。民间立场固然是一种姿态,一种对独立品质和创造精神的张扬,同时也是一种基本的在场,一种客观存在。也可以说,民间从产生之初,除了是一个基本的事实之外,同时也是一种想象的共同体,而这种想象的共同体的持续存在则有赖于民间立场的支撑。此外,独立品质和自由创造的精神是诗歌写作,乃至一切人文学科所必须具备的条件,但是具备了这两个条件并不一定就能产生好的诗歌,因为真正的写作远比这些复杂,它关涉到的东西还有很多很多,因此民间立场并不能成为一种写作伦理上的道德优势,同时也不能成为产生好诗的充要条件。无论如何,韩东《论民间》一文触及了民间存在的关键问题,对民间立场的叙述也具有里程碑式的意义,但因了这篇文章的现实针对性,而对民间立场作为一个诗学概念所依托的其他要素有意无意的忽略,在产生洞见的同时也存在盲视,这不能不说是一个遗憾,当然这也证明了民间立场其实还是有待深化和发展的。

三、民间立场的艺术特征

20世纪末,在诗歌界内部爆发的以"知识分子写作"和"民间写作"为两大阵营之间的论争,双方部分当事人由于具体的语境而缺乏必要的耐心,并且在不同的刊物上发表的颇具个人意气的文章,让人误以为诗歌界蒙上阴霾的同时,产生的更大误解则是认为"知识分子写作"和"民间写作"是两种截然对立的写作方式而没有任何的共通之处。确实,在论争之中双方都有意无意地对对方的理论主张做过一些简单化处理,甚至不惜忽略掉一些基本的事实而刻意强调对方写作过程中出现的问题,使得整个诗坛,无论是诗学主张,还是具体的诗人,都产生了极大的分化。论争的焦点集中在诗人写作的独立性问题、对西方话语和本土资源的借鉴问题、对时代的处理问题、对90年代诗歌的命名问题,以及对各自编选的诗歌文本究竟是否反映当代诗歌的创作实绩问题等,有些问题是写作的母题,不可能一下子就能找到确切的解决方案,而相当一部分问题则是具有现实针对性的,因此,并不如某些评论家说指称的,是无谓的诗歌话语权力之争。当时间过去,一些诗人和研究者回顾这场论争的时候则要显得稍微中肯一些,"就外部文化大环境来说,它至少拓展了诗歌交流的空间,在一定程度上激活了诗歌选集的出版;就写作本身而言,论战从根子里涉及的现代汉诗的资源和语言问题,艺术向度的原创性与互文性问题,诗的感受力深度与思想深度问题等等,绝不是无谓的'场域'之争。"[15]"这次论争并不是没有提出有价值的话题。比如,诗人的身份,诗与现实、与当代生活的关系,汉语写作与全球化语境,语言和写作行为的权力特征,文学经典和文化传统……扩大来看,论争也隐含着知识分子在90年代分化现象的'症候'。"[16]当然也不得不承认,诗坛的分化已然成为一个不争的事实,这一方面出于当时的诗歌趣味和人事纷扰的原因,长远地看,这同时也是任何文学写作的必然趋势。文学本质性地要求相应的独立性,坚持自己所认为的写作方向,对别人有所借鉴有所扬弃,因而会使诗坛显得错综复杂,但相关的理论脉络还是有迹可循的。盘峰论争作为世纪末中国诗坛最大的诗歌事件之一,在暴露了诗歌界内部矛盾分化的同时,并非没有取得共识。其中的一些观点在民间立场一方表现得比较激烈,但细究知识分子写作一方的观念主张,其实还是持肯定态度的。通过盘峰论争,民间立场的诗学观念得到了进一步的审视和确认,同时,在这种精神指向下的诗歌作品,也表现出颇具诗学意味的艺术特征,即写作主体的个人化,选材取景的日常化和语言形式的口语化等。当然,也有一部分诗人试图把这些诗学特征本质化,同时也试图以此作为评价诗歌好坏的标准,这一方面反映出诗歌界对秩序与责任的探寻,另一方面也反映了诗歌的本质主义其实还是影响了相当一部分研究者的理论视野。

在中国古代诗歌传统中,诗人的自我形象往往并不是纯粹的自我,它还关涉到其他更多的社会和文化因素。这一方面是缘于诗歌的政治功用目的,另一方面也是长期以来诗歌形式发展的一个必然结果。中国古代文学一直都在试图寻找文与道的沟通,文以明道、文以载道成为文学的最高要求,因此诗歌写作的重心并不是突出自我，而是突出道。这种道究竟是天道，人道，还是帝王之道，这当然会因人而异，但最终的结果是对人的自我形象的遮蔽。中国古代诗歌之中一个比较重要而独特的艺术手法则是重在意象和意境的创造，借景抒情，以至达到情和景圆融无碍的境界，这几乎成为古代诗歌的一个评价标准，在这种传统下，诗人的自我形象无论如何都会蒙上其他的一些外在杂质，而并不是纯粹的自我。到了新中国成立之初，诗人的纯粹自我形象则几乎是遭到了覆灭性的打击，诗歌写作的主体开始泛化成大我的形象，诗歌写作所抒发的也不是一己之情，而是大众之情，因此可以理解在那个特殊时期之中，"我们"作为一种主体形象而得到的极致的张扬，但也应该注意到这种大我形象其实是相当虚假而显得可疑的，因此遭到朦胧诗人的反对，但朦胧诗毕竟还是受到类似逻辑的影响。真正对这种虚假的大我形象给予致命一击的是第三代诗歌，在第三代诗人那里，"写作成为个人的语言史，而不是时代的风云史。个人写作是从语言的自觉开始的，第三代诗歌通过语言在50年代以来第一次建立了真正的个人写作。"[17]第三代诗歌以一种矫枉过正的激进态度，使诗歌的主体回到了一种不那么拔高，也不那么虚假的状态之中，同时也是对诗歌写作基本伦理的回归，它要求诗人最起码的真诚，因为最大的恶并非恶本身，而是伪善。虚伪的主体不仅是对时代的背离，同时也给之后的文学写作带来消极影响。"与'90年代诗歌'概念的提出者在处理八九十年代诗歌关系上强调'断裂'相反，'民间'一脉强调的是历史的连续性。"[18]民间立场在诗歌理路上强调与第三代诗歌的承续性关系，在写作主体方面表现出明显的个人化倾向。这种个人化一方面拒斥了外界赋予的过多的政治、文化、历史色彩，从而更加关注一个人作为肉体存在的基本事实，及其与精神的维系；另一方面，诗歌的主体也在有意识地拒斥部分诗人所建构的西方话语优势及其体系所虚拟的庞然大物；此外，在主体姿态上，民间写作显示出谦卑与平和，意识到人之为人所与生俱来的孤独感和无力感，对人性之中隐秘的部分给予更多的关注，以此返回一种更加真实的人生，从而获致一种更加真实的存在感。

与写作主体的个人化相应的是选材取景的日常化，这首先因为随着学科分化日益细致，知识分子角色发生转换，身处其间的诗人更加深刻地意识到自己作为一个平凡人的存在，个人身份并不比周围的人群占有更大的道德优势，他所接触的现实也只能是一般人所必须处理的庸常生活，传统的士大夫形象已然是明日黄花。此外，从现实中取材的诗歌表现出更加强烈的在场意识，只有深入其间才能更加深刻地理解个人存在的意义和价值。"诗歌要想恢复读者的信任，首先要恢复的就是与每一个细节、每一个真实的'我'的人性关系，也只有从细节和人性中生长出来的美，才是有活力的诗性之美。"[19]致力于捕捉生活的细节，诗歌才会表现得更加真实，同时，"真实的诗歌，是为了让我们更好地到达生活的边界与核心，而不是远离它，因为只有存在中的生活才是诗歌力量的源泉。"[20]在此，诗歌与现实几乎是一个同构的概念，主体的个人化以及世俗化，使得诗歌的写作越来越注重于对日常经验的发掘，或者说，唯有在鲜活的日常现实面前，诗人才能获得更加真实的存在经验和意义意识。日常生活在一般形态上显得琐屑、平面、缺乏必要的深度，甚至显得无聊，受此影响的诗歌写作在某种程度上也显示出碎片化、平面化的倾向。

　　八九十年代以来诗歌写作的一个重要突破，则是对口语的重新发现，而民间立场的诗歌写作则对此作了进一步确证。"口语写作实际上复苏的是以普通话为中心的当代汉语的与传统相联结的世俗方向，它软化了由于过于强调意识形态和形而上学思维而变得坚硬好斗和越来越不适于表现日常人生的现时性、当下性、庸常、柔软、具体、琐屑的现代汉语，恢复了汉语与事物和常识的关系。"[21]口语写作给当代诗歌注入了新鲜的活跃元素，使诗歌更能真切地表达日常生活，因此显得更加真实。可以说，民间立场的诗歌写作所显示出来的艺术特征是三位一体的同构概念，个人化促使诗人更加关注现实生活，写作因此也在更大程度上显示出日常化，而这种日常化与口语化处在同一的过程之中，三者彼此连结，共同构成民间立场的艺术魅力。虽然这只是民间立场写作比较明显的艺术特征，但诗人的写作往往显得更具个人特色，同是民间立场的诗人之间所显示出的差异性或许会远远大于同一性，因此这些艺术特征也只是就大体诗歌风貌而言，并不能囊括所有民间立场诗人的写作。此外，如果这些艺术特征被拔高到本体论的高度，并对当下的写作构成某种程度的规约，这不能不说是另一种话语霸权，同样需要更多的反拨，才能维护诗歌的多元化发展。此外，随着写作的逐渐深入，以及传播媒介在其间所施加的影响，一些艺术主张也逐渐走向泛滥而显得毫无节制。极度的个人化使得作品缺乏必要的普适性，极度的日常化则会流于片面而缺乏必要的深度，此外，口语化的泛滥则会显得粗鄙而缺乏艺术性。当时间过去多年，重新回首臧棣的论述，无疑会引起更多的思考："无视大地固然是不对的；但是仅仅'返回大地'也是不够的。诗歌，就它对细节的兴趣而言，可以是地理学；但是更为普遍地，就它和人类的能力的关系而言，诗歌是形象的人类学，是语言的宇宙学：它包含大地，也接纳天空，甚至更远的地方。"[22]这是对过分日常化和口语化所导致的削平深度模式的警惕，应该说来还是有其独特的意义的。但无论如何，民间写作毕竟给当代诗歌的发展提供了另一维度的参考，同时也以具体的作品增加了当代诗歌的艺术含量，这也是应该予以肯定的。

　　总之，《中国新诗年鉴》（1998-2010）所秉承的诗学立场在对之前的民间叙述的具体内涵进行扬弃的基础上，重构诗学主张，形成独具特色的民间立场。这种作为诗学理论的民间立场着重强调独立的品质和创造的精神，并以此确立着民间的存在，民间和民间立场是同在、互生而不可割裂的。在诗歌形态上，民间立场写作表现出明显的个人化、日常化和口语化等艺术特征。整体而言，民间立场作为一种诗学理论，是中国当代诗歌史上不容忽视的诗学结晶。

[参考文献]

[1] 陈思和主编. 中国当代文学史教程[M]. 上海：复旦大学出版社. 2009年版. 第12-13页.

[2] 陈思和主编. 中国当代文学史教程[M]. 上海：复旦大学出版社. 2009年版. 第444页.

[3] 李志元. 当代诗歌话语形态研究[M]. 北京：人民文学出版社. 2011年版. 第22-23页.

[4] 于坚. 当代诗歌的民间传统//杨克主编. 2000中国新诗年鉴[M]. 广州：广州出版社. 2001年版. 第7页.

[5] 于坚. 穿越汉语的诗歌之光//杨克主编. 1998中国新诗年鉴[M]. 广州：花城出版社. 1999年版. 第2页.

[6] 于坚. 穿越汉语的诗歌之光//杨克主编. 1998中国新诗年鉴[M]. 广州：花城出版社. 1999年版. 第9页.

[7] 西渡. 写作的权利//王家新孙文波编. 中国诗歌九十年代备忘录[C]. 北京：人民文学出版社. 2000年版. 第25-26页.

[8] 杨小滨. 一边秋后算账，一边暗送秋波//王家新孙文波编. 中国诗歌九十年代备忘录[C]. 北京：人民文学出版社. 2000年版. 第71-72页.

[9] 西川. 思考比谩骂更重要//王家新孙文波编. 中国诗歌九十年代备忘录[C]. 北京：人民文学出版社. 2000年版. 第83-84页.

[10] 唐晓渡. 致谢友顺君的公开信//王家新孙文波编. 中国诗歌九十年代备忘录[C]. 北京：人民文学出版社. 2000年版. 第80页.

[11] 秦巴子. 我的诗歌关键词//杨克主编. 2000中国新诗年鉴[M]. 广州：广州出版社. 2001年版. 第521页.

[12] 韩东. 论民间//杨克主编. 1999中国新诗年鉴[M]. 广州：广州出版社. 2000年版. 第464页.

[13] 韩东. 论民间//杨克主编. 1999中国新诗年鉴[M]. 广州：广州出版社. 2000年版. 第465页.

[14] 韩东. 论民间//杨克主编. 1999中国新诗年鉴[M]. 广州：广州出版社. 2000年版. 第478页.

[15] 杨克. 《中国新诗年鉴》99工作手记//杨克主编. 1999中国新诗年鉴[M]. 广州：广州出版社. 2000年版. 第652页.

[16] 洪子诚、刘登翰. 中国当代新诗史[M]. 北京：北京大学出版社. 2010年版. 第344页.

[17] 于坚. 穿越汉语的诗歌之光//杨克主编. 1998中国新诗年鉴[M]. 广州：花城出版社. 1999年版. 第4页.

[18] 洪子诚、刘登翰. 中国当代新诗史[M]. 北京：北京大学出版社. 2010年版. 第342页.

[19] 谢有顺. 诗歌与什么相关//杨克主编. 1998中国新诗年鉴[M]. 广州：花城出版社. 1999年版. 第400页.

[20] 谢有顺. 内在的诗歌真相//杨克主编. 1999中国新诗年鉴[M]. 广州：广州出版社. 2000年版. 第529页.

[21] 于坚. 诗歌之舌的硬与软//杨克主编. 1998中国新诗年鉴[M]. 广州: 花城出版社. 1999年版. 第463页.

[22] 臧棣. 诗歌: 作为一种特殊的知识//王家新孙文波编. 中国诗歌九十年代备忘录[C]. 北京: 人民文学出版社. 2000年版. 第45页.

《中国新诗年鉴》的运作及其影响

罗执廷

[摘要]《1998中国新诗年鉴》的编选出版引发了一场"民间立场"和"知识分子写作"的诗歌大论争,并且十余年来《中国新诗年鉴》系列选本以其强有力的运作介入诗歌发展现场,发挥着不小的影响力:1999年以后的诗歌发展潮流和诗坛格局,蓬勃兴旺的诗选活动,甚至许多诗学命题或论争,很大程度上都是《年鉴》系列所引发的。对《年鉴》这套选本的个案研究,将有助于我们认清文选活动作为一种文学生产机制,在当代文学发展中可能的作用和影响力。

[关键词]《中国新诗年鉴》;文选运作;诗歌潮流;诗学论争

中国历来就有非常强大的文选传统,各种文学选本层出不穷,汗牛充栋,它们在文化传承、文学运作(文学思潮与运动、文学批评)等方面居功至伟。因此中国自古就很重视选本的研究,围绕着《文选》就产生了一门"文选学",还有"桐城选学"等等。而在中国现当代文学史上选本也是一个非常重要的现象,尤其是"新时期"以来的中国文坛,出现了年选、年鉴、文选期刊(如《小说月报》、《小说选刊》)等各种即时性的当代文学创作选本,它们身处文学现场,及时介入文学发展过程之中,成为文学运作的一种重要方式。这其中,杨克主编的《中国新诗年鉴》系列就是非常重要的一个具有代表性的选本。

1999年初,由杨克主编的《1998中国新诗年鉴》(以下或简称《年鉴》)甫一推出就引发轩然大波,它以鲜明的"民间立场"和对"知识分子写作"的抨击,引发了一场"自朦胧诗争论以后""中国诗坛关于诗歌发展方向的最大一次争论"。[1]此后十余年间,《年鉴》持续按年推出,以其强有力的运作介入诗歌发展现场,发挥着不小的影响力。如今回顾与总结,我们不难发现《年鉴》对于1999年以后的诗歌发展潮流和诗坛格局,对于此后方兴未艾的诗选运作,甚至对于许多诗学命题或论争都发生着强有力的影响。而研究这种影响也将有助于我们认清文选活动在当代诗歌发展中的作用和贡献。

一、《年鉴》与1999年以后的诗歌潮流和诗坛格局

1998年初，由程光炜编选的诗歌选本《岁月的遗照》出版。这个选本在总结90年代诗歌时带有明显的偏向性，在大力推举"知识分子写作"的同时，对于坚、韩东、伊沙这样的90年代重要诗人作了淡化处理。作为对这种偏向的反拨，杨克、于坚、韩东等人策划并编选了《1998中国新诗年鉴》（花城出版社1999年2月版）。这本《年鉴》对《岁月的遗照》所代表的"知识分子写作"趣味大加抨击，并鲜明地亮出了自己的"民间立场"，提出了"好诗在民间"的论点。《年鉴》推出后开展了签名售书、研讨会等一系列宣传推广活动，其编委于坚、谢有顺等继续在全国有影响的媒体上宣传《年鉴》的立场，抨击"知识分子写作"。在1999年4月于北京召开的"世纪之交：中国诗歌创作态势与理论建设研讨会"（简称"盘峰诗会"）上，西川、王家新、欧阳江河、臧棣等"知识分子写作"诗人与于坚、韩东、伊沙、徐江等"民间"派在会议上爆发了面对面的争吵与交锋，史称"盘峰论剑"。

盘峰论剑后，"知识分子写作"和"民间立场"两方的对立和论争继续发展。从1999年到2001年，双方相继在一些重要文学刊物发生笔战，同时也加紧经营自己的阵地，推出诗合集、选本等诗歌出版物，并大力培养后备力量。"知识分子"一方除了以孙文波、臧棣等人编选的几辑《中国诗歌评论》为阵地推介自己一方的诗人与诗作外，还由程光炜、肖茗主编了《时间的钻石之歌——中国新锐诗人诗选》，由西渡、郭骅编选了《先锋诗歌档案》等选本，着力推出胡续冬、姜涛等年轻诗人以壮大"知识分子"阵营。"民间"一方，杨克等人继续操作《1999中国新诗年鉴》，杨黎和何小竹编选了《1999中国诗年选》，符马活也编选了《诗江湖：先锋诗歌档案》，与"知识分子"派针锋相对，为"民间"派壮大声势。

可以说，《1998中国新诗年鉴》及其运作作为导火索，引发了"知识分子写作"和"民间立场"的大论争。这场搅动整个诗歌界的大论争，影响颇为深远，诗歌界普遍认为它"给新世纪诗歌注入了无法廓清的活力"，[2]"引发了新一轮的诗歌写作与出版热……推动了新世纪诗歌多元化局面的形成"。[3]诗评家荣光启甚至不吝赞词地称："《1998中国新诗年鉴》的出版，'诗坛一夜之间失去了平静'，一场旷日持久的关于'民间立场'与'知识分子写作'的明争暗战从此在中国诗坛展开……'论争'本身，它开启了一个诗歌走向'自由'和多元的时代，一个各类诗歌选本极为繁盛的时代，这个情形，夸张一点，类似于现代物理学上说大爆炸带来宇宙的生成。"[4]（P209）

论争的直接后果是由此形成了"知识分子写作"和"民间立场"两派的长期分边和对峙，导致此后很长一段时间内诗坛分化发展的格局。诗评家张清华就发现"盘峰论争"所包含着的美学分化的后果："2001年的诗歌写作格局是由1999年的'盘峰诗会'之后形成的格局的一个延伸。"[5]人们日益看到："'论争'作为历史事件虽已远去，但诗人们在意识深处对诗歌本体认识的分野和一种早已存在的简单的写作方式却在继续强化、影响广泛。"[4]十余年来，这种分边与对立导致"知识分子"一方发展出胡续冬、姜涛等70后"学院派"诗歌传人，"民间"一方则有沈浩波及"下半身诗歌"等后继者，并催生出了众多的诗歌民刊、社团和网络诗歌群体。

"知识分子"与"民间"两派并峙诗坛也刺激了其他势力的崛起，形成了新世纪诗坛诸侯林立的热闹景观。一些不愿"归顺""民间"或"知识分子"这两大阵营的诗人联合起来，组成了"第三条道路"派，试图分庭抗礼。一些受到冷落的60年代生诗人则试图在"第四代"或"中间代"等名目下集结起来，形成声势。更年轻的一代诗人则不甘心生活在"民间"与"知识分子"的阴影下，急切地亮出"70后"的招牌，试图在诸侯争霸的诗坛发出自己的声音。所以，《年鉴》所挑起的论争，"导致产生了分化和'圈子'，但也打破了原来的一些圈子与秩序，特别是给一群更年轻的诗人提供了崭露头角的机会。"[5]这方面，"70后"、"80后"诗人群的出现就是一个例证。"70后"的代表诗人沈浩波就指出："可以说，盘峰论争真正成就了'70后'。"[6]

《年鉴》不仅以其挑起的论争和导致的诗坛分化格局在刺激新诗人群体的涌现，而且以其选本的编选实践和示范效应，"对其后'70后'诗歌一代的冒出、网络诗歌的兴起与兴旺起到了刺激与促进作用。"[7]《年鉴》一开始就把重心放在推出诗歌新人上面，其第一卷（"新人卷"）一直是年鉴的主要特色和品牌。如《1999中国新诗年鉴》在第一卷"年度推荐"中推出吕约、沈浩波、李红旗、朵渔、巫昂、盛兴、李建春、颜峻、世宾等8位"70后"，每人选诗3—5首。这一举措"使'70后'的整体轮廓初步清晰起来"，[6]而且对日后活跃在诗坛的"70后"诗人起到了非常重要的激励作用。《2000中国新诗年鉴》在第一卷"年度诗人"中推出了尹丽川、杨邪、朱剑等"70后"诗人和阿斐这位"80后"诗人。《2001中国新诗年鉴》的"年度推荐"推出了很多日后在诗坛产生影响的重要诗人，如宇向、宋烈毅、庞余亮、汗漫、沈娟蕾、轩辕轼轲等。《2002—2003中国新诗年鉴》的第一卷"年度推荐"中，除了曹五木、盛可以等"70后"，还有溜溜、水晶珠链、许琳琳、莫小邪、春树、巫水琴丝等多位"80后"诗人；这本年鉴的附录中还用较大的篇幅推出了"e时代：'80后'诗人诗选"专辑。而《2004—2005中国新诗年鉴》中，"80"后诗人阿斐一跃成为年度执行主编，在"年度潜力诗人"卷中推出了六位"80后"诗人：郑小琼、木桦、冷眼、丁成、弥赛亚、小抄。《年鉴》上述推举新人的大胆举措引发积极响应，众多诗歌选本和诗歌批评及时跟进，使得大批年轻诗人受到关注，得以脱颖而出。

《年鉴》也刺激了民间诗歌刊物的勃兴，并促成了正统诗歌传媒的转变，从而在一定程度上改变了新诗的传播格局。在《1998中国新诗年鉴》的"代序"中，于坚对民间诗刊大加赞赏对官方诗歌刊物则大加抨击，认为："二十年来，杰出的诗人无不出自民间刊物。另一方面，读者从公开刊物中获得的关于诗歌的印象是，它已成了一个必须抛弃的废话和垃圾的收容站。……（民间刊物）前赴后继，成为我们时代真正的文学标志。"于坚的这番褒贬对当时的诗歌民刊与正规诗歌刊物无疑都产生了强烈触动。在《年鉴》"好诗在民间"口号的影响之下，诗坛又兴起了一股民刊热，《诗歌与人》等民刊，"诗生活"、"诗江湖"等诗歌网站或论坛集中出现，与正规诗歌刊物分庭抗礼，甚至一度风头盖过后者。而《年鉴》的民间立场与推举新人显然也对正规诗歌刊物的办刊产生了显著的影响，《诗刊》、《星星》等原本保守、正统的诗歌刊物也开始大量从民刊上选稿，也开始注重推出诗歌新人。"为了加强对诗坛新人的培养和扶植"，《诗刊》还从2002年起改版创办了下半月刊，下半月刊"以青年诗坛为主"，"推出中国诗坛新人，介绍重要诗歌社团"。[8] 2002年5月，《星星》诗刊由月刊改为半月刊，上半月刊保持原有风格不变，以刊发中国诗歌现场主流诗人诗歌作品为主；下半月刊以梳理、引导和规范网络诗歌为目的，以纸版形式介入和选发国内诗歌网络站点的优秀诗歌作品。

二、《年鉴》与1999年后的诗选活动热

《1998中国新诗年鉴》无疑是成功的，它发行销售了近两万册，"这对于90年代末低迷的诗歌图书市场来说，的确是一个极富刺激性的事件。"[9]而且，《年鉴》的出版及其引发的论争，使得诗歌一时间成为人们议论的话题，带来了同类诗歌图书的热销。"正是经由这次争论，多人的读诗热情被挑旺，各类的诗选也以过去难以想象的数量热销读书界。"[10]

《年鉴》的运作，引发整个诗界对诗选运作的关注与重视，带动了大批诗歌选本的操作，形成了经久不息的诗歌选本热。2000年时诗人伊沙就明确指出："中国诗坛两年来的'年选热'（包括更大范围的'选本热'）起自杨克主编的《1998中国新诗年鉴》（花城版）。"[11]（P317）因为"盘峰论争"导致的诗坛喧闹，"嗅觉灵敏的策划家和出版商也看到了诗歌行当'人气'的骤增所带来的市场前景，所以也纷纷推出了各种诗歌选本，仅是关于'90年代诗选'就已经有了几

个选本,甚至在几种'70后诗人诗选'之类的选本问世后,还跟着出现了'60年代'、'50年代'诗人的诗选。除了当代诗人作品的出版比往常更加看好以外,连现代的诗人也似乎跟着沾了光。"[5]如果不是夸大的话,可以说,由于《年鉴》的带动作用,"诗年选的出版渐渐发展成了小小的'产业'"。[12]诗歌年选的热销也催生了诗歌类的选刊的出现。2000年初,河北的《诗神》杂志由原创型诗歌刊物改版为《诗选刊》,试图在诗选热潮中分一杯羹。《诗选刊》在办刊运作上也多方借鉴《年鉴》的思路,诸如民间立场、推举新人等,使得这份选刊十余年来越办越红火。更重要的是,《年鉴》在引发诗选热的同时还有助于促进诗选运作的多样化,《年鉴》以其"民间立场"的鲜明性和灵活的编选方式,刺激了各种各具特色的诗歌年选本的出现,其结果是"出现了标准完全不同的风格鲜明的诗歌选本","中国诗歌提供给读者的选本丰富了,好看了。"[13]

《年鉴》不仅带动了形形色色的诗歌年选的生产,更是以其确立的编选模式、体例和理念,对其他选本产生着直接或间接的影响。《年鉴》系列所形成的"年度推荐诗人"、"年度优秀诗选"、"诗论"、"年度诗歌大事记"这些栏目、版块为许多同类选本所效仿。比如符马活主编的《诗江湖·2001网络诗歌年选》在选本编排体例上也设置"年度新诗人推荐"、"年度实力诗人展示"等版块,且将"年度新诗人推荐"放在卷首位置。罗晖主编的《中国诗歌选》也是一个"准"年鉴风格的选本,它宣称坚持"民间立场",希望诗歌来自生活,回到生活中去。这个选本共分6卷:第一卷为特别推荐卷,推荐年轻诗人;第二卷为作品选;第三卷为长诗卷;第四卷为海外卷;第五卷为诗词卷;第六卷为理论卷。这种体例几乎就是照搬《年鉴》。又如小鱼儿等人主编的《中国网络诗歌年鉴2007-2009》在体例上也是四大版块:一、推荐诗人,二、年度网络优秀诗选,三、网络诗论,四、年度大事记。近年来风头正健的《诗选刊》杂志在栏目设置上也有"青年诗人"、"民间精神"、"诗理论"等栏目,从中明显可看出《年鉴》的影响。

《年鉴》最突出的一个特色就是重视对诗歌新人的发掘,"每年都把最醒目的位置给予新的一代",主编杨克认为:"长期以来,最能体现诗歌正在发生的革命性变化的新人如果没有某种渊源,却很难被收进格局偏于固定狭窄的诗歌选本。"为此,《年鉴》在体例编排上将第一卷设立为新人卷,加以突出,"企盼通过这种努力使该卷成为年鉴的主要特色之一和品牌,以吸引年轻人源源不断参与竞争"。[14]由于持之以恒的努力,《年鉴》系列确实推举出了一大批颇有实力的青年诗人,如黄金明、宇向、郑小琼等,以至《年鉴》的主编杨克敢于自豪地宣称:"我敢说……没有一个选本推出过如此众多杰出的诗歌新秀。"[12]《年鉴》这种突出新人的做法产生了明显的示范作用。比如由《诗刊》图书编辑中心编选的《中国诗选·春之风》、《中国诗选·水仙卷》等选本就将第一部分设置为"特别推荐"卷,专门推举新人。宗仁发自2001年起编选诗歌年选本,"每一年都要先检测一下有多少新鲜血液加入了诗歌的大循环……这个选本一直延续着让他们打头阵的体例"。[15]

注重从民刊、互联网上选择诗歌也是《年鉴》的一大特色,这也为许多诗歌选本所效仿。杨克指出:"收入民刊和手稿以及网络上的好诗是《中国新诗年鉴》首创,先前几十年里作为公开出版物的年度诗歌选本,均只收国家认定的'正式'出版报刊上的诗作,在'年鉴'其后出现的选本,也是几年后才开始收入民刊、网络诗歌并力推新人的。"[7]这种说法大体成立。在拓宽选诗的视野,关注诗歌民刊等方面,持民间立场的《年鉴》确实开风气之先,并对后来者多有启发。这方面受影响最深的就是《诗选刊》杂志,它自2000年创刊初始就偏向民间立场和诗歌新人,并因此赢得不少读者。有人就认为,《诗选刊》虽是公开出版的刊物,立场却相当民间,可以说比大部分民刊更有活力,也更"大胆"。[16](P306)又如诗刊社推出的年选本系列(漓江出版社版),最初选诗范围仅局限于全国正式公开出版的刊物,到了《2002中国年度最佳诗歌》则"同时对近几年比较活跃的,办得较好的社团期刊也适当进行了筛选"。[17]张清华编选的"21世纪中国文学大系"诗歌年选受《年鉴》的影响也颇深,视野也主要投向民刊与网站:其《2003年诗歌》中约有一半选自各种民刊,其他一半则是由公开刊物、个人作品集和诗歌网站三分秋色;《2004年诗歌》则涉及民刊13种,公开刊物12种,个人诗集、合集(含自印集)6种,诗歌网站4种。张清华在2001年选本序里大谈"盘峰论争"之后的民间写作立场,在2002年选本序里又提出民间阵营的合流导致诗人个性的消弭问题,在2006年选本序里则再次申言狂欢时代民间诗写作的"去中心化"、"去等级化"的意义。可以看出,"民间立场"和民刊一直是张清华选本的关注重心,这显然脱不了《年鉴》的影响。

三、《年鉴》与1999年后的诗歌批评话语

《1998中国新诗年鉴》提出了一系列的诗学命题,如"民间立场"、"日常性写作"、"本土资源"、"中国经验"、"好诗在民间"等等,这些诗学命题或话语对十余年来的诗学批评和理论探讨都产生着持续的影响。

《中国新诗年鉴》"强调诗歌的直接性、感性及其直指人心的力量,它主张诗与当下人的生存的真实性息息相关,恢复诗歌对诗人遭遇的世界的命名能力","同时,我们需要警惕另一种倾向,以为随随便便写几句琐屑的'自然生活'就叫诗歌……"[18]《年鉴》的编委谢有顺更是在《1999中国新诗年鉴》的序文中指

出了诗人在"与时代的关系"上容易跌落的陷阱，即一部分诗人只是抒写个人微不足道的经验，而完全忽视了与时代的交流、沟通，这样的诗歌最容易陷入自我小圈子化的困境。《年鉴》上述的思想在张清华后来提出的"中产阶级趣味"等诗歌批评话语中得到了吸收和深化。2004年前后张清华提出并批评了诗歌写作中的"中产阶级趣味"问题，2006年上半年《星星》诗刊围绕张清华的文章《关于现今写作中的中产阶级趣味问题》，连续组织了几期名为"诗歌是否已成为中产阶级的下午茶"的讨论，吸引了陈仲义、陈超、徐敬亚、李少君等多位诗评家参与讨论，使得这一话题迅速升温。张清华所谓的"中产阶级趣味"其表现是：首先是冷漠，一种假象的成熟和虚伪的超脱。……其实质则是空洞、飘浮，是拒绝和无所作为，是物质的富有带来的相应的精神贫困。……无力和无能地书写着支离破碎的"个人化"细节，表达着浅薄的优越感，逃避对生存的尖锐触摸，对公共领域的思考与判断……其二是完全的畸形的"自恋式"写作的充斥。个人经历、生活细节、狭小的社会关系、亲情与性爱经验、书斋中的个人事件……基本上是这样一些东西，构成了日益狭隘而贫乏的写作资源……是完全"自我中心主义"的幻觉的写作……它刻意放大和病态式地美化毫无意义的个人细节……其三是无节制的所谓"叙事"……某些人正是利用了将"叙事"作为了一个高雅的诗学概念的名义，包装起自己毫无意义的鸡零狗碎，来硬塞给读者的。[19]从张清华的上述表述中不难见出这一概念与《年鉴》的渊源关系。

《年鉴》提出的"民间立场"等概念及其精神内涵在张清华的"外省诗歌"等命题中也得到了回响。在《1999中国新诗年鉴》的序文中，谢有顺就对"以北京为主导的诗歌秩序"表达了强烈的不满，认为北京秩序不过是"知识分子写作"在幻觉中建立起来的权威，而与之相对的则是富有活力的民间立场。而张清华也吸收了类似的说法，并发展为"诗歌中的文化地理"说。他说："如果说外省的诗人可能更注重抒情或者写作的道义性担当，那么北京的诗人在我看来则最注重形式的实验与探求；如果说外省的诗人们有更多'前现代的焦虑'与精神性追求的话，那么北京的诗人则有更多'后现代的智性'与技术趣味。"[20]张清华称，他所谓的"外省""并不只是一个单纯的地理概念而应是一些相应的文化概念，它的基本含义即是'边缘'"。"'外省的诗歌'——我愿意在今天使用这样一个词语，把它当做一个诗学的概念。它使我们通过诗歌这种形式，触摸到现今中国社会的底部，最真实的细节部分，最分裂复杂的人性的现实，就像我们在文学史上看到的诗歌的基本面貌——国风、乐府、曲词、民歌——那样，'现实'在哪里？就在诗人的作品中……"[21]类似的话杨克早就说过，他在《〈中国新诗年鉴〉99工作手记》中说："打个也许不很恰当的比喻，《诗经》的精髓'国风'，就是我们所编的年鉴区别于其他诗选的最重要的品质。"[14]仅从"国风"这一类同的说法,就可看出"外省"说与《年鉴》的渊源关系。

李少君近年来提出的诗歌概念"草根性"也可以说是由《年鉴》的"原创性"、"中国经验"和"本土资源"等概念发展、演化而来。于坚在《1998中国新诗年鉴》的序言中曾说道:"90年代的'知识分子写作'是对诗歌精神的彻底背叛,其要害在于使汉语诗歌成为西方'语言资源'、'知识体系'的附庸,在这里,诗歌的独立品质和创造活力被视为'非诗'。……这种写作是侏儒化的、丧失汉语诗歌的尊严、毫无天才、毫无灵性、耍小聪明、用味同嚼蜡的'知识'吓唬盲目的读者。"杨克在《1998中国新诗年鉴》的"工作手记"中也曾写道:"我一直相信真正的艺术必须具有原创性,生存之外无诗。汉语诗歌的资源,最根本的还是'中国经验',是当下日常具体的生活。"而李少君的所谓"草根性"就是:"一、针对全球化,它强调本土性;二、针对西方化,它强调传统;三、针对观念写作,它强调经验;四、针对公共化,它强调个人性。其实,一言以蔽之,它强调'根',强调来自'灵魂'的原始的活生生的切身感受、感觉。"[22]两相对照,不难看出"草根性"概念正是从《年鉴》所主张的"本土性"、"原创性"、"日常生活经验"等发展而来。

显然,杨克等人主编的《中国新诗年鉴》以其丰富的、带有原创性的理论批评话语产生着持久的影响力,它所贡献的诗学概念和话语不仅提供了许多可以挖掘的诗歌理论资源,也已成为当前新诗批评的有力武器,必将有助于引导当下新诗的健康发展。

[参考文献]

[1] 沈奇. 中国诗歌：世纪末论争与反思[J]. 诗探索, 2000, (1-2): 17-34.
[2] 宗仁发. 序：新世纪诗歌的疑与惑[C]//宗仁发. 2005年中国最佳诗歌. 沈阳：辽宁人民出版社, 2006.
[3] 张清华. 序：近三十年的诗歌[C]/张清华. 1978-2008中国优秀诗歌. 北京：现代出版社, 2009.
[4] 荣光启. "选本时代"的诗歌问题[J]. 汉诗, 2008, (4).
[5] 张清华. 序[C]//2001年最佳诗歌. 沈阳：春风文艺出版社, 2002.
[6] 沈浩波. 诗歌的"70后"与我[J]. 诗选刊, 2001, (7).
[7] 杨克. 中国诗歌现场——以《中国新诗年鉴》为例证分析[J]. 南方文坛, 2007, (3): 20-22.
[8] 一个重要的通告[J]. 诗刊, 2001, (7).
[9] 刘波. 代序：在独立坚守中求新求变[C]//杨克. 中国新诗年鉴十年精选. 北京：中国青年出版社, 2010.
[10] 谢有顺. 序[C]//杨克. 1999中国新诗年鉴. 广州：广州出版社, 2000.
[11] 伊沙. 现场直击：2000年中国新诗关键词[C]//伊沙. 被遗忘的经典诗歌(下卷). 西安：太白文艺出版社, 2005.
[12] 杨克.《中国新诗年鉴》2002-2003工作手记[C]//杨克, 沈浩波. 2002-2003中国新诗年鉴. 天津：天津社会科学院出版社, 2004.
[13] 于坚. 答《诗选刊》问[J]. 诗选刊, 2001, (5).
[14] 杨克.《中国新诗年鉴》99工作手记[C]//杨克. 1999中国新诗年鉴. 广州：广州出版社, 2000.
[15] 宗仁发. 序：搜集意蕴和精华[C]//王蒙. 2004年中国最佳诗歌. 沈阳：辽宁人民出版社, 2005.
[16] 刘春. 刊物：哪一个更正规[M]//刘春. 朦胧诗以后：1986-2007中国诗坛地图. 北京：昆仑出版社, 2008.
[17] 编者的话[C]//诗刊社. 2002中国年度最佳诗歌. 桂林：漓江出版社, 2003.
[18] 杨克.《中国新诗年鉴》2000工作手记[C]//杨克. 2000中国新诗年鉴. 广州：广州出版社, 2001.
[19] 张清华. 序[C]//21世纪中国文学大系·2003年诗歌. 沈阳：春风文艺出版社, 2004.
[20] 张清华. 序[C]//21世纪中国文学大系·2007年诗歌. 沈阳：春风文艺出版社, 2008.
[21] 张清华. 序[C]//21世纪中国文学大系·2002年诗歌. 沈阳：春风文艺出版社, 2003.
[22] 李少君. 诗歌与诗人的归来[N]. 新京报, 2005-05-26. [责任编辑：王妍]

《荆楚理工学院学报》2012年第8期。

从民间出版到独立出版——以近年民间诗歌传播为例

赵思运

[摘要]面对风起云涌的诗歌民刊,我们应该思考"民间出版"与"独立出版"现象,因为这或许更具有实质性意义,这也是为民刊寻找合法性的最后依据。杨克版《中国新诗年鉴》和民间出版人潘洗尘等个案透视出民间出版在传统的体制化出版与现代独立出版之间的文化境遇,同时也预示了真正意义的独立出版已经绽放萌芽。而汉语诗歌资料馆、不是出版基金(The Atypical)、黑哨诗歌出版计划、坏蛋出版计划等层出不穷的民间印行机构,则已经形成了崛起的"独立出版"现象。

[关键词]民间诗刊;民间出版人;独立出版

毋庸置疑,近20年的中国新诗史基本上是由民间诗歌报刊推动、改写的。目下,官刊、民刊、网络逐渐形成了良性互动的空间格局,出现了诗歌资源整合的趋势。面对风起云涌的诗歌民刊,我们应该思考相关的另外一个问题——从"民间出版"到"独立出版"现象,因为这个问题或许更具有实质性意义,这也是为民刊寻找合法性的最后依据。

一、民间独立出版的曙光

民刊之所以呈几何级的速度、规模绽放,极大地促进了诗歌的发展,其实质在于诗人以不可遏制的自由创造精神,不断地冲破种种压制与束缚,突破出版体制规范,让诗性与诗艺随着人性绝美的绽放。从20世纪50年代的北京大学的《广场》和《探索者》,1960年的《星火》、70年代的《今天》、《启蒙》、《中国诗歌天体星团》,到80年代以来的《非非》、《大陆》、《撒娇》、《倾向》、《女子诗报》、《幸存者》、《大骚动》、《独立》、《水沫》、《后天》、《活塞》、《今朝》、《垃圾运动》、《低诗歌运动》、《地下》、《诗70P》……这如此众多的民间刊物,构成了波澜壮阔的地下诗歌的潜流。随着国家出版体制的开放与转型,随着民主与自由精神的播撒，随着言论自由的深入人心，民刊正踏实地在日益健康的人文环境中，阔步前进。有些民间刊物，如《诗歌与人》、《独立》、《今朝》、《星星诗刊理论版》，甚至《中国新诗年鉴》系列出版物，以其长期稳定的编辑出版、构成了连续的出版行为，充分彰显出民间出版的自由立场和宝贵品质，实质上已经具有了现代民间出版的意义。

　　诗歌是灵魂最自由的展示，她从来都拒绝来自任何非诗力量的干预。民刊等民间出版现象，作为体制出版规范的补充，生动了我们国家出版体制的貌相。《诗歌与人》以大规模的精准选题，使"中间代"、"70后"、"完整性写作"、很多诗歌概念和诗歌现象得以在文学史出场，具有相当宽阔的文学史视野，强化着民刊的厚重与大气。《独立》创办于1997年，执着于民间边缘的诗学力量，十几年的呕心沥血，意在打造成中国民间现代诗歌研究与资料收集的重要中心之一。《独立》第2期上首推"中国打工诗歌"专栏。而第13期在大陆第一次集中推出"打工诗人群体"访谈，第一次对具有代表性的中国农民现代诗人进行集中访谈，第一次在大陆本土推出"现代禅诗写作理论"。第13期还刊发了15万字长篇论文《中国民间现代诗歌运动简史》（第一部）。汶川地震后曾经编辑整理"中国民间诗人关注国难人文原始资料"之《汶川大地震诗歌专辑》3册。第16期开设栏目"知识分子群像"、"民间诗人漂泊精神史访谈"，"独立写作者身影"。在《独立》第7期上，第一次提出"地域诗歌写作"理论，并设"地域诗歌写作"文论与作品专辑，又在13、14、15、16期上接连多期推出"地域诗歌写作专栏"。尤其是第15卷"中国边缘民族现代诗大展"，收录藏族、彝族、回族、台湾原住民少数民族以及大陆其他一些边缘民族的作品，在封面彰显出"华夏五千年文明史上第一次"的清醒意图。《独立》陆续编印过一些特刊，如《独立特刊：海上作品专辑》，《独立特刊：中国性爱诗歌八家》，"独立""伟大80年代人文经典小册子"简朴书系：周伦佐的《人格建构学》、《爱的哲学》，"独立"简朴书系之《独立自由的边缘文学——贵州隐态诗歌论》、丁成的诗论集《异端的伦理》（上、下），"另类诗人档案"之《漂泊诗人精神史之黄翔卷》等，已经显示出民间出版的格局，彰显出独立出版的曙光。

二、民间出版的两个个案

　　关于民间出版，选择两个个案来透视其在传统体制化出版与现代独立出版之间的文化境遇。一个是杨克版的《中国新诗年鉴》，[1]一个是民间出版人潘洗尘。

杨克版的《中国新诗年鉴》是中国第一本非官方性质的文学年鉴，从1998年卷开始，已坚持十几年之久。它的民间性表现为首先被关注的是诗学立场方面："我们秉承真正的永恒的民间立场"，大量从民刊和手稿以及网络筛选优秀之作。包括1998年卷选入了北岛、多多、张枣等移居海外诗人的新作，实为破禁之举。其实《中国新诗年鉴》并非有意与官方政治体制搞对抗，而是更加尊重艺术自身的魅力。杨克曾说："'民间'是一种艺术心态与艺术生存状态，其实它只是回归从《诗经》开始的、千百年来中国诗歌的自然生态和伟大传统。如果说有所'变化'，也许对过于偏狭的'民间'概念进行纠正，算作一种。所以《年鉴》原则上而言，从来不会排斥任何一种写作方式。她是心胸开阔的大道，而不是死胡同。"[2]

《中国新诗年鉴》在出版发行方面的民间性，对于今天的独立出版仍然具有重要的参考意义。十年过去了，《中国新诗年鉴》一直奉行着民间出资、民间策划、自谋市场的路线。1998年鉴由体制外个体经营者黎明鹏、杨茂东出资策划，杨克、于坚、韩东等民间诗人和温远辉、谢有顺、李青果等民间立场的批评家，八条汉子组成了编委会，在他们手里诞生的《1998中国新诗年鉴》，改写了中国新诗史的基本貌相。杨克在《〈中国新诗年鉴〉98工作手记》里表达了他们编委会的编选主旨："这是一部不同于官方机构编纂的年鉴，不是谁有名就选谁的，方方面面都照顾到的那种四平八稳的选本。它更多是代表民间的，体现的是我们看诗的方法。"[2]十几年了，编委会没有用过纳税人的一分钱，以纯粹的民间立场办事。之所以可以坚持这么久，用主编杨克的话说，是因为诗人、爱诗的人提供了许多帮助，并不是说刻意找谁来出资金支持，而是一种机缘。据杨克回忆，好几次都以为办不下去了，编委们也不想出书了，结果突然就来了资金支持，关于这方面的故事实在太多，比如有位朋友听说了困难，几分钟就答应给予支持，另外还有许多支持了我们但不留名的诗人和朋友。

不过，杨克版的年鉴在体制内部做的民间出版，最终还是要归结到体制的审核体系。一批又一批的优秀诗作诗歌被删除，被修改，尤其是沈浩波执行主编的2002年卷，不得已推迟到2004年与2003年卷合并出版。杨克也曾经坦言内在的苦衷："现在想，这样'非政治模式'的编辑模式是对头的。其中的不足与遗憾很正常：有些诗歌作为诗歌现象是可以选入的，但因为其用词等问题不可能出版，如"垃圾"运动，这是一个不足。从自由精神来说，《年鉴》可谓中国最好的新诗选本，因为一些有关政治问题的诗不可选，造成了局限，但我们已经尽力将最有生机的部分留下。"[3]

第二个是民间出版人潘洗尘。他的出版方式具有更大的弹性空间。潘洗尘现为天问文化传播机构董事长并担任国内多家诗歌刊物的主编，创办《星星》诗歌理论刊、《诗歌EMS》周刊、《读诗》季刊，出资参与主编《诗探索》和《中国诗人》、《诗歌月刊》。用他自己的话说，这些主编名头都是买来的。他独自承担着多本诗歌刊物的编辑工作，一个人其实担当着十几个人的编委会的活儿，这个活，是智力活，是财力活，也是体力活，每年光经他的手发表的诗歌和诗歌批评文章就超过4000余首（篇）以上，就更不用说阅读量了。

  为什么他会如此辛苦地把钱放到不能带来任何经济效益的诗歌出版公益事业上？大概出于对于文化薪火传承的敬重与担当精神。他把自己的文化公司命名为"天问"，可以透露一些心迹："可以毫不夸饰地说，一部伟大的《天问》，不仅是整个人类世界思想与文化的历史制高点之一，也必将是未来世界思想与文化发展的重要的动力源之一，只是目前，我们对传统的认知愿望和认知能力都还十分有限。而作为一个文化企业的'天问'，二十多年来始终独自运行在另外的一个轨道上，其运行机制与速率哪怕不涉及商业机密，也大多乏善可陈。"[①]在他看来，商业的价值永远不能与文化相提并论。他说："盗取'天问'作为物质创业的标签，其目的就是想迫使自己在追求尽可能的生存自由的道路上，能时时地警醒自己，并不断地去思考自己与诗歌，更主要的是个人与自然的关系。"[②]作为一个民间出版人，潘洗尘丝毫没有那种飞扬跋扈的老板作风，而是以非常大度的气魄，吸纳诗歌界各种风格和路向。他主办的《星星》诗歌理论月刊、《诗歌EMS》、《读诗》上经常出现的作者，有相当一部分的人是与潘洗尘"志不同道不合"的，更有一些作品是和他的个人趣味相左的，但他都以诗学的名义，予以接纳。当然这并不是无原则的拼盘，相反，他很多最要好的朋友至今还没在《读诗》等刊物上发表过作品，这说明，他内心有一种对于诗学标准的敬畏，有一个诗学的门槛，而且这个门槛对任何人都一视同仁。

  当然，潘洗尘也有一些朋友会对他产生质疑或者担忧：他能否不受体制所左右，或者说，在多大程度上摆脱了体制？潘洗尘在回答王西平的访谈里谈到过这一点。《星星》诗歌理论月刊的编辑的自主性还是相当有保障的，如果我们仔细研读它的选题，就会感受到它对诗歌界的精准的把握，而这些话题的敏锐性及其所蕴含的担当精神和反思精神，又会顽强地表达出批评家的独立的文化气质。而《诗探索》是中国当代文学研究会、北京大学中国新诗研究院、首都师范大学中国诗歌研究中心等学术机构自筹资金联合运作，《中国诗人》由诗界同仁自筹资金创办的，《读诗》是潘洗尘独资筹办，虽然，它们都有正式的书号，类似亚体制的出版方式，但还是力排非诗因素和非学术因素，尽量维护学术独立和诗歌尊严的。《诗歌EMS》周刊，她原本就是一本血统纯正的民间刊物。潘洗尘说："我现在倒觉得这种办刊方式也许正代表或预示着中国诗歌媒介的出路与未来——因为这种办刊方式既可以有效地规避某些'官方刊物'的条条框框，又同时免去了大多数'民刊'随意性过强和持续性较差的弊端。"③

三、独立出版的崛起

如果说，杨克版的《中国新诗年鉴》和民间出版人潘洗尘等个案已经预示了真正意义的独立出版的出现，那么，汉语诗歌资料馆的创建与正常运作，不是出版基金（The Atypical）、黑哨诗歌出版计划、坏蛋出版计划，则已经形成了崛起的"独立出版"现象。

汉语诗歌资料馆创办于1992年，其前身为汉语诗歌资料室。资料馆1993年创办诗歌刊物《天地人》诗报，后改为《天地人》诗刊，迄今出版刊物78期，是中国民间诗歌报刊出刊期数最多的刊物之一。自2002年开始制作以来，资料馆采取完全免费或者作者分担经费的方式，编辑制作了大批汉语诗歌资料馆馆藏丛书。"馆藏丛书"以收集整理制作保存当代诗人优秀作品为初衷，由汉语诗歌资料馆策划并制作。截至2011年8月，已经制作完成七百部个人诗歌作品集，其中早期没有编号诗集200部，编号诗集500部。已经印行的馆藏书目"不解诗群"、"女子诗报丛书"（第一、第二辑）、"大象诗丛"、"十堰人诗丛"、"神性写作诗丛"、"高河诗丛"、"破诗丛"、"野外诗丛"、"搜狐现代诗丛"、"哭与空诗丛"、"大西北诗丛"、"红色玩具诗丛"、"终点诗丛"、"诗人协会诗丛"、"井秋峰短诗奖获奖诗丛"、"潮诗丛"（七辑，每辑10人）、"潮诗赛金奖诗丛"等等。"70后诗人大系"作为汉语诗歌资料馆汉诗馆藏丛书的一个重要组成部分，以尽力完整呈现中国70后诗人创作风貌，建立70后诗人文本档案为编撰初衷。汉诗馆藏丛书70后诗人大系初期拟编撰10辑，每辑12部个人诗集，共由一百二十部70后诗人个人诗集组成，制作周期为2011年至2012年。截至2011年8月，"70后大系"已经完成了徐淳刚《南寨》、阿翔《戏颜》、天乐《81首短诗》、赵原《有多少月黑杀人夜，我是这样度过的》、周薇《发声练习》、江雪《江雪诗选》等作品集。

汉语诗歌资料馆成立以来，做了大量的诗歌公益活动，曾在北京大学诗歌节、中国人民大学做过诗刊物展览阅读活动。在北京长阳镇中心小学开设诗歌基础教学讲座。资料馆累计为来自美国、中国台湾地区、中国社会科学院研究生院、北京大学、清华大学、中国人民大学、北京师范大学、首都师范大学、湛江师范大学、华东师范大学、山东师范大学、四川外国语学院等地区、院校、诗歌研究机构的研究者提供诗歌资料百余人次。截至2011年8月，资料馆在《星星》、《诗歌月刊》、《敦煌》、《诗选刊》、《九月诗刊》及《70后诗典》等报刊、书籍发表诗歌民刊介绍及梳理性文章十余篇。由于汉语诗歌资料馆的突出贡献，曾于2009年登入南京现代汉诗研究计划的中国诗歌排行榜诗歌贡献榜。

独立评论家朵渔曾在《名作欣赏》撰文《恐怖的黑哨，快乐的坏蛋——先锋文学的"独立出版"现象》，从黑哨诗歌出版计划和坏蛋出版计划的个案中，敏锐地发现了独立出版的巨大意义。黑哨诗歌出版计划于2008年由而戈、金轲、西风野渡、方闲海共同发起，已印行诗集有：方闲海《今天已死》（2008）、金轲《一个人的沦陷》（2009）、而戈《这是尾巴》（2010）、管党生《我所认为的贵族》（2010）。最为系统，规模最大的独立出版机构大概就是"不是出版基金（The Atypical）"了。"不是出版基金"由青年诗人周琦和摇滚歌手诗人锤子主持运作，其前身是他们主办的民间诗刊《红色玩具》和《不是》诗刊。目前，该基金旗下有两本刊物：《不是》和《红色玩具》。另外独立出版一些特立独行的独具艺术品质的作品集和评论集。截至2011年8月，他们出版物有：《红色玩具》NO.1（2007）-5（2011.2）；红色玩具五年文丛（第一辑）阿翔卷、雷群涛卷（2010.12）；何凡诗集《黑暗中的回声》（2011.7）；吴小虫诗集《生而为人》（2011.7）；《不是》第一卷（2010.1）-第五卷（2011.5）；……《还魂术》（梵梅著）（2011.7）；《在甲板上跳舞》（张伟良著）（2011）等，数十部。

汉语诗歌资料馆、不是出版基金（The Atypical）、黑哨诗歌出版计划、坏蛋出版计划，彰显了不同于现有出版体制的特征，即"独立"、"非典型"、"非商业"、"非政治"。

如果说，汉语诗歌资料馆还显得更加包容（也印行了不少极其尖锐的介入性作品）的话，那么不是出版基金（The Atypical）、黑哨诗歌出版计划、坏蛋出版计划，更加体现了独立性。不是出版基金"Atypical"的意思就是"非典型的"、"不合规则的"、"不定形的"、"破格的"、"反常的"。这正是他们共同的审美标准。在创刊号上的概念界定，比较有代表性：不是出版基金（The Atypical）主要关注当下有价值与无目的（不可预知后果的、自由的、冒险的）的创作，在"有"与"无"之间，也许并没有一个始终的定论与规则。在这个模糊暧昧的空间中，我们无法预知后果如何，甚至往往有些时候，我们不得不重复放下与拿起那些以往的概念与经验，在这个过程中，我们更多地思考和寻找有没有一种绝对的文本与思考方式，哪怕是实验的，到底有没有这样的一个"真空状态"？在这样的状态下所呈现出来的到底会是一个什么样的东西？即使没有绝对的"真空状态"，那有没有一个相对绝对的状态？

我们相信文字句与句之间的联系就像是一场肆无忌惮的游戏，所以，我们更乐意去关注文本自身的呈现。但就文本自身而言，作者的创作意愿和文字的基本属性是否绝对相互统一，它的属性和意义之间的内在联系，这都是我们出版这本书的目的。这期间，文本意义的不确定性对我们的困惑让我们不断地思考文本意义的瓦解与产生，我们在不同的理解和认识中不断地打破和修正我们原有的文本经验，以至于思考和寻找更多的可能性。④

出现在不是出版基金的出版物中的周云蓬、孙磊、阿翔、苏非舒、徐淳刚、乌青、杜撰、秦客、周瑟瑟、李成恩等作者中既有当红的民谣歌手，还有隐居终南山的素食者，既有每天抱着破DV拍拍拍的烂片王，还有躺在床上等待救助的尿毒症患者，体现了独异人格和文本的色彩。

独立出版在商业运作方式上，其实是不讲商业运作的，因为独立出版与商业运作在本质上是矛盾的。独立出版首先是独立于商业体制。诗歌本来就是小众艺术，真正的诗歌艺术更是为了"无限的少数人"而写作，永远不会畅销，但永远在缓慢地找到它所需要的读者和需要它的读者。我们还是看两家独立出版机构的自述。"黑哨诗歌诗歌出版计划"的主办者之一方闲海坦言："'黑哨诗歌出版计划'的出版重要原则之一是'非赢利性'，不但出版方坚持永远不赢利，而且作者也将跟赢利毫不沾边。相反，'亏本性'倒是更大可能性上的现实存在。让诗人上街叫卖诗集，这是将诗歌看得跟黄瓜一样绿了。除非这类行为转化为艺术而不是小贩商业。因此，这种小实践而赚取几个小钱毫无意义，只会浪费时间和精力……钱，跟诗歌的创造相比，根本不是问题。"⑤锤子为《不是》第一卷写的几句话也很有意思："周琦的严肃态度让我找回了即将失去的东西，一本严肃书籍发行量太大，就太不严肃了。就像书业刚刚开始在欧洲起步的时候，那时候的书商是挨家挨户地上门……就像那时候的书商，常常因为一本书而被教皇处以极刑，即便这样，他们还是拿到了大量的金钱。"⑥

无疑，独立出版现象代表了一种新生的新鲜的力量和声音。"黑哨诗歌诗歌出版计划"策划者之一方闲海回复读者时说："在当今先锋界限模糊的诗歌创作领域，主流的庸俗文学价值观已经跟具挑战性的文学姿态混为一谈了。不能再期望老一代了，他们几乎都在名利的追逐中丧心病狂，因此，已经没有什么新鲜的东西可以提供出来，都在综合都在大师都在资历着徒子徒孙着，中国诗歌图景在新世纪已经转入平面化装饰化。'黑哨诗歌'预示诗歌的具生命力的'地下一代'必将悄无声息地重返中国。"⑤

我们需要清楚的一点就是：独立出版之"独立"，既独立于商业体制，官方出版体制，也独立于政治体制。而"独立"的意思从来都不是"对抗"。这些独立出版机构都很谨慎地回避了"出版社"这个命名，而使用了"出版计划"、"资料馆"等说法。独立的性质是"疏离"，整齐划一的文化体制需要独立出版做润滑剂，板结的文化土壤中需要独立出版的铧犁去耕耘。黄梵说过："民主正成为新诗的一种形式，成为新诗之轻的一种标志。"⑦这句话用在独立出版现象上是非常恰切的。明白了这一点，我们就会在全新的崛起面前理性地抱着支持的态度。

注释

① 潘洗尘. 把自己修炼得哪怕是比狗差也要比人能强一点儿[DB]. http://blog.sina.com.cn, 2011, 08, 06
② 樊樊访谈. 潘洗尘：是到了该向动物或植物学习语言的时候了[DB]. http//casgj.com, 2011, 07
③ 王西平访谈. 潘洗尘：让诗歌发出真正的声音[DB]. http://blog.sina.com.cn/psc, 2011, 04, 29
④ 豆瓣网. 关于不是出版基金（The Atypical）的介绍[DB]. http://www.douban.com/group/226462
⑤ 方闲海[DB]. http://blog.sina.com.cn/s/blog_498c6d4b0100oiyx.html
⑥ 锤子[DB]. http://blog.sina.com.cn/s/blog_4da5e8f0100gvha.html
⑦ 黄梵. 新诗50条[D]. 南京评论诗年刊, 2010, 10

[参考文献]

[1] 杨克. 中国新诗年鉴1998[M]. 广州：花城出版社. 1999.
[2] 杨克. 新诗年鉴，八年之路[J]. 广州：南方日报. 2002, 7, 23
[3] 高扬. "民间立场"，十年磨此一"鉴"[J]. 广州：南方都市报. 2010.05.13

[责任编辑　谢明子]

《长沙理工大学学报》2012年第3期

《2011–2012中国新诗年鉴》工作手记

杨 克

"一个清晰而粗厉的响声/铁铲切进了砾石累累的土地",这是谢默斯·希尼叙述20年来父亲有节奏地挖掘白薯垄的诗句。同样是日复一日,我在诗歌的地里做的也是挖掘这份活,已15年。单调,重复,枯燥。"把表面一层厚土连根掀起,/把铁铲发亮的一边深深埋下去,/使新薯四散",可当我翻捡起诗的白薯,还是由衷地惊喜,"我们捡在手中,/爱它们又凉又硬的味儿。"也许是命定、热爱、无奈,除了写诗,这个苦活儿似乎还要一直干下去。

我没有什么好抱怨的;其实诗歌界也没什么好抱怨的,15年来偌大中国的连续性诗歌选本,几乎唯有这本新诗年鉴从未用过纳税人一个子儿,当有凭艺术良知和个人判断选诗的权利。然选本毕竟是公器,接受诗人、读者的审视、挑剔、建议,亦天经地义。《中国新诗年鉴》受到高度关注,恰恰是一种幸运。

感谢诗的义工!多年来总有不同的诗人加入,搭成临时的编选集群,尽可能避免了主编一个人的局限与偏狭。《2011–2012中国新诗年鉴》年度推荐中的少数民族诗人现代诗由发星初选;微诗体诗歌由高世现初选;世纪诗典由伊沙初选。年度诗选中出自公开出版报刊的诗歌由冯娜、陈亮初选;来自民刊上的诗歌由陈亚平、潘洗尘初选;网络诗歌分别由李少君、郑正西、韩庆成初选;台湾地区的诗歌由白灵初选;散文诗由灵焚初选;诗学观点和理论文章由刘波收集、整理、遴选。阳子、庞白则提供了部分作者的诗。邓小云承担了全部内文排版事务,符马活设计了封面。因篇幅有限,我主要做的是减法,略有补充、调整。感谢他们!

是的,诗的土地翻检的面积应更大一些,挖掘再深一些。总有遗漏,总是遗憾。穷尽,只是奢望。我祈愿年鉴每年选出的好诗与新人都独具眼光,诗与人,检验心中那柄铁锹,它的切入点、力度、与姿势。15年了,我已然成为一个诗歌土地上的老农夫。挖掘,再挖掘,相对于我的守望,完美只是虚念。

然而,当我从地里抬起头来,我看见了满天星空。